왕은 웃었다

왕은
웃었다

류재빈 장편소설

1

파피루스

무무의 지도

사람들이 눈이 닿지 않는 곳.
눈이 많이 온다.

보도

성벽 (城壁)

유한 —따라 가고 있음.

진목 (將木)

진군의 가문 한 (熊)

사라나거나

중진 —토카이를 신어가능.

정한 (城物)

돌아나와 화령나가 감.

돌아실 수 없다.

1여성발로—로마심 수 없다.

차 례

―조심해서 결정하는 게 좋아.

'군위[1]'가 되는 대신 '왕'은 '소원'을 들어줘.

어떤 것이든 들어주지. 돈이면 돈, 권력이면 권력, 여자면 여자.

무엇이든 얻을 수 있고, 원하는 걸 이룰 수 있어.

그 어떤 것이든.

―하지만 말이지, 대가란 게 있어.

계약을 하는 순간, 왕과 왕의 명령 이외의 것은 모두 '중요하지 않은 것'으로 전락하는 거지.

가령 방금 전까지 입맞춤을 하고 있었던 사랑스런 연인이나 술 약속을 잡았던 십년지기 친구나 태어나면서부터 줄곧 함께해 왔던 가족들을 '왕'의 명령이라면 언제 어디서든 망설임 없이 죽여 버릴 수 있게 되는 거야.

그런 거야, '계약'이란…….

-『왕과 계약과 소원과 대가에 대하여』중에서-

---

1) 왕을 지키는 호위=군위君衛

제 1 장

라
야

제1장
라야

1.

조심스럽게 손을 뻗어 앙상한 손가락을 만져 봤다. 거부할 기력도 없는지 말라비틀어진 입에서는 옅은 신음 소리만 새어 나왔다.

"이틀간 물조차 제대로 삼키지 못하셨어요. 너무 괴로워하셔서."

유모는 눈물을 삼키며 말을 이었다.

"항상 악몽을 꾸세요. 밤마다 잠에 드는 것을 무서워하시면서 저를 찾으시는데, 그럴 때마다 얼마나 애처로우신지 몰라요. 어쩌면 좋죠? 가여워서 어떡하면 좋아요?"

라야는 대답 없이 집 안을 살펴봤다.

일 년 만에 오는 집은 여전했다. 허공에 떠도는 약초 냄새가 코끝을 찔렀고, 실수로 깨뜨려 버린 벼루 또한 떠나기 전과 똑같이 그 자리에 있었다. 먼지 한 톨마저 달라지지 않았다.

라야는 여자에게로 뻗은 손을 거둬들였다. 침대 위에서 무기력하게 늘어진 여자가 쐐액쐐액 가쁜 숨만 몰아쉬었다. 뼈와 가죽만이 남은 몸뚱이가 꼴도 보기 싫었다.

'지겨워.'

이 여자는 항상 이랬다. 어릴 때도, 지금도.

언제나 이 상태였다.

항상 허공만 응시하고, 망가진 인형처럼 침대 위에 널브러져 있었다.

의사가 위독하다 알려 와서 달려와도 이런 모습이었고, 위기를 넘겼다고 했을 때도 이 모습이었다. 덕분에 여자가 곧 죽을 것 같다는 소리를 들어도 이제는 무덤덤하게 받아넘길 수 있게 되었다.

라야는 들어올 때 벗었던 가죽 장갑을 끼고, 옷걸이에 걸어 놨던 두꺼운 외투를 도로 입었다.

더 이상 여기에 있을 이유가 없었다.

조금이라도 변했기를 기대하며 찾아온 자신이 바보 같았다.

재빠르게 돌아갈 준비를 마치자, 유모가 안색을 바꾸며 다가왔다.

"벌써 가시는 거예요? 오, 오신 지 몇 분 지나지도 않았는데……."

대답하지 않은 채 옷깃을 여몄다. 유모는 숨을 삼키며 울음을 터뜨렸다.

지겹다 못해 짜증이 난다.

라야는 흐느끼는 유모를 냉정하게 지나쳐 주저 없이 밖으로 걸어 나갔다.

"도련님!"

다섯 걸음쯤 옮겼을 때 유모가 쫓아 나왔다. 그녀는 눈물로 범벅된 얼굴로 소리쳤다.

"가지 마세요! 제발요, 도련님!"

돌아보지 않았다.

작게 한숨을 쉬자 마지막으로 남아 있던 기대도 차가운 밤바람에 금방 쓸려 나갔다.

"제발요, 도련님! 마님을 저대로 두었다간 돌아가시고 말거예요!"

지긋지긋한 소리가 귓가를 스쳐 지나간다.

그런 소리에 넘어가 헐레벌떡 뛰어왔던 것도 세상을 모르던 어린 시절이었다. 하지만 지금은 아니다. 이젠 그녀가 죽어 나자빠지든 말든 자신과는 상관없는 일이 되었다.

"도련님!"

겨울이라 그런지 초저녁인데도 상당히 어두웠다. 비가 오지 않아 사람이 뿌리는 물만으로 간신히 살아남은 풀[2]들이 발밑에 밟혔다.

"제발, 제발이요! 도련님이 떠나시면 여기에 혼자 남은 저는……."

유모의 목소리가 점점 작아지면서 결국엔 들려오지 않게 되었다.

라야는 그제야 걸음을 멈추고 하늘을 올려다봤다.

달빛조차 스며들지 못하는 작은 오솔길에는 차가운 바람만 스산하게 불어오고 있었다.

"십오 년이었어."

라야는 작게 입속말로 중얼거렸다.

여자는 십오 년 동안을 침대 위에 누워 있었다.

자기 스스로 부정을 저지르고, 그것이 들통 나 가문에 내쳐진 여자

---

2) 왕이 없으면 비가 오지 않는다. 왕이 없는 부락에서는 물을 사 들여 땅에 뿌리고, 나무를 자라게 한다.

였다.

바로 자신의 어머니였다.

"십오 년 동안 당신은 변하지 않았어."

결국 가문의 명령에 의해 감금당한 여자는 가문을 저주하며 쓰러졌다. 자기 뜻대로 되는 일이 없자 매일같이 울고불고 발작을 일으키며 실신했다.

불치병 환자처럼 야위어 가기 시작한 것도 그쯤이었다.

여자는 멍하니 침대에 누워 허공만 봤다.

라야는 그런 여자를 방구석에 서서 수없이 지켜봤다. 여자는 자신이 배 아파 낳은 아이도 몰라보고, 그가 손끝만 대도 자지러졌다.

유모는 매일같이 울었다.

그런 세월이 수십 년.

이젠 무리라고 생각하고 집을 떠났다.

"……당신은 평생 그렇게 살아."

작은 먼지만큼의 미련도 남지 않게 되어 버렸다. 저 여자가 어찌 되든 이젠 상관하고 싶지도 않았다.

'나와는 상관없어.'

라야는 나직이 마지막 이별을 고하고는 발걸음을 옮겼다.

비 한 방울 안 떨어지는 시체굴 저 한편에 푸른 나무에 에워싸인 거대한 가옥이 보였다.

"……."

라야는 그곳을 한 번 바라보고는 아무 말 없이 돌아섰다.

바람에 휘날리는 검은 머리가 밤하늘 달빛 아래에서 어둡게 빛나고 있었다.

　—처음으로 태어난 진왕은 '악몽'이라 불렸다.

　절대적인 힘으로 수많은 사람들을 죽이고 대륙을 공포로 몰아넣은 왕으로, 혼란기[3] 이후의 최초의 '진왕'이었다. 지독한 인간 기피증을 가진 그는 사람을 피하기보다는 없애 버림으로써 기피증을 드러냈다고 후세 학자들이 입을 모아 말했다.

　그런 악몽 왕에게 딸린 군위君衛는 고작 한 명.

　작은 체구를 가진 베달이란 이름을 가진 여인으로 악몽 왕의 처음이자 마지막 군위였다. 그녀는 악몽 왕의 끝을 지켜본 유일한 사람이라고 전해지고 있다.

　—두 번째 진왕은 악몽이 죽고 난 후 태어났다. 진명은 '소생'.

　삼백 년 전에 태어나 지금까지 살아 있는 진왕으로, 매혹적인 금발을 허벅지까지 늘어뜨린 최초의 여성 진왕이다.

　그녀는 태어날 때부터 '치유력'을 가진 특별한 능력의 소유자로 악몽 왕에 의해 죽어 가던 대지를 소생시켰고, 지금도 여러 지방을 떠돌아다니며 병든 사람들을 치유해 많은 이들의 사랑을 받고 있다.

　그녀가 지금까지 들인 군위는 단 세 명.

---

3) 오백 년 전 사람들의 지식과 기억이 증발한 기간을 혼란기라 부른다.

―세 번째 진왕의 이름은 '배덕'.

여자를 좋아하고 술을 즐기며 예의가 없는 것으로 유명한 진왕으로, 속된 말로 난봉꾼이라고 불리기도 한다.

하지만 그가 지닌 존재감과 지배력은 혀를 내두를 만큼 강대하여 왕들 중에서 가장 영향력이 큰 것으로 평가되고 있다. 현재도 그는 놀기 좋아하는 성격을 버리지 못하고 여기저기로 떠돌아다니고 있다.

덧붙여 그의 군위 숫자는 무려 열 명.

수많은 왕들 중 가장 많은 군위들을 받아들였다.

―그리고 네 번째 진왕 '교활' 은…….

탁.

"뭐하고 있어?"

작고 고운 손이 책을 가로막는다.

라야는 그 손을 조용히 응시하다 느릿하게 고개를 들었다. 새빨갛고 화려한 비단옷에 머리엔 금으로 만든 나비 비녀를 꽂은 소녀가 오만한 표정을 한 채로 서 있었다.

첸첸이다.

라야는 그녀와 눈이 마주치자 짧은 예를 취했다.

"보시는 대로 책을 읽고 있었습니다."

"흐응, 『세계의 진왕』[4]? 이거 읽었던 책이잖아. 또 읽다니 심심한 취미네."

---

4) 진명을 받은 왕. 하늘의 인정을 받은 왕은 다른 왕들과 차이를 두어 진왕이라고 한다.

첸첸은 어깨까지 내려오는 자줏빛 머리카락을 가볍게 흔들었다. 그럴 때마다 머리에 꽂힌 나비 비녀가 듣기 싫은 소리를 내며 잘게 울었다.

"그래서 어제 어디 갔었어?"

첸첸은 턱을 치켜세우며 물었다.

예상하고 있었던 질문이었다. 이 작은 숙녀는 자신의 행적을 숨김없이 듣고 싶어 했다. 조금이라도 의심스런 구석이 있으면 눈에 불을 켜고 닦달했다.

어차피 숨길 것도 없는 이야기라, 라야는 고분고분 입을 열었다.

"시체굴에 다녀왔습니다."

"시체굴?"

눈을 반짝 빛내며 책상 위로 올라온다.

귀한 책이 그녀의 몸에 깔려 구겨졌지만 라야도 첸첸도 신경 쓰지 않았다.

그녀가 하는 일에 '잘못'이란 없었다.

책상 위에 올라탄 첸첸은 꽃신을 신은 발을 까딱였다.

"네 집? 네 집을 말하는 거지?"

흥분을 했는지 격앙된 목소리로 되묻는다.

듣기 싫은 소리를 내는 나비 비녀가 다시 짜르릉 울었다. 라야는 차분히 대꾸했다.

"예, 맞습니다. 그 끔찍한 소굴에 다녀왔지요. 어떻게 변했나싶어 궁금해서 잠시 다녀와 봤습니다."

"그래서?"

첸첸은 흥미진진한 얼굴로 귀를 기울였다.

라야는 어깨를 으쓱할 수밖에 없었다. 그녀가 기대하는 것처럼 흥미 있는 이야기는 아니었다. 돌아가자마자 유모와 그 여자의 얼굴만 보고 나왔으니까.

"여전하더군요. 그래서 바로 나왔습니다."

달라진 게 없었다.

그래서 더 화가 났다. 울며 붙잡는 손을 매정하게 뿌리치고 걸어 나왔다.

첸첸은 입술을 삐쭉였다.

"……설마 그게 끝?"

"네, 끝입니다. 하나도 변한 게 없어서 진저리를 치며 나왔지요."

첸첸은 심통 난 표정으로 라야를 흘겨봤다. 자신의 흥미를 충족시켜 주지 못한 사람을 질책하는 것이다.

하지만 이내 실망을 감춘 첸첸이 밝은 어조로 조잘거렸다.

"그럴 줄 알았어. 라야가 상처를 받을까 봐 숨겨 왔지만 나 몰래 소문을 수집하고 있어서 알고 있었거든, 그 여자 이야기."

"그러셨습니까?"

라야가 한마디 거들자 첸첸은 신이 나 말했다.

"응. 가까이 가기만 해도 악취가 풍긴다고 들었어. 살이 썩는 냄새와 오물 냄새가 진동을 해서 가까이 갈 수조차 없다고 말이야. 들리는 소문으론 정원에 심어 놓았던 나무와 풀들이 모두 악취에 말라 죽어 버렸다고도 하는데……. 근데 그거 정말이야?"

"……정말이었습니다. 황폐하더군요."

그 정도는 아니었지만 라야는 딱히 진실을 고할 필요성을 느끼지 못했다. 흥미만 만족시켜 주면 이 작은 독재자는 충분히 즐거워할 테니까.

예상대로 첸첸은 매우 즐거워하며 그럴 줄 알았다는 듯 고개를 끄덕였다.

"자업자득이야. 부정을 저지른 여자 따위는 그렇게 살아야지."

그러더니 첸첸의 표독스런 눈매가 부드럽게 휘어진다. 그녀는 작고 가는 손을 들어 라야의 뺨을 감쌌다.

짜르르릉.

나비가 또 한 번 울었다.

"하지만 너는 걱정 마. 내가 구원해 줄게. 그런 여자의 배를 빌려 태어난 너라도 내가 있으면 괜찮아. 알지? 난 이제 곧 왕이 될 거야. 이 세상에서 단 하나뿐인 너의 왕이."

"⋯⋯예. 알고 있습니다, 첸첸."

"후후, 기대하고 있으라고. 멋진 군위로 만들어 줄 테니까."

그녀는 만족한 듯 큰 웃음을 터트리며 몸을 젖혔다. 그러자 머리카락 속에 숨어 있던 단아한 이마와 그 이마 중앙에 박혀 있는 작고 투명한 보석이 드러났다.

군석[5]이다.

"아, 보였어? 많이 커졌지?"

라야의 시선을 느낀 첸첸은 자신의 군석을 매만지며 흡족하게 웃었다. 태어날 때부터 가지고 있던 이마의 보석은 콩알처럼 작았었지만, 오늘에 이르러서는 손가락 한 마디만큼 커져 있었다.

이것이 엄지손가락만큼 커지고, 대지를 적시는 첫 빗방울을 상징

---

5) 군석君石. 비를 내리는 사람들이 가지고 있는 징표.

하는 물방울 형태로 그 모습을 바꾸는 순간.

쳰쳰은 '비'를 내릴 수 있는 왕이 된다.

군위를 들어 자신을 보호케 하고, 나라를 다스릴 수 있는 권한이 그녀에게 부여되는 것이다.

"……거의 다 여문 것 같습니다."

"응. 정확히 열리는 건 일주일 뒤래. 현호가 그렇게 말했으니 틀림없어. 하지만 군석이 열리는 데 십삼 년이나 걸려 버리다니, 바보 같지, 뭐야?"

"십삼 년도 빠른 겁니다. 오십 년이 지나서야 열리는 왕도 있지 않습니까?"

"그래도 태어난 지 오 년도 되지 않아 군석이 열리는 왕도 있잖아? 거기에 비해 나는 십삼 년, 지는 것 같아서 기분이 나빠. 게다가 좀 더 일찍 열렸으면 지금쯤 나도 아버지처럼 나라를 세우고 기우제를 지내고 있었을 텐데."

불만스런 빛으로 눈동자가 사나워진다.

라야는 입을 꾹 다물고 침묵했다. 이럴 때 말 한마디 잘못했다가는 호된 꼴을 당한다.

"참! 라야는 기우제를 본 적 없지?"

금세 기분이 변한 어린 소녀가 뽐내듯이 어깨를 으쓱였다. 자랑하고 싶다는 마음이 표정에 역력히 드러났다.

라야는 차분히 그녀가 원하는 대답을 들려줬다.

"네, 본 적 없습니다. 왕의 곁에 갈 수 있는 신분이 아니니 어쩔 수가 없지요."

기우제라는 것은 왕이 '비'를 내리기 위해 지내는 제사다.

오로지 왕만이 할 수 있는 신성한 제사로 왕과 군위 이외엔 허락 없이 제사 자리에 서는 것조차 용서받을 수 없다. 기우제를 지내는 장소에는 왕이 신뢰하는 사람들만이 허락을 받고 설 수 있었다.

성스러운 자리이기 때문에 참여하는 자들은 물론, '왕' 또한 몸가짐을 정갈히 하고 기우제를 지내는 그 하루 동안은 그 어떤 것도 먹지 않고 말해서도 안 된다.

진곡의 공주 첸첸은 아버지인 진곡 왕이 지내는 기우제에 내킬 때마다 참가했다. 참을성 없는 그녀가 꼬박 하루를 굶고, 말하고 싶은 것을 참아 내면서 기우제에 참석하는 이유는 단순했다.

"굉장히 멋있어!"

첸첸이 양손을 꽉 쥐고 외쳤다. 흥분한 듯 얼굴이 붉어진 상태였다.

"군석이 빛나는 것도, 하늘에 먹구름이 깔리는 것도, 군석에서 나온 은은한 빛이 왕의 온몸을 감싸 안는 것까지 전부 멋져!"

그런 식으로 말해서는 어떤 모습인지 상상이 가질 않는다. 그래도 라야는 알아들었다는 듯 고개를 끄덕였다.

공주는 득의만만하게 웃었다.

"기대해도 좋아, 라야. 나도 반드시 그렇게 될 테니까."

그렇게 말한 첸첸은 간다는 소리도 없이 독서실을 빠져나갔다.

3.

나비처럼 나풀나풀거리는 가벼운 발소리가 멀어지자 라야는 어깨에서 힘을 빼고 등받이에 몸을 기댔다.

작은 독재자의 비위를 맞추는 것은 은근히 힘든 일이었다. 특히 그녀의 '군석'에 대한 자긍심은 굉장히 까다로워서 조그만 실수에도 심한 벌을 내렸다.

물론 힘없고 무능한 왕이 그랬더라면 무시와 괄시를 받았을 테지만, 첸첸은 다른 왕들과 달랐다.

뭣보다 태생부터 차이가 났다.

그녀의 아버지는 그녀와 마찬가지로 군석을 보유한 왕으로 이곳 진곡이란 나라를 세워 다스리고 있었고, 그녀의 모친인 진곡의 왕비 소카는 척박한 땅에 나라를 세워 왕에게 인도하는 백도 가문의 차녀였다.

그런 부모 밑에서 나고 자란 첸첸은 어딜 보나 흠이 없는, 근본적으로 타고난 '왕'이었다.

'까다로운데다 제멋대로긴 하지만 이 정도 태생이라면 어쩔 수가 없지.'

라야는 그렇게 생각하며 작은 한숨을 내뱉었다.

"넌 여전히 소악마의 비위를 잘 맞추는구나."

낮고 중후한 목소리가 들려온 것은 독서실 구석에 있는 낡은 책장 뒤에서였다.

라야는 놀라지도 않고 무뚝뚝하게 대꾸했다.

"역시 숨어 계셨군요. 공주님의 옆에서 보이지 않아서 이상하다고 생각했습니다."

"고 계집이 계속 따라다니면 내 가죽을 벗겨 버린다고 했거든."

라야와 같은 군위 후보인 훈고는 그렇게 말하며 너털웃음을 터뜨렸다. 라야 역시 쓴웃음을 지었다.

첸첸의 별명은 소악마小惡魔.

그 잔인함에 혀를 내두르는 사람들이 붙인 별명이었다.

"아직 어리니까 그런 겁니다. 크면 괜찮아지겠죠."

라야는 첸첸을 변호했다.

일주일만 지나면 왕이 될 자를 깎아내리고 싶지 않았다. 하물며 그녀의 행동은 어린 시절에는 흔히 할 수 있는 행위였다. 어릴 땐 뭐가 중요한지 알 수 없고, 잠자리 날개 같은 것들도 웃으면서 뜯어 버린다.

사람 목숨과 잠자리가 같을 수는 없겠지만 첸첸의 직위와 자긍심이라면 사람을 잠자리처럼 봐도 어쩔 수가 없다.

라야의 말은 들은 훈고는 낮게 혀를 찼다.

"……글쎄, 과연 그럴까?"

"네?"

"너니까 그냥 넘어가기도 하는 거다, 라야. 넌 그녀의 일곡一穀이니까."

일곡一穀.

땅과 하늘을 세우기 위해 천신天神과 지신地神[6]이 소비한 여드렛날 중 첫 번째 날.

일곡 다음엔 이곡二穀, 이곡 다음엔 삼곡三穀, 사四, 오五, 육六, 칠七, 팔곡八穀 순으로 나아가고, 각 곡穀마다 첸첸을 보좌하는 군위가 따로 정해져 있었다.

---

6) 세계를 만들었다고 칭해지는 신들.

특히 일곡一穀은 첫 번째란 의미와 동시에 왕의 신임 증명하는 자리였으며, 라야가 담당하는 날이기도 했다.

쓸쓸하게 말하는 훈고의 말에 라야는 입을 다물었다. 그렇지 않다고 반론하긴 힘들었다. 스스로도 첸첸이 자신에게만 관대하다는 것을 어렴풋이 느끼는 중이었으니까.

"너와 소악마의 나이 차이는 겨우 두 살이니까, 소악마가 너에게만 마음을 여는 것도 무리는 아니겠지만……. 나나 다른 군위 후보에게 하는 것을 보면 그런 말도 못하게 될 거다."

"……."

"그럼 가 봐야겠군. 살가죽을 벗긴다고는 했지만, 그래도 오늘은 내가 담당이니까. 다치기라도 하면 곤란하지."

"네."

훈고는 첸첸의 뒤를 따라 독서실을 나섰다.

"군석이 열리는 건 일주일 뒤야."

첸첸의 말이 다시 한 번 머릿속에 떠올랐다.

고요한 적막감 속에서 라야는 창밖을 내다봤다. 추운 겨울 날씨에 앙상한 모습으로 서 있는 나무들이 차갑고 매서운 바람이 불 때마다 부러질 것처럼 휘청거렸다.

제 2 장

첸
첸

제 2 장
첸첸

1.

진곡珍穀의 하나뿐인 공주 첸첸은 이국에서 건너온 나비 비녀를 무
척이나 마음에 들어 했다. 특히나 금박으로 만들었다는 사실에 매우
흡족해 하며, 이 물건을 가지고 궁에 든 상인에게 칭찬을 아끼지 않
았다.

"그 상인이 그 나라에는 이런 물건이 많다고 했어."

"여러 나라가 있으니까요."

"신기해. 방울도 달리지 않았는데 내가 움직일 때마다 고운 소리
가 나. 라야, 그곳의 왕은 어떤 왕이야? 어떤 왕이기에 이런 걸 만드
는 나라를 세운 거지? 내가 왕이 되면 가장 먼저 만나보고 싶어."

"······알아보도록 하겠습니다."

"몰라?"

"나라 이름을 들어 본 적이 없습니다. 아마 세워진지 얼마 되지 않은 작은 나라일 겁니다."

"흐응, 그래? 그럼 됐어. 그 상인에게 다시 들르라고 일러뒀으니까 조만간 다시 올 거야. 그때 물어보지, 뭐. 라야는 고생할 것 없어."

첸첸은 손에 든 비녀를 뒤에 서 있는 궁녀에게 넘겨줬다. 궁녀는 조심스런 동작으로 비녀를 받아 들고는 첸첸의 자줏빛 머리카락을 빗어 넘기기 시작했다.

머리를 빗기 시작하자 뒤에 서 있던 다른 궁녀들은 화려한 옷을 꺼내 와 첸첸에게 선보였다.

첸첸이 고개를 젓자, 궁녀는 금세 다른 옷을 꺼내 들었다.

라야는 미간을 찌푸렸다.

"처음 보는 옷들뿐이군요."

"응. 새로 맞췄어. 예전에 입던 건 지겨워졌는걸."

'고작 이 주 전에 맞춘 옷들이 말입니까?'

속으로 그런 말을 삼킨 라야는 고개를 절레절레 저었다.

옷들의 행진은 계속되었다.

구하기 힘들다는 백여우의 털로 만든 옷에 금실과 은실로 수를 놓고, 보석으로 단추를 해 단 옷이 수십 벌.

첸첸은 그중에 흑진주 가루로 멋을 낸 상의와 학이 그려진 폭 넓은 치마를 골라 입고, 우아하게 머리를 틀어 올려 나비 비녀를 꽂았다. 작고 두툼한 입술에는 새빨간 연지까지 찍어 발랐다.

일곡—穀 군위인 라야도 궁녀가 친 가리개 안에서 몸단장을 점검했다.

30

첫째도 깔끔, 둘째도 깔끔, 셋째도 깔끔이 가장 중요했다. 목깃이 칼처럼 접혀 있는지 점검하고 삐뚤어진 단추가 있는지 다시 확인했다.

"어때, 라야?"

준비가 끝나고 가리개가 걷혔다.

단장을 마친 첸첸의 미모에 궁녀들은 너도 나도 감탄의 말을 건넸다. 라야도 준비해 뒀던 말을 꺼냈다. 아름답다는 말 한마디에 열세 살의 어린 소녀는 매우 기뻐했다.

"오늘은 어머님과 아버님께 인사드린 후에 궁 밖으로 나들이 가자."

"궁 밖으로 말입니까?"

"응. 궁 안에만 있었더니 지루해. 가마 타고 한 바퀴 돌고 싶어. 노비도 사고 싶고. 아, 맞아. 돌화족이 노비로 나왔다는데, 들었어?"

첸첸은 조잘조잘 입을 놀리며 걸음을 옮겼다.

그 뒤를 라야가 따르고, 라야 뒤로는 첸첸을 따르는 궁녀

"돌화족[7]이라면 돌에서 태어나는 종족이 아닙니까?"

"응, 맞아. 이 나비 비녀를 가지고 온 상인이 말해 줬어. 귀하디귀한 돌화족이 이번에 노비로 나온다고. 아마 그게 오늘일 거야. 돌화족은 귀하니까 꼭 손에 넣어야지. 귀한 것은 내 손안에 있어야 돼. 아니면 누구 손에 있겠어. 안 그래?"

첸첸은 기분 좋게 웃으며 백종궁白棕宮의 갓길을 따라 오른쪽으로 올라갔다.

---

7) 자연족 중 하나. 바위에서 태어나는 종족.

바삐 움직이고 있던 궁녀와 무관들이 첸첸을 보자마자 머리를 조아렸다. 왕족이 지나가기 전까진 절대로 고개를 들어선 안 된다는 것이 진곡珍穀의 궁중 법도였다.

"라야도 뭔가 하나 사 줄까? 라야에게도 노비 한 명쯤 있는 게 좋……."

조잘조잘 말을 늘어놓던 첸첸이 돌연 입을 다물었다. 걸음도 멈추었다.

뒤를 따르던 라야와 궁녀들의 행렬도 같이 멈췄다.

"첸첸?"

첸첸의 표정이 삽시간에 차가워졌다.

라야는 갑작스런 첸첸의 변화에 당황해 주위를 살폈다. 첸첸의 심기를 건드릴 만한 것은 보이지 않았다. 새하얗게 칠이 된 기둥과 머리를 조아리고 있는 궁녀와 무관들이 보이는 전부였다.

그 와중에 첸첸의 표독스런 시선은 고개를 조아리고 있는 맨 끝의 궁녀에게 계속 꽂혀 들고 있었다. 첸첸의 시선을 받은 궁녀는 무릎을 꿇은 채로 가여울 만큼 어깨를 떨었다.

첸첸은 라야에게 뒤로 물러나라 시키곤 그 궁녀에게로 걸어갔다. 궁녀의 얼굴은 순식간에 사색이 되었다.

첸첸은 궁녀 앞에 서서 거만한 태도로 물었다.

"너 방금 누굴 봤어?"

"저, 저 말이옵니까?"

"그래, 너! 묻잖아. 방금 누굴 봤어?"

"저, 저는……."

힘겹게 입을 연 궁녀의 말은 미미한 달싹임으로 끝났다. 긴장에 목이 메어 말이 입안에서 헛돌았다. 있는 힘을 다해 억지로라도 목소리를 내려고 했지만 시간이 흐르면 흐를수록 뻣뻣하게 굳은 입에서는 거친 숨소리만 쏟아졌다.

라야는 고개를 돌렸다.

첸첸의 인내심이 바닥난 것은 그 순간이었다.

"물었잖아! 너 방금 누굴 봤어?"

새하얀 손이 우악스러울 정도로 크게 벌어져 궁녀의 머리채를 휘어잡았다.

비명 소리가 주위를 가득 채우고, 뒤를 따르던 궁녀들이 몸을 움츠렸다. 궁녀들은 첸첸의 손아귀에 휘어 잡혀 인형처럼 질질 끌려가는 동무를 보고서도 말릴 생각을 하지 못했다.

그만큼 공주는 잔인했고, 신분의 차이는 컸다.

라야도 옆에 서서 방관했다. 보기 좋은 광경은 아니었지만 상하 관계를 중요시하는 진곡의 궁중 법도에서 궁녀의 잘못은 매우 컸다.

고개를 들어 상전을 바라보다니.

자존심이 강한 첸첸이 모욕을 느끼는 것도 무리는 아니었다.

첸첸의 손에 잡힌 궁녀는 질질 끌려가다가 바닥에 엎어졌다. 그녀는 목숨을 걸고 잘못을 빌었다.

"죄, 죄송합니다, 공주님. 제가 갓 궁에 드, 들어와서 그만……, 꺄악!"

"어디서 변명을 늘어놓는 거야!"

간신히 내뱉은 말이 비명과 함께 사그라졌다. 자기 분에 못 이겨 눈썹까지 파르르 떤 작은 독재자는 날카롭게 다듬어진 손톱으로 궁녀의 볼을 긁어내렸다.

궁녀의 입에서 찢어질 듯한 비명이 터져 나오고, 동시에 찢어진 살

갖에서 흘러나온 붉은 피가 얼굴을 적셨다. 방관자인 다른 궁녀들과 무관들이 손으로 입을 막고 고개를 돌렸다.

"꺄아아아악, 요, 용서해 주세요!"

"네까짓 게 라야를 훔쳐봐?"

뒤에서 지켜보고 있던 라야는 놀라 눈을 크게 떴다.

"아, 아닙니다. 그런 게 아니……."

"아니긴 뭐가 아니야? 용서할 수 없어! 내 것을 그런 눈으로 훔쳐보다니! 절대 용서 안 해, 배샌, 배샌!"

오랫동안 첸첸을 모셔 온 늙은 궁녀가 다급히 달려와 무릎을 꿇었다.

"고문관을 불러 이 계집의 두 눈을 뽑도록 해. 그리고 광장에 묶어 둬. 겁도 없이 고개를 들어 내 군위 후보를 그런 음탕한 눈으로 쳐다본 죄의 대가, 다른 궁녀들에게도 똑똑히 알아 두라고 해!"

궁녀의 안색이 새파랗게 변했다. 꿈인지, 현실인지 구분이 가지 않아 살려 달란 말조차 내뱉지 못했다.

라야는 숨을 삼키며 방관자의 시선을 거뒀다.

궁중의 법도가 아무리 엄하다고 해도 이건 너무 잔혹했다. 게다가 고작 자신을 봤다는 이유로 그런 벌을 받게 내버려 둘 순 없었다. 그는 첸첸 앞을 막아섰다.

"첸첸, 너무 과합니다. 왕족 앞에 고개를 든 것이 중죄이긴 하나……."

말이 끝나기도 전에 시퍼렇게 날이 선 눈이 라야에게 향했다. 첸첸은 씹어 먹을 듯 노려보며 내뱉었다.

"그래서 지금 라야는 내 말을 거역하겠다는 거야? 내가 틀렸다고?"

틀렸다고 말할 수는 없었다.

이 진곡에서는 아무도 첸첸에게 틀렸다고 말하지 않는다.

라야는 곤란한 표정을 하고는 돌려서 말했다.

"그것이 아닙니다. 다만……."

"라야는 몰라서 그래! 저 계집이 얼마나 음탕한 눈으로 쳐다봤는데……."

"새로 궁에 들어온 궁녀라지 않습니까? 그저 신기했던 겁니다. 군석을 가진 왕과 군위는 서민들 사이에선 유명한 화젯거리니까, 호기심이 생기는 것도 당연하지 않겠습니까?"

"그래도 싫어!"

"첸첸!"

그러자 주먹을 쥔 첸첸의 손이 부들부들 떨렸다.

"……내 일곱 군위가, 내 것이어야 할 사람이 내 앞에서 딴 계집의 편을 들다니. 용서할 수 없어!"

"그건!"

화를 참지 못한 첸첸이 손을 들어 라야의 뺨을 후려쳤다. 짜악 소리와 함께 고개가 돌아가고, 끼고 있던 안경이 아슬아슬하게 귀 끝에 걸려 덜렁였다.

궁녀들이 신음을 삼키며 뒤로 물러섰다.

"내 군위잖아! 내 편을 들어야지!"

주위는 삽시간에 조용해졌다.

라야는 이를 악물었다. 첸첸에게 맞은 뺨이 빨갛게 부어올랐다. 얼굴을 맞아 슬그머니 화가 치밀었지만 꾹 참아 냈다.

한참이나 씨근덕거리던 첸첸은 라야의 뺨이 점점 붉어지자 작게 비명을 지르며 라야에게 다가갔다. 점점 붉어지는 뺨을 보는 첸첸의 눈가도 서서히 붉어졌다.

첸첸은 라야의 뺨을 다정히 쓰다듬었다. 손을 휘둘러 상처를 낸 당사자인 주제에 맞은 라야보다도 더 아픈 표정을 짓고 있다. 라야는 기가 찼지만 속으로 꾹꾹 삼켰다.

"라야, 괜찮아? 많이 아파?"

"첸첸……."

"미안해. 내가 너무 심했어. 알잖아, 나 화나면 아무것도 눈에 안 들어오는 거. 괜찮아? 많이 아파? 입안 찢어졌어? 다음부턴 그러지 마. 저런 궁녀 편을 드니까, 내가 화를 낸 거잖아. 응?"

"궁녀의 편을 든 것이 아닙니다. 저는 첸첸이……."

라야는 잠시 말을 멈췄다. 그는 첸첸의 심기에 거슬리지 않도록 단어를 골라 입을 열었다.

"첸첸이 훌륭한 왕이 되길 바라서 그래서 그런 겁니다. 절대로 궁녀의 편을 든 게 아니에요."

"훌…… 륭한?"

"네, 훌륭한. 궁녀의 죄도 이해심 있게 용서해 주는, 너그러운 그 모습이 보고 싶어서 그만 저 궁녀를 감싸 버렸습니다. 불쾌하셨다면 죄송합니다."

"흐응."

첸첸이 시큰둥한 반응을 내보였다.

"그러니까 내가 훌륭한 왕이 되길 바라서 저 궁녀를 감쌌다는 거네?"

"네? 아, 네. 그렇습니다만…."

"그렇단 말이지? 좋아. 알았어. 라야는 나의 그런 모습이 보고 싶다 이거잖아?"

첸첸은 그새 기분이 좋아졌는지 부드러운 표정을 지었다. 그리고 태어날 때부터 남위에 서 있는 것이 생활이 된 첸첸은 너무나도 자연스럽게 명령했다.

"배샌, 저 궁녀를 이틀 동안 방 안에 가두고 이번 일을 반성하게 시켜. 다음부터는 함부로 고개를 들면 아예 목을 치겠어."

"네."

"가, 감사합니다, 공주님!"

머리가 산발이 된 궁녀는 같은 궁녀에게 끌려가는 와중에도 감사하다며 소리쳤다. 공주께 용서받았다는 것에 감격했는지 눈물이 그칠 줄 모른다.

첸첸은 어깨를 으쓱거리며 라야에게 눈웃음쳤다.

저 눈웃음이 뭘 뜻하는지 안다.

라야는 그녀가 듣고 싶어 하는 말을 입 밖으로 꺼냈다.

"훌륭하십니다, 첸첸."

"물론이지. 그럼 가자, 라야."

다시금 발랄해진 첸첸이 멀뚱히 서 있는 라야의 팔을 끌고 진곡 왕이 있는 흑종궁黑棕宮으로 향했다. 그 뒤를 궁녀들의 행렬이 다시 따르기 시작했다.

제 3 장

노
비

제 3 장
노비

1.

흑종궁黑棕宮에 들러 왕과 왕비에게 아침 인사를 마친 첸첸을 따라 라야는 마을로 향했다.

가마에 탄 첸첸과 가마 옆에서 따라 걸으며 첸첸의 말벗 노릇을 하는 라야, 그리고 시중을 드는 궁녀 셋과 호위꾼 일곱, 가마를 드는 노비 네 명이 이 나들이에 동참하고 있었다.

첸첸은 가마에 난 작은 창으로 얼굴을 내밀며 말했다.

"노비 시장으로 가자. 돌화족이 보고 싶어서 미칠 것 같아. 라야도 노비를 한 명 사 줄게. 군위가 되면 날 보좌하면서 많은 일을 해야 할 테니까 글도 읽고, 눈치도 있고, 조금은 똑똑한 놈이 좋겠지?'

"그다지 필요는 없습니다만……."

딱 잘라 거절하고 싶었지만 그녀의 성격을 알고 있는 탓에 말끝을 흐렸다.

"아니야. 받아. 그래야 내 마음이 편하니까."

첸첸은 그렇게 말하고 가마 안으로 쏙 들어가 버렸다.

그녀가 이렇게 나오면 상황 끝.

라야는 귀찮음을 꾹 눌러 참고 계속 걸었다.

잠시 일행은 조용히 걸어갔다. 그러나 이내 심심해진 첸첸이 다시 고개를 내밀었다.

"아바마마의 나라도 참 지루하단 말이야."

창밖을 내다보며 여기저기 흥밋거리를 찾던 첸첸은 불퉁스럽게 말했다. 오락과 화려한 것을 즐기는 그녀에게는 사람이 살아가는 모습이 고리타분하고 지겹게만 느껴졌다.

"다른 나라에선 관리를 모아 연회도 실컷 연다는데, 나의 아바마마께선 연회를 싫어하시는 터라 그런 것도 없고……. 정말 지겨워."

라야는 짜증이 일었지만 겉으로는 부드럽게 웃으며 그녀를 달랬다.

"진곡은 평온하며 살기 좋다고 이웃 나라에까지 소문이 난 곳입니다."

"그렇지만 심심하잖아. 재밌는 게 없다고, 여긴."

그러면서 첸첸은 주위를 다시 한 번 둘러본다.

겨울을 맞이하여 나라 안은 한산하고 조용했다.

'진곡'은 집보다 논과 밭이 더 많았다. 그 때문인지 추수 때는 매우 활기차고 바빠 생기가 넘쳤지만, 겨울만 되면 언제 그랬냐는 듯 나라 전체가 침체되었다. 농민들 또한 일손을 놓고 다음 봄만을 마냥 기다렸다.

진곡의 왕이 그것을 염려해 여러 가지 대책을 내놓았지만 아직까지 성과를 본 것은 없고, 겨울만 되면 나라 안은 살기가 힘들어졌다.

세금이 줄어들고, 범죄가 빈번하게 일어났다. 추워 얼어 죽는 사람도 한겨울에 한 사람 정도는 나왔다.

'하지만 이 정도도 괜찮지.'

라야는 속으로 생각했다.

잘못된 왕을 골라, 먹지 못해 죽어 가는 나라도 있다.

'이 나라는 안 돼', '이 나라는 오래가지 못한다'라고 고개를 저으며 딴 나라에 가고 싶어 해도, 국명부國名簿에 이름을 적은 사람은 왕의 허락이 있어야지만 나라 밖으로 나갈 수 있다.

하지만 멸망해 가는 나라의 대부분의 왕들이 그렇듯이 허락은 쉽게 내려지지 않는다. 모래성처럼 아슬아슬한 균형을 타면서 나라를 이루는 사람들을 옭아매기 위해 안간힘을 쓴다.

그들이 굶어 죽고.

얼어 죽고.

말라 죽어 가는 것을 보면서도.

왕들은 희망 줄을 놓지 않으려는 것처럼 백성들을 놓아주지 않았다.

그래서 사람들은 죽는다.

'여긴 굶어 죽는 사람은 없어.'

그것만으로도 백성들은 감사하게 여겼다. 삼시 세 끼를 챙겨 먹을 수 있는 것에 감사해 하고, 배부르게 먹을 수 있다는 것에 고마워한다.

그래서였는지 작은 소문이 났다.

진곡은 살기 좋은 나라라고.

그것이 얼마나 대단한 것인지, 첸첸은 모르고 있었다.

'아직 어리니까.'

라야는 체념하듯 한숨을 쉬었다.

열세 살.

그녀는 이제 막 돋아난 새싹이었다.

게다가 왕의 수명은 굉장히 길었다. 대부분이 건강하고 젊은 모습으로 백 년 이상을 살았다. 진왕 소생만 하더라도 삼백 년 넘게 살아있는 고대 왕이었다.

첸첸도 그리되지 말라는 법은 없었다. 지금은 이렇게나 어리고 철없이 굴어도, 앞으로 남아있는 길디 긴 시간들이 첸첸을 차츰차츰 변화시킬 것이 분명했다. 그러니 조급해 할 까닭이 없다.

한참이나 창밖을 보던 첸첸이 다시 칭얼거렸다.

"빨리 노비 시장에 가고 싶어."

"네, 가마꾼들을 재촉하겠습니다."

라야가 첸첸을 달랬다.

첸첸을 다루는 것쯤은 이골이 났다.

노비들을 재촉해 계속해서 나아가자 사람들이 모여 사는 마을이 곧 나타났다.

일행은 마을에 들어섰다.

흙을 쌓아 벽을 만들고 짚을 덮어 지붕을 만든 집에서 회색 연기가 피어올랐다. 겨울철 일손을 놓고 있던 농부들은 집안일을 돕기 위해 부지런히 움직였다. 추위를 모르는 아이들은 꺅꺅거리며 거리를 뛰어다니기 바빴다.

시장 쪽으로 들어가자 사람들이 조금 많아졌다.

옷을 겹겹이 껴입은 아낙들이 바쁜 걸음걸이로 시장 안을 활보했다. 빨갛게 된 코를 문지르면서 물건을 고른다.

높은 분의 가마가 시장 안을 지나가자 호기심 섞인 시선들이 대번에 가마로 몰려들었다.

공주가 나서는 공식적인 자리라면 진곡의 백성들 모두가 무릎을 꿇고 머리를 조아려야 했지만 첸첸의 이번 나들이는 비공식적인 나들이였다. 때문에 공주의 표식도 내걸지 않았다.

백성들은 인사도 없이 멀뚱히 시선만 보내왔다.

첸첸은 그 시선이 싫은지 오른쪽에 난 창을 닫고 안으로 쏙 들어가 버렸다.

몇 분 더 걸어가자 가장 구석진 곳에 마련되어 있는 노비 시장이 보였다.

노비 시장은 말 그대로 노비를 사고파는 자리.

돈 없는 백성들을 위해 추수 때에는 노비들을 싼값에 빌려 주기도 하는 곳이었다.

가마가 노비 시장 안으로 들어서자 익숙한 얼굴이 입구에 마중을 나와있다. 몇 달 전에도 얼굴을 마주한 노비 시장의 총책임자 '고고'였다. 첸첸은 그를 마음에 들어 했지만 라야는 그의 굽실거리는 태도가 마음에 들지 않아 만날 때마다 불쾌했다.

고고는 얄팍한 생쥐 수염을 파르르 떨며 나뭇가지 같은 비쩍 마른 몸으로 허겁지겁 달려 나왔다.

"아이고, 공주님, 오셨습니까?"

"응. 나 왔어."

궁녀가 가마 문을 열고 뒤로 물러섰다.

라야는 궁녀가 물러선 자리에 서서 문 앞으로 손을 내밀었다. 첸첸은 기다렸다는 듯이 라야의 손을 잡고 살포시 가마에서 내렸다.

"드디어 도착했구나. 정말 지루했어. 앞으론 고고를 궁에 부를까?"

"아이고, 부르면 즉시 달려가겠습니다요. 누구 명인데, 제가 거역하겠습니까? 공주님이 부르시면 하늘이건 땅속이건 찾아가겠습니다."

고고의 듣기 좋은 아부의 말에 첸첸은 함박웃음을 지었다. 그녀는 풍성한 옷자락을 들어 올리며 새침데기 소녀처럼 그에게 속삭였다.

"좋은 노비들 많이 있지?"

"물론입니다. 자자, 이쪽으로 오세요. 이번엔 어떤 노비가 필요하신지요?"

"내 군위 후보에게 노비 하나를 선물하고 싶어. 똑똑한 노비 없어? 글을 읽을 수 있으면 더 좋을 것 같아. 거기다가 눈치도 있으면 좋고."

"아이고, 물론 있지요. 그 조건에 딱 들어맞는 놈들이 몇 있습니다요."

"그리고 '돌화족'도 가지고 싶어. 나왔지?"

고고의 눈이 동그랗게 커졌다.

"역시 공주님이십니다! 선견지명이 있으시군요! 돌화족의 젊은 여인이 요번에 새로 나왔지요. 보시면 공주님 마음에 쏙 드실 겁니다."

"……여인? 여자야?"

첸첸의 발이 우뚝 멈추었다. 작은 폭군은 고고의 말을 듣고 망설이다 물었다.

"그 노비, 예뻐?"

고고가 손을 휘저었다.

"아니요! 공주님과 비교했을 땐 발톱의 때만큼도 안 되는 미모입니다. 돌에서 태어난 계집이라 그런지 피부는 우중충한 회색에 돌처럼 딱딱하기 그지없고, 입술과 손톱은 핏기 하나 없는 흰색인데 멀리서 보면 언뜻 귀신같기도 하지요. 자랑거리라고는 몸 안쪽에서 나는 신비한 향내밖에 없습니다. 돌화족을 찾는 모든 분들이 그 희귀성과 향내 때문에 사지, 미모는 관심 밖이지요."

"정말?"

"예예, 예쁜 거라면 우리 공주님이 최고입죠!"

고고는 두 손을 싹싹 비비며 허리를 연방 굽실거렸다.

하지만 첸첸은 여전히 갈등했다. 마음의 결정을 쉽게 못하고, 라야를 흘끗 보며 입술을 깨물었다. 가지고는 싶은데 마음에 걸리는 것이 있어서 쉽게 결정을 내리지 못했다.

돌화족을 사는 일에 왜 자신을 보고 갈등하는지 알 수가 없는 라야가 고개를 갸웃거렸다. 하지만 그는 곧 신경 쓰지 않기로 했다. 첸첸은 가끔 엉뚱한 데서 이상하게 군다는 것을 요 일 년 사이 그도 충분히 겪었기 때문이다.

첸첸은 라야의 관심 없다는 표정을 곁눈질로 보고는 대범하게 고개를 끄떡였다.

"뭐, 괜찮겠지. 살래. 안내해."

"네네! 탁월하신 선택이십니다. 공주님도 아시다시피 돌화족은 매우 귀한 종족이니까 이참에 구입해 두는 것도 좋지요."

고고는 털로 만든 고급스런 천막으로 첸첸을 안내했다.

첸첸은 호위꾼들을 밖에 세워 두고, 궁녀와 라야만을 데리고 천막 안으로 들어섰다.

안은 깔끔하게 정리되어 있었다.

첸첸이 흡족한 미소를 지었다. 그녀는 가장 윗자리에 앉고는 라야를 곁에 불러 앉혔다.

고고는 라야에게도 비굴한 웃음을 보였다.

"그럼 잠시만 기다려 주십시오. 얼른 노비들을 데리고 오겠습니다."

그러더니 그는 시종으로 부리는 노비를 불러 다과를 준비하게 하고 바람 소리가 날 정도로 달려 나갔다.

그 방정맞은 모습에 첸첸이 웃음을 터뜨렸다.

첸첸이 웃자 궁녀들도 따라 웃었다. 라야도 따라 웃을까 했지만 얼굴이 경직되어 있어서 포기했다. 비위를 맞추는 것은 그럭저럭하겠지만 이런 상황에 따라 웃는 것까지는 정말로 못할 짓이었다.

몇 분 후, 고고가 돌아왔다.

"자, 첫 번째 노빕니다. 보시죠."

고고의 말이 떨어짐과 동시에 천막이 펄럭이고, 젊은 청년이 한 명 들어왔다. 호리호리한 키를 가진데다 훤하게 생겼지만 인상이 어눌해 보였다.

첸첸은 즉각 고개를 저었다.

"그럼 두 번쨉니다."

두 번째 노비는 약간 나이가 든 중년인이었다.

첸첸은 다시 고개를 저었다. 고고는 '죄송합니다'를 연발하며 다음 노비를 선보였다.

이번 노비는 첫 번째 노비와 마찬가지로 젊었고, 큰 키를 자랑했다. 어떻게 보면 일 노비로 써도 될 것처럼 건장했다.

"어때, 라야?"

"저는 그다지……."

"흠, 욕심이 없어 걱정이야, 라야는. 걱정 마. 내가 잘 골라 줄게."

'욕심이 없는 게 아니라 흥미가 없는 겁니다.'

라야는 첸첸 몰래 한숨을 쉬었다. 하지만 역시 그 말을 입 밖으로 내진 않았다.

그사이 첸첸은 잔뜩 거드름을 피우며 다음 노비를 불렀다.

네 번째 노비는 싱글싱글 웃고 있는 물빛 머리의 노비였다.

싱글싱글 웃으며 들어오는 노비는 또 처음이라, 사람의 이목을 단숨에 잡아끌었다. 첸첸도 그랬는지 눈을 반짝이며 관심을 표했다.

"나이는?"

"올해 십육 세입니다, 공주님."

"라야와 한 살 차이네? 글은 읽을 줄 알아?"

"물론입니다, 아름다운 공주님. 만약 읽지 못한다 하더라도 공주님을 위해서라면 밤낮 피 터지게 공부하여 글을 읽을 수 있도록 하겠습니다."

노비의 익살스러운 말에 첸첸의 눈이 반달로 휘었다. 꽤 유쾌해 보였기에 라야는 작게 안도했다. 노비라 해도 아침과 같은 상황이 또 벌어지는 것은 원치 않았다.

"감쪽한 노비네. 이름은 뭐지?"

"무무無無라고 합니다. 어릴 적에 부모님이 돌아가셔서 고아로 자랐기 때문에 지어진 이름입니다. 하지만 주인님의 허락만 있다면 지금 즉시 개명하고 싶습니다."

"어머, 무엇으로?"

"해바라기로요. 공주님의 아름다운 외모에서 눈을 뗄 수가 없으니, 이거야말로 해바라기가 아니고 뭐겠습니까?"

첸첸이 눈을 동그랗게 떴다. 라야 또한 유치찬란한 언변에 인상이 저절로 구겨졌다. 고고를 힐끗 보자 노비 시장의 총책임자인 그도 입을 따악 벌리고 있었다.

"풋."

공주가 손으로 입을 막고 큰 웃음을 터뜨렸다.

공주가 웃자 궁녀들도 따라 웃었다. 건방진 노비의 입담으로 수명이 오 년은 줄었을 법한 고고도 새하얀 안색으로 헤벌쭉 따라 웃었다.

한참이나 웃은 첸첸은 계속해서 어깨를 떨며 말을 이었다.

"발칙하지만 귀엽네. 주제를 모르는 것 같긴 하지만 도를 넘진 않아. 이런 쪽으로 건방진 건 용서해 줄 수 있어. 마음에 든다. 고고, 저 노비로 결정하겠어."

"예, 예! 고, 고맙습니다!"

"무무라고 했지? 불쌍하게도 네 주인이 될 건 내가 아니야. 이쪽에 있는 라야다. 앞으로 라야를 주인으로 모시도록 해. 해바라기란 가명은……, 글쎄? 풋, 매우 즐거운 이름이 될 듯 하지만 그런 이름을 가졌다간 주인인 라야의 얼굴에 먹칠을 하게 될 것 같으니 내버려 둬야겠는걸."

첸첸의 말이 끝나자마자 고고는 황급히 무무를 데리고 밖으로 나갔다. 나가기 전 무무의 시선이 잠시 라야를 향했다. 라야는 '노예가 생겨서 좋지?' 라고 말하는 첸첸에게 애써 웃어 보이고 있었다.

천막 밖으로 무무를 끌고 나간 고고는 재빨리 다음 노비를 데리고 왔다.

"그럼 다음에는 이 나라에 하나밖에 없는 돌화족입니다, 공주님."

'돌화족이라……'

이번엔 라야도 집중했다. 희귀한 종족을 볼 수 있는 기회를 놓치고 싶지 않았다.

"들여보내."

첸첸의 허락과 함께 천막 안으로 수수한 차림의 노비가 들어왔다.

새하얀 손톱, 새하얀 입술, 새하얀 머리카락과 눈동자. 피부는 회색빛에 석고상처럼 딱딱하게 보였다. 돌화족 여인이 걸을 때마다 모래 가루 같은 것들이 바닥으로 떨어졌다.

그녀는 등장하는 순간부터 천막 안에 있는 모든 이들의 시선을 받았다.

'이것이 돌화족?'

이국적인 외모에 거부감이 먼저 들었다. 새하얀 눈과 입술은 고고의 말대로 귀신처럼 보였다.

사람이지만 사람 같지 않은 이국적 생물.

마음 깊숙한 곳에서 꺼림칙함이 솟아났다.

하지만 그것도 잠시였다. 그녀의 주위로 시원한 바람 냄새 같은 것이 퍼져 나왔다. 바람이 분다는 것이 아니라, 그야말로 자연 속에 앉아 있는 것처럼 시원한 느낌이었다. 답답했던 천막 안이 한순간에 청아한 삼림처럼 변했다.

"굉장해. 여름날 계곡물에 발을 담그고 앉아 있는 것 같아."

여간해서는 감탄할 줄 모르는 첸첸이 중얼거렸다.

라야도 그 말에 동감하며 미미하게 고개를 끄떡였다. 시원한 향내가 불쾌감과 거부감을 없애 버렸다.

"이래서 돌화족이 귀하답니다. 돈 많은 상인이나 관리 분들이 못 구해서 안달이 났지요. 옆에 두기만 해도 마음이 편안해지는데, 누가 가지고 싶지 않겠습니까?"

고고의 설명을 배경으로 돌화족 여자는 그 자리에서 느릿하게 움직였다. 한 발자국 걷는 데 오 초 정도 걸렸다. 고개를 들고 첸첸을 마주하여 허리를 숙이는 것도 느렸다.

고고는 답답해서 혀를 찼지만 채근하지는 않았다.

돌화족 모두가 느리다는 것이 그의 설명이었다.

여자는 첸첸에게 인사를 마치고 허리를 폈다. 새하얀 눈이 첸첸의 발치에 머물렀다.

"네가 돌화족?"

"……예."

한 박자 늦은 대답이 들려왔다.

첸첸은 손에 턱을 괴고 돌화족을 훑어봤다.

"이름은?"

"……자투라라고 합니다."

역시나 한 박자 늦게 자투라가 입을 열자 시원한 향이 더욱 강해졌다. 첸첸도 그 향이 좋은지 고양이처럼 눈을 가늘게 떴다.

"음, 좋은데."

그러면서 첸첸은 혀로 입술을 핥았다.

"이 향 너무 마음에 들어. 모습이 기괴하긴 하지만 돌화족은 전부 이렇다니까 어쩔 수 없지. 왕이 되었을 때 옆에 데리고 다니면 타국의 사람들도 굉장히 부러운 시선으로 나를 볼 거고 말이야. 좋다, 고고. 내가 사겠어."

고고의 얼굴에 환하게 활기가 돌았다.

2.

"잘 부탁합니다, 주인님! 무무라고 합니다."

어디서 보고 배웠는지 의미조차 알 수 없는 거수경례를 하며 이번에 산 노비가 다가왔다. 제법 강단이 있는지 라야가 마주 봐도 고개를 숙이거나 눈치를 보지 않았다. 그저 생글생글 눈웃음만 쳤다.

그러곤 주인의 허락도 없이 입을 열었다.

"공주님은 군석을 가진 분이신가요?"

라야는 안경 너머로 노비를 노려봤다.

건방진 노비는 허락도 받지 않고 입을 열었으면서 겁도 없이 실실 헤픈 웃음만 지었다.

'……교육을 제대로 받지 못한 건가?'

라야는 속으로 혀를 찼다.

하지만 사람들이 많은 이곳에서 노비 따위에게 화를 내는 짓은 삼가고 싶었다.

'교육은 궁에 들어가서 교육장에게 맡기면 되겠지.'

짧게 생각을 끝낸 라야는 무뚝뚝하게 대답했다.

"어떻게 알았지?"

"주인님이 군위 후보라는 걸 들었거든요!"

무무라 이름을 밝힌 노비는 두 주먹을 불끈 쥐고 호들갑을 떨었다.

"내 인생에 군석을 가지고 계신 분을 보다니, 굉장한 영광이에요!"

그러면서 제자리에서 팔짝팔짝 뛰기까지 하는 노비를 라야는 기가 막힌 시선으로 쳐다보았다.

"아직 군석이 열리지 않으셨다는데, 잘하면 왕이 되는 순간도 볼수 있겠네요? 왕이 되는 순간 하늘에서 커다란 목소리가 내려온다는데, 그건 진짠가요?"

"……글쎄."

책에는 그렇게 나와 있지만 라야도 들은 적은 없었다.

무무는 계속 호들갑을 떨었다.

"크옥, 보고 싶다! 보고 싶어! 공주님이 왕이 되시는 그 순간을 보고 싶어! 그리고 보니 그땐 주인님도 함께하실 테니까 몰래 따라가서 문 사이로 쳐다보면 어떨까요?"

라야는 잠시 기가 차서 말을 이을 수 없었다.

"공주의 방을 몰래 훔쳐보겠다고?"

"으음, 역시 혼나겠죠?"

"혼나는 것으로 끝나는 게 기적이지 않을까 싶은데……."

잘못하면 사형이다.

무무는 자신이 무슨 소리를 했는지 자각조차 못한 건지 무척이나 해맑게 웃었다. 불경죄로 잡혀 들어갈 말을 툭 던져 놓고는 저리 웃다니…….

'내가 앞으로 이걸 데리고 다녀야 하는 건가?'

미래의 암담함에 조금 좌절할 때쯤 고고와 함께 공주가 천막 안에서 나왔다.

첸첸은 노비를 사고 난 후, 항상 라야를 먼저 내보내고 나서야 고고에게 대금을 치렀다. 이유는 모른다. 막연히 고고와 할 말이 있는 거라고 생각하고 자리를 비켜 줬다.

대금을 현금으로 받은 고고는 행복해 죽겠다는 얼굴을 하고 공주의 비위를 맞추고 있었다.

눈을 가늘게 뜨고 그 장면을 지켜보던 미래의 짐 덩어리가 활발한 말투로 물었다.

"주인님, 주인님, 공주님이 돌화족도 샀다면서요?"

"그래."

"우와, 저 이제 돌화족도 볼 수 있는 겁니까? 만세!"

"……같은 노비 시장에 있었으면서도 못 봤나?"

"취급이 달랐죠. 제가 상급이라면 돌화족은 특급이에요! 제가 명석 깔고 잔다면 돌화족은 비단 깔고 자고, 제가 냉수를 들이켤 때 돌화족은 이십 년간 푹 삭히고 익힌 지하수를 먹어요!"

"그건 아무도 못 먹어."

어이없는 말에 지쳐 갈 때쯤 고고의 배웅을 받은 첸첸이 라야에게로 걸어왔다.

화려하고 고고한 그녀의 모습에 주위에 있던 노비들과 서민들은 혼이 빠져나간 듯한 표정을 지었다. 무무는 사랑에 빠진 수캐처럼 촐싹거렸다.

"많이 기다렸어?"

"아닙니다."

라야는 짧게 인사하고 노비들을 불렀다.

왕궁 노비들이 가마를 들고 첸첸의 곁으로 다가왔다.

"돌화족을 데리고 가려면 말을 사야겠어. 그들은 잘 걷지 않는대. 그저 태어난 돌에서 가만히 앉아 있을 뿐. 걷는다곤 해도 느리고."

"알겠습니다. 제가 준비하겠습니다."

첸첸을 가마 안으로 안내하고, 라야는 고고에게 다가갔다. 새로 산 노비가 촐싹대며 뒤에서 따라왔다.

고고에게 다가가자, 그는 습관적으로 두 손을 비비며 허리를 숙였다.

"무슨 일이십니까, 군위 후보님?"

"말 하나를 사고 싶다. 말 시장은 멀어서 갈 수 없어. 짐말이라도 상관없다."

라야의 입에서도 태연히 남들 위에 군림하는 자의 말투가 나왔다. 고고는 황급히 두 손을 저었다.

"사시다뇨? 아이고, 괜찮습니다. 군위 후보님께 돈을 받을 순 없는 노릇입니다요. 그냥 드리겠습니다."

고고는 아랫것에게 시켜 짐말 한 마리를 데리고 왔다.

금방이라도 죽을 것처럼 생기가 없는 늙은 말이었다.

"하하, 어떻습니까?"

"……."

라야의 눈이 가늘어졌다.

비굴한 고고의 면상을 걷어차고 싶었다. 눈치 없는 무무가 '주인님, 그 말 십 초 후에 죽을 것 같은데요' 라고 중얼거리는 것을 뒤로하고 라야는 참을 인을 새기며 말고삐를 잡아챘다.

'왕궁까지는 버티겠지.'

"그럼 가보지."

"살펴 가십쇼. 살펴 가십쇼."

고고가 허리를 숙이며 손을 뻗어 라야의 손을 잡아 온 것은 그때였다. 라야의 미간이 불쾌감으로 일그러진다.

짜악.

고고의 손이 매섭게 내쳐졌다.

"함부로 만지지 마."

"아, 죄송합니다. 정말 죄송합니다."

바로 고개를 숙이고 사과를 해 온다. 라야는 그게 또 마음에 들지 않아 인상을 찌푸렸다.

"……다음부턴 조심하도록 해."

더 있으면 정말로 화를 낼 것 같아, 휙 소리가 날 정도로 몸을 돌려 가마가 있는 쪽으로 걸어갔다.

늙은 짐말이 푸르릉거리며 따라온다. 걸을 때마다 말의 입에서 침이 뚝뚝 흘러내렸다. 이런 상황 자체가 못마땅한 라야의 미간이 점점 구겨졌다.

무무가 촐싹거리며 물었다.

"어째서 이런 말을 준 걸까요? 공주님께 잘 보이고 싶어 하던데. 줘도 이런 말을 주다니."

"환심을 사고 싶어서 주겠다고는 했는데, 돈을 생각하니 아까워졌겠지. 말은 비싸니까. 고고는 저런 인간이다. 생각이 짧고, 돈에 욕심이 많지."

"아아, 그래서 마음에 안 들어 하시는구나."

노비는 알았다는 듯 고개를 끄덕였다.

라야는 말을 못마땅하게 보던 눈을 그대로 돌려 이번에는 노비를 못마땅하게 바라봤다. 노비는 비실비실 웃으며 조금씩 뒤로 물러섰다.

'건방져.'

노비답지 않은 노비를 노려보는 사이, 어느덧 라야는 가마 앞에 도착해 있었다. 그는 첸첸의 호위꾼 중 한 명에게 말을 양도하고 돌화족을 부탁했다.

"그럼 잘 부탁합니다."

"……네."

침이 뚝뚝 흐르는 말을 본 호위꾼이 울상을 지으며 말 위에 돌화족을 태웠다.

라야 등 뒤에서 촐싹거리던 노비는 돌화족을 보더니 주인의 허락도 받지 않고, 돌화족이 있는 쪽으로 쪼르르 달려갔다. 말릴 새도 없었다.

라야는 주인은 안중에도 없는 노비의 태도에 할 말을 잃었지만, 곧 작게 혀를 차고 가마 오른쪽 편에 섰다. 첸첸을 더 이상 기다리게 할 순 없었다.

준비됐다는 신호와 함께 노비들이 일제히 가마를 들어 올렸다. 오른쪽에 난 가마 창으로 첸첸이 말을 걸어왔다.

"좋은 걸 샀어."

흔들거리는 가마를 따라 이동하는 일행들.

고고는 떠나가는 가마를 향해 몇 번씩이나 허리를 숙였다.

"마음에 드십니까?"

"응. 라야는 어때? 새로운 노비는?"

"……촐싹대는 게 귀찮을 것 같습니다만."

무무는 그때까지도 돌화족 주위를 뱅글뱅글 돌면서 감탄사를 연발하고 있었다. 건장한 호위꾼들이 주위를 둘러싸고 있는데도 주눅든 기색 없이 활발하다.

노비가 아니라 그냥 어린애처럼 보였다.

"싹싹해서 좋잖아? 난 귀여운걸."

라야는 무언으로 일관했다. 첸첸은 뭐가 그리 신나는지 쿡쿡 웃으며 가마 안으로 들어가 창을 닫았다.

창을 닫았다는 것은 조금 쉬겠다는 표현.

라야는 어깨를 늘어뜨리고 남들 몰래 한숨을 쉬었다.

첸첸과 다니면 피곤했다. 아주 많이. 절실하게. 마음에도 없는 말을 골라 비위를 맞추다 보면 온몸의 진이 다 빠졌다.

"주인님!"

시장을 지나치고 궁으로 들어갈 즈음 돌화족 구경을 끝마친 무무가 다가와 라야에게만 속삭였다.

"역시 이십 년간 삭힌 지하수만 먹은 노비다워요. 피부가 아주 그냥……."

"……그건 아니라니까."

제 4 장

연
회

제 4 장
연회

1.

간만에 다녀온 궁 밖 나들이에 피곤했는지 첸첸은 돌화족을 데리고 곧장 침실로 향했다. 라야도 궁 내부를 구경한답시고 이리저리 날뛰는 노비를 데리고 자신의 침실로 향했다.

"여기를 써라."

방에 딸린 작은 쪽방을 무무에게 내줬다. 개인 노비는 궁에서 방을 얻을 수 없기 때문에 주인인 라야가 노비의 먹을 것과 입을 것, 잠잘 곳을 챙겨야 했다.

'역시 짐 덩어리라니까.'

좀 더 단호하게 거부할 것 그랬나?

라야는 작게 한숨을 쉬고 옷을 벗었다.

자기 몸도 건사하기 힘든데 이제부터는 노비까지 챙겨야 한다고 생각하니 골이 지끈지끈 아파 왔다. 게다가 새로 산 노비는 잠시도 가만히 있지 않았다.

그는 새집으로 이사 온 아이처럼 침대 위에서 방방 뛰고 구르다가 베개에 얼굴을 처박고 좋은 냄새가 난다고 킁킁거렸다. 그러다 짐승들이 앞발로 땅을 파헤치는 것처럼 침대 위의 이불을 파헤치는 기괴한 행동도 했다.

참다못한 라야가 으르렁거렸다.

"시끄럽군. 가만히 있어라."

무무는 멈칫 행동을 멈췄다.

하지만 그것도 잠시였다. 노비는 갈색 눈을 데굴데굴 굴리더니 곧 없는 꼬리라도 만들어서 흔들 기세로 라야에게 다가왔다. 뒤이어 아부 어린 말투가 작렬했다.

"주인님, 주인님, 이 방은 멋지고 잘생기고 상냥하신 주인님 혼자 쓰시는 건가요?"

라야는 잠시 기가 찼다.

멋지고 잘생기고 상냥……, 또 뭐?

하지만 눈을 동그랗게 뜨고 계속 바라보는 노비를 보니 대답이 없으면 그대로 밤이라도 지새울 태세였다. 그는 마지못해 입을 열었다.

"……그래."

"다른 군위 후보님들과는 같이 쓰지 않으세요?"

"각자의 방이 따로 있으니 굳이 같이 쓸 필요는 없지."

왕의 궁은 왕의 가족과 손님, 그리고 왕의 소유만이 머물 수 있도록 정해져 있다. 왕의 허락을 받지 않고 궁에 머물면 왕을 업신여기는 것으로 간주하고 그 목이 날아갔다.

그러나 첸첸이 머무는 이 백종궁은 진곡의 왕이 공주의 탄생을 기뻐하며 그녀에게 하사한 것으로, 왕의 것이 아닌 첸첸의 것이었다.

첸첸은 기꺼이 군위 후보들에게 각자의 방을 마련해 주었다.

"전 군위님들 방이 다 있단 말씀이세요?"

"그래."

대답을 마친 라야는 욕실로 향했다.

첸첸의 성격에 맞추며 나들이를 나간다는 것은 꽤 피곤한 일이었다. 그녀가 좋아할 만한 대화만을 하고, 그녀를 기쁘게 할 만한 말을 들려주고, 시시각각 변하는 감정 기복을 두려워하면서 옆을 지킨다.

물론 자신이 특별대우를 받고 있다는 것은 잘 알고 있다. 일곱 군위 후보로서 그녀의 신임을 한 몸에 받고 있으니까. 똑같은 군위 후보지만 타 군위 후보보다 질 좋고 훌륭한 대접을 받고 있다는 것도 알고 있다.

'하지만 그것으로는 안심할 수 없어.'

훈고에게는 좀 더 나이를 먹으면 달라지실 거라고 말했던 자신 또한 첸첸의 감정 기복엔 진저리가 났다.

얼마나 더 지나야 어른스러워지실까?

오늘만 하더라도 궁녀의 눈알을 뽑겠다던 태도가 한순간에 달라졌다.

'그 점만 달라진다면……'

그렇게만 된다면 걱정이 없다.

첸첸은 화가 나면 아무것도 안중에 두지 않는다. 예사로이 목을 치고, 다리를 잘라 버리고, 가죽을 벗기라 명을 내린다고 들었다. 그리고 다른 흥밋거리가 생기면 금세 잊어버리고 그쪽으로 향한다.

어린애다운 잔인함이랄까.

많은 군위 후보들이 그런 성격에 질려 첸첸을 원망하고 있었다. '저것이 왕이 되는 나라는 분명히 망한다'라며 뒤에서 수군거리고 첸첸을 멀리하려고 애쓴다.

소원을 이루기 위해 군위가 되려 왔지만 그들은 첸첸을 싫어했다. 싸잡아 라야 또한 욕했다. 첸첸이 신임하는 일곡一穀도 똑같다고 말이다.

'그래도 달라지실 거야. 아직 어리니까 시간은 많아.'

조금씩 조금씩.

갓난아이가 걸음마를 배우듯.

가랑비가 대지에 스며들 듯 천천히 달라지기 시작한다면 언젠가는 첸첸도 백성들에게 우러름을 받는 왕, 진명[8]을 받는 왕이 될지도 모른다.

오늘 아침, 한 번 내린 궁녀의 처벌을 다시 생각하는 첸첸을 보고 라야는 희망을 느꼈다.

'그래, 조금씩이지만 변하고 있어.'

라야는 욕조로 들어가 몸을 눕혔다. 긴장으로 놀란 근육들이 천천히 부드러워졌다. 그렇게 십여 분간 욕조에 누워 피곤을 죽인 그는 꼼꼼하게 물기를 닦고는 밖으로 나갔다.

무명으로 만든 흰색 옷을 든 짐 덩어리가 문 앞에서 대기하고 있었다. 무릎까지 내려오는 무명옷은 라야가 잠잘 때 입는 잠옷이었다.

---

8) 진명은 왕이 신에게서 받는 이름을 뜻한다. 대부분의 사람들은 신에게 이름을 받은 왕을 '몰락하지 않는 진정한 왕'이라고 생각한다.

"궁노비에게서 귀뜸으로 들었어요. 이것을 입고 주무신다면서요?"

"……그래."

꽤 기특한 일을 하긴 했지만 잘못 짚었다.

"하지만 지금은 나가야 되니까 내려놔라."

"에, 지금 저녁 일곱 시인데요?"

노비 주제에 말대꾸가 이리도 많다.

"그것도 궁노비들에게 들었나?"

"예! 주인님이 규칙적인 생활을 하신다고 귀에 못이 박히게 들었어요. 오전에 모든 일을 마치시고, 일곱 시 전까진 주어진 방에 들어와 목욕을 하며, 목욕이 끝난 후엔 무명옷으로 갈아입고, 아홉 시까지 책을 읽으며 잘 준비를 한다고요. 저녁은 굶고, 대신 아침을 든든하게 드신다는 것까지 알아냈어요!"

그러면서 눈을 빛내면 어쩌자는 거냐?

라야는 혀를 차며 옷장으로 걸어갔다.

"궁노비들은 잊은 모양이지만 매달 마지막 주 일곱—穀 저녁 여덟 시엔 군위들끼리 모이는 연회가 있다. 첸첸의 명령이기도 하고, 나도 필요하다고 생각해서 동의했지."

말을 하면서 옷장 안에서 옷을 꺼냈다. 자신의 검은 머리카락과 똑같은 색의 옷으로 목깃을 작게 접을 수 있는 옷이었다. 짐 덩어리는 무명옷을 침대 위에 내려놓고 준비를 거들었다.

노비의 재빠른 입은 그사이 짧은 시간 동안에도 멈추지 않았다.

"멍청한 궁노비들, 이런 것을 까먹다니. 한심해요. 한 달에 한 번 모이는 연회지만 그래도 곧 군위가 되실 분들의 연회잖아요. 중요한 일인데……. 까먹은 게 아니라 절 골탕 먹이려고 일부러 말 안 한 건 아닐까요? 내일 따지러 가야겠어요! 그 희멀건 얼굴을 내가 잊을 줄 알고!'

"알았으니까, 단추나 똑바로 채워라. 비뚤어졌다."

"질이 참 좋은 옷이네요, 주인님. 제 전 주인님도 돈이 많은 분이셨지만 이런 옷은 입질 못하셨는데. 공주님이 사 주신 건가요? 그렇죠? ……역시 주인님은 공주님의 신임을 받고 계시는군요. 주인님의 노비로서 무척 기뻐요. 주인님이 잘돼야 노비도 잘되거든요. 주인님 행복이 곧 저의 행복!'

"단추나 똑바로 채우랬지."

낮게 으르렁거렸지만 화는 나지 않았다. 강아지처럼 발발거리는 것이 밉지 않았기 때문이다. 라야는 건방진 노비를 교육장에 보내는 것도 잠시 보류했다.

모든 준비를 끝내자마자 시간을 확인하고 방을 나섰다. 연회장으로 가는 길에도 짐 덩어리는 여전히 촐싹거렸다. 가만히 있으라는 주인 말을 한 귀로 흘려듣는 건방진 재주를 가지고 있는 노비였다.

그는 쫄래쫄래 따라오면서 계속해서 두리번거렸다.

"군위 후보님들은 총 몇 명이세요?"

"여덟."

"엑, 여덟 명씩이나요? 많네요. 진왕 배덕 님 다음으로 많은 숫자예요!'

"왕이 힘이 있으면 군위가 많이 모여 드니까."

"그렇죠. 저도 그렇게 들었어요. 햐, 공주님은 대단히 멋지고 유능한 분이시군요. 어쩐지 손짓 하나에도 기품이 철철 넘쳐흐르신다고 생각했어요. 저 정말 개명하면 안 될까요? 공주님 해바라기, 어때요?"

"······."

앞으로 노비를 '공주님 해바라기야'라고 부르는 상상을 하자 저절로 오한이 들었다.

무무가 샐쭉 웃었다.

"주인님, 주인님은 정말 자상하시네요. 저의 전 주인님은 이런 소리를 할 때마다 헛소리한다면서 발로 걷어차셨는데. 그래서 팔렸고요. 하하핫, 대범하지 못한 주인님이셨어요."

역시.

미래의 짐 덩어리, 그 사실을 확정하는 발언이었다.

그의 과거를 확인한 라야는 암담함에 고개를 숙이며 좌절했다. 이런 걸 데리고 다니다간 인내심이 바닥날지도 모른다.

앞에는 공주, 뒤에는 건방진 노비.

장염으로 고생할 미래가 훤했다.

무무는 그런 주인의 속도 모르고 칠락팔락 돌아다니는 동안에도 신나게 말을 이었다. 궁 구석구석을 구경하느라 라야와의 거리가 조금이라도 멀어지기라도 하면 어느새 옆으로 쪼르르 다가와 입을 열었다.

몇 분 뒤 연회장에 도착한 라야는 거대한 연회장 문 앞을 지키고 서 있는 두 명의 무관들에게 정중히 인사를 던지고 연회장 문을 열었다.

"우와!"

무무가 옆에서 입을 벌리고 감탄했다.

2.

쳰쳰이 화려한 것을 좋아하는 터라 연회장도 화려했다.

새빨간 옻칠을 한 기둥, 금가루가 뿌려진 새빨간 비단천들이 천장에서 바닥까지 늘어져 있었다. 연회장 중간에는 하늘거리는 옷을 입은 무희들이 음악과 함께 춤을 췄다.

라야보다 먼저 도착한 일곱의 군위들은 저마다 방석을 깔고 앉아 연회를 즐기고 있었다. 술병을 기울이며 잔잔한 분위기 속에서 화합을 다지던 그들은 라야가 나타나자마자 짜기라도 한 듯 동시에 행동을 멈췄다.

'또 시작이군.'

미미하게 얼굴을 구기고 한숨을 쉬었다. 그의 예상대로 술에 취한 조롱 소리가 바로 들렸다.

"우리의 대장, 일곡─殺 군위님께서 오셨군."

입을 연 것은 평소에도 비꼬기를 좋아하는 칠곡七殺의 군위 후보 파하였다. 파하의 말에 다른 군위 후보들이 와르르 웃음을 터뜨렸다.

"그래, 오늘은 우리 공주님께서 노비를 사 주셨다며? 뒤에 저 꼬맹이가 그 선물인가? 정말 대단하다니까, 넌. 어떻게 그 성질머리 고약한 계집을 요리하기에 소악마가 그리도 지극정성일까?"

"……그렇게 말하지 마십시오. 미래의 왕이십니다."

라야는 정색하고 대답했다. 일곱의 군위들은 눈을 동그랗게 뜨고 서로를 쳐다보더니 다시 와르르 웃음을 터뜨렸다.

명백한 무시였다.

화를 꾹 참은 라야는 미간을 찌푸리며 연회장 구석 자리로 향했다. 무슨 말만 하면 비웃는 그들을 상대하고 싶지 않았다.

무무가 좋지 못한 표정으로 등 뒤에서 물었다.

"주인님, 주인님, 왜 다들 주인님께 저러는 거죠?"

"……첸첸은 어린애 같은 면이 있으니까. 일곡인 나도 똑같이 보는 거지. 하지만 계약을 하고 나면 달라질 테니 상관없다."

때마침 궁녀가 술상을 들고 왔다. 사과주와 곱게 깎은 과일들이 접시 위에 놓여 있었다.

무무는 계속해서 물었다.

"공주님을 싫어하신다고요? 그럼 다른 분들은 왜 군위 후보가 되신 거죠?"

"소원을 들어주니까."

라야는 술잔에 술을 부었다.

"소원이라면……, 그?"

술을 한 잔 쭉 들이켜고 나서야 라야는 대답했다.

"그래. 아픈 딸을 위해 약값이 있어야 하는 사람이 있다. 하지만 그약은 몇 년에 하나 나올까 말까 한 귀한 것이라 그것을 구하려면 많은 돈이 필요하지. 그래서 군위가 되어 왕에게 소원을 비는 거다. 첸첸은 그것이 가능하니까."

훈고의 이야기였다. 훈고의 딸은 태어날 때부터 병을 안고 태어나 십 년이 지난 지금까지도 병상에 누워만 있다고 들었다.

"잘못을 저질러 사형 날짜를 받은 죄수도 있다. 그를 빼내려면 법을 제정한 그 나라의 왕과 맞설 수 있는 사람이 필요하지."

파하의 소원이었다.

파하의 남동생은 자신을 괴롭히는 동네 아이들을 홧김에 죽이고 사형 날짜를 받았다고 들었다. 파하는 사랑하는 동생을 구하기 위해 망설임 없이 그 나라의 국명부에서 자신의 이름을 지우고 정든 고향과 가족을 떠나 여기까지 왔다.

잠자코 듣고 있던 무무는 고개를 갸웃거렸다.

"그럼 주인님은요?"

"뭐?"

무무는 무릎을 꿇고 라야의 옆에 다가와 앉았다. 노비가 가지고 있는 물빛 머리가 작게 흔들리면서 언뜻 금색으로 보였다.

"주인님 소원이요."

라야는 그 순간 **처음으로** 노비의 두 눈과 마주했다.

호들갑스러워서 시끄럽고 천방지축으로 날뛰는 천덕꾸러기로만 여겼던 노비의 눈이 어둡고 이질적으로 빛나고 있었다.

금빛이었다.

라야는 잠시 놀라 눈을 깜빡였다.

눈을 감았다 뜨자, 언제 그랬냐는 듯 노비의 눈동자는 처음과 마찬가지로 흔하디흔한 갈색이었다.

"주인님?"

노비가 다시 생글생글 웃으면서 물었다.

"……"

한순간 취기가 핑 도는 것 같았다.

라야는 술잔을 탁 내려놓고는 손을 뻗어 무무의 얼굴을 가까이 끌어당겼다.

"에엣, 뭐하세요?"

"가만히 있어 봐. 네 눈동자에 뭔가 있는 것 같았는데……."

무무가 어깨를 잘게 떨었다.

"무, 무슨 소리세요! 먼지라도 들어갔어요?"

"아니, 그런 것은 아니었다."

"그럼 자, 자, 잘못 보셨겠죠. 좀 놔주세요!"

"……."

입을 꾹 다문 라야는 손가락을 이용해 노비의 오른쪽 눈을 크게 벌렸다. 무무가 온몸을 버둥거렸다.

"주, 주인님!"

"이상하군."

"잘못 보신 거라니까요!"

"그런가?"

라야의 손이 떨어지자마자 무무는 황급히 자신의 눈을 비볐다. 타인의 손가락에 의해 강제로 벌어진 눈은 바람이 들어갔는지 시큰거리고 눈물이 새어 나왔다.

"아프잖아요!"

"참아라."

라야는 명령하듯 짧게 말하고는 술을 홀짝였다.

무무는 입술을 삐쭉이며 옆에서 구시렁거렸다. 좋은 주인인지 알았더니 못된 주인이었다는 투정이 주된 내용이었다. 라야는 가뿐히 무시했다.

'분명히 이질적이었는데…….'

라야는 무무가 구시렁거리든 말든 신경 쓰지 않고 아까 봤던 무무

의 눈을 떠올렸다. 그러고 보니 눈동자만이 아니라 노비의 머리카락
도 물빛이 아니라 금색이었다.

라야는 홀짝이던 술잔을 내려놓고 다시 무무를 응시했다. 구시렁
거리던 무무가 화들짝 놀라 몸을 뒤로 빼며 물었다.

"또 왜 그러세요?"

"······다시 확인할까 해서."

"하지 마세요! 하면 안 돼요! 아프다고요! 아파요! 제 눈 좀 봐요! 뻘
겋게 충혈 됐잖아요!'

"참아."

"아악, 싫어요!'

"건방진 노비 같으니. 어디다 대고 반항하는 거냐."

"주인님이 두툼한 손으로 눈을 막 찌르니까 그렇죠!'

"······."

격렬한 노비의 반항에 결국 두 손을 들었다.

'착시였나?'

금색으로 보였던 머리카락은 아무리 헤집어 봐도 물빛이었고, 두
눈을 다시 한 번 마주쳐 봐도 이질적인 느낌을 찾아볼 수 없었다. 조
금 전에는 뭔가가 씌인 것처럼 이질적인 느낌을 받았었는데, 지금 보
니 어이없을 정도로 평범한 갈색 눈이었다.

눈을 비비며 울먹이던 짐 덩어리가 자라처럼 목을 내밀며 조심스
럽게 라야의 눈치를 살폈다.

"이젠 안 하세요?"

"그래."

"······진짜요?'

"그래."

무무는 안심하며 표정을 풀었다.

"그것보다 얘기 안 해 주실 거예요? 주인님 소원이요!"

"……그건 왜?"

"에에, 말씀해 주시면 안 돼요? 저 궁금한데!"

라야는 대답 없이 술을 홀짝이며 이 촐싹거리는 놈을 방으로 쫓아 낼까 고민했다. 조용히 술을 즐기는 자신과 달리 떠벌리길 좋아하는 놈이라 옆에 두면 짜증만 날 것 같다.

어린애가 떼를 쓰듯 조르는 노비를 뚫어져라 보고 있을 때였다. 뒤에서 커다란 손이 내려와 라야의 검은 머리를 헤집었다. 정리 정돈이 잘되어 있던 라야의 머리가 한순간 까치집처럼 뒤집어진다.

질색하며 돌아본 라야의 뒤에는 능글맞은 웃음이 입가에 맺힌 팔곡八穀의 군위 후보 훈고가 서 있었다.

"무슨 일이십니까?"

'평소엔 근처에도 안 오시는 분이…….'

뒷말은 속으로 삼키며 라야는 훈고에게 물었다.

다른 군위들보다 잘해 주긴 했지만 그 또한 라야를 싫어하는 축에 해당했다. 심기가 잔뜩 비틀려 있을 때는 정도가 심한 장난을 치기도 했다.

"왜 오면 안 되나?"

훈고는 문 앞에 대기하고 있는 궁녀에게 술상을 새로 봐 오라 시키곤 라야 앞에 앉았다. 이미 취해 버린 건지 심한 술 냄새가 풍겼다.

"말해 줬다. 군석이 열리는 건 일주일 뒤라고."

그의 말이 끝남과 동시에 웃음소리가 또다시 들려왔다. 군위 중 하나가 술병을 들고 옷을 벗어젖히기 시작했다. 박수 소리가 시끄러웠다. 관심에서 멀어진 무희들은 악기를 들고 연회장을 빠져나갔다.

"오늘은 더 짓궂게 굴지도 몰라. 네가 이해해라."

"신경 쓰지 않습니다. 일주일 뒤면 모두 변하게 될 테니까요."

라야는 연장자의 대우로 훈고의 술잔에 술을 따라 주었다. 훈고는 거하게 입안에 들이부었다.

"……그래, 그렇지"

흉터가 자잘한 몸을 움찔거리며 훈고는 웃었다. 오랜 세월 동안 떠돌이 무사로 지냈다는 것이 거짓말은 아닌지 그의 흉터는 주로 검상이었다.

"술맛이 쓰군."

훈고는 궁녀에게 좀 더 도수가 약한 술을 가져오라 시켰다. 무무는 낄 자리가 아닌 것을 알았는지 얌전히 무릎을 꿇고 옆에서 대기했다.

훈고는 다시 한 번 술을 입안에 부었다.

"너는 괜찮나?"

"예?"

"아직 열다섯이니까 어쩔 수 없는 건가? 그래, 너무 어리지, 넌. 그래서 첸첸을 제대로 알지도 못하면서 그 악마가 변할 거라는 헛소리나 해 대지."

잠자코 듣고 있던 라야는 불쾌감을 드러냈다.

"주정이십니까? 말씀이 심하십니다. 헛소리라니요. 훈고, 첸첸은 변합니다. 아니, 변하고 있습니다. 오늘만 해도 홧김에 궁녀를 해하려 했지만 금방 마음을 바꾸었습니다. 좋은 징조입니다. 그렇게 조금씩 변해 간다면 미래에는 충분히 훌륭한 왕이 될 수 있을 겁니다."

"……궁녀? 아, 그래. 그 궁녀 이야기 들었지."

훈고가 키득키득 웃었다. 명백한 비웃음이었다.

라야는 치욕감에 젖었다. 훈고는 아랑곳없이 술기운에 뻘겋게 변한 얼굴로 이번에는 무무 쪽을 응시했다.

"네가 오늘 새로 온 노비인가? 젊군. 라야와 비슷한 나이……."

시답지 않은 말을 늘어놓던 훈고가 갑자기 말을 멈췄다. 그의 눈은 커질 대로 커져 있었다.

"훈고?"

어리둥절한 라야의 목소리 따위는 들리지도 않는 기색이었다. 십여 분 정도 무무를 관찰하던 훈고는 이윽고 낮게 웃음을 터트렸다. 라야를 비웃던 그런 웃음이 아닌, 정말로 즐거워서 웃는 웃음소리였다.

돌변한 훈고의 태도에 어리둥절해진 라야가 무무를 쳐다봤지만 무무도 어리둥절한 표정으로 라야를 쳐다보고 있을 뿐이었다.

훈고는 숨이 넘어갈 것처럼 웃다가 겨우겨우 입을 열었다

"이거 이거…… 저 노비를 첸첸이 사 줬다고?"

"예, 그렇습니다. 그런데 뭔가 이상한 것이라도 있으십니까? 왜 그렇게 웃으십니까?"

그러나 훈고는 아무 대답도 없이 혼잣말로 중얼거렸다.

"그 첸첸이 말이지. ……아, 아니야, 아무것도. 크큭, 이거 일이 정말 재밌게 돌아가는군. 마지막 반전이란 건가? 분명 고 계집도 모르고 한 일이겠지. 간만에 유쾌한 일이야. 고 계집이 알면 어떤 표정을 지을까? 새로 사 들인 노비가……, 크."

"네?"

훈고는 고개를 절레절레 저으며 술잔에 술을 부었다.

"재밌겠어. 이렇게 일이 진행될 줄이야. 이렇게 된 바에야 더 이상 여러 말 해 줄 필요도 없겠군."

"아까부터 무슨 말씀이십니까? 정말 취하기라도 하셨습니까?"

"그래, 취했다. 그렇게 알고 싶으면 그리 알아 둬."

훈고는 개구쟁이처럼 웃으며 자리에서 일어났다.

건장한 체격을 가진 그가 일어서자 연회장 전체가 가려졌다. 라야 또한 훈고를 따라 일어섰다. 불쾌한 말만 오가긴 했지만 연장자가 일어나는데 계속 앉아 있을 수는 없었다.

라야가 따라 일어나자 훈고는 눈을 조금 크게 뜨더니 이내 복잡한 얼굴로 라야를 내려다봤다. 그리고 생각지도 않았던 말을 충동적으로 내뱉었다.

"……심심할 때 북쪽 외곽문에 한 번 가 봐라, 라야."

"북쪽이라고 하셨습니까?"

북쪽은 귀신이 다니는 문이라 하여 사람이 다니지 않는다. 그래도 문을 만들어 놓은 이유는 문을 만들지 않으면 귀신이 해코지한다는 미신 때문이었다. 사람들은 그쪽 방향을 귀문이라 부르고, 부정을 탄다며 사시사철 잠가 놓고 얼씬거리지도 않았다. 감옥이나 유배지를 대부분 북쪽에 짓는 것도 그런 탓이었다.

"그곳엔 왜 가 보라는 겁니까?"

훈고는 대답하지 않았다. 그는 라야를 무시하고 와르르 웃어 젖히는 군위들 틈에 끼어들었다.

무시당한 라야는 그의 뒷모습을 지켜보며 뼈가 도드라져 보일 정도로 주먹을 움켜쥐었다. 무시하고 깔보는 이들을 질릴 만큼 겪었는데도 자존심은 여전히 용납하지 않았다.

라야는 화가 난 얼굴로 자리에 앉아 술을 마셨다.

"주량이 세시네요?"

몇 분간 잠자코 있던 무무가 발동이 걸린 듯 다시 입을 열었다. 조용히 있고 싶었던 라야는 순간 짜증이 치밀었다.

"주인님?"

"……조금."

그래도 애꿎은 사람에게 화를 낼 순 없어 짜증을 억누르고 대답했다. 무무는 그것도 모르고 더욱더 촐랑거렸다.

"에이, 조금이 아니신 것 같은데……. 사과주가 달콤하니 좋죠? 전의 주인님께서는 기분이 좋으시면 노비에게 술 몇 병 던져 주고는 하셨는데, 그중 사과주가 한 번 섞여 있은 적이 있었어요. 아시다시피 사과는 엄청엄청엄청엄청 귀하잖아요. 사과주도 마찬가지고. 그때 먹어 본 그 맛, 전 잊을 수가 없어요. 달달하고 시원한 사과주의 향, 끝 맛은 조금 쓰지만 부드럽게 혀를 감아 올리는 담백함! 크윽, 그때만 생각하면 오장육부가……."

"먹고 싶나?"

라야는 더 듣고 싶지 않아 말을 잘랐다. 정곡을 찔린 말 많은 노비가 냉큼 입을 다물었다.

하, 어이가 없다.

라야는 술잔을 내려놓으며 으르렁거렸다.

"그러니까 지금 나보고 술을 달라?"

"그, 그게 그러니까 꿈에서나 나올 듯한 맛이랄까요, 잊을 수 없어서 미칠 것 같다랄까요. 언제나 식은 찬밥만 먹는 신세인데, 혹시 자

상하고 마음씨 따뜻하며 누구보다 상냥한 주인님이시라면 한 잔 주
시지 않을까 해서……."

시선을 피하며 슬며시 내뱉는 말이 청산유수다.

저렇게 말을 하니 건방지다고 화를 낼 마음도 푸시시 사그라진다.
한껏 치밀었던 짜증도 안개처럼 흐려졌다.

라야가 큭 웃자, 무무도 머리를 긁적이며 에헤헤헤헤헤 헤픈 웃음
을 날렸다. 가시방석 같던 연회장 분위기가 조금은 부드럽게 변했다.

"그래도 술은 안 돼."

"에?"

연회장 분위기가 무르익었는지 수치심을 팔아먹은 군위 두 명이
나체로 춤을 추고 있었다. 은밀한 그곳을 나름 감춘다고 감췄는데,
사발로 덮어씌운 모습이 더 흉물스러웠다. 그런 모습으로 몸을 흔들
어 댄다.

라야는 즉시 못 볼 것을 본 얼굴로 고개를 돌리고는 딱 잘라 말했
다.

"나중에 사과 하나 집어 줄 터이니 그것으로 참아라. 노비가 술을
마시다니, 말도 안 되는 소리군. 전 주인은 그랬을지 몰라도 나에게
그런 일은 없다."

"에에에에?"

울상을 짓는 무무 앞에서 라야는 보란 듯이 사과주를 즐겼다.

무무의 목구멍에서 침이 꼴딱꼴딱 넘어갔다. 끝내 참지 못한 무무
가 술잔에서 떨어지는 술을 받아먹기 위해 입을 쩌억 벌렸을 때는,
라야가 인정사정없이 머리를 후려쳐 버리기도 했다.

시간이 더 흐르자 연회장은 조용해졌다.

독한 술을 마신 군위들이 차례대로 코를 골며 나가떨어졌다. 연회장 중앙에서 나체로 춤추던 사람들도 큰 대 자로 뻗어 잠을 청했다.

가시방석 같던 연회의 끝이었다.

라야는 연회가 끝나자마자 자리에서 일어나 연회장을 빠져나갔다. 술에 강하기도 했지만 사과주 자체가 그리 독한 술이 아니었기 때문에 걸음걸이는 멀쩡했다.

머리에 혹을 단 무무가 그 뒤를 쪼르르르 따랐다.

"주인님, 침실로 가시게요? 북쪽은요?"

훈고의 말이 생각난 무무가 물었다. 라야는 작게 고개를 저었다.

"밤에는 안 돼. 작은 불조차 없어서 아무것도 보이지 않는 곳이다."

훈고가 아무리 그의 속을 뒤집고 비꼬아도 속없는 말을 할 사람은 아니란 것을 익히 알고 있었다. 무시하고 깔보는 사람의 말을 곧이곧대로 듣고 싶진 않지만 북쪽에 가 보란 말을 흘려들을 수 없는 이유가 바로 그것이었다.

"내일 아침에 간다."

라야는 자신의 방으로 돌아가 간단히 씻고 침대에 누웠다. 술을 마셨더니 금세 졸음이 몰려왔다. 무무도 라야가 내준 쪽방에서 얌전히 몸을 눕혔다.

그의 눈이 잠시 금빛으로 반짝였다.

제 5 장

시
체

제 5 장
시체

1.

이곡二穀의 날이 밝았다.

일곡의 군위인 라야는 언제나와 마찬가지로 아침 여섯 시에 일어나 하루를 준비했다.

"후보인 지금은 일의 범위가 적기 때문에, 자신이 맡은 곡穀이 아니면 자유롭게 행동하는 편이다."

갓 들어온 햇병아리 노비에게 군위에 대해 알려 주며, 라야는 옷에 주름이 진 곳은 없는지 다시 한 번 점검했다.

"알았나?"

"네에에에에에."

무무는 두 눈을 비비며 멍청하게 웃어 보였다. 입가에 흐른 침 자국이 선명했다. 라야는 그 침 자국을 유심히 보다가 표정 변화 없이 세 발자국 떨어졌다.

"오늘은 새 아침이니까 특별히 봐준다. 하지만 너도 내일부터는 아침 여섯 시에 일어나도록 해라. 그리고 일곱 시까지 식사를 하고 움직일 수 있는 모든 준비를 마치도록 해. 내 개인 노비면 옷차림도 단정……. 듣고 있나?"

노비는 코까지 골며 고개를 꾸벅거렸다.

라야는 가만히 참을 인을 새기며, 협박조로 말했다.

"당장 일어나라."

"……."

"무무!"

"네에!"

얼떨결에 대답한 노비는 흐리멍덩한 눈으로 라야를 올려다봤다. 그러고는 생긋하고 입꼬리를 당겨 웃었다.

웃는 게 아주 반사적이었다.

"아, 주인님이네. 좋은 아침이에요! 근데 이른 아침부터 왜 그런 눈으로 저를 보고 계시나요?"

라야는 살 떨리는 목소리로 물었다.

"……그걸 몰라서 묻는 거냐?"

"에? 그거야 당연히 몰라서 묻죠. 악몽이라도 꾸셔서 이불에 실례라도 하셨……."

쾌활하게 말을 잇던 무무의 안색이 점점 질려 갔다.

라야는 팔짱을 끼고 또 한 번 참을 인을 마음속에 깊게 깊게 새겼다.

"이제 기억났나 보지?"

"죄, 죄송해요! 제가 깜빡 졸아 버렸어요! 정말로 죄송해요! 그, 그게 제가요, 며칠 동안 노비 시장에 있는 철창 안에 갇혀 있었더니 낮과 밤이 바뀌어서……."

그렇게 변명하는 와중에도 잠이 오는지 눈꺼풀이 밑으로 가라앉는다. 무무는 꾸벅꾸벅 졸다가 결국 침대에 얼굴을 박고서야 화들짝 놀라 다시 일어났다.

"……됐다."

라야는 한숨을 쉬며 아침 식탁에 나왔던 사과 하나를 무무에게 던졌다.

"오늘 아침은 그것으로 대신해라. 봐주는 것은 오늘만이다."

"핫, 사과다! 고맙습니다, 주인님! 역시 주인님이라니까. 저에겐 주인님밖에 없는 거 아시죠? 행복해라, 행복해. 정말 행복해. 이 달콤한 맛이라니."

"……이러다 확실히 내가 먼저 앓아눕겠군."

무무는 사과를 우물거리며 준비를 시작했다.

그가 다시 라야 앞에 섰을 때는 입가에 침 자국도 없고, 물빛 머리카락도 얌전하게 정리된 모습이었다. 잠에서도 완전히 깨어났는지 초롱초롱한 눈으로 라야의 꽁무니를 쫓았다.

라야는 무무를 데리고 백종궁에 딸린 작은 연무장으로 향했다. 그는 매일같이 아침 일곱 시만 되면 이곳에서 간단한 운동을 했다. 군위들을 위해 만들어진 연무장을 가볍게 돌고, 활을 들어 과녁을 맞히는 것이 일상이었다.

무무가 한 일이라고는 옆에서 수건을 건네주고 빈 화살통을 채우는 것이 전부였다.

　운동이 끝나자 라야는 다시 씻으러 갔다. 결벽증은 아니지만 깔끔한 것과 단정한 것을 좋아하는 그는 밖을 나갔다 온 후에는 꼭 물로 씻어야 직성이 풀렸다.

　그 뒤에는 점심시간 때까지 독서실에서 책을 읽었다. 소설, 위인전, 수필, 백과사전 등 가리지 않고 탐독했다.

　할 일이 없어 멀뚱히 서 있는 무무에게도 책을 읽어도 된다고 허락하고는 같이 읽었다. 혼란기 이후로 책은 매우 귀했기에 무무는 라야의 마음이 바뀔세라 얼른 읽기 시작했다.

　글을 읽을 줄 안다는 것이 거짓은 아니었는지, 무무는 제법 어려운 글자도 막힘없이 읽어 내렸다.

2.

　식사가 끝난 뒤에, 그들은 북쪽으로 향했다.

　불길하다고 알려진 북쪽으로 걸음을 옮길 때마다 눈에 띌 정도로 궁녀들과 무관의 수가 줄어들어, 북쪽 문에 가까워졌을 때는 라야와 무무만 남게 되었다.

　"여기 오싹하네요, 주인님."

　앙상하게 말라 버린 나무들과 누렇게 변한 잔디. 어디선가 불어오는 바람은 건물과 건물 사이를 지나치며 무서운 소리로 울었다.

　사람의 손길이 거의 닿지 않는 곳이라는 것을 증명하듯 땅 위에 깔려 있는 대리석이 반으로 조각나 굴러다녔고, 가을에 떨어진 낙엽이 아직도 수북이 쌓여 있는 곳도 있었다.

'이 정도일 줄은 몰랐는데……'

삭막하고 어두운 분위기에 쉬지 않고 떠들어 대던 노비도 입을 다물고 움츠러들었다.

조금 더 걷자 쓰러져 가는 갈색 문이 보였다.

동쪽, 서쪽, 남쪽에 나 있는 문과 비교하면 너무나 비루하고 허름한 문이었다. 썩어서 구멍이 난 곳에는 판자를 대고 못질을 한 흔적마저 남아 있었다.

라야는 그 문을 보고 할 말을 잃었다.

북쪽에 와 본 것은 이번이 처음, 이렇게 심할 줄은 상상조차 못했다.

'문을 지키는 무관도 없군.'

주위를 훑어보는 라야의 등 뒤에 숨어서 무무도 덩달아 주위를 훑어봤다.

"우와, 여기 굉장하네요, 주인님. 어젯밤에 왔으면 나 주인님 버리고 도망갔을지도 몰라요. 하지만 낮엔 걱정 마세요. 낮에 귀신 나온단 소리는 들어 본 적이 없으니까. 내가 지켜 줄게요, 주인님!"

"우선 내 등 뒤에서 좀 나오는 게 어떠냐?"

"제가 심장이 좀 약해서요, 에이! 아시면서."

"……"

라야는 무무의 엉덩이를 걷어차 주고는 문 쪽으로 걸어갔다.

'도대체 여기에 뭐가 있다고……'

분위기에 압도당해 걸음걸이도 조심스러웠다.

라야는 오른팔을 내밀어 금방이라도 가루가 될 것만 같은 문을 슬쩍 밀어 봤다. 약간의 충격에도 나동그라질 것 같던 문이 의외로 꿈쩍도 하지 않았다.

'잠긴 건가?'

이번엔 좀 더 강하게 밀어 봤다.

문은 끼익끼익 나 죽겠단 소리만 지를 뿐, 굳건하게 닫힌 채였다.

"잠긴 거예요, 주인님?"

"그래."

호기심이 발동했는지 눈을 동그랗게 뜬 무무가 북쪽 문을 기웃거렸다. 겁먹었던 행색은 찾아보려야 찾아볼 수가 없다. 하루 종일 이랬다저랬다 혼자서만 바쁘다.

"그럼 그 훈고라는 군위 분은 어떻게 북쪽으로 가 보라고 한 걸까요? 저 담 너머로 봐야 하는 건가?"

깡충깡충 그 자리에서 뛰던 무무는 허락도 없이 궁 담벼락으로 뛰어올랐다.

그 모습에 도리어 주인인 라야의 얼굴이 새하얗게 질렸다. 왕이 살고 있는 궁 담벼락에 뛰어오르다니, 저 노비가 드디어 미쳤다.

"이 멍청이가! 얼른 내려와!"

"에? 하지만 거의 다 올라왔……. 아, 보인다. 주인님 저기에……."

말을 내뱉던 무무의 얼굴이 순식간에 백지장처럼 질렸다.

"무무?"

언제나 씩씩한 것만이 장점이던 노비가 갑자기 담벼락에서 떨어졌다. 놀란 라야는 재빨리 다가가 무무의 어깨를 잡았다.

"너!"

"……."

한동안 말도 못하고 벌벌 떨기만 한다. 심상치 않다. 라야는 걱정스럽게 그의 이름을 불렀다.

"무무?"

"주, 주인님, 저기에, 저기에……."

무무는 파랗게 질린 얼굴로 간신히 입을 열었다. 그는 온몸을 벌벌떨며 라야가 마지막 동아줄이라도 되는 것처럼 매달렸다.

"시체가 있어요!"

"뭐?"

되묻는 라야의 목소리도 들리지 않는 듯했다.

끔찍한 장면이 무무의 머릿속에서 되풀이되었다. 그는 자기도 모르게 담벼락에서 멀어지기 위해 발을 버둥거렸다.

"시체요, 주인님. 사람이 죽어 있어요! ……그, 그것도 새하얀 소복을 입은 여자가 바닥에!"

"무슨 말도 안 되는 소리를……."

라야가 황당함에 눈살을 찌푸렸다.

"여긴 왕이 사는 궁이다. 그런 흉한 것이 있을 리가 없어. 네가 무언가를 잘못 본 것……."

"진짜예요!"

무무는 라야의 말을 자르며 외쳤다. 다급해 보이는 갈색 눈동자에는 공포의 빛이 뚜렷하게 떠올라 있었다.

"거짓말 아니라고요! 확실히 봤어요! 믿어 주세요, 주인님! 젊은 여자였어요. 거기다가 눈이, 눈이……."

무무는 덜덜 떨리는 두 손으로 자신의 얼굴을 더듬었다.

"없었어요!'

"……!'

라야는 눈을 크게 떴다.

첸첸의 얼굴이 떠올랐다, 사라진다. 스산하게 부는 바람이 두 사람 사이를 스쳐 지나갔다.

"……뭐?'

"눈이 없었어요! 시커먼 구멍만 있었다고요! 저 여자 눈이 뽑혀서 죽어 있어! 끔찍해요, 주인님! 궁에 왜 저런 것이 있어요?'

"고문관을 불러."

무무의 말과 동시에 첸첸의 말이 떠올랐다.

바로 어제의 일이었다.

"이 계집의 두 눈을 뽑도록 해. 그리고 광장에 묶어 둬. 겁도 없이 고개를 들어 내 군위 후보를 그런 음탕한 눈으로 쳐다본 죄의 대가, 다른 궁녀들에게도 똑똑히 알아 두라고 해!'

바람이 불어 외곽문이 삐걱거렸다.

라야는 저도 모르게 노비의 어깨를 쥐고 다그쳤다.

"잘못 본 것은 아니겠지? 확실해?'

"네, 주인님. 확실해요! 두 눈이 뽑힌 채로 널브러져 있었다고요. 낮이라 확실하게 보였어요. 절대로 잘못 본 게 아니에요. 끔찍해요. 왜 왕이 사는 궁에 저런 게 있어요?'

그건 라야도 몰랐다. 다만 연회장에서 보여 주었던 훈고의 비웃음이 마음에 걸렸다. 라야가 궁녀의 이야기를 꺼내며 첸첸을 두둔할 때, 훈고는 그를 비웃었다.

만약 그 웃음의 이유가 이것 때문이라면.

그런 것이라면.

"큭!"

라야는 으스러질 듯 주먹을 쥐었다. 공포에 질려 발버둥 치는 무무를 강제로 일으켜 잡아끌었다. 무무는 울먹이며 라야를 따라 걸었다.

"주인님, 어디로 가시는 거예요?"

라야는 대답 없이 백종궁으로 돌아갔다.

3.

백종궁의 중앙 복도에서 우측으로 꺾어 몇 걸음 더 갔다. 조금 더 걸어가자 팔곡 군위 후보, 훈고의 방이 보였다. 녹슬고 허름한 문은 라야의 것과는 천지 차이었다. 퀴퀴한 냄새도 났다.

라야는 주저 없이 문을 두드렸다.

"라야지? 들어와라."

기다리고 있었다는 듯 대답이 흘러나왔다.

방문을 열고 들어가자 작은 침대 위에 상의를 벗은 훈고가 앉아 있었다. 낡은 천으로 도끼를 닦고 있던 그는 뒤도 돌아보지 않고 말했다.

"아무 데나 앉아. 할 말이 있지?"

라야는 침대 옆에 있는 나무 의자에 앉았다.

야광석조차 제대로 박혀 있지 않아 훈고의 방은 어둡고 습기가 차 있었다. 시중을 드는 궁노비조차 없었다.

"북쪽에 다녀왔습니다."

무무는 핏기 없는 얼굴로 문가에 기대어 섰다. 훈고는 계속해 보란 말도 없이 도끼만 닦았다. 크고 작은 상처가 있는 커다란 등은 바위처럼 단단했다.

"그것은……."

입술이 힘없이 달싹였다.

라야는 무릎 위에 올려놓은 손을 천천히 움켜쥐었다. 머릿속에서 어린 독재자의 얼굴이 떠나지 않았다.

"첸첸이 그런 것입니까?"

나오지 않는 목소리를 쥐어짜 물었다.

괴로움이 심장을 짓누른다. 라야는 초초한 심정으로 훈고의 대답을 기다렸다.

믿고 싶지 않았다. 고작 자신의 얼굴을 몰래 훔쳐봤다고 해서 사람이 죽을 필요는 없었다. 자신의 왕이 될 자가 이 정도로 잔혹할 리 없다.

게다가 용서해 준다고, 그렇게 말했었는데.

"무슨 대답이 듣고 싶은 거냐?"

훈고는 손질이 끝난 도끼를 침대 옆에 내려놨다.

"아니라는 대답이 듣고 싶은 거냐?"

라야의 얼굴이 딱딱하게 굳었다.

도끼 손질을 끝마친 훈고는 자리에서 일어나 낡은 속옷을 껴입었다.

"평소엔 의연한 척 어른스러운 척 굴더니, 지금은 꽤 어린애답게 구는군. 자기가 듣고 싶은 것만 들으려고 하는 꼴이라니. 왜, 아니라고 해 줄까?"

"아닙니다!"

라야는 흥분을 감추지 못하고 자리에서 벌떡 일어났다. 그 겨를에 나무 의자가 뒤로 나뒹굴었다.

"전 확실히 하고 싶을 뿐입니다! 정말로 궁녀를 죽인 것이……."

"그래, 첸첸이 죽었다. 이제 속이 시원하냐?"

"……!"

"보자마자 알았겠지, 두 눈이 뽑혀 있었으니. 첸첸은 너와 궁 밖 나들이를 다녀온 후 자기 방으로 들어가서 바로 명령을 내렸다. 궁녀를 죽여라. 두 눈을 뽑아 죽여. 고통스럽게 죽여. 절대 살려 두지 마."

"그런!"

"공주가 그런 명령을 내렸을 줄은 꿈에도 모르고 연회장에 슬슬 기어 들어와 하는 말이 '첸첸은 변할 겁니다', '궁녀를 용서해 줬습니다', '변하기 시작했습니다'가 전부였지. 아무것도 모르면서 착한 척 떠들어 대는 게 얼마나 웃기던지."

"그만!"

"내가 속으로 얼마나 웃었는지 아나? 북쪽에서는 시체가 썩어 들어가고 있는데, 아무것도 모르는 어린놈이 제 잘난 맛에 빠져서 떠드는 꼴을 보니 속이 뒤집어질 뻔했다. 그래서 북쪽으로 가 보랬고! 짜증스럽고 한심해서 이제 그만 정신 좀 차리라고 그렇게 말했다! 그 어린 궁녀는 이미 죽어 이 세상에 없는데, 궁녀를 죽인 첸첸을 감싸고 보호하는 네놈 꼴이 워낙 더러워서 가서 직접 보랬다!'

"그만하십시오!"

라야는 비명처럼 소리를 질렀다. 손끝이 벌벌 떨려 왔다. 훈고의 말 한마디, 한마디가 대못처럼 가슴에 박혔다. 라야는 고개도 들지 못했다.

훈고는 그런 소년을 또 한 번 비웃었다.

"북쪽이 뭐 하는 곳인지 알고 있나?"

훈고는 낡고 작은 창문을 열고 담배를 입에 물었다. 라야는 고개를 숙인 채로 입을 꾹 다물었다.

"보통 북쪽은 귀신이 나오는 부정한 곳이라고 많이들 알고 있지. 미신 중에서도 사람들에게 가장 많이 알려진 미신 중 하나야. 그런 소리를 어릴 적부터 듣고 자라면 바보 같은 미신이란 걸 알면서도 어쩔 수 없이 신경 쓰게 되지."

담배 연기가 창밖으로 피어올랐다.

"진곡 왕은 거기다가 시체를 버렸다."

"……!"

너무나 평온한 어조라, 라야는 일순 잘못 들은 줄 알았다.

"왕도 사람이야. 사람인 이상 잘못을 저지르고, 더러운 짓도 하겠지. 하지만 국민들에게 왕은 구름과도 같아야 돼. 그렇지 않으면 민심을 잃어. 민심을 잃으면 정치가 힘들어지고, 나라가 흔들리지. 그걸 숨기기 위해 왕은 북쪽을 택했다. 아무도 안 오는 북쪽, 부정한 북쪽, 귀신이 나온다는 북쪽. 시체를 버리기엔 거기가 최적의 장소지. 마침 북쪽엔 감옥도 지었겠다, 이상한 소문이라도 나면 귀신의 짓이

라거나, 감옥에 수감 중인 사형수가 죽었다고 말하면 돼. 그러라고 있는 미신이니까. 그러면 왕은 청결한 그대로 남을 수 있지. 이게 정치다."

훈고는 담배를 비벼 껐다.

"다른 왕들도 마찬가지야. 많은 왕이 북쪽을 이용하지. 물론 그렇지 않은 왕도 있어. 그들은 정말로 청결하거나 뱀처럼 교활하거나 둘 중 하나로 나뉘지만, 이 진곡보다는 괜찮아. 진곡 왕은 끔찍한 수준이다."

"……진곡 왕이?"

"그래. 그 아비에 그 딸년이지. 아비가 하는 걸 고년이 고대로 따라 하고 있어. 떠돌이로 살 때 각 나라를 돌아봤지만 진곡처럼 악취가 심하게 나는 곳은 없었다. 삼 일에 한 번은 시체가 버려진다고 보면 돼. 얼마나 많이 죽어 나가고 있는지 상상이나 가나? 나도 내 딸아이만 아니었으면 이따위 나라에 발붙일 일 없었을 거다."

몰랐다.

모르고 있었다.

라야는 손을 들어 입을 막았다.

훈고는 얼굴 가득 비웃음을 지었다.

"그런데 그런 것도 모르는 애송이가 일곡 군위를 맡고서 소악마가 변할 거라는 등 훌륭한 왕이 될 거라는 등 바보 같은 소리만 내뱉으니, 속이 뒤집어졌지. 어리다고 봐주려다가도 그런 모습을 보니 정이 떨어져."

이를 아득 간 훈고는 충고하듯 말했다.

"난 네놈이 왜 군위가 되려는지 모른다. 고 계집이 너만 꽁꽁 싸고

도는 이유도 몰라. 그래도 너보단 인생을 오래 살았으니까 나름 충고해 주는 거다. 나처럼 누군가의 생명을 짊어지고 있는 것이 아니라면 그 악마의 군위는 그만둬라. 고 계집은 무리다. 훌륭한 왕? 벌써부터 살인하는 맛을 알아 버린 고 계집이? 웃기지도 않는군. 그년의 군위가 되었다간 인생이 망할 거다."

마른침을 삼켰다. 신랄하게 첸첸을 폄하하는 말에도 항변할 수 없었다. 라야는 언제나 첸첸을 감싸고돌았다. 첸첸이 늑대 굴에 사람을 집어넣는다는 것을 들었을 때도 '아직 어리니까'라고 편을 들어줬다.

'하지만 아니었어.'

고개를 숙이고 신발을 내려다봤다.

'편을 든 게 아니야.'

그냥 현실감이 없었던 것이다.

늑대 굴이 사람을 집어넣고 가죽을 벗겼다는 말은 모두 귀동냥으로 듣기만 했다. 본 적은 단 한 번도 없어서 그것이 얼마나 잔인한 짓인지 느끼지 못했다. 말로는 잔혹하다, 잔인하다 한 주제에 그것이 이 진곡의 현실이라는 생각은 하지 못했다.

라야는 심장이 있는 왼쪽 가슴을 움켜쥐었다. 거세게 뛰는 심장 때문에 가슴 전체가 아파 왔다.

'하지만⋯⋯.'

그래도 작게 남은 미련이 라야를 애태웠다.

훈고와 파하처럼 소중한 이의 생명을 등에 업은 것은 아니지만 자신에게도 있었다.

꼭 군위가 되어야 하는 이유가.

"쯧."

평소에도 라야를 탐탁지 않게 여기던 훈고는 미련이 가득 담긴 그 모습에 혀를 찼다. 그리고 곧장 짜증스런 태도로 무무와 라야를 내쫓았다. 라야의 흔들리는 눈동자에도 가차 없었다.

훈고는 문을 닫기 전에 말했다.

"실수로라도 북쪽에 갔다는 말은 하지 마라. 내가 가라고 했다는 말은 더더욱. 네가 그 말을 하는 순간, 난 죽은 목숨이 되겠지."

"……그건 또 무슨 소리입니까?"

"알아서 생각해 봐."

—쾅.

커다란 소리와 함께 문이 닫혔다.

제 6 장

결
단

제 6 장
결단

1.

라야는 매정하게 닫힌 문을 한번 노려보고는 발걸음을 옮겼다. 그저 발걸음이 닿는 대로 걸음을 계속 옮겼다. 여러 감정들이 복잡하게 얽히고설켜 그를 괴롭게 만들었다.

그가 도착한 곳은 인적이 드문 한적한 정원이었다.

첸첸을 위해 지어진 백종궁이므로 이 정원 또한 그녀의 것이지만, 첸첸은 방 안에 틀어박혀 옷을 입거나 손톱을 다듬는 일을 즐겨해 이곳까지 오는 일이 없었다.

오늘도 분명 어제 사 온 돌화족의 옷을 맞추느라 정신없이 움직이고 있을 게 뻔했다.

라야는 한숨을 쉬고 좀 더 깊숙이 들어갔다. 이십 보쯤 걷고 나니

인공적으로 만들어진 호수가 그를 반겼다. 그는 호수에 빠질 듯이 가까이 다가가 차가운 돌덩이 위에 주저앉았다.

서늘한 바람이 그를 훑고 지나갔다.

그렇게 멍하니 호수만 바라봤다.

"주인님……."

슬며시 뒤따라온 무무가 침울한 모습으로 라야 옆에 쪼그려 앉았다.

노비가 따라오고 있는 줄은 몰랐다. 아니, 그의 존재 자체를 잊고 있었던 라야는 느릿하게 고개를 돌려 무무를 쳐다봤다.

'이 녀석도 있었었지.'

라야는 반사적으로 등을 꼿꼿이 세우고, 어깨를 폈다. 참담하게 축 처진 모습을 다른 사람에게 보이기 싫었다.

"주인님."

"왜?"

그러고 보면 이 노비도 훈고의 말을 다 듣고 있었다. 첸첸의 성격에서부터 자신의 어리석음까지. 훈고의 말처럼 아무것도 모르고 나댄 한심한 모습까지 보여 줬다.

라야는 솟구치는 부끄러움에 참지 못하고 등을 돌렸다. 어린애나 동생처럼 취급했던 녀석이 자신의 한심한 모습을 하나도 빼놓지 않고 다 봐 버렸다는 데에 생각이 미치자, 귀까지 빨개질 정도로 창피해졌다.

무무는 라야의 등을 훔쳐보며 애원했다.

"그만두세요, 주인님."

"……?"

"군위를 그만두셔야 해요, 주인님."

"⋯⋯뭐?"

라야는 경직된 얼굴로 무무를 노려봤다.

괘씸하다. 건방지다.

웃어넘길 만한 수준을 넘어섰다.

이것은 노비 따위가 간섭할 수 있는 사안이 아니었다. 라야는 불같이 화를 냈다.

"너!"

"제발요, 주인님!"

무무가 라야의 바짓단을 잡고 늘어졌다.

"훈고 님 말씀 들으셨잖아요. 공주님은 무서운 분이에요. 주인님이 죽을지도 몰라요. 아니에요? 전 분명 그렇게 들었어요. 아무렇지도 않게 사람을 죽인다고요!"

걱정이 다분히 묻어나는 목소리에 라야의 화가 조금 가라앉았다. 그는 눈썹을 찡그리고 무뚝뚝하게 대꾸했다.

"⋯⋯네가 신경 쓸 필요 없어."

"싫어요! 그럴 순 없어요! 저 주인님 처음 만났을 때부터 굉장히 좋아했어요. 제가 바보같이 굴어도 벌도 안 내리시고, 꼬박꼬박 대답도 잘해 주시고, 빠짐없이 하나하나 챙겨 주셨어요. 저 그 은혜 절대 못 잊어요! 그런데 그런 주인님이 갑자기 돌아가시기라도 하면 저는 어떻게 해요?"

펑펑 쏟아진 눈물이 바짓단을 적셨다.

라야는 아연해진 얼굴로 노비를 내려다봤다.

타인이 나를 걱정해 주는 모습을 본 적이 있었나?

아니, 없었다.

여기서도, 그곳에서도.

라야는 입술을 지그시 깨물었다.

"······괜찮으니까, 넌 신경 쓸 필요 없어."

"주인님!"

노비의 주인은 냉정하게 말했다.

"다시 한 번 말하지만 네가 상관할 게 아니다. 첸첸은 나만큼은 함부로 하지 않아. 네가 걱정할 필요는 없으니, 네 앞가림이나 잘하도록 해."

"그게 언제까지 가는데요?"

눈물은 무무의 볼을 타고 흘러내려 땅으로 뚝뚝 떨어졌다.

"사람의 두 눈을 아무렇지도 않게 뽑는 분이잖아요! 삼 일에 한 번씩은 시체가 나온다고 하잖아요! 여기만큼 악취가 풍기는 곳이 없다고 하잖아요! 공주님이 언제까지 라야 님을 특별 대우해 주신데요? 모르는 일이잖아요! 안 돼요, 주인님. 군위 그만두세요, 제발요. 훈고 님도 그렇게 걱정하셨는데."

"훈고가 나를?"

경멸하고 비웃기만 하던 그가 나를?

라야는 픽 웃었다.

"그건 네 착각이다, 무무."

"아니에요."

무무가 단호히 말했다.

"아까 들으셨죠? 북쪽에 갔다는 소리 하지 말라고. 특히 자기가 가라고 했다는 소리는 절대 하지 말라고, 아님 죽는 거라고. 훈고 님이 직접 말씀하셨잖아요."

"그래."

"그 말은 공주님께서 주인님이 북쪽에서 벌어지는 일을 모르기를 바랐단 소리예요. 자신이 한 일들을 절대로 주인님이 모르시길 원한 거라고요! 노비 시장에서도 그랬잖아요!'

"노비 시장에서도?'

"저와 돌화족 노예를 사셨을 때, 왜 공주님은 주인님을 내보내시고 대금을 치르셨을까요? 이유는 하나밖에 없어요. 주인님께 그 장면을 보이고 싶지 않으니까. 노비를 사고파는 것은 합법적인 일임이 분명하지만 그래도 사람을 사고판다는 것에 혐오감을 느끼는 사람도 있어요. 공주님은 주인님이 그런 사람일까 봐 밖으로 내보내고 대금을 내신 거예요! 제왕학 같은 걸 배웠으니, 사람의 심리야 충분히 아시고도 남았겠지요!'

"……억지 부리지 마라."

"억지가 아니에요! 믿지 못하시겠어요? 그럼 훈고 님께로 넘어가 봐요. 훈고 님은 공주님이 궁녀의 두 눈을 뽑고 죽였다는 걸 어떻게 그리 상세히 알고 계셨을까요? 오늘 하루 종일 첸첸 님에게 붙어 있었던 건 주인님인데, 언제 그 명령을 내렸으며 어떻게 내렸는지까지. 훈고 님은 아주 상세히 알고 있었어요. 어떻게 알았냐고요? 당연하지요! 그때 그 장소에 있던 궁녀나 시종에게 들은 거예요! 그럼 라야 님은요? 듣지 못했죠! 라야 님께 말하면 공주님께 죽을 테니까! 그러니까 주인님은 아무것도 모르는 거예요! 아무도 말을 안 해 주니까."

"그건!'

"이것도 못 믿겠어요? 그럼 가 봐요. 공주님을 모시는 시종 하나를 데리고 와서 추궁해 봐요! 곧장 살려 달라고 할걸요! 공주님껜 모르는 척해 달라고 울고불고 빌 거라고요! 자기 목이 떨어져 나간다고! 이상하지 않아요? 이 궁엔 많은 궁녀들과 시종이 있는데, 라야 님만 그걸 모르셨다는 것이? 궁녀가 눈이 뽑혀 죽었는데, 다들 입을 다물고 있다는 것이 이상하지 않아요?"

격하게 소리치던 무무는 심하게 어깨를 들썩였다.

"그렇게 위험한 일인데, 훈고 님은 말씀해 주신 거라고요! 입으로는 공주님을 감싸고도는 주인님이 짜증스러워서 현실을 좀 직시하라고 북쪽에 가 보라고 말한 거지만, 아니에요. 공주님이 아시게 되면 목이 떨어질 말을 단지 짜증스럽단 이유로 말해 줄 사람이 누가 있겠어요! 훈고 님은 라야 님이 걱정돼서 그런 게 맞아요. 그래서 그만두라고 하신 거고요. 공주님의 군위는 위험하니까!"

호숫가는 다시 조용해졌다.

라야는 아무 말도 하지 않았다. 무무의 작은 흐느낌 소리가 바람을 타고 호숫가에 퍼졌고, 라야는 그것을 듣고만 있었다. 가슴속에 커다란 돌덩이가 내려앉은 듯 답답했다.

"……첸첸은 변할 거야."

미련을 버리지 못한 라야는 스스로에게 들려주듯 되뇌었다. 계속 되뇌었다.

"변할 수밖에 없어. 왕이 되어 나라를 세우면 그 막중한 책임감 앞에서 첸첸이라도 변할 수밖에 없어. 군석이 좀 더 여물고, 국명부에 직접 국민의 이름을 적는 순간부터……."

그러나 무무는 고개를 저었다.

"변하지 않으실 거예요."

노비는 죄송스럽단 표정을 지었지만 말을 멈추진 않았다.

"공주님은 변하지 않을 거예요. 그렇잖아요. 공주님은 계속 그렇게 살아왔어요. 실수를 하면 죽이고, 화가 나도 죽여요. 지금까지 그렇게 쭉 살아왔어. 살아오는 방식이 달라지는 사람은 없어요."

"……달라질 수 있어."

"평범한 사람은 그렇겠죠. 패 버리든 윽박지르든 무슨 수를 써서라도 하나씩 하나씩 고쳐 나가면 돼요. 하지만 공주님은요? 그분은 군석을 가진 왕이에요! 누가 왕에게 도전해요? 이 세계에 비를 내리시는 분을? 거기다 공주님은 이 나라 진곡의 유일 무일한 공주인데!"

무무는 확신에 찬 어조로 말했다.

"고칠 수 없어요. 고치려는 사람이 있다면, 자신의 삶의 방식에 불만을 품고 방해하는 자가 있다면! 공주님은 그 자리에서 그를 죽여 버리겠죠. 공주님은 그렇게 살아왔고, 그렇게밖에 할 줄 모르니까. 공주님은 자신을 변화시킬 모든 사람을 죽일 거예요."

무무의 말을 들은 라야는 괴로운 듯 눈을 감았다.

부정할 수 없다.

인정할 수밖에 없다.

노비의 말에 틀린 점은 없었다. 자신 또한 첸첸의 비위를 맞추며 일 년을 버텨 왔다. 첸첸이 좋아하는 이야기만을 들려줬고, 첸첸이 틀렸다는 말을 한 적은 단 한 번도 없었다.

그리고 그것은 평생—.

라야는 괴로운 듯 눈을 가늘게 떴다.

자신은 노비조차 알아챌 수 있었던 사실을 모르고 있었다.

호수 위에 떠 있던 해가 차츰차츰 서쪽으로 넘어갔다. 파란 하늘에 노을이 지면서 붉게 변했다.

라야와 무무는 역광을 받으며 한참이나 앉아 있었다.

바람이 불 때마다 호수의 잔물결이 파도처럼 밀려왔다 사라졌다.

"공주는 변하지 않아."

침묵의 끝에 라야가 입을 열었다.

"그래, 그 말이 맞아. 하지만 나는……."

잠시 말을 멈추고 주먹을 움켜쥐었다.

무무의 말이 맞다는 것을 알면서도 자꾸 미련이 생겼다. 이 미련이 어디서부터 오는 것인지 확실히 알고 있었기 때문에 더욱더 포기하기가 어려웠다.

'한심해.'

입술을 꽉 깨문 라야는 엄지손가락으로 미간을 문질렀다. 그리고 각오를 다지며 조용히 자리에서 일어났다. 무무는 갑자기 일어선 주인을 보고 눈을 동그랗게 떴다.

"주인님?"

라야는 무무의 물빛 머리를 한번 쓰다듬어 주고는 그대로 걸음을 옮겼다. 라야가 말도 없이 걸음을 옮기자, 불안해진 무무가 황급히 뒤를 따랐다.

"주, 주인님, 어디 가시는 거예요?"

"북쪽으로 간다."

무무의 몸이 흠칫 굳었다. 얼굴에 공포의 빛이 스며든다.

"거긴 왜?"

"내 눈으로 직접 볼 생각이야. 그러니 넌 먼저 방으로 돌아가."

현실감이 없다는 것을 알아 버렸다.

그럼에도 불구하고 자신의 눈으로 '본 것'은 아직도 하나도 없다. 늑대 굴에 집어넣어지는 사람의 모습이나, 가죽이 벗겨지는 사람의 모습이나 자신을 쳐다봤다는 이유로 두 눈이 뽑힌 궁녀의 모습을 보지 못했다.

무무가 대신 봤고, 대신 두려움에 떨었다.

그래서인지 자신은 계속 미련이 남았다.

첸첸이 잔인하든 말든 자신이 그녀에게 죽을 수 있다고 해도 군위가 되고 싶다는 마음이 한 자락 남아 그를 끝까지 괴롭혔다. 현군賢君이 아니라 암군暗君[9]을 모시는 군위라 해도 군위가 된 자신의 모습을 그들에게 보여 주고 인정받고 싶은 갈망은 사라지지 않았다.

결단을 내린 라야는 무무를 버려두고 어두운 북쪽으로 향했다. 낮에 걸었던 음습한 외진 길을 다시 한 번 걸어서, 잠시라도 주저할 틈을 자신에게 주지 않으며 북쪽에 도착했다.

2.

북쪽에 늘어져 있는 담은 그 어느 때보다도 더 높아 보였다.

분위기도 한층 더 스산해졌다.

라야는 숨을 삼키며 막 도착한 궁의 돌담 위에 손을 얹었다. 차가운 돌의 감촉이 생생하게 다가왔다. 라야는 주저 없이 발을 굴려 돌

---

9) 나라를 망하게 하는 왕.

담 위에 올라섰다.

돌담 위에서 보는 궁의 바깥은 어둠이 지배하고 있었다. 동쪽, 서쪽, 남쪽에는 흔하디흔한 횃불들이 북쪽에는 단 한 개도 없었다.

하늘에 떠 있는 달빛과 별빛만이 전부였다.

'하나도 안 보여.'

달이 있어 괜찮을 거라 생각했는데 생각보다 더 어두웠다.

라야는 어깨를 늘어뜨렸다. 맥이 탁 풀렸다. 어둠이 드리워진 북쪽은 풀 한 포기도 잘 보이지 않았다.

그때 라야의 등 뒤에서 불만이 가득한 목소리가 들려왔다.

"그렇게 막무가내로 올라가면 뭐가 보여요?"

"……!"

라야는 황급히 뒤를 돌아봤다.

물빛 머리의 노비가 작은 초와 화석火石[10]을 들고 돌담 밑에서 서 있었다.

무무는 라야와 눈이 마주치자, 잠시 원망(?)스럽게 그를 올려다보더니 이내 라야와 마찬가지로 돌담 위로 폴짝 뛰어 올라왔다.

라야는 놀라서 뭍에 나온 물고기처럼 입을 뻐끔거렸다.

'너 어떻게?'

"노비가 주인님이 계시는 곳이 아니면 어디에 있겠어요. 혼자 방 안에 앉아 있으면 주인이 어디 갔냐고 문책이나 당할 판국인데. 싫어도 붙어 있어야지 어쩔 수 있어요?"

무무는 뾰루퉁하게 말하고는 이번에도 폴짝 뛰어 담 아래로 내려

---

10) 불을 붙일 때 사용하는 돌. 부싯돌.

갔다. 밑으로 내려간 노비는 당당히 고개를 치켜들고 아직까지도 돌담 위에 앉아 있는 주인을 향해 쌀쌀맞게 말했다.

"얼른 내려오시지 않고 뭐하세요? 거기서 초에 불을 붙였다간 당장 들켜요. 무서워도 여기 내려와서 불을 켜야 된단 말이에요. 주인님이 여기에 있다는 걸 공주님이 아셨다간 제 목과 동시에 훈고 님 목도 떨어질 텐데, 설마 절 죽이고 싶어서 거기에 계속 앉아 계시는 건 아니시죠?"

제 목이 떨어지는 상상을 했는지 무무는 몸을 부르르 떨었다.

라야는 급히 돌담에서 뛰어내렸다. 라야가 밑으로 내려오자, 무무가 여전히 뾰루퉁한 표정으로 초와 화석을 건넸다.

"자요."

"아."

무무는 라야에게 초와 화석을 확실히 건네고서 재잘재잘 쏘아붙였다.

"난 안 볼 거예요. 등 돌리고 있을 거야. 비명 지르면 나도 같이 지를 거니까, 그렇게 아세요. 시끄럽다고 타박하면 나 정말 주인이고 뭐고 한 대 쳐 버릴 거야. 무서워서 떠는 것 정도는 모른 척해 드릴게요. 아, 정말 대체 그 끔찍한 걸 왜 사서 보려고 하는지 몰라. 주인님, 혹시 변태예요?"

연신 투덜거린 무무는 곧장 등을 돌리며, 귀를 막고 쪼그려 앉았다. 그 모습에 무뚝뚝하게 굳어 있던 라야의 얼굴에 작은 미소가 맺혔다.

라야는 또래치고는 큰 손을 들어 올려 무무의 물빛 머리를 쓰다듬었다.

"고맙다."

"우, 우와왓, 뭐 하는 거예요!'

철면피일 것 같은 노비가 답지 않게 부끄러움을 타며 후다닥 뒤로 물러섰다.

라야는 다시 한 번 쓰게 웃어 주고는 화석을 튕겼다. 물빛 머리의 노비가 기겁하며 등을 돌린다.

딱딱거리는 소리와 함께 주위가 환해졌다.

―바닥에, 널브러진 창백한 손이 그곳에 있었다.

라야는 아무 말도 할 수 없었다. 충격으로 인해 목구멍이 콱 막혔다.

뽑혀진 눈만이 상처의 전부가 아니었다.

심하게 뒤틀려 있는 다리에 수십 개의 칼자국이 난 양팔은 그나마 양호한 편이었다. 팔팔 끓는 기름을 들이부은 것처럼 보이는 궁녀의 얼굴은 정말로 참담했다. 입도, 코도, 귀도 전부 녹아 있었다. 피부 또한 녹아내려 뼈가 드러났다. 역한 냄새가 강하게 코를 찔렀다.

라야는 그대로 그 자리에 못 박히듯 서 버렸다. 숨을 쉴 수도, 움직일 수도 없었다.

북쪽의 바람이 통곡하듯 울며 뺨을 스쳐 지나갔다.

솟아오른 달이 하늘 가장 높은 곳에 올라갔을 때도 라야는 그 자리에 못 박힌 듯 서 있었다.

한참 시간이 흐른 후.

걸음을 옮길 수 있었던 것은, 보다 못한 무무가 라야의 손을 잡아 끌었기 때문이다. 충격으로 흐릿해진 라야의 시야로 물빛 머리카락

이 출렁였다.

무무는 라야를 잡아끌며 말했다.

"뒤돌아보지 마세요."

어떻게 담을 넘었는지도 기억나지 않았다.

라야는 이를 악물고 고개를 숙였다. 여자의 얼굴이 계속해서 머릿속에 아른거렸다. 뽑힌 눈구멍으로 녹아내린 피부가 흘러내렸었다.

고작 자신을 봤다는 이유로—.

그렇게 죽었다.

"그러게 보지 말랬잖아요. 끔찍하다고."

걱정스런 무무의 목소리가 계속 들어왔다.

라야는 대답하지 않았다. 무무는 계속 라야의 손을 잡아끌며 주문처럼 중얼거렸다.

"괜찮아요. 자고 나면 괜찮아질 거야. 나도 그랬는걸요. 괴로웠지만 어느 날부터 괜찮아졌어요. 그러니 주인님도 괜찮아질 거예요. 괜찮아, 괜찮아, 괜찮아. 분명 내일이 되면 괜찮아질 거야."

어두운 밤하늘의 달빛만 그런 무무와 라야를 내리비췄다.

3.

힘없이 끌려가던 라야는 돌연 발걸음을 멈췄다. 억눌린 목소리가 간신히 그의 목에서 새어 나왔다.

"내 탓…… 이다."

"예?"

무무가 뒤를 돌아봤다.

라야는 여전히 고개를 숙이고 있었다. 무무는 라야의 말뜻을 뒤늦게 깨닫고는 크게 소리쳤다.

"그게 왜 주인님 탓이에요?"

"……한 번도 틀렸다고 말한 적이 없어."

라야는 뼈가 으스러질 것처럼 주먹을 쥐었다.

그래, 단 한 번도 없었다.

언제나 눈치를 살피기에 급급했다. 비위를 맞추고, 듣고 싶은 말만 들려줬다.

무무는 기가 막힌다는 표정을 짓고는 되물었다.

"그게 뭐 어때서요. 그 행동이 뭐가 잘못됐어요?"

"뭐가 잘못됐냐고?"

라야는 고개를 치켜들고 소리쳤다.

"첸첸의 행동이 잘못된 것인 줄 알면서도 단 한 번도 그 행동을 지적한 적이 없어! 공주의 눈 밖에 나지 않기 위해 눈치 살피기 바빴지. 그게 잘못되지 않았다면 뭐가 잘못된 거지? 잘못됐다고 말했다면 저 궁녀도 저렇게 되지 않았을지도 모르는데!"

"바보 같은 소리 말아요!"

결국 무무도 맞받아치며 소리를 질렀다.

"그런 말하면 목이 날아가는 거잖아요! 자기 목숨이 걸렸는데 그 누가 틀렸다고 말해요! 주인님의 행동은 인간적으로 당연한 거라고요. 곧 죽어 갈 노인네들도 세상에 사표 쓸까 봐 무서워 공주님의 눈치를 보는데, 이제 막 열다섯 살이 된 주인님이 뭘 해요? 그건 잘못된

게 아니에요. 당연한 거지!'

"아니야."

라야는 이를 악물고 고개를 저었다.

무무는 울컥해서 입술을 깨물었다.

"나는 첸첸의 군위 후보야. 그들과는 달리 나는……."

"목숨이 걸린 마당에 그게 대체 뭔 상관이에요!'

결국 화를 참지 못한 무무가 버럭 쏘아붙였다.

"주인님이 무슨 성인군자야? 죽음에 득도했어? 죽어도 좋으니 올
바른 길로 가겠다 이거야? 목숨이 그리 하찮아 보여요? 이쪽은 살기
위해 온갖 짓을 다하는데……. 그런 말 하면 안 되잖아!'

"무슨……."

무무는 복잡한 얼굴로 입술을 깨물었다. 화가 치솟아서 이가 갈렸
지만 머리만은 차게 식었다.

그는 눈앞의 주인을 똑바로 쳐다보며 말했다.

"저는 말이에요, 주인님. 이래뵈도 잘살던 집 자식이에요. 유모도
있었고요. 귀하다는 책도 몇 권 있었고, 사과도 종종 먹었어요. 어머
니도 있었고, 아버지도 있었고, 동생도 있었어. 물도 부족하지 않았
어요. 심지어 개인 노비와 가정교사까지 있었죠. 그런데 말이에요."

무무가 무섭게 웃었다.

섬뜩한 웃음이었다.

"아버지란 작자가 날 죽이려고 들었어."

"뭐?'

라야는 아연해진 얼굴로 되물었다. 무무는 울듯이 웃었다.

"아버지가 날 죽이려고 했다고요. 매일같이 나만 보면 달려들어서

목을 조르려고 했어. 어머니가 말려 주지 않았다면 전 옛날에 죽었겠죠. 살아남지 못했을 거야. 그래도 포기하지 않은 그 남자는 번번이 실패하니까 동생도, 어머니도 못 만나게 하고, 유모도 먼 곳으로 팔아 버렸어요. 전 그 큰 집에서 홀로 그 남자와 맞서 싸웠죠."

라야의 검은 눈이 흔들렸다. 하늘에서 내리쬐는 달빛이 허공으로 흩어진다.

말을 하면서 무무는 점점 악에 받치는지 말투가 험해졌다.

"정말로 혼자였어요. 내 편은 아무도 없었어. 아버지의 영향력이 무척 세서 노비도, 하인들도 장님처럼 날 모른 척했어요. 나랑 친해지면 그 작자가 목을 날려 죽였거든요. 진짜로 개 같은 새끼였어!"

그때 일을 생각하는지 주먹이 바르르 떨렸다. 라야는 말도 안 된다는 듯 되물었다.

"목을 날려…… 죽였다고?"

"네! 그 인간은 그렇게 해도 처벌받지 않을 정도로 부자였거든요. 영향력이 굉장히 세서 건드릴 수가 없었어요. 이 넓은 하늘 아래 혼자서 살아가는 인간이랄까. 하여튼 굉장히 재수 없는……."

무무는 잠시 숨을 골랐다. 몇 번을 숨을 고르고서야 평정을 되찾은 듯 중얼거렸다.

"내가 이 이야기를 왜 시작했더라?"

"……."

"아씨, 주인님이 화나게 하니까 그렇잖아요!"

무무는 버럭 소리를 지르고 등을 돌렸다.

라야는 어이가 없었지만 뭐라고 한마디 항변도 못한 채로 묵묵히 걸었다. 그렇게 한동안 조용히 걷자 라야는 라야대로, 무무는 무무대로 할 말이 없어져 버렸다.

결국 다시 입을 연 것은 어색한 상황을 싫어하는 무무 쪽이었다. 무무는 '아, 젠장 내가 왜!'라고 투덜거리며 라야에게 못을 박았다.

"하여튼 다시는 그런 소리 하지 마세요. 죽지 않기 위해서 하는 짓은 절대로 죄가 아니야. 살기 위해서라면 뭔 짓을 못해!'

앞장서서 걸어가는 노비의 등이 화가 나서 씩씩거리는 것 같은 모양새다.

라야는 힘없이 웃었다.

"그래서…… 내 탓이 아니라고?'

"당연하죠! 그게 왜 주인님 탓이야! 열다섯 어린애가 그런 일을 해야 할 정도로 방치한 어른들이 더 나쁘지! 주인님은 아직 어리니까, 자신을 탓하기보단 나이 많은 노인들을 욕해야 해요. 관짝에 들어갈 나이가 되도록 뭐했냐, 이러면서."

빠직.

라야의 이마에 핏줄이 돋았다. 그는 발을 들어 앞에 걸어가는 노비의 엉덩이를 걷어찼다.

"악!'

"누가 어린애냐, 누가!'

"그런 점은 좀 넘어가요! 편을 들어 줘도 난리야!'

둘은 잠시 투닥거리다가 또다시 아무 말 없이 한참을 걸었다. 무무는 걷어차인 엉덩이를 슬쩍슬쩍 문지르더니 작게 한숨을 내뱉었다. 달빛이 무무의 머리 위로 쏟아져 내렸다.

"전 있죠, 살기 위해서 스스로 자유를 팔았어요."

바람이 목을 스치고 지나간다.

무무의 이야기에 라야의 발걸음이 잠시 멈췄지만, 곧 다시 움직였다.

"어머니를 한 번만 더 만나고 싶었지만 더 이상은 무리였어요. 집 밖에도 못 나가게 하는 그 남자를 겨우 따돌리고, 막 출발하려던 노비 상인에게 헐값으로 절 팔아넘겼죠. 돈은 지나가는 사람에게 바로 줘 버리고, 남은 것은 아무것도 없었어. 도망치지 못하도록 발목에는 족쇄가 채워지고, 먹을 게 없으면 마냥 굶어야 했어요. 물도 마음껏 먹지 못했죠."

무무의 시선이 아득해졌다.

그때를 기억하는 건지 눈동자가 먼 곳을 향했다가 돌아왔다. 라야는 잠자코 기다려 주었다.

"그런데 이상하죠?"

무무는 뒤로 돌아 라야를 응시했다.

갈색 눈동자가 반짝 빛났다.

"난 지금 이 순간이 매우 즐거워요."

바람이 불었다.

검은 머리카락 뒤에 숨어 있던 라야의 눈이 크게 흔들렸다. 숨이 턱 막히는 것처럼 발걸음이 저절로 멈췄다.

"……뭐?"

"보세요."

무무는 눈을 내리깔고 두 손을 펼쳐 보였다.

달에 구름이 드리워 사위가 어두웠다.

"내 손에 움켜쥔 것은 아무것도 없는데도 즐거워서 어쩔 줄 모르겠어요. 그 증거로 봐요. 이렇게 튼튼하게 커 왔어. 아픈 데도 없고,

걱정 없이 내일을 기다리며 잠들 수 있어. 그래서인지 잠들 때마다 생각해요. 힘내서 다행이야. 살아가는 것을 포기하지 않아서 정말로 잘했다고."

진심이다.

살아 있는 것이 대견하다고 생각했다. 그 남자에게 목을 졸리면서 죽어 버릴까 하고 몇 번을 고민했던가.

하지만 지금은 그때 행동에 옮기지 않은 것을 감사히 여긴다.

무무는 펼쳤던 손을 거두고, 내리깔았던 눈을 똑바로 떴다. 그리고 천천히 말했다.

"그러니까 힘내요, 주인님."

그러면서 무무는 한쪽 눈을 찡긋거렸다.

라야에게는 시간이 멈춘 것처럼 느껴졌다. 그는 우두커니 그 자리에 섰다.

"우울해 하지 마시고, 자책도 하지 마세요. 나 같은 노비놈도 힘내니까. 지금은 이렇게 수다도 마음대로 떨면서 잘 지내고 있잖아요? 그러니까 나보다 똑똑하고 훌륭한 주인님이라면 몇 배는 괜찮을 거야."

그러면서 씨익 웃는다.

"그렇죠?"

그 순간, 구름에 가려졌던 달빛이 무무에게만 내리쬐었다. 주변은 모두 어두웠지만 기적처럼 무무만은 환하게 빛났다.

격한 감정이 치밀어 오른 것은 그 직후였다.

라야는 고개를 숙였다.

검은 머리카락이 앞으로 흘러내린다. 꾹꾹 눌러 참았던 감정들이 무무의 위로에 자극을 받아 밖으로 터져 나왔다.

"라야는 내가 구원해 줄게."

그것은 첸첸의 말버릇이었다.

라야의 태생을 알고서는 세뇌하려는 것처럼 새빨간 입술로 라야의 귓가에 속삭였다. 첸첸의 배경은 모자람이 없었기에 라야도 분명 그럴 거라고 믿어 왔다.

믿으려고 노력했다.

믿을 수밖에 없었다. 원하는 것은 첸첸이 쥐고 있었다.

―하지만 이제 됐어.

라야는 오른손으로 얼굴을 뒤덮었다.

후회가 또 다른 후회와 맞물려 터져 나왔다.

지난 일 년간 첸첸의 말을 믿으면서 자신이 한 일이라고는 그녀의 비위 맞추기뿐이었다. 어떻게든 그녀의 기분이 상하지 않도록 살얼음판을 걷는 것처럼 움직이고, 광대처럼 웃고, 앵무새처럼 지껄이기를 반복했다.

빈틈없는 모습으로 훌륭히 왕을 보좌하는 군위가 되겠다는 애초의 다짐은 언제 사라졌는지 알 수도 없었다. 어떤 각오로 여기에 왔는지 잊어버린 채 고집스럽게 첸첸의 곁에만 있었다.

하지만 결국 답은 나왔다. 군위가 될 자격이 없다고.

스스로 증명했다.

"주인님?"

무무의 목소리가 들렸다.

그러나 멈추지 않았다. 뺨을 타고 흘러내린 눈물이 바닥으로 떨어졌다. 어떻게 할 사이도 없이 떨어진 눈물과 함께 라야는 얼굴을 들어 밤하늘을 올려다봤다.

시커먼 밤하늘에 떠오른 달빛은 여전히 무무만을 비추고 있었다.

'……괜찮아.'

작게 중얼거리고 한 발자국 내딛었다.

달빛이 내리쬐는 쪽으로 걸어갔다. 달빛이 검은 머리카락에 내려앉았다.

빛 속에 선 무무가 라야를 환영했다.

제 7 장

소
원

제 7 장
소원

1.

라야는 방으로 돌아오자마자 욕실로 향했다.

무무는 그 사이에 궁녀에게 부탁해 술과 과일로 된 안주를 부탁했다. 주인이 보면 눈을 치켜뜨겠지만, 어쨌거나 이런 날은 먹어 줘야 한다. 술은 그러라고 있는 거니까.

탁자 다리가 휘어질 정도로 술상을 차려 놓자 기다렸다는 듯 욕실 문이 열리고 라야가 걸어 나왔다. 검은 머리카락이 물기에 젖어 축 가라앉았다.

"이건 뭐야?"

무무의 예상대로 라야는 욕실에서 나오자마자 두 눈을 치켜떴다. 간이 큰 노비는 냉큼 애교스럽게 웃어 보였다.

"기분이 꿀꿀할 땐 뭐니 뭐니 해도 술이죠!"

"치워."

들을 가치도 없다는 듯 라야가 명령을 내렸다.

역시 씨알도 안 먹힌다. 그러나 무무는 기죽지 않았다. 그는 라야의 행동을 예상하고, 슬픈 듯이 중얼거렸다.

"하긴 그렇게 엉엉 울고서 술이 들어갈 리가……."

"닥치랬지!"

얼굴이 뻘게진 채로 라야가 소리를 질렀다.

승기를 잡은 무무는 회심의 미소를 지으며 라야의 등을 밀어 의자에 앉혔다. 라야가 이를 으드득 갈았지만 무무는 코웃음을 쳤다.

"이럴 때는 술을 마셔 줘야 한다니까. 그렇죠, 네?"

"……."

라야는 뭐 씹은 표정으로 술잔을 들었다.

무무는 공손한 자세로 라야의 술잔에 술을 따르고 자기 앞에 놓인 술잔에도 술을 따랐다. 라야의 눈초리가 다시금 사나워졌다. 술잔을 치우지 않으면 사달이 나도 단단히 날 것 같았다.

하지만 무무는 능청스럽게 술잔을 흔들었다.

"딱 한 잔만요, 네?"

"치워."

"저 있는 집 자식이라니까요?"

"치워."

완전 고지식하다.

무무는 더 이상 박박 우기지 못하고 술잔을 내려놓았다. 고집을 더 피웠다간 하늘같은 주인님께서 술상을 엎을 판이었다. 무무는 반항심을 담아 중얼거렸다.

"징그럽게 울 때도 모르는 척해 줬더니⋯⋯."

"닥쳐, 좀!"

부끄러움을 참지 못한 라야가 또다시 소리를 질렀다. 무무도 마주 소리 질렀다.

"내가 뭐 틀린 말 했어요? 황소만 한 사내자식이 얼마나 징그럽게 울었는데? 팔에 소름이 다 났⋯⋯."

"⋯⋯!"

검은색 눈동자가 확연히 짙어졌다.

무무는 얼른 입을 닫고 두 손을 들어 올리며 항복 표시를 해 보였다. 그리고 귀엽게 혜벌쭉 웃어 보였다. 라야는 화를 꾹 참고 술잔에 담긴 술을 들이켰다.

그건 실수였다. 어릴 때도 그렇게 운 적이 없는 것 같았는데, 한순간에 둑이 무너진 것처럼 눈물이 터져 나왔다.

참으려고 해도 참을 수가 없었다.

몇 년간 울지 못한 것을 이번에 만회하겠다는 듯이 솟아 나오는 눈물은 라야의 의지로는 멈출 수가 없었다.

하지만 하필이면 노비 앞에서.

노비 따위의 앞에서.

입이 쌀 것 같은 노비놈 앞에서!

"괜찮아요, 주인님."

무무가 주인의 속마음을 헤아리고 말했다.

"아직 열다섯이잖아요. 그렇게 우는 것도 나쁜 건 아니야."

"⋯⋯닥치랬지."

귀까지 빨개진 라야가 또 한마디 하자, 무무는 숨이 넘어갈 것처럼 웃어 댔다. 라야는 살짝 이를 갈고, 안주로 나온 사과 하나를 노비에게 던져 주었다.

"과일은 마음대로 먹도록 해."

"오! 정말요?"

"그래."

무무는 꺅꺅거리면서 사과를 씹어 먹었다. 라야는 피식 웃으며 다시 술을 들이켰다.

무무도 꽤 고생했다. 라야는 그 점을 쉬이 넘기지 않았다.

그 후로도 술을 몇 잔 들이켠 라야가 분위기를 틈타 은근슬쩍 물었다.

"……네 아버지의 소식은 알고 있나?"

"왜요? 복수해 주게요?"

사과를 아삭 깨물던 무무가 히죽 웃으며 대꾸했다.

라야는 심각한 표정으로 미간을 찌푸렸다. 그땐 혼란스러워서 말도 못하고 넘겼지만 무무가 스스로의 자유를 팔아 노비가 될 수밖에 없도록 몰아붙인 자였다.

복수는 아니더라도 자신이 한 짓이 어떤 짓인지 깨닫게 해 주고 싶었다.

"됐어요, 주인님."

무무는 습관처럼 어깨를 으쓱였다.

"아주 어릴 적 이야기라, 이제는 상처도 되지 않아요. 게다가……."

물빛 머리를 가진 노비는 잠시 입을 다물었다가 열었다.

"아는 사람에게 부탁해서 알아보니까, 예전에 죽었더라고요."

"죽어?"

"네."

무무는 새빨간 사과를 또다시 깨물었다.

"술 마시고 논두렁에서 굴렀나 봐요. 그런데 하필 그 밑에 주먹만 한 돌덩이가 있어서 거기에 머리를 처박았다나. 운이 나빴던 거죠."

물빛 머리 소년은 다시 사과를 깨물어 먹었다.

라야는 술잔을 부서져라 움켜쥐었다. 안타까웠다.

"그럼 넌 노비가 된 것이……."

"아니요, 주인님."

무무는 웃으며 고개를 저었다.

"말했잖아요. 난 지금도 충분히 만족해요. 이 선택을 후회하지 않아요. 게다가 그 남자가 죽을 때까지 집에 버티고 있었다면 내 정신이 남아나질 않았을 거야. 그렇게 되면 지금의 저도 없겠죠. 난 지금의 내 자신이 좋아요."

씨익 웃는 무무는 묘하게 어른스러웠다.

라야는 그에게 진 듯한 기분이 들어 입을 꾹 다물고 있다가 다시 술을 들이켰다. 그리고 충동적으로 입을 열었다.

"내 소원은 군위가 되는 것이었다."

"에?"

"다른 것은 아무것도 필요 없었지. 오로지 군위만 되고 싶었다."

무무의 눈이 차츰 커지는 걸 보며, 라야는 이야기를 시작했다.

말은 예상 외로 쉽게 흘러나왔다.

"왕이 없으면 이 세계는 멸망합니다."

가문에서 초빙한 유명한 학자가 말했다. 철들기 전부터 본 얼굴이었다.

"자연적으로는 비가 오지 않아 우리가 살아가는 땅은 빠르게 사막화가 되어 버리죠. 비도 오지 않고, 대지의 수분도 바짝 말라 버려 흙조차도 죽은 땅이 될 겁니다. 그렇기에 왕은 소중한 존재입니다. 그들이 있어야만 하늘에서 비가 내리거든요."

세뇌를 시키듯 그 말을 주입시켰다.

"왕이 없다는 건 물이 없다는 소립니다. 나무들도, 꽃들도 자라지 않습니다. 사람이 없는 곳에는 자연적으로 비가 내리기는 하지만, 그런 곳도 사람들이 일주일간만 머무르면 다 말라 버리지요. 왕이 없으면 세상에는 말라붙은 흙만 남게 될 겁니다."

여느 아이들이 그렇듯 라야도 어릴 적에는 왕에 대해서만 배웠다. 왕이 어째서 귀중한 존재인지, 왕이 없으면 왜 안 되는지, 왜 왕을 보호해야 하는지, 왕에게 경의를 표하는 이유와 왕이 왜 신처럼 대우를 받는지.

하나하나 빠짐없이 배웠다.

군위가 어째서 필요한지도.

"가끔 왕을 우습게 보는 무리들이 있어요."

학자는 혀를 찼다.

"왕에게 원망을 품고, 왕을 비웃고, 왕을 시기하는 무리들이지요. 그런 자들 때문에 몇 명의 왕들이 희생당했는지 말할 수도 없습니다. 그래서 군위가 필요한 겁니다. 왕을 위해 목숨을 바칠 자들이죠."

계약을 통해 왕과 왕의 명령만을 가장 소중하게 여기도록 다시 태어난다.

그것이 왕과의 계약, 그로 인해 태어나는 것이 군위다.

끔찍이 아끼던 처자식을 왕의 명령을 받고 죽인 군위도 있다. 그럼에도 다시 왕을 향해 웃는다.

왕이 가장 소중하니까.

"나라를 세운 왕에게 군위란 존재는 더욱 필수적인 존재죠. 사실 나라를 위해 목숨을 바칠 관리는 몇 없어요. 그들은 언제나 머리로 계산부터 하지요. 이 왕이 나에게 득이 될 것인가, 실이 될 것인가. 실이 된다고 판단되면 왕의 목에 검을 겨누는 사람들이 바로 관리들입니다. 군위는 그런 자들에게서 왕을 지키는 겁니다."

어린 라야는 학자의 말을 귀담아 들었다.

그때는 그랬다. 가장 되고 싶었던 것.

군위君衛.

"그런 의미에서 이곳 '진군위眞君衛[11] 가문'은 세상에 둘도 없는 곳입니다."

학자는 자랑스럽게 말했다.

왕들에게 진왕眞王이란 특출한 존재들이 있다면 군위들에게도 특출한 존재들이 있는데, 그것이 바로 진군위眞君衛라고 덧붙였다.

---

11) 일반 군위와 달리 왕과의 계약에도 신념과 정신이 흔들리지 않는 군위. 태어날 때부터 진군위로 태어난다.

"대단하다는 말로는 다 표현할 수 없죠."

학자는 왕에게 보이는 경의를 진군위에게도 보였다. 그리고 언제나 그렇듯 진군위에 대한 찬사가 이어졌다.

"왕을 진심으로 최선을 다해 지켜 주는 것은 진군위뿐입니다. 라야 님, 군위들이 그저 맹목적으로 왕을 따르기만 한다면 진군위는 올바른 감정과 올바른 마음가짐으로 왕이 바른길로 갈 수 있도록 안내해 주는 존재지요. 전 진군위들만큼 신비스러운 존재는 본 적이 없습니다. 군위와는 격이 다르지요."

왕들과 계약을 해야지만 될 수 있는 '군위'와는 달리, 진군위는 '왕'들처럼 태어날 때부터 정해진다.

새하얀 머리카락에 왼손 손등에는 신석囯石[12]이 박혀 있는 아이. 그 아이들이 바로 진군위인 것이다.

"신석에 대한 비밀은 밝혀지지 않았습니다만, 여러 학자들은 왕의 군석과 마찬가지로 보고 있어요. 군석이 왕을 증명하는 징표라면, 신석은 진군위임을 증명하는 징표라고 말입니다."

왕이 나라를 세워 사람들을 이끌 존재라면, 진군위들은 왕을 모시고 바른길로 안내할 존재라고. 학자는 다시 경의를 표했다.

"그러니 자랑스러워 하셔야 합니다, 라야 님. 진군위는 본래 언제, 어디서 태어날지 모르는 존재들인데, 이 가문의 '가주' 님 자식은 항상 진군위들로만 태어나잖아요? 그것은 정말로 특별하답니다. 좀 더 자신을 자랑스럽게 여기세요."

ー무리야.

---

12) 진군위의 징표.

라야는 속으로 대꾸했다.

하지만 겉으로는 고개를 끄떡이고 있었다.

학자는 웃으며 덧붙였다.

"라야 님은 이 진군위 가문의 장남이시니까요."

3.

툭, 데구루루.

무무의 손에서 떨어진 새빨간 사과가 바닥을 굴러 침대 밑으로 들어갔다. 라야는 눈살을 찌푸렸지만 뭐라고 하진 않았다.

"자, 잠깐만요!"

무무가 평정을 잃고 말했다.

"방금 뭐라고 하셨어요? 진군위 가문? 장남?"

"그래."

라야는 차분히 술만 홀짝였다.

무무는 입을 따악 벌렸다. 진군위 가문의 장남이란 말이 머릿속에서 빙글빙글 돌았다.

진군위 이야기는 그도 들어 본 적이 있었다.

왕처럼 '언제', '어디서' 태어날지 아무도 모르는데다 왼쪽 손등에는 신석臣石을 가지고 태어나는 사람들.

그들이 바로 진군위였다.

그들의 뛰어난 능력과 충성심에 '진군위를 데리고 있는 왕은 반드시 진왕이 된다' 라는 속설까지 떠돌 정도였다. 한때 진군위를 찾기 위해 왕들이 혈안이 된 적도 있었다.

그러나 진군위를 본 사람은 드물었다. 어쩌면 왕보다 숫자가 적을지도 모른다.

'진군위를 데리고 있는 왕은 반드시 진왕이 된다' 라는 속설에 홀린 많은 왕들이 세계 곳곳을 뒤져 찾아낸 진군위는 고작 한 명. 그마저도 그 이후로는 소식 불명인데다 소문의 출처도 흐지부지하게 끝나 버려서 아무도 믿지 않았다.

여섯 번째 진왕인 '진화' 가 진군위를 데리고 있다는 소문이 얼핏 흘러나왔지만, 그것 또한 소문만 무성했다.

그야말로 '꿈' 의 존재인 것이다.

있는지 없는지도 확인되지 않은, 사람들의 헛된 망상에서 태어난 가상의 인물이라고 불리는 존재들.

무무는 놀라 다시 한 번 되물었다.

"진군위 가문이란 게 있었어요?"

"있어. 아는 자들만이 알지."

"……주인님이 그 가문의 장남이라고요?"

"그래, 첫째다. 지금의 가주가 내 아버지지."

무무는 멍청하니 그 말을 듣다가 얼른 라야의 머리카락과 왼손 손등을 확인했다.

머리카락은 시커멓고, 손등에는 아무것도 없었다. 새하얀 머리카락과 왼손 손등에 신석을 가지고 태어난다는 진군위와는 너무도 달랐다.

라야는 그럴 줄 알았다는 듯 쓰게 웃었다.

"내 어미가 부정을 저질렀다."

무무의 갈색 눈이 또 한 번 휘둥그레 떠졌다. 라야는 술을 홀짝이며 창밖으로 시선을 돌렸다.

가문에는 아직도 그 여자가 있다.

침대에 누워 허공만 멍하니 보는 여자. 라야는 그 여자를 뼛속까지 미워했다.

"그 사실을 내가 태어나고 이 년간 아무도 몰랐지. 가문의 아이들 중에는 태어날 때 머리색이 다른 아이들이 몇 있었거든. 물론 그런 아이들도 몇 년만 지나면 원래의 머리색을 되찾고, 왼손 손등엔 신석이 돋아났지. 가문의 사람들은 나도 그중 하나라고 여겼다."

언젠가 검디검은 이 머리카락이 흰색이 되고, 밋밋한 왼손 손등에는 신석이 돋아날 거라고 여겼다.

하지만 기다리고 기다려도 변화는 없었다.

머리카락은 여전히 검었고, 신석은 돋아나지 않았다.

그렇게 이 년, 라야가 두 살이 되던 해 비밀이 들통이 난 것이다.

"가주의 아내가 부정을 저질렀다고."

어떻게 들통이 났는지는 아직도 모른다. 다만, 가문의 원로들이 이 사실을 은폐하기 위해 무슨 짓을 했는지는 알고 있었다.

그들은 먼저 가주의 첫 번째 부인이자 라야의 어머니인 그 여자를 정원 깊숙한 오두막집에 유폐시켰다. 그녀를 모시던 하인들은 모두 입단속을 하느라 혀를 잘리고 노비로 팔려 갔다. 글을 아는 자들은 목숨까지 빼앗겼다.

문제는 어미의 부정으로 태어난 라야였다. 가문의 원로들은 끙끙거리다가 가문의 명예를 위해 어쩔 수 없이 그를 가주의 친자식이라고 발표했다. 어떻게든 수습하고 싶었던 그들의 최후의 발악이었다.

무무의 입이 떡 벌어졌다.

라야는 천천히 말했다.

"내쫓았다가는 가주의 친자식이 아니라는 소문이 새어 나갈 테고, 그 소문이 새어 나가면 이제 막 태어난 아이를 내쫓았다는 불명예가 가문에 씌워질 테니까. 어쩔 수가 없었지."

그렇게 라야는 가주의 첫 번째 자식, 서류상의 장남으로 인정받았다.

유폐된 라야의 어머니는 몸이 약해 먼 곳으로 요양을 간 것이고, 라야의 머리카락이 '아직까지도' 검은 이유는 돌연변이라서 그런 것이라며 가문의 원로들은 필사적으로 둘러댔다. 몇 년에 한 번 저렇게 태어나는 아이도 있다고.

"물론 아무도 속지 않았어."

다시 술잔에 술을 따랐다.

"전부 속아 주는 척했을 뿐이야. 진군위 가문은 중요한 곳이니까, 진군위 가문을 아는 왕들과 관리들은 비위를 맞추고 싶어 했지."

피식 웃으며 술을 마셨다.

술이 달았다.

무무는 사과를 주우러 갈 생각도 안 하고 귀 기울여 라야의 이야기를 들었다.

모든 사실이 들통 나고, 유모는 뭐가 그리 억울한지 매일같이 울었다. 라야도 여덟 살 때까진 어머니를 붙잡고 울었다.

하지만 그것으로 끝.

열 살을 넘어서서부터는 그 여자라고 부르고 있었다.

피가 이어지지 않은 아버지, 가주는 라야를 무시했다. 바로 곁에 있어도 눈길 한 번 주지 않았다. 나란히 있으면 흰 머리카락과 대조되는 검은색이 눈에 띄었다. 가주는 라야의 검은 머리카락을 보면 눈가를 일그러뜨렸다.

―당연해.

라야는 어린 마음에도 자신의 입장을 충분히 자각하고 있었다. 이런 취급을 받아도 어쩔 수 없다고. 피가 이어지지 않은 가주를 아버지라고 부르는 이 상황을 아주 정확하게 이해했다.

그리고 그럴 때마다 걸어갈 때도 소리가 나지 않도록 조심히 걷고, 아버지가 자신에게 신경 쓰지 않을 수 있도록 언제나 바른 몸가짐을 했다.

이 이상 폐를 끼치고 싶지 않았다. 죽은 듯, 없는 듯 살고, 소란을 피우지 않기 위해 말을 아끼고, 장난을 치지 않고, 점점 어른스럽게 변했다.

―그러다 가주에게 다른 자식이 있다는 것을 알게 되었다.

"두 번째 부인이었지."

라야가 말하고, 무무가 볼을 잔뜩 부풀렸다.

"가주의 자식만 진군위가 되니까 바로 새장가를 든 거군요. 자식들이 많아야 진군위가 많아지는 거니까."

"맞아."

가만 보면 무무는 눈치만 빠른 게 아니다. 말하기도 아주 쉬웠다. 하나를 들으면 열을 파악했다. 사족을 달 필요가 없어 아주 편했다.

"그 여자의 부정이 들통 난 바로 그해에 가주는 내키지는 않았지만 두 번째 부인을 맞아들였다. 그리고 낳았던 거지."

새하얀 머리카락을 가진, 자신의 진짜 자식을.

라야는 놀랐다. 언제나 삭막한 표정을 짓던 '아버지'가 그렇게 웃을 줄 안다는 것은 그때 처음 알았다.

"충격이었지"

무무는 묵묵히 술잔에 술을 따랐다. 라야는 그 술을 받아 들고 마셨다.

자신과 똑같은 하얀색 머리카락을 가진 아이를 데리고 돌아온 가주는 함박웃음을 지었다. 라야는 그때 아버지도 저렇게 웃을 줄 아는구나, 하고 깨달았다. 단지 그때까지는 웃을 수 없었을 뿐이다. 부정의 증거가 옆에 있으니까.

가주는 그 후로도 두 명의 아이를 더 데리고 들어왔다.

모두 새하얀 머리카락에 왼손 손등에는 신석을 가지고 태어난 아이들이었다.

가주는 자신의 진짜 아이를 보며 '네가 태어나 줘서 다행이다'라고 라야가 있는 곳에서 몇 번이나 말했다. 모두들 박수를 치며 그들을 환영했다. 웃지 않은 건 라야 혼자밖에 없었다.

아이들을 전부 데리고 온 다음 날, 두 번째 부인이 가문의 정식 부인으로 인정받게 되었다. 라야가 설 자리는 없었다.

그런 그곳에서 십사 년을 버텼다.

"돌아보게 만들고 싶었다."

술기운에 휩싸여 라야는 정직하게 내뱉었다.

삭막한 얼굴을 다른 표정으로 바꿔 보고 싶었다.

─군위가 되어 놀라게 한다면 나에 대한 인식도 바뀌지 않을까? 그 표정도 달라지지 않을까? 조금은 자랑스러워하지 않을까? 나에게도

조금 웃어 주지 않을까?

그래도 '아버지'니까.

어린 마음에 그것만을 원하고 바라 왔다.

'진군위'는 무리일지라도, 군위만이라도 된다면.

"……지루한 이야기지?"

이야기를 마친 라야가 힘없이 내뱉었다.

무무는 소리가 날 정도로 고개를 휘젓고는 술병을 라야의 손에 쥐어 주었다.

"마셔요, 주인님!"

"뭐?"

"정말 진탕 마시고 한 번 죽어 봐!"

죽으라고?

라야의 입가가 미미하게 씰룩였다.

무무는 그런 라야의 모습에 더 화가 났는지 바락바락 소리를 질러 댔다.

"참을 필요 없어요! 마시고 죽어요! 뭐예요, 그 인간들! 가문의 명예 때문에 주인님을 거두고, 멋대로 내버려 둔 거잖아! 그런 거 최악이야! 주인님을 이용한 거나 다름없어요! 주인님은 아무런 죄도 없는데, 절대 용서 못해!"

용서 못하면, 어쩔 건데?

라야는 무무의 말을 들으며 피식 웃고 말았다.

말해 놓고 홀가분한 적은 이번이 처음이었다.

첸첸에게 이 이야기를 들려줬을 땐 자의가 아닌 타의였다. 첸첸이 꼭 듣고 싶다고 못 박았던 것이다. 군위가 되고 싶었던 라야는 말하고 싶지 않았지만, 말해 주고 말았다. 그리고 그다음부터 무슨 일만 있으면 '내가 구원해 줄게'라는 입버릇이 첸첸에게 생겼다.

라야는 열심히 화를 내고 있는 노비를 불렀다.

"무무."

무무는 잔뜩 뿔이 난 표정으로 돌아봤다. 라야는 쓰게 웃고는 본론을 꺼냈다.

"난 군위를 그만둘 거다."

무무의 갈색 눈이 보름달처럼 커졌다.

방 안에 잠시 정적이 감돌았다. 의외의 곳을 찔린 사람처럼 눈을 동그랗게 뜬 무무는 곧 어른스러운 표정으로 쓰게 웃어 보였다.

"말하지 않아도 알고 있었어요. 아까 울었을 때였죠? 꽤 홀가분한 표정이라서 짐작은 하고 있었어요."

"그래도 너에게는 내 입으로 말해 주고 싶었다."

위로를 받은 것은 처음이었다. 그 '가문'에서도, 여기에서도 라야를 위로해 주는 사람은 없었다. 없는 사람 취급 내지는 경멸만 당해왔다.

그런 와중에 들은 '힘내라'는 위로는 두말할 것 없이 큰 힘이 되었다. 마음을 정리할 수 있는 용기를 낼 수 있었던 것도 그 덕이었다.

"고마웠다, 무무."

무무는 쑥스러운 듯 물빛 머리를 박박 긁었다.

라야는 나머지 말을 입에 담았다.

"네가 내일 이곳을 떠나도 절대로 잊지 않겠다."

우뚝 무무가 멈췄다.

4.

"……떠나란 소린가요?"

"그래."

라야는 무뚝뚝하게 대답했다.

무무는 냉정하게 표정을 굳혔다. 표정이 없어진 무무의 얼굴은 예상외로 날카로워 보였다.

"어째서죠?"

소리를 지르지도, 방방 뛰지도 않고 무무는 너무나 냉정하게 물어 왔다. 그런 무무의 태도에 라야는 약간 놀랐다. 버럭 소리를 지르며 대번에 싫다고 할 줄 알았다.

라야는 가라앉은 목소리로 말했다.

"너라면 그 이유를 충분히 알 텐데."

노비면서 꽤 똑똑하다. 아니, 꽤 똑똑한 수준으로 그칠 것이 아니다. 말하는 것이나 행동하는 것을 보면 알 수 있다.

그러니 알 것이다.

라야는 말을 이었다.

"원한다면 노비에서 구제해 주겠다. 좋은 곳에 일자리를 구해 주지."

노비에서 구제해 줄 생각을 한 것은 무무의 이야기를 들었을 때였지만 라야는 천연덕스럽게 이곳을 떠나게 하기 위한 미끼로 사용했다.

그는 자리에서 일어서서 종이와 연필을 꺼냈다.

"나를 못마땅하게 여기는 곳이지만 정식 핏줄로는 인정을 받았으니, 어느 정도 대우는 해 준다. 가문으로 가라. 거기서 일을 하면 돈도 풍족하게 나올 거고, 일도 꽤 쉬울 거다. 체계가 잘 잡혀 있으니. 그리고……."

"됐어요!"

무무가 외쳤다. 물빛 머리카락이 물결처럼 출렁였다.

"난 그곳에 가지 않을 거예요. 가지 않아요!"

"가라."

"싫어요!"

"가."

"안 간다고요!"

"명령이다. 가."

"……!"

무무는 뼈마디가 새하얗게 되도록 주먹을 쥐었다. 당장이라도 그를 씹어 먹고 싶은 것처럼 이를 악물며 말을 이었다.

"……제가 공주님께 죽게 될 것 같아서 그러시는 건가요?"

라야는 입을 닫았다. 이유를 알면서도 묻는 노비를 흘겨보곤 바른 자세로 의자에 앉아 편지를 쓰기 시작했다.

무무의 속이 바짝 탔다.

"꼭 이럴 때면 항상 말을 하지 않으시는군요. 그거 나쁜 버릇인 거 아세요? 중요할 때만 입을 다물다니. 전 가기 싫어요! 주인님을 이런 곳에 혼자 내버려 두고 나 혼자 어딜 가요!"

무무의 말을 흘려들으며, 편지를 훑어봤다. 빠진 것 없이 꼼꼼하고 깔끔하게 적었다.

"이것을 들고, 한翰……. 그러니까 '진군위' 가문으로 가라. 문지기들이 막으면 편지를 보여 주고 내 이름을 대. 그럼 들여보내 줄 거다."

"……괜찮아요, 전."

"괜찮지 않아."

라야를 훔쳐본 것만으로 사람이 하나 죽었다.

그렇다면 군위가 되지 않겠다고 말하면 어떻게 될까? 생각하기조차 싫었다.

다만 이것만은 분명했다.

무사히 끝나진 않을 테지.

"이제 곧 첸첸의 군석이 열린다. 이건 내 일이야. 나 혼자 책임지고, 나 혼자 해결하겠어. 그사이 넌 가문으로 들어가 그곳에서 살도록 해. 진군위 가문은 수많은 왕들의 비호를 받는 곳이니까, 너를 어쩌진 못할 거다."

연필을 내려놓은 라야는 봉투에 편지지를 넣고, 촛농을 떨어뜨려 입구를 봉했다. 일사천리로 진행되는 행동에 무무가 몇 번이나 반박하려 했지만 라야의 행동을 막을 순 없었다.

라야는 봉투를 무무에게 건넸다. 라야의 서명이 적힌 봉투 안에는 무무가 믿을만한 사람이라는 것과 무무를 노비에서 해방시켜 달라는 말, 그리고 앞으로 무무를 부탁한다는 글이 쓰여 있었다.

이 글을 읽은 가문의 하인장은 어쩔 수 없다는 표정으로 무무를 채용할 테고, 무무는 안전해질 것이다.

무무는 불만이 가득한 눈으로 봉투를 노려봤다.

"싫어요."

라야는 봉투를 쥔 손을 물리지 않았다.

"말도 안 돼! 조금 더 생각해 보라고요! 혼자서 어쩌시려고 이래요? 군위 자리를 포기하겠다고 선언하자마자 이러다니 약았어요! 이러려고 저에게 가문의 이야기를 하신 거죠? 왜 갑자기 이야기를 꺼내나 했어!'

그런 건 아니었지만―.

라야는 대꾸하지 않고 묵묵히 봉투만 내밀었다. 무무는 라야의 고집에 얼굴을 일그러뜨렸다. 하지만 곧 무언가 곰곰이 생각하더니 봉투를 받아 들었다.

"대신 저도 드릴 말씀이 있어요."

"……?'

"내일 제가 바로 떠나면 공주님도 이상하게 여기실 거예요. 전 공주님이 주인님께 드리는 선물이니까요. 그렇죠? 그러니까 좀 더 있다가 떠날래요. 공주님의 군석이 열리는 것이 언제죠?'

"팔곡八穀이다. 앞으로 육 일 남았군."

"그럼 전 칠곡七穀에 떠나겠어요. 그때 떠나면 이틀 동안은 눈치 채지 못하실 거예요. 군석이 열리는 것 때문에 바빠질 테니까요. 궁녀들이나 노비들이나."

라야는 손으로 이마를 짚었다.

틀린 말은 없었다. 가문은 여기서 꽤 가까웠다. 첸첸이 군위를 모집한다는 소문을 들을 수 있었던 것도 가깝기에 가능했다.

그렇지만 라야는 무무를 빨리 내보내고 싶었다. 북쪽의 광경이 머릿속에서 사라지지 않아서 더욱 그랬다. 늘어져 있는 팔과 다리, 형체를 알아볼 수 없게 된 얼굴.

그런 기색을 읽었는지 무무가 다시 한 번 그를 설득했다.

"시간은 넉넉해요. 군석이 열리면 연회를 열 테니까요. 진곡 왕이 하나뿐인 딸의 군석이 열리는 데 가만히 있을 사람이 아니잖아요? 칠곡 날 제가 떠나고, 팔곡 날 군석이 열리고, 일곡 날 연회가 열리면 제가 가문에 도착하기엔 충분할 거예요. 장담하는데, 아무도 눈치 채지 못해요. 더군다나 궁 안의 대소사가 그리 간단히 끝나진 않잖아요? 한낱 노비에게 신경 쓸 사람은 아무도 없어요. 그래도 걱정이 된다면 멀리 심부름 보냈다고 하시면 되고요. 봐요, 간단하잖아!"

줄줄 늘어놓는 말 한마디, 한마디에는 자신감이 차 있었다. 라야는 무무의 배짱과 영리함에 계속 놀랐다.

"칠곡에 떠나겠어요. 그 전엔 절대로 떠나지 않아요. 아셨죠?"

"……!"

라야와 무무는 서로의 눈을 노려보았다.

조금도 물러서지 않고 노려보기를 한참.

먼저 백기를 든 것은 라야였다.

그는 건방지고 발칙한데다 쓸데없이 고집만 센 이 노비의 요청을 수락하고 말았다. 노비의 말마따나 시간이 남아 있었고, 무엇보다 저 성격에 고분고분 가 준다는 것 자체가 고마웠던 것이다. 어찌 되었든 녀석을 더 이상 걱정시키고 싶지 않았다.

'만에 하나 무슨 일이 생긴다고 해도……'

다른 사람의 방패막이가 될 각오 정도는 되어 있다. 라야는 각오를 다지며, 화풀이하듯 과일 바구니를 뒤지고 있는 무무를 응시했다.

무무는 뾰루퉁한 목소리로 물어 왔다.

"그럼 주인님은 어쩌실 생각이세요?"

라야는 다시 입을 꾹 다물었다.

그럴 줄 알았다는 듯이 무무가 팔짱을 끼며 혀를 찼다. 제 이야기가 끝나자 다시금 천연덕스러워진 것이다.

"또 그러신다. 어쩔 생각인데요? 가문으로 돌아가실 건가요?"

"아니."

그곳은 자신이 있을 곳이 아니었다. 군위가 되는 것을 포기한 마당에 돌아갈 면목도 없다.

라야가 고개를 젓자, 무무가 그럼 그렇지 하고는 고개를 끄떡였다.

"예상은 했었어요. 주인님도 가실 거라면 나 먼저 떠나보낼 리가 없겠지. 그럼 이제 어쩔 건데요? 공주님 면전에 대고 '군위를 포기하겠습니다' 라고 한다고 공주님이 '네, 그러시군요. 그럼 그만두시고 새로 군위를 들여야겠네요. 라야는 몸 조심히 잘 가세요' 라고 하진 않을 거 아니에요?"

"……."

"설마 공주님이 하자는 대로 고스란히 당할 작정은 아니겠지요?"

"아니다."

라야는 의자에서 일어나 창문 쪽으로 걸어갔다.

검디검은 밤하늘에서 빛나는 반달. 그 반달 주위에는 달을 어쩌지 못해 안달이 난 것만 같은 회색빛 구름들이 가득 들어차 있었다.

무무는 머리를 데구루루 굴렸다.

"우선 저랑 숨을 곳을 찾아봐요."

"숨을 곳?"

"가문에 돌아가지 않는다면서요. 공주님은 당연히 놔주지 않으실 텐데, 그럼 도망이라도 쳐야 하잖아요. 오랫동안 계속 도망치다간 몸도 지치고 마음도 지치니까, 숨어 있는 게 가장 현명하죠. 우리처럼 가진 것 없는 사람들은 몸을 숨기고 공주님이 포기하는 것을 기다리는 수밖에 없어요. 알았죠? 절 가문으로 보내는 대신 걱정 안 하게 만들어 달라고요."

"하지만 너는……."

"칠곡엔 반드시 떠날게요. 그 전엔 제가 원하는 대로 움직일 거예요."

무무는 그리 말하고는 더 이상 한마디도 듣지 않겠다는 듯이 획하니 돌아섰다. 그리고 나서는 윽박지르고, 화내고, 협박하던 주제에 본분을 잊진 않았는지 침상을 준비하고 잘 준비를 시작한다.

라야는 쓴웃음을 삼키며 두 손을 들었다.

항복 선언이었다.

제 8 장

마
을
에
서

제 8 장
마을에서

1.

삼곡三穀의 해가 떴다.

북쪽에서의 일이 있은 후에도 라야의 아침은 달라지지 않았다. 여섯 시에 일어나 식사를 하고 몸을 씻고 옷을 갈아입는다. 일곱 시엔 연무장으로 가 몸을 단련했다. 가볍게 연무장을 돌고, 활을 들어 과녁을 맞혔다.

무무는 바늘을 따라다니는 실처럼 라야의 뒤를 졸졸 따라다녔다. 어제와 다른 점이 있다면 둘의 사이가 꽤 친근해졌다는 점이었다.

"주인님."

"왜?"

대답은 하면서도 시선은 과녁으로 향해 있다.

활시위를 당기는 순간에는 숨을 멈추고 집중한다. 휘어질 대로 휘어진 활대가 부러질 것처럼 느껴질 때, 활시위는 맑은 소리를 내며 라야의 손을 떠났다.

화살은 과녁 정중앙을 맞히고 떨어졌다.

"검은 안 쓰세요?"

무무는 연무장 가에 마련되어 있는 무기 진열장을 가리켰다. 거기에는 나무로 만든 검과 창이 진열되어 있고, 언제라도 쓸 수 있도록 개방되어 있었다. 왕족이 사는 궁이라 철로 만들어진 무기는 없었지만 솜씨 좋은 대장장이들이 직접 만든 모조품이라 진품 못지않게 튼튼하고 단단했다.

라야는 무무가 내미는 화살을 받아 들었다.

이 화살 또한 화살촉이 없는 모조품으로 사람의 몸을 멍들게는 할 수 있어도 꿰뚫지는 못하도록 뭉툭하게 되어 있었다.

"……그건 왜?"

"주인님은 항상 활만 쏘시잖아요. 그냥 궁금해졌어요."

"……."

"무엇보다 주인님은 일부러라고 할 정도로 검 쪽은 시선도 돌리지 않으시는걸요. 모르셨죠?"

라야의 미간 사이가 굳었다.

그러나 곧 아무렇지도 않은 척 활시위에 화살을 메기고 시위를 당겼다.

"그냥 검을 좋아하지 않을 뿐이야."

다시 한 번 활시위가 맑게 울었다. 쏜살같이 날아간 화살은 과녁 왼쪽에 맞고 떨어졌다. 무무는 생글생글 웃으며 다음 화살을 내밀었다.

마지막 화살이었다.

가볍게 운동을 끝낸 라야는 방으로 돌아가 땀을 씻고 외출 준비를 시작했다. 하얀 상의에 검은 가죽 바지를 입고, 끈이 달린 신을 신고는 발을 조였다.

라야가 외출 준비를 하는 동안, 무무는 백종궁의 마구간에서 말을 구해 안장을 얹혔다.

"튼튼한 암말이에요. 가장 오래 걸겠더라고요. 편자도 갈았어요."

무무는 암말의 목을 쓰다듬으며 가까이 다가온 라야에게 말했다. 얼룩 점박이 무늬를 가진 암말은 순해 보이는 눈동자로 라야를 반겼다.

무무는 말고삐 중 위에 것을 라야에게 넘겼다.

"변명은 생각해 두셨어요?"

"……갓 들어온 노비가 마을 구경을 시켜 달라고 하기에 어쩔 수 없이 나가는 것으로 되어 있다."

"우와, 저만 버릇없는 놈으로 만드는 거예요?"

"넌 원래 버릇없어."

가차 없는 라야의 말에 무무는 작게 투덜거리며 아래 고삐를 잡아당겼다. 암말이 반항 없이 순순히 앞발을 내딛었다.

"공주님과 왕의 군사들이 쫓아오지 못할 곳이나, 쫓아온다고 해도 찾을 수 없는 곳을 대피처로 골라야 해요."

"가문은 안 돼."

"네네, 알고 있어요. 생각해 봤는데 공주님을 빠른 시일 내에 포기시키는 방법은 라야 님이 다른 왕의 군위가 되는 것뿐이에요. 일단 왕의 군위가 되시면 공주님이 싫다고 아무리 악을 써도 어쩔 수 없죠. 군위는 왕이 죽지 않는 한 다른 왕을 모시지 못하니까요."

"무리야, 그건. 칠 일 안의 거리에서 군석을 가진 왕은 많아야 두 명이야. 둘 다 군위들을 가지고 있는데다 기반을 탄탄히 다진 왕들이라, 이제 와서 그들의 군위가 되려면 다른 사람들보다 특출한 점이 있어야 해."

"……."

왕들은 군위들의 숫자가 늘어나는 걸 반기지 않는다.

가장 큰 이유는 역시 계약 시 이뤄지는 '소원'이었다.

맨 남쪽의 어떤 나라에선 군위 하나를 맞이하기 위해 국고를 깡그리 비워 나라가 휘청거릴 정도라 들었고, 어떤 왕은 온 대륙을 뒤져 진기한 보물을 찾아내야만 했다.

그렇게 군위 하나를 맞이할 때마다 소원을 들어줘야 하는 왕의 입장에선 숫자는 적되 능력이 있는 쪽을 선호했다.

'가능성이 없지.'

남들보다 빼어나지도, 특출하지도 않다.

첸첸의 군위 후보가 된 것도 그녀의 철없음 때문이지 라야의 능력 때문이 아니었다. 그녀는 그저 '마음에 들었다'는 이유만으로 사람을 군위로 삼는 철없는 독재자였다.

"군위가 된 척 흉내를 내는 건 어떨까요? 아무 왕에게나 부탁해서."

"그런 한심한 짓을 할 왕이 잘도 있겠군. 있으면 그 왕이 다스리는 나라 한번 잘 돌아갈 거야."

싹둑 자르는 말에 무무가 입을 삐쭉 내밀었다.

"진곡의 국명부國名簿에 이름을 안 적으셨다면[13] 민가에 숨어드는 것은 어떠세요? 사람은 사람들 속에 숨는 게 가장 안전하다고 하잖아요."

"국명부에 이름을 적진 않았지만……. 그다지 내키진 않아."

"그런가요. 뭐, 군사들이 들이닥치면 웃긴 소린가? 권력 앞에선 모든 게 무용지물이란 말이 나돌 정도니까요. 음, 안 되겠네요, 역시. 운 좋게 주위 사람들을 매수하여 철저하게 위장한다고 해도 공주님이 포상금을 푼다면 배신할지도 모르고."

라야는 심각한 얼굴로 중얼거렸다.

"……다른 사람들에게 피해 주긴 싫다."

"거기다가 그 나라의 국명부에 이름을 적는다 해도 왕이 지켜 줄지는 미지수죠. 제가 왕이라면 라야 님을 공주님께 넘겨주고 진곡왕, 그리고 미래의 왕인 첸첸 공주님과 우애를 다지는 쪽을 택하겠어요. 그쪽이 훨 낫잖아요. 왕이라면 다들 그러겠죠."

역시 영리하다.

라야는 묵묵히 들었다.

"그럼 한마디로 오지게 깊은 산속에 들어가 공주님이 포기할 때까지 은거하는 수밖에 없단 소리네요. 산속에서 노숙할 각오는 서셨어요?"

무무는 얍삽한 표정을 하고는 생글생글 웃으며 고삐를 끌었다.

궁궐의 남쪽 정문은 관리들이나 왕족들만 쓸 수 있는 문이므로 라야와 무무는 동쪽에 나 있는 뒷문으로 향했다.

"소문을 들었는데, 공주님은 돌화족 노비와 같이 있느라 시간 가는 줄 모르는 모양이에요."

무무는 궁 안에 떠도는 소문을 라야에게 전해 줬다.

---

13) 국명부. 그 나라에 살기 위해선 왕이 만든 국명부에 이름을 적어야 한다. 국명부에 적은 후에서야 그 나라의 국민이 되며, 국명부에 이름을 지우지 않는 이상 왕의 허락이 있어야 나라 밖으로 나갈 수 있다.

뒷문이 가까워질수록 두 사람의 말수는 줄어들었다.

다그닥, 다그닥.

바닥을 차는 말발굽 소리가 심장 박동처럼 울렸다.

동쪽 문을 지키고 있던 무관 중 하나가 라야를 알아보고 허리를 숙였다.

군위 후보인 이상 현재 라야는 아무런 직위도 없는 신분이지만, 진곡 왕의 금지옥엽인 첸첸이 가장 관심을 나타내는 이가 라야였다.

그런 라야를 무시할 관리는 없었다. 실제로 라야는 궁에서 고관들보다 더 좋은 대우를 받고 있었다.

"인행장人行將에게 말은 들었습니다. 노비 때문에 밖에 나갔다 오신다고요?"

그러면서 무관의 눈이 무무에게로 향했다. 한심함과 더불어 엄한 빛이 잔뜩 담긴 눈동자를 똑바로 마주한 무무는 생글생글 웃으며 손을 흔들었다.

무관의 얼굴이 구겨졌다는 건 말할 필요도 없다.

라야는 속으로 작게 웃고 말았다.

"꽤 당돌한 노비군요. 귀가 시간은 저녁 여섯 시라고 알고 있습니다. 염두에 두십시오."

관리나 왕족이 아닌 이상 궁궐을 출입하는 데 있어 제한을 받게 되는데, 그것을 관리하는 곳이 '인행부人行府'였다.

노비나 궁녀들, 궁의 손님들 같은 경우, 인행부에 날짜와 시간을 알려 외출을 하고, 돌아올 시간도 미리 알려 궁의 관리를 받는다. 시간을 어길 시에는 날카로운 질책과 함께 어찌하여 시간을 어기게 됐는지 문책을 받게 되며, 그 행적을 조사받게 되어 있었다.

무관은 귀가 시간을 간단히 알리고 문에서 물러났다.

라야가 가볍게 고개를 끄떡여 짧은 예를 취하는 동안, 무무는 말의 고삐를 능숙하게 조여서 동쪽 문으로 빠져나갔다.

2.

궁의 동쪽 문을 빠져나오면 마을로 통하는 외길이 나온다.

무무는 그 길을 따라 걸으며 콧노래를 흥얼거렸다. 여전히 한 손으로는 말고삐를 끌고 있는 채였다. 느긋하다 못해 천연덕스러운 무무의 행동에 라야의 긴장감도 뙤약볕을 내리쬔 얼음처럼 녹아내렸다.

도착한 진곡의 마을은 여전히 한산했다.

빨리 겨울이 가고 봄이 왔으면, 그런 마음에 부르는 타령이 마을 곳곳에서 들려왔다.

이맘때쯤 마을에서는 일거리가 없어 손을 놓은 남자들 대부분이 담배를 피우고, 술 마시는 일에 빠져 있다. 그들은 봄을 갈망하는 타령 중간중간에 아내의 바가지 긁는 소리가 싫다며 울부짖었다.

저런 신세 한탄도 아주 상황이 안 좋으면 할 수 없는 일.

그런 평화로운 광경을 한가롭게 둘러보며 두 사람은 계속 걸어갔다.

"우선 주인님 말투부터 좀 고쳐 봐요."

마을로 들어서자마자 무무가 말했다.

"……"

"숨어서 지내긴 할 테지만 사람들과 만날 수도 있잖아요. 숨어 지
내다가 생필품이 떨어지면 가까운 마을에 사러 가기도 해야 하는데,
그들에게 매번 '가까이 다가오지 마라', '물 떠 와라', '난 그럴 수 없
다', '그걸 사고 싶다, 얼마인가?' 이런 딱딱한 말투를 쓰다간 대번에
수상하게 여길 거예요. 요즘 사람들이 얼마나 얍삽한데."

라야는 인상을 찌푸렸다.

"가까운 음식점에 들어가서 연습 좀 해요. 그렇게 못마땅한 표정
만 짓지 마시고. 아, 잠깐만요!'

무무는 거기서 말을 멈추고는 가까운 가게에 들어갔다. 여러 가지
잡다한 물건을 팔고 있는 만물상이었다.

라야는 가만히 말 위에 앉아 그를 기다렸다.

무무가 문을 열고 들어가자 문 위에 걸어놓은 종에서 딸랑 소리가
울렸다.

가게에 들어간 무무가 주인과 이런 저런 대화를 나누다가 진열장
을 유심히 살펴본다.

라야는 큰 창으로 그런 무무를 지켜보았다.

무무는 진열장에서 뭔가를 줍더니, 활짝 웃으며 주인에게 대금을
치렀다. '수고하세요!' 라는 발랄한 인사와 함께 무무가 다시 밖으로
나와 다가왔다.

"헤헤, 지도 좀 사 왔어요."

무무는 고급스런 주머니를 흔들어 보였다.

"이건 궁의 자금을 관리하는 화치부貨治府에서 받아 왔어요. 주인님
이름을 들먹이니까 바로 내주던데요. 표정은 뭐 씹은 표정이었지만.
진득하게 붙어서 빼 왔으니까 액수는 좀 돼요. 우리 주인님 마음 고

생한 게 얼만데, 이 정도는 빼 와야죠. 그죠?"

짤랑짤랑거리는 주머니 속 소리에 무무가 기분 좋은 표정을 지었다.

아무리 간이 커도 그렇지.

궁의 살림을 관장하는 화치부에까지 쳐들어간 간 큰 노비의 용기를 차마 장하다고 여길 수 없었던 라야는 말 위에서 떨어질 뻔했다.

"너!"

"괜찮아요, 괜찮아. 우리 주인님은 걱정이 왜 이리 많나 몰라."

주인 말을 잘라먹는 것도 이 노비밖에 없다.

'한 대 차 버릴까?'

라야는 진지하게 고민했다.

라야가 무슨 생각을 하고 있는지 모르고 무무는 천연덕스럽게 현재 심정을 토로했다.

"절 상대로 해서 그 말투 좀 고쳐 봐요. 그렇게 명령조로 계속 말하다간 주위에 반감 사기도 쉬워요. 아, 걱정이네, 정말. 우리 주인님 나 없으면 어찌 살아가지. 세상을 비관하며 술에 빠져 매일같이 울부짖고, 그러다가 물에 꼬꾸라져 생을 마감하는 건 아닌가 몰라."

"……그러진 않는다."

"또 또 그런 말투! 또 그러신다. 내가 못 살아, 정말!"

라야는 그냥 입을 닫았다. 이젠 무슨 말을 해도 도저히 이길 수 있을 것 같지가 않았다. 되레 말투를 제대로 고치지 못했다고 타박이나 들을 것 같다.

라야가 입을 꾹 다물자 무무는 뭐가 웃긴지 어깨까지 떨며 웃어 댔다.

"왜 웃는 거냐?"

"왠지 좋아서요."

"뭐가 말이지?"

"여러 가지들이요. 예전이라면 상상조차 할 수 없을 이 모든 것들이 너무 좋아서요. 조용한 이 시간들이 뼈저리게……."

라야는 무무를 가만히 바라보았다.

무무가 왜 그런 말을 하는지 라야는 알 수 있었다. 무무의 우울한 과거를 바로 어제 들었다.

잠시 동안 아무 말도 없이 무무는 그저 주위를 즐거운 눈으로 둘러보며 걸어갔다.

"여기에 들어가 봐요, 주인님."

가장 먼저 보인 음식점을 무무가 가리켰다.

창으로 안을 살펴보니 사람도 별로 없다. 뒤에는 정원이 있어 말을 묶어 둘 수도 있었다.

무무는 정원으로 뛰어 들어가 말을 묶어 두고는 라야를 안내해 음식점으로 들어섰다. 음식점은 밖에서 본 것과 마찬가지로 한산했다.

라야는 시선을 끌고 싶지 않았기에 걸음을 옮겨 음식점 가장자리에 앉았다. 무무가 그 앞에 앉아 여노女券를 불러 따뜻한 차를 주문했다.

여노가 가자마자 무무는 식탁 위에 지도를 펼쳤다.

"여기가 진곡이에요."

본격적으로 시작되었다.

무무의 눈빛과 말이 진중해졌다. 지도를 가리킨 무무의 손가락이 오른쪽으로 향했다.

"숨을 곳을 찾으려면 우선 생필품을 살 수 있는 곳이 가까이에 있어야 해요. 여기 보세요. 이 산, 산세가 험해 사람들이 잘 다니지 않아요. 산에서 내려와 하루 정도의 거리에 '송진'과 '유한'이 있어요. 두 나라는 진명을 받지 못한 왕들이 다스리고 있고요."

"유한은 기울어져 가고 있는 나라다. 여기는……."

"안 돼요, 주인님."

"……?"

"지금부터 말투를 바꾸는 게 좋아요. 다시 말씀해 주세요. 연습하지 않아도 할 땐 한다는 생각은 버리시고요. 익숙한 말투는 생각할 사이도 없이 툭툭 튀어나오니까, 적당한 연습이 필요하다고요."

무무는 갈색 눈을 들어 라야의 검은 눈과 마주했다. 이럴 때는 왠지 라야가 항상 지고 만다.

"……알았어."

라야는 뿌루퉁하게 고개를 끄떡였다. 어쨌거나 이 노비는 자신을 도와주려고 하고 있다. 거기다 틀린 말도 없었다.

껄끄러운 듯이 내뱉는 라야의 행색에 무무가 장난꾸러기처럼 웃었다.

"어려워하실 것 없어요. 정 힘들다면 저도 맞춰 드릴까요?"

"……어떻게 말이지?"

"저도 말을 놓는 거예요!"

무무는 아주 당당히 소리쳤다.

듣고 있는 쪽의 신경이 나가 버릴 것 같은데도 아주 굳건하다.

"하!"

라야는 손가락으로 이마를 만지작거리며 한숨을 쉬었다.

그럼 그렇지. 저 성격이 어디 갈 리 있나. 잠시 진지하다고 감탄한 내가 바보지.

"말을 놓겠다고? 노비인 네가?"

"에에, 싫으세요? 전 주인님을 위해 이러는 건데요? 그걸 몰라주시다니 조금 속상해요. 노비인 저로서도 주인님에게 말을 놓는 건 아주 힘들다고요. 실수하면 목이 댕강 날아갈지도 모르는 상황에서 쉽게 이러겠어요? 이건 다 주인님을 생각해서 말씀 올리는 거라고요."

역시 말은 청산유수다. 줄줄 잘도 흘러나와서 막을 틈이 없다.

'내가 보기엔 전혀 힘들어 보이지 않는다만……'

지금도 뭘 그리 생각하는지 실실 웃고 있다.

라야는 이제 포기했다는 듯 고개를 끄덕였다.

'네 말을 거절하면 내가 노비의 마음도 몰라주는 몰인정한 주인이 되겠지.'

"에헤헤헤헤."

무무의 실없는 웃음에 라야도 피식 웃었다.

"알았다. 해 보도록 해."

순간, 무무의 눈이 번뜩였다. 그는 기다렸다는 듯이 말문을 텄다.

"그럼 우리 다시 시작해 볼까, 라야?"

"……뭐?"

"응? 왜 그런 표정으로 봐? 왜? 왜?"

반짝이는 눈이 마치 '약 오르지?'라고 말하는 것 같아 손에 절로 힘이 들어갔다.

"……"

"에이, 내가 이름 불러서 그래? 너무 그러지 마. 이름은 부르라고 있는 거야. 말 트면서 주인님, 주인님 그러는 것도 웃기잖아? 그렇지? 맞지? 그러니 그렇게 노려보지 말고, 조금 웃어 보라고. 공주님 앞에

선 웃기도 잘 웃잖아?"

라야는 얼굴을 구기고 명령 철회를 고심했다. 하지만 그렇게 했다 간 한입으로 두말하는 것이 된다. 그는 가까스로 인내하며 철딱서니 없는 노비의 말에 대꾸했다.

"……그건 당연히 내숭이지."

"풉!"

무무가 홀짝이던 차를 뱉어 내며 쿨럭거렸다. 라야는 무무의 더러운 행위에 얼굴을 구겼다.

"뭐 하는 거냐, 더럽게."

"내, 내숭?"

"그래. 첸첸을 대하려면 그 정도는 해야 목이 남아 있으니까."

들쑥날쑥한 그녀의 비위도 맞추는데, 그 정도 내숭도 못 떨까.

라야의 말이 끝나기가 무섭게 무무는 미친 듯이 낄낄거렸다. 라야는 그런 짐 덩어리를 노려보다가 그냥 무시하기로 마음먹었다.

"우선 네가 말한 유한은 가망 없다. 아니, 없어. 굶어 죽어 가는 사람으로 아비규환을 이뤘다는 소문이 파다해. 국왕이 국명부를 쥐고 있어서 다른 나라로 갈 수조차 없는 국민들이 서로를 잡아먹으면서 생존하고 있어."

라야의 말이 끝날 때쯤엔 무무의 얼굴도 진지해졌다.

"거의 끝이네. 그럼 송진은 어때?"

"송진은 타지인을 꺼려 해."

"들어갈 수가 없단 소리네."

무무는 주머니를 뒤적거려 연필을 꺼냈다. 그리고 지도에 그려진 송진 위에 '타지인을 싫어함'이라고, 유한 위에는 '망해 가고 있음'

이라고 적어 놓았다.

"어디가 좋을까? 라야는 어디가 좋을 거라 생각해?"

무무의 입에서 나오는 자신의 이름이 낯설다.

라야는 날이 갈수록 인내심만 느는 것을 느끼며 지도를 훑어봤다. 그러다 이 멍청이가 자신의 '가문'이 있는 곳을 모른다는 생각이 떠올랐다.

라야의 가늘고 큰 손이 남쪽 부분을 가리켰다.

"여기는?"

"가문이 있는 곳이다. 아니, 곳이야."

무무가 퍼뜩 놀라 고개를 들었다.

"새겨 둬. 넌 여기에 가는 거야."

"……알았어."

무무는 화를 꾹 참는 표정으로 고개를 끄떡였다.

왠지 이겨 버린 것 같아 라야는 기분이 좋아졌다.

라야가 입꼬리를 올리며 웃자 무무가 불만 어린 표정을 지었다.

"사이가 좋네요."

어느새 가까이 다가온 여노가 무무의 빈 찻잔에 고소한 차를 따라 주었다.

"형제인가 봐요? 친해서 보기 좋네요. 저희 집에 있는 남동생 둘은 매일같이 싸우느라 바쁜데. 한 놈도 양보할 줄 모르고, 서로 아웅다웅하느라 하루해가 다 간다니까요."

'형제 같다고?'

라야가 무무를 쳐다봤다. 무무도 라야를 쳐다봤다.

"……"

"……."

한참 동안이나 서로를 처다보다가 먼저 말문을 터트린 것은 무무 쪽이었다. 그는 왠지 모르게 '신난다!'라는 눈으로 일부러 그러는 듯 거세게 반발했다.

"아니에요, 이 고지식한 녀석과 형제라니요. 이 녀석이 얼마나 딱 딱한지 아세요? 글쎄, 지나가는 강아지에게도 예의를 가르칠 놈이라 고요. 하나에서 열까지 조금만 어긋나도 발을 동동 구르며 안절부절 못한다니까요. 완전 병이에요, 병!"

"뭐? 너 지금 뭐라고 했어!"

한 번도 들어 본 적 없는 막말에 라야가 격분했다. 무무는 능청스 럽게 히죽였다.

"왜? 내가 틀린 말 했어? 평소엔 순한 양처럼 가만히 있다가 약간 날뛰었다고 크게 화를 낸 기억, 나 잊지도 않고 가슴에 박아 뒀어! 기 억 안 나? 숲에서 그랬잖아! 다 널 위해서 한 말인데, 주제넘게 참견 했다고 귀신같은 얼굴로 처다봤다고!"

'하!'

라야의 얼굴이 붉어졌다.

무무가 말한 것은 그가 북쪽에 다녀온 후, 숲 속에서 '군위가 되지 말아 달라'라는 말을 들었을 때였다. 라야는 하극상을 저지른 노비 에게 몹시 분노했었다.

"그건 당연히 화를 낼……."

"거기다 어쩌나 짠돌인지. 사과주, 그거 애들도 먹는 음료나 마찬 가지인데, 한 잔도 주지 않고……. 내가 어제도 얼마나 서러웠는지."

무무는 작정하고 라야를 놀려 댔다. 울컥해 버린 라야는 음식점이란 것도 잊고 큰 목소리로 외쳤다.

"네 입장에서 그걸 먹는다는 게 말이 돼? 넌 네 입장을 조금 자각해야 해!"

흥분해서 그런지 껄끄러웠던 말투가 술술 자연스럽게 나오기 시작했다. 무무도 뒤질세라 대꾸했다. 히죽히죽 웃는 꼴을 보니, 확실히 즐기고 있었다.

"그게 어때서? 난 사람도 아니야? 응? 응? 나도 왕년에는 있는 집 자식이었다고! 사과주, 그게 얼마나 독하다고 그래! 그거 알아? 널 보면 세상 다 산 노인네들이 떠올라. 좀 편하게, 쉬엄쉬엄 살면 안 되냐? 꼬박꼬박 여섯 시에 일어나 일곱 시엔 이거하고, 여덟 시엔 저거하고, 아홉 시엔 저거하고……. 세상에, 열다섯 살 난 놈이 그렇게 사는 사람이 어디 있냐!"

여노가 식은땀을 흘렸다. '저어―' 하고 조심스럽게 입을 열어 봤지만 들어주는 사람은 한 명도 없다.

한가했던 식당이 요란스러워졌다.

식당 안을 차지하고 있던 손님들의 시선이 모두 라야와 무무에게로 향했다.

라야도 슬슬 진짜로 열을 받기 시작했다.

"그러면 넌 뭐야? 네 입장을 자각 좀 해라. 지나가는 궁…… 여인들에게는 한 명도 빼놓지 않고 치근대고 빌빌대고, 여기저기에 사고나 치고. 그 뒤를 수습하는 내가 어떤 심정인지 알아? 그게 열여섯이 할 짓이야?"

"오, 그래? 그럼 내 심정은? 난 옆에 돌덩이를 끼고 있는 것 같다고! 농담 좀 한마디 했다고, 옛날 옛적 사람들은 이랬다저랬다 구구절절 잔소리만 늘어놓는 사람이 어디 있냐? 제발 농담과 진담 좀 구분해 봐!"

라야의 말이 끝나기도 전에 옳다구나 하고 큰소리로 대꾸하는 무무였다.

여노는 울상을 지었다. 직업상 손님의 기분을 맞추기 위해 한마디 했더니, 되레 일이 커져 버렸다. 말리려고 해도 두 사람 다 도무지 듣질 않는다.

무무는 의자를 박차고 일어났다. 라야도 지지 않고 일어났다. 조금만 더 있다간 이대로 멱살이라도 잡고 한판 뒹굴 분위기였다. 여노는 뒤를 돌아보곤 도움을 요청했다.

라야와 무무 두 사람은 그런 여노에게는 아랑곳없이 한창 열이 올라 있었다.

"이 건방지고 당돌하기 짝이 없는 빌어먹을 녀석이!"

"농담인지 진담인지 구분도 못하는 주제에!"

이제 음식점에서 그들을 주시하고 있지 않은 사람은 한 명도 없었다. 밖에서 길 가던 사람들도 이게 무슨 일인가 하고 들여다볼 정도였다.

그때 여노의 도움 요청에 주방에서 걸어 나온 아주머니가 심드렁한 얼굴로 라야와 무무에게 물을 끼얹었다.

3.

물이 뿌려지는 소리와 함께 식당 바닥, 지도가 놓여 있는 식탁, 앞아 있던 의자, 그리고 무엇보다 무무와 라야의 온몸이 쫄딱 젖어 버렸다. 찬물에 아주 푹 젖어 버렸다.

무무와 라야의 머리에서도 물이 뚝뚝 흘러내렸다.

"시끄러워! 식당에서 소란을 부리는 혈기왕성한 녀석들에겐 이게 딱이지."

아주머니는 간단히 그 말만 하고 주방으로 쏙 들어가 버렸다.

여노는 더욱 당황해서 발을 굴렀다. 그렇다고 손님에게 물을 뿌리다니. 더군다나 검은 머리 소년은 높으신 고관 자제들이나 입을 법한 옷을 입고 있다.

목이 날아갈지도 몰라.

여노는 울음 섞인 목소리로 물었다.

"저 괜찮으세요?"

라야와 무무는 물에 젖은 머리를 뒤로 젖히며 주위를 둘러봤다. 식당 안의 사람들이 모조리 자신들을 쳐다보고 있었다. 무무는 태연하게 어깨를 한번 으쓱하고 말았지만 라야의 얼굴은 빨갛게 물들었다.

창피했다. 창피하기 짝이 없다.

무무가 그걸 보고 히쭉였다.

"창피해?"

"이……!"

또다시 싸우기 전에 여노는 얼른 라야와 무무의 등을 떠밀어 음식점의 방 하나를 빌려 줬다.

여노가 옷을 사 올 동안에도 그들은 그곳에서 으르렁거렸다. 정확하게 말하자면 라야는 욱박질렀고, 무무는 싱글싱글 웃으며 속을 긁는 중이었다.

"지도가 젖어 버렸네."

여노에게 부탁해 옷을 갈아입은 무무가 젖어 버린 지도를 보며 한숨지었다.

라야는 지도를 구겨 쓰레기통에 버렸다. 건방이 하늘을 찌르는 노비에게 화가 치밀어 올랐지만 꾹 참고 여노가 깨끗이 닦은 의자 위에 다시 앉았다.

왜 말싸움을 걸었냐고 물어보니 '재밌을 것 같아서' 란 황당한 소리만 돌아왔다.

"대체 어디가, 어떻게, 무엇이 재미있다는 거야?"

"응? 즐겁지 않았어?"

반대편 의자에 앉은 무무가 다시 히쭉였다.

"난 또래랑 말싸움 같은 걸 한 번 해 보고 싶었거든."

"……지도나 다시 사 오기나 해."

라야는 화를 참으며 탁자를 두드렸다. 너무나 자연스러운 말투에 무무가 씩 웃었다.

잠시 후 무무는 새 지도를 사 와 식탁에 펼쳤다.

"자, 그럼."

약간의 여흥이 끝나고.

라야와 무무는 서로가 동등한 위치에 있는 친구인 것처럼 의견을 주고받았다. '방금 전까지 싸우던 녀석들이 다시 친해졌네' 라는 우스갯소리와 함께 사람들의 웃음소리가 식당 안에 울려 퍼졌지만 두 사람 다 모르는 척 지도에만 시선을 고정했다.

"역시 여기가 좋겠어."

무무는 한참을 턱을 괴고 고민하더니 지도의 한구석을 가리켰다.

지도 구석구석엔 그새 새로 적은 '사람 거부', '망해 가고 있음', '전쟁 중', '찬탈자' 등의 여러 가지 단어가 빼곡하게 적혀 있었다. 그렇게 하나하나 짚고 넘어가다 보니, 문제없이 잘 돌아가는 나라는 진왕이 다스리는 나라 몇 군데와 신생 나라들뿐이었다.

라야는 무무가 가리킨 곳을 보고 얼굴에 불쾌한 빛을 띠었다.

"거긴 가문이 있는 곳이야."

그랬다.

무무가 가리킨 곳은 진군위 가문을 둘러싼 까마귀산 인근이었다.

"그래도 가문은 아니야. 이 산에서 숨어 살면 진군위 가문의 영향력이 미치는 부락部落과도 가까워서 그곳에서 쉽게 생필품을 얻을 수 있어. 가까이에 가문이 있는 곳이기 때문에 공주님의 군대가 쉽게 움직이지 못한다는 이점도 있지. 여길 거점으로 삼아야 해."

"……."

그 말에 라야도 잠시 생각에 잠겼다.

부락은 쉽게 말해서 '왕'이 없는 사람들이 모여 사는 곳을 뜻하고, 마을은 '왕'의 지배하에 사람이 모여 사는 곳을 뜻한다. 부락에서 물은 돈 주고 살 수밖에 없다.

"몇 가지 이점이 더 있어. 부락은 지켜 줄 왕이 없기 때문에 쉬이 습격을 받고, 습격을 받아도 지켜 줄 병력이 없으니까 금방 무너지잖아? 하지만 근처에 왕조차 한 수 접어주는 진군위 가문이 있다면 이야기는 달라지지."

무무는 목이 탔는지 차를 한번 홀짝이고 말을 이었다.

"가문의 눈치를 보느라 습격을 할 수가 없을 거야. 습격했다가 가문에 잘 보이고 싶어 하는 왕들이 동시다발적으로 쳐들어올 테니까."

라야는 자기도 모르게 고개를 끄덕였다.

무무의 말이 계속 이어졌다.

"그럼 꼼짝없이 멸망이지. 그것 말고도 이유는 많겠지만, 말하자면 이 부락은 왕이 없음에도 습격 받지 않아. 즉, 라야 널 공주에게 넘겨줄 왕도 없고, 타국의 군인들에게 습격도 받지 않는단 소리야."

탁자를 한번 탁 소리 나게 친 무무는 단호한 어조로 말했다.

"이곳을 거점으로 삼자. 여기보다 좋은 곳은 없어."

라야는 대답하지 않았다. 어떻게든 그것이 무엇이든 가문의 힘을 빌리고 싶지 않았다.

라야에게 있어서 가문의 장벽은 그만큼 컸다.

"그리고 나도 여기에 있을 거잖아."

그런 라야의 기색을 읽지 못할 무무가 아니다. 무무는 머리를 긁적이며 사심을 털어놨다.

"나 혼자 안전한 곳에 몸을 숨기고 있는 건 꽤 힘든 일이야. 생각해봐. 주인님, 아니, 너는 위험한 곳에서 지내고 있는데, 나 혼자 안전한 곳에서 잘 먹고 잘 잘 수 있으리라 생각해? 차라리 그럴 바엔 무너지더라도 둘 다 같이 무너지는 쪽이 훨씬 좋다고 생각해. 혼자서 무너지는 쪽보단 둘이서 힘을 합쳐 적을 박살내는 게 더 좋고. 안 그래? 혼자 사는 것보단 같이 죽는 쪽이 더 좋단 말도 있잖아?"

어딘지 달래는 듯한 말투였다.

'그런 말 없어.'

라야는 속으로 그렇게 생각하며 무무를 바라보았다.

생글생글 웃으면서 위험한 소리를 내뱉는다. 못마땅한 눈빛으로 쳐다보자 무무는 그야말로 상큼하게 웃으면서 자신의 이야기를 마무리 지었다.

"뭐, 그렇단 소리!"

무무는 라야의 의견도 묻지 않고 부락의 근처에 있는 '까마귀 산'에다가 **거점** 1이라고 제멋대로 적어 버렸다.

라야는 자연히 뾰루퉁한 얼굴이 되었다.

"그렇게 가문이 싫어?"

슬슬 점심시간이 되려는지 식당에 사람이 많아졌다.

웅성거리는 소란스러움 속에서 무무가 물어 왔다. 건방지다거나 간이 배 밖으로 나왔다는 소리는 질리도록 했지만 라야도 슬슬 무무의 말투에 적응이 되었는지 그의 질문을 아무렇지도 않게 넘길 수 있었다.

"……폐를 끼치고 싶지 않아."

그 말에 무무는 라야의 얼굴을 살피더니 더 이상 묻지 않고 말했다.

"알았어."

4.

여노가 바쁘게 돌아다닌다. 두 손 위에 쟁반을 올리고, 그릇을 올리고, 잔을 올리고 곡예사처럼 식탁 사이를 누빈다.

무무는 연필을 손가락 위에서 빙글빙글 돌리며 다른 거점을 찾았다.

"하여튼 한곳에만 계속 머물 순 없으니까 다른 거점도 찾아봐야 돼. 까마귀 산이 가문과 가깝다곤 해도 완전히 안전하다곤 할 수 없으니까. 공주님이 무슨 짓을 할지 장담할 수 없잖아? 탈출 경로나 다른 거점도 찾아 봐야지. 거점은 세 개 정도로 하고……. 하지만 까마귀 산이 진짜 거점이니까 되도록 여기서 벗어나지 않도록."

그러면서 무무는 지도에 줄을 좍좍 그었다.

그가 말하는 것을 들어 보면 정말로 영리하다는 것이 느껴진다. 노비로 두기엔 역시 아깝다.

'편지를 다시 쓸까?'

라야는 고민했다.

정식으로 교육 받고, 훈련을 받으면 나라 하나를 좌우할 수 있는 커다란 인물이 될지도 모른다. 무무는.

'그 전에 성격을 종잡을 수 없으니 괴짜라 불릴지도 모르겠지만.'

라야의 입가에 빙긋 웃음이 맺혔다.

처음 노비 시장에서 만났을 땐 팔푼이처럼 떠들어 대질 않나, 처음 온 궁 안을 구석구석 누비며 사람의 애간장을 녹아내리게 만들지 않나, 호숫가에선 홍수가 난 것처럼 눈물을 뚝뚝 흘려 호숫가 면적을 더 넓히질 않나…….

생각해 보면 그 밖에도 많았다.

겁이 없다고 생각했더니 시체가 무섭다고 달달 떨어 경기 직전까지 가고, 패도, 패도 말도 안 듣고. 잘못했다고 빌다가도 희희낙락 화치부에 가서 돈을 뜯어 오는 것을 보면 신분 차이쯤은 우습게 아는 것 같기도 하고. 지금도 반말에 묘하게 비꼬는 말투로 사람을 바보 취급…….

'어?'

이때까지의 일을 생각하던 라야는 손을 들어 입을 덮었다.

묘하게 앞뒤가 들어맞질 않는다. 거슬리는 무언가가 뒷머리를 타고 슬금슬금 올라왔다.

사람의 성격이 원래 저랬던가?

저토록 다양했던가?

아니, 다양하다는 말은 어울리지 않는다.

그때그때 상황에 맞춰 사람의 성격이 변하는 것이다, 저건.

'상황에 맞춰서?'

라야는 의구심이 치솟는 것을 느끼며 지도를 살피고 있는 무무의 정수리를 내려다봤다.

처음 자신과 만났을 때, 그는 다른 노비들과 달랐다.

촐싹대고, 조심스러움 없는 모습으로 다가와 화를 돋웠다.

'어째서일까?'

처음엔 눈치를 살피며 주인의 성격을 파악하고, 그 뒤에 주인이 무르다고 생각하면 기어오르는 것이고, 무섭다고 생각되면 절절 기는 것이 정석이다. 그런데 왜 무무는······.

'아니야.'

고개를 저었다.

'너무 심각하게 생각했어.'

처음 만났을 때부터 무무는 '원래' 저랬다. 라야는 자신이 상황을 너무 비약하고 있다고 자조했다.

'그래, 저 녀석은 원래 저랬······.'

그 순간, 거짓말처럼 소름이 돋았다.

무무가 행했던 행동의 이유가 조각배가 수면 위로 떠오르듯 떠올랐다.

'자신을 **원래** 그렇다고 생각하게 만들어야 했으니까.'

한순간에 답이 나왔다.

근거도 증거도 없지만 머릿속에서 정답이라는 확신이 들었다. 만난 지 며칠이 되지 않은 자신도 그렇게 생각하고 있었다. 저 녀석은 '원래' 저러니까 어쩔 수 없다고. 기가 차고, 어이가 없어도 고개를 절레절레 젓는 것으로 끝냈다.

'그렇다는 것은……'

무무는 고개를 숙인 채로 뭔가를 열심히 중얼거리며 지도에 줄을 긋고 있었다. 그때 물빛 머리가 창문으로 들어오는 햇살에 반사되어 금색으로 빛났다.

라야는 눈을 크게 떴다.

'금색!'

확실했다.

연회에서 봤던 것이 착시가 아니었다.

라야는 손을 들어 무무의 머리카락을 헝클어뜨렸다. 그리고 한 웅큼 잡아 뽑았다.

"아아앗, 뭐 하는 거야?"

머리카락이 손가락 사이사이에 걸려 뽑혀 나온다. 무무가 고통스러운 표정으로 정수리를 문질렀다. 라야는 그사이에 손가락에 뽑혀져 나온 머리카락을 햇살에 비춰 봤다.

밝게 빛나는 금색.

물빛 따위가 아니다.

"남은 고민에 고민을 거듭하고 있는데, 지금 한가하게 뭐 하는 거야!"

무무는 라야의 이상함을 눈치 채지 못하고 계속 정수리를 문지르며 지도에 시선을 두었다. 연필로 줄을 긋고, 거점을 정한다. 오로지 지도에만 관심을 뒀다.

그런 무무를 보며 라야는 돌이켜 보면 이상했던 일들을 하나하나 떠올려 보았다.

식당의 소란스러움이 멀어져 갔다.

'훈고는 그때 왜 놀랐던 걸까?'

지금에서야 생각났다.

분명 처음 무무를 보았을 때 훈고는 크게 놀라는 표정이었다. 마지막 반전이니, 어쩌니 하는 이상한 소리만 잔뜩 늘어놓고 가 버렸지만.

하지만 연륜 많은 훈고가 무무를 보고 놀랐단 사실만큼은 변하지 않는다. 너무 많은 일이 있어서 잊고 있었지만 다른 이도 아니고 그 훈고가 놀랐다.

그것은 굉장히 중요한 일이 아닌가.

'무무는……'

라야의 의혹이 깊어지는 순간이었다.

"짜안!"

무무가 갑자기 활짝 웃으며 지도를 들어 올려 라야의 코앞에 바짝 내밀었다. 생각에 잠겨 있던 라야는 깜짝 놀라 상체를 뒤로 젖혔다.

무무는 싱글벙글한 얼굴로 지도를 가리켰다.

"거점 두 개를 더 정했어. 총 세 개야. 하나는 아까 말한 대로 까마귀 산이고, 그 산을 중심으로 두 군데를 더 정했어. 산 분위기가 이상해지거나 일정한 시간이 지나면 이 세 곳 중 한 곳을 골라 몸을 숨기면 돼. 부락은 주위에 감시가 심해질 수도 있으니까 마을도 골라 넣었어. 걸어서도 충분히 갈 수 있는 거리야. 거점은 이 정도면 되겠지. 나머진 발로 뛰면서 직접 가 보고, 몸을 숨길 곳을 마련할 수밖에 없지만."

라야는 멍청한 모습으로 무무만 쳐다봤다. 무무는 어린애처럼 활짝 웃었다.

"이제 괜찮아. 걱정할 것 없어. 기분 좋게 공주님을 엿 먹여 주자고!"

거꾸로 솟던 피가 멈춘다.

활짝 웃으며 의기양양해 하는 무무를 보자 방금 전까지 강하게 느끼고 있던 그에 대한 의혹이나 배신감이 머릿속에서 모조리 사라져 버렸다. 속았다는 기묘한 감정에 젖어 잊어버리고 있었던 것이 떠올랐다.

—지금 그 누구보다 자신을 걱정해 주고 있는 것은.

침대에 누워 있는 어미도, 그를 보면 매일같이 우는 유모도 아닌, 바로 지금 그의 앞에 앉아 지도를 뚫어져라 쳐다보고 있는 이상한 짐덩어리, 다름 아닌 무무였다.

위로를 해 주고, 기운을 북돋아 주고, 쓸데없는 수다를 떨어 대며 기분을 맞춰 준 것도 전부 이 멍청이였다.

라야는 어깨를 늘어뜨리며 어둡게 웃었다.

"응? 뭐, 뭐야? 왜 그래?"

"……무무."

왠지 처음으로 그의 이름을 제대로 부른 것 같다.

무무는 고개를 갸웃거리며 상체를 내민다.

"왜 그래?"

라야는 무무의 눈을 들여다보며 진지하게 물었다. 무무도 덩달아 진지해진 얼굴로 그를 마주 보았다.

"너 나에게 감추는 것이나 속이고 있는 것 있어?"

"응."

무척이나 상큼하고 깔끔한 대답에 라야는 식탁 위로 쓰러졌다. 조금은 당황할 거라 예상했는데, 그 예상을 시원하게 뒤엎어 버렸다.

무무는 진지해진 이유가 겨우 그거냐는 듯 생글생글 웃기에만 정신이 없다.

"뭐야, 겨우 그거 물…… 컥!"

거센 주먹이 무무의 정수리에 직격했다.

"무, 무슨 짓이야, 아까부터! 왜 이유 없이 때려!"

꽤 아팠는지 눈물마저 글썽이고 있다.

라야는 피식 웃으며 차를 홀짝였다.

'이유? 이유야 있지.'

하지만 말해 주지 않을 거다. 무무가 먼저 자기 속을 드러내 보이기 전까지는.

"그걸로 용서해 주지."

"뭐얼?"

발끈해서 되묻는 무무의 기색이 자못 건방지다.

"대들지 마라."

그러자 바로 꼬리를 내리며 무무가 불만 어린 표정으로 투덜거렸다. 라야는 그런 무무를 보며 비로소 열다섯 살 소년처럼 웃었다.

'괜찮아.'

물빛 머리가 가짜라 해도.

진짜 성격을 숨기고 있는 거라 해도.

무언가 복잡한 비밀을 숨기고 있다고 해도.

'그것이 어쨌단 말이지?'

무무는 자신을 걱정하고 있다. 그것만은 진짜였다. 확신하되, 그것만은 변하지 않는다. 지금도 저렇게 자신을 위해 지도를 보고, 거점을 정하고, 머리를 굴리고 있다.

'아아, 아무렇지도 않아.'

가문에서, 그리고 다른 군위 후보들에게서 경멸과 질시만 받아 온 라야에게 있어서 그것은 굉장히 값진 감정이었다. 샘물처럼 솟아오르던 어둡고 더러운 감정이 한순간에 사라졌다.

라야는 자조적으로 웃으며 혼자서 중얼거렸다.

"아무에게도 말 못하겠어."

"응? 뭘?"

이상하다는 듯 묻는 무무.

라야는 그런 무무에게는 신경도 쓰지 않고 생각에 잠겼다.

자신은 분명 사춘기리라. 이토록 심한 감정 기복은 경험한 적이 없다. 혼자 기대했다가 실망했다가 혼자 분노했다가 혼자 풀어졌다가…….

그러다 사소한 것에 감동받는다.

요 근래 이런 일의 반복이다. 한심해서 어디 가서 사내라고 말할 수 있을 것 같지도 않다.

"그냥 난 아직 어리다는 걸. 그걸 느꼈어."

"당연하지. 뭔 소리를 하는 거야. 이제 겨우 열다섯 살이라고."

그 와중에도 지기 싫어 대꾸했다.

"너와 난 한 살 차이밖에 나지 않아."

라야의 말에 무무가 꼬투리를 잡았다는 듯이 눈을 빛냈다.

"한 살 차이가 얼마나 위대한 것인지 가르쳐 줄까?"

더 들어 볼 것도 없었다.

"됐다."

"에이, 들어 봐. 한 살 차이가 위대한 이유는 말이지. 내가 밤마다 침대 위에서……."

라야는 기함했다.

"그 입 다물어! 더 이상 말했다간―!"

다시 아옹다옹 시작이다.

참지 못한 식당 아주머니가 다시 물이 담긴 바가지를 들고 나왔다.

둘은 한 몸이라도 된 듯 동시에 움직였다. 여노에게 찻값을 건네고 고양이 앞의 쥐처럼 잽싸게 도망쳐서 음식점을 빠져나왔다.

"사람들 앞에서 그런 민망한 말을 내뱉으려고 하다니!"

음식점을 나와서도 말싸움은 멈추지 않았다.

무무는 능글맞은 태도로 일관했다. 재미가 들렸는지 멈추질 않는다.

"민망한 뭐? 에에? 무슨 생각을 한 거야아? 난 그저 침대 위에서 몇 밤을 보냈는지 말하려고 했는데, 대체 무슨 생각을 한 거야? 응? 무슨 생각을 한 걸까아아아아아아? 라야도 꽤 응큼한 구석이……."

"……!"

라야의 깨끗한 발차기가 무무의 허리에 직격했다.

무무가 비명을 지르며 엎어졌다.

5.

둘은 계속 투닥투닥거리며 다음 목적지로 향했다.

라야는 시간이 흐르면 흐를수록 무무와 다투는 것을 자연스럽게
받아들였다.

둘은 음식점에 잠시 말을 맡기고 인력 시장 쪽으로 향했다.

인력 시장은 하루 일거리를 배당받기 위해 온 사람들로 가득했다.
겨울의 차가운 기온에 땅이 얼어 버려 일을 할 수 없는 농부들이 대
부분이었다.

그들은 차가운 담벼락에 기대 주저앉아서는 두껍기만 한 외투를
여미며 한 번이라도 더 일거리를 잡기 위해 손을 벌렸다. 모여 있는
사람들의 입에서 새하얀 입김이 연방 새어 나왔다.

인력 시장에 도착한 라야와 무무는 젊고 튼튼해 보이는 농부들을
골라 목표로 삼았다.

"다녀올게."

무무는 옷에 달린 모자를 뒤집어쓰고 얼굴을 가린 채로 그들에게
다가갔다. 혹시나 꼬투리 잡힐 위험을 방지하기 위해서였다.

농부들은 얼굴을 가린 무무를 수상한 눈으로 쳐다봤지만 무무의
천연덕스럽고 능숙한 어법에 넘어가 곧 의심을 접어 버렸다. 일거리

를 준다니 그저 고마운 건지도 몰랐다.

　사람을 대하는 것이 어색하다는 이유로 나서지 않고 뒤를 지키고
서 있던 라야는 무무와 농부들의 계약 상황을 지켜봤다.

　농부들과 계약하는 내용은 단순했다. 거점으로 삼은 세 곳과 생필
품을 구입하기로 되어 있는 부락, 마을의 상황이나 분위기, 또는 그
곳에 망조가 든 것은 아닌지. 그런 상황들을 두 눈으로 직접 보고 와
서 무무에게 보고하는 것.

　그것이 계약 조건이었다.

　길을 찾는 것이나 몸을 숨길 장소 같은 것은 무무가 직접 나설 거
라고 했다.

　그것은 인력 시장을 뒹구는 사람들에게 시킬 수 없는 일이었고, 라
야는 궁을 떠나 다른 곳으로 갈 수 없는 몸이었다. 무무밖에 없다.

　그것을 확실히 자각하고 있는 무무는 사람들이 가져온 정보로 거
점을 정하고, 확정된 거점 주위를 자신이 뒤져 보겠다고 말했다.

　'잘될지가 문제겠지.'

　라야는 첸첸을 떠올렸다.

　오만한 미소를 가진 감정 기복이 심한 소녀. 금붙이를 좋아하고 화
려한 것을 좋아하며, 꾸미기를 좋아하는 공주. 자신에게 거역하는 것
을 싫어하고 무엇이든 자신이 중심이어야 하는 작은 독재자. 첸첸을
떠올린다고 해도 고작 이런 것뿐이다.

　'군위를 그만둔다고 하면, 뭐라고 할까?'

　첸첸이 자신에게 집착하는 이유를 모르니, 상상이 되질 않는다.

　어째서 첸첸은 자신에게 집착하는 걸까.

　의문을 던져 봐도 마땅히 떠오르는 것은 없다.

소설 속에서나 나오는 주인공들의 죽고 못 사는 사랑? 사랑일까?
라야는 쓴웃음을 지었다. 거기에 대해선 라야도 잘 알 수 없었다.

'모르겠어.'

손안에 있던 애완견이 아등바등 빠져나가려고 한다. 어린애는 어떻게 할까? 놓기 싫어서 꽉 잡고 있겠지. 그래도 애완견은 다른 곳에 가기 위해 안간힘을 쓰며 벗어나 덤불에 몸을 숨긴다. 그럼? 직접 잡으러 갈까? 말을 듣지 않는다고 매질을 할까? 그것도 아니면 다른 애완견을 들일까? 아니면…….

"샀어."

무무가 옆으로 다가왔다. 얼굴을 가린 무무는 라야의 팔을 잡고 사람들의 시선이 닿지 않는 곳으로 갔다.

"총 여섯 명을 샀어. 세 군데만 보고 오라고 하려니, 너무 티가 나서 세 군데 더 늘려서 아무 지명이나 불러 줬어. 지금 방금 출발했는데, 진행 상황은 가까운 나라부터 보고받기로 했고. 나머지 대금은 그때 준다고 했지."

그러면서 가벼워진 주머니를 흔든다.

"오늘 볼일은 이걸로 끝. 오늘이 삼곡이니까, 사곡과 오곡에는 거점에서 몸을 숨길만 한 곳을 완전히 찾아내고, 육곡에는 생필품을 쌓아 둘 수 있을 만큼 쌓아 둬야 해. 도망친 첫날에는 함부로 움직일 수 없을 테니, 한 달 정도는 거기서 살 수 있을 정도로 말이야."

"말이 되질 않는데? 거리가 삼 일이나 되는 곳도 있잖아."

"걱정 마. 거기에 대해선 다 생각해 둔 게 있어. 맡겨 두라고."

라야의 말은 귓등으로 흘려들은 무무는 '화치부에서 더 뜯어 와야 할 것 같아' 라는 오싹한 말을 아무렇지도 않게 내뱉었다. 고급스런 주머니를 만지작거리면서 짓는 그의 미소는 결코 평범한 것이 아니었다.

'이젠 완전히 티 나잖아.'

라야는 그렇게 생각하면서도 순순히 넘어가 줬다.

처음 무무와 만났던 그날의 무무가 '가짜'라면 이제 '진짜' 무무가 슬슬 나오고 있었다.

'경계심이 사라지고 있는 건가.'

라야는 짧게 웃으며 그렇게 받아들였다.

제 9 장

주술사와 국명부

제 9 장
주술사[14]와 국명부

1.

그들은 인력 시장을 벗어나기 위해 걸음을 옮겼다.

라야는 어떻게 해서 그 먼 거리를 정해진 시간 안에 해결한다는 것인지 무척 궁금해 했지만 무무는 웃기만 할 뿐 절대 가르쳐 주지 않았다.

곧 라야와 무무는 시장 쪽으로 접어들었다. 걸어가는 내내 무무가 여기저기 기웃거리며 깐죽거리자, 참다못한 라야가 무무의 정강이를 걷어찼다.

"악!"

---

14) 어둠과 계약하여 피로 주술진을 그리고 '역'을 다루는 힘을 가진 사람.

"제발 좀 가만히 있어."

얻어맞은 무무는 울상이 되었다. 라야가 혀를 찼다.

"길거리에서 울지 마. 창피해."

"때려서 그런 거잖아!"

라야는 정강이를 잡고 깡충거리는 무무를 버리고 휑 소리가 날 정도로 걸음을 옮겼다. 무무는 다리 한 짝을 쩔뚝거리며 따라갔다.

시장은 떠들썩했다.

장을 보러 온 아주머니들과 엄마 손을 꼭 잡은 아이들이 대다수였다.

무무는 배가 고팠는지 코를 킁킁거리며 작은 포장마차를 가리켰다. 포장마차에선 따뜻한 어묵과 닭꼬치를 팔았다. 무무의 입에 침이 고이는 것이 라야의 눈에도 보였다.

라야가 뚱하게 물었다.

"먹고 싶어?"

"응!"

"그래, 가라. 가서 먹어."

말이 떨어지기 무섭게 달려가 꼬치와 어묵을 집어 든다.

꼬리라도 달렸으면 맹렬하게 흔들었겠지. 작게 비꼬던 라야도 은근슬쩍 다가가 꼬치 하나를 집어 들었다. 점심을 못 먹은 것은 라야도 마찬가지였다.

"맛있지?"

입가에 양념을 덕지덕지 묻힌 채로 묻는 무무의 말에 대답하지 않고 한입 더 베어 물었다. 무무도 질세라 꾸역꾸역 입안으로 집어넣는다.

가문이나 궁에서 고급스런 음식만 먹어 왔던 라야지만 매콤하고 달달한 것이 입에 무척이나 잘 맞았다. 라야는 체면도 잊고 다음 꼬치로 손을 뻗었다. 무무도 손을 뻗었다.

"……."

"……."

꼬치가 마지막 하나 남았을 때.

"……!"

서로를 한 번 쳐다본 그들은 사생결단을 낼 것처럼 으르렁거리며 하나 남은 꼬치에 달려들었다.

"내 거야!"

무무가 소리친다. 라야는 말없이 꼬치를 뺏어 들었다. 둘은 아웅다웅하며 꼬치를 뺏었다 들었다를 반복했다.

그러다가 또 한 번 가게 주인에서 쫓겨났다.

라야는 고개도 들지 못할 정도로 창피스러웠다. 이러면 안 된다는 것을 알면서도, 자꾸 무무의 행동에 휘말려 들어갔다. 아차,해서 정신이 들고 보면 무무와 똑같이 행동하고 있었다.

"내 꼬치였는데에!"

"……너에겐 수치스러움이란 것도 없냐?"

시장 한복판에서 버럭버럭 소리를 지르며 싸움을 했다는 것에 창피를 느끼는 라야와 달리 무무는 마지막 꼬치를 떠올리며 눈물을 글썽거렸다.

시간은 오후 네 시. 꼬치와 어묵을 걸고 벌인 생존 싸움에 시간이 훌쩍 지나가버렸다.

라야와 무무는 발걸음을 그대로 옮겨 시장을 빠져나왔다. 시장을 빠져나오자, 빈 그릇을 들고 구걸하는 사람이 몇 보였다. 라야와 무무는 그들을 지나쳐 처음에 들른 음식점으로 들어가 말을 데리고 나왔다.

안면을 익힌 여노가 반갑게 손을 흔들고, 무무도 그녀에게 손을 흔들어 줬다. 라야는 고개를 한번 까딱여 작별을 고했다.

말을 끌고 온 그들은 곧 궁으로 연결되어 있는 외길로 접어들었다.

2.

외길은 아침과 마찬가지로 한적했다.

아침과 다른 점이 있다면 라야와 무무 외에 다른 사람이 앞서 걸어가고 있다는 점이었다.

수다를 멈춘 그들은 궁녀복을 입은 늙은 여자와 온몸을 빨간색 외투로 가리고 있는 남자를 주시했다.

"배샌이야."

첸첸을 따르는 늙은 하녀, 배샌.

멀리서 봐도 알 수 있다. 그리고 그 옆을 걷는 남자. 뒤에서 봐도 뼈만 앙상하게 남은 몸을 가지고 있었다.

바람이 불자 남자의 외투가 조금 펄럭이고, 그 틈에 가려져 있던 손이 드러났다. 외투와 마찬가지로 새빨간 색의 문신이 손등 위에 새겨져 있었다. 둥근 원 안에 별 모양이 그려진 문신[15]이었다.

"저 남자는 누구지?"

한 번도 본 적이 없는 남자였다. 저렇게 음산한 분위기를 풍기고, 손에 문신마저 새긴 남자라면 잊으려야 잊을 수 없다. 라야는 흘러내린 안경을 검지로 치켜 올리고는 배샌과 남자의 뒷모습을 지켜봤다.

"……주술사야."

옆에 있던 무무가 남자에게서 시선을 떼지 않고 말했다.

라야는 미간을 찌푸렸다.

"주술사?"

"응. 그것도 가짜가 아니야. '힘'을 쓸 줄 아는 주술사, 정통파야."

"주술사라는 것은 별을 보고 미래를 점치고, 부적 같은 것을 그려 주는……."

"아니야. 그건 가짜야."

무무는 불쾌해 했다.

"진짜 주술사는 '어둠'과 계약한 사람을 말하는 거야. 피를 제공하는 대가로 '역役'[16]을 다스려 종으로 부리지. 그게 주술사야. 문신을 보면 알 수 있어."

"피?"

"응. 자신의 피. 갓 짜낸 자신의 피로 종으로 삼고 싶은 물건에 주술진을 그리면 그 물건을 종처럼 부릴 수 있어. 그게 '역役'이야. 역은 주술진이 부서질 때까지 주술사의 수족이 되지."

'그런 사람을 첸첸이 왜? 아니, 그것보다는…….'

이러한 지식을 알고 있는 무무가 더 놀랍다.

---

15) 주술진. 주술사들이 쓰는 문양. 주술사의 표시.
16) 역役. 주술사들이 부리는 물건이나 졸개. 피로 주술진을 그려 부하로 삼는 물건.

독서실에서 살다시피 한 라야도 몰랐던 지식이었다.

주술사는 부적을 적어 주고, 별을 보고 앞일을 예측하여 재앙을 피하는, 방 안에 틀어박혀 숨어 지내는 한가한 사람들로만 알고 있었다.

라야는 사라져 가는 남자의 뒷모습을 싸늘한 얼굴로 응시하는 무무를 불렀다. 그리고 보통 사람이 가질 만한 사소한 의문을 던졌다.

"너 어떻게 그런 걸 알고 있어?"

"으, 응?"

화들짝 꿈에서 깨어난 것처럼 놀란다.

무무는 석고상처럼 딱딱하게 굳은 채로 변명거리를 찾고 찾다가 가장 의심하지 않을 법한 말을 재빨리 내뱉었다.

"책에서 봤어!"

'……고작 책이냐?'

땀을 뻘뻘 흘리는 무무를 잠시 흘겨봐 준 라야는 발로 걷어차는 것을 대가로 모르는 척 넘어가 주었다. 처음에 접근했을 땐 꽤 치밀한 녀석 같더니 가면 갈수록 허점이 드러나고 있었다.

'뭐, 말해 주지 않아도 되겠지.'

첸첸 앞에서도 저럴 정도로 허술한 녀석은 아니니까.

라야는 그렇게 생각하며 발걸음을 옮겼다. 맞은 부위를 잡고 울부짖던 무무도 얼른 그 뒤를 깡충깡충 따라갔다.

몇 분 뒤, 그들은 궁에 도착했다.

궁에 도착하자마자 무무는 말투를 바꾸고 노비의 자세로 돌아갔다. 장난의 끝이었다.

"수고하셨어요, 주인님."

194

라야는 웃음을 터뜨리고 말았다. 능청맞은 노비의 행동이 마음에 쏙 들었다. 유쾌하다 못해 상쾌했다.

"너도 수고했다."

"그럼요. 제가 얼마나 수고 많이 했는데. 상으로 사과주 잊지 마세요. 아셨죠? 그럼 말 가져다 놓고 올게요."

무무는 말고삐를 끌고 총총걸음으로 마구간으로 사라져 갔다.

라야도 피식 웃고선 자신의 방으로 향했다. 그리고 방으로 돌아가면 제일 먼저 궁녀에게 사과주를 가져오라고 하리라 마음먹었다.

노비가 술을 마신다는 것은 역시나 용납할 수 없지만, 그래도 한 번 정도라면 괜찮을 것 같았다.

같은 또래와 술을 마신다면 꽤 즐거운 일이 될 테니까.

3.

"라야 님."

발걸음도 가볍게 방으로 들어서는 라야를 낯선 시종이 불러 세웠다. 못 보던 시종이었지만 시종이 매고 있는 허리끈 색으로 그 주인을 알 수 있었다.

빨간색, 첸첸의 색이다.

"공주님이 찾으십니다."

유쾌했던 기분이 한순간에 바닥으로 떨어졌다. 몰래 꾸미고 있는 일이 있기 때문에 저도 모르게 심장이 덜컹 내려앉았다.

"······이유는?"

시종은 무표정한 얼굴로 고개를 저었다. 새하얀 얼굴이 소금으로 빚어진 인형 같다.

간신히 평정을 유지한 라야가 대답했다.

"알았다."

짧게 대답하자마자 시종은 고개를 숙이고 밖으로 나갔다. 완전히 간 것이 아니라 문밖에서 대기하고 있는 것일 테지만.

라야는 먼지가 묻은 옷을 벗고 간단히 씻었다.

'당황하지 말자.'

고맙게도 얼굴 표정에는 아무것도 드러나지 않았다.

'알았으면 시종이 아닌 병사가 왔을 거다. 당황할 필요는 없어.'

새 옷으로 갈아입고 문을 나섰다. 벽에 붙어 대기하고 있던 시종은 조금의 표정 변화도 없이 고개를 숙이고는 그림자처럼 뒤에 따라붙었다.

길고 거대한 복도를 걷는 동안 두 개의 발소리만 겹쳐 울렸다.

진곡의 금지옥엽인 첸첸의 방은 백종궁 가장 위층, 가장 안쪽에 위치해 있다. 두 번 계단을 오르고, 익숙한 벽장식을 거쳐 일 분 정도 걸어가면 보기에도 까마득한 천장과 맞닿아 있는 흰색 문이 보인다.

문의 장식은 하나같이 금붙이로 만들어진 것, 학과 나비를 좋아하는 공주의 취향에 맞게 문에 새겨진 그림도 학과 나비 그림이다.

"공주님, 라야 님께서 오셨습니다."

문 앞에 서자 시종이 짧게 고한다.

승낙의 목소리와 함께 크고 거대한 문이 깃털처럼 가볍게 열리며 방 안이 드러났다.

새빨갛고 고급스런 천이 벽을 따라 빛 가리개처럼 드리워져 있었다. 온통 붉은 방 안에 놓인 가구는 모두 흰색, 장미꽃이 담긴 화분은 언뜻 보이는 것만 헤아려도 다섯 개를 넘는다.

"어서 와."

첸첸은 열세 살에겐 어울리지 않는 새빨간 입술로 라야에게 환영의 말을 건넸다. 첸첸의 옆에는 예의 그 돌화족이 바닥에 무릎을 꿇고 앉아 있었고, 그 뒤에는 삼곡의 군위 후보인 소여가 서 있었다.

예의 돌화족의 몸에서 나는 향 때문인지 방 안을 떠도는 공기는 매우 청아했다.

"소여는 이만 가 봐."

첸첸의 명령에 소여는 의무적인 인사를 마치고 바로 공주의 곁을 떠났다. 소여의 뒤에 있던 첸첸은 모르겠지만 소여의 앞에 있던 라야는 확실히 봤다. 진절머리 난다는 소여의 표정을.

뭔가 또 혹사를 당한 걸까. 라야는 자신 이외의 군위 후보는 어떤 취급을 받는지 궁금했다.

"오늘 밖에 나갔다면서?"

그렇게 물으며 첸첸은 궁녀를 시켜 따뜻한 차를 가지고 오게 했다. 공주의 옆에 무릎을 꿇은 돌화족은 그야말로 돌처럼 눈도 깜빡이지 않고, 손가락도 움직이지 않은 채 부동의 자세로 앉아 있었다. 장식용으로 세워 두면 어울릴 법했다.

"예, 무무를 데리고 잠시 나들이를 다녀왔습니다."

"그 노비가 마을 구경을 하고 싶다고 했다지?"

"네, 하도 졸라 대기에 어쩔 수 없이 다녀왔습니다."

"흐응— 귀찮으면 내가 다른 아이로 교체해 줄까?"

라야는 움찔했다. 여기서 실수를 하게 되면 무무가 큰 위험에 빠질 것이란 사실을 직감적으로 알아챘다. 입술을 잘근 깨물며, 이상하다고 생각하지 않을 선에서 무무를 변호했다.

"아니오. 어린 동생처럼 느껴져서 꽤 귀엽습니다. 마음에 듭니다."

"하긴 라야는 너무 무뚝뚝하니까. 참새 같은 그 노비가 옆에 있는 것이 성격을 바꾸는 데도 도움이 되겠지. 난 라야가 좀 더 활기차졌으면 좋겠어. 너무 말이 없잖아. 뭐, 그런 점도 마음에 들지만."

첸첸은 옷자락에 숨겨져 있던 새하얀 손을 들어 식탁 위에 오른 과일을 집어 들었다. 손톱은 새빨갛게 물들인 채였다.

새빨간 천으로 방을 장식하고, 새빨간 연지에, 새빨간 손톱. 빨강을 저렇게 좋아하는 걸 보니 뭔가 무서운 느낌이 든다. 북쪽에서 그런 것을 보고 난 뒤라 그런지 더욱더.

"그래, 마을에선 뭘 한 거야?"

첸첸은 예상했던 대로 질문을 쏟아 냈다. 집에 다녀왔을 때도 궁금해 하며 꼬치꼬치 캐물었으니, 이번에도 당연히 묻겠지 하고 걸어오는 도중에도 예상했다.

라야는 요즘 들어 자주 흘러내리는 안경을 끌어 올리며 준비해 뒀던 말을 들려주었다.

"말을 타고 시장 구경을 시켜 줬습니다. 노비 시장은 제외하고, 시장이란 시장은 전부 다 둘러봤습니다. 음식점에 들러 차를 한 잔 마셨지요."

와삭와삭 과일을 베어 먹으며 첸첸은 라야에게서 눈을 떼지 못했다. 돌화족은 아까와 마찬가지다. 석상이라도 된 것처럼 미동도 없다.

라야는 공주의 비위에 거슬리지 않도록 가장 무난하게 이야기를 시작해서 무난하게 끝냈다.

"공주님."

이야기가 끝나갈 무렵, 배샌이 라야가 들어온 문이 아닌, 대기실로 통하는 문에 서서 첸첸을 불렀다.

공주가 거만한 몸짓으로 고개를 돌렸다. 짜증이 서린 눈은 중요한 일이 아니면 가만두지 않겠다는 의지를 담고는 배샌을 노려봤다. 배샌이 허리를 굽혔다.

"그가 왔습니다."

눈빛이 대번에 달라졌다.

거만하고, 배부른 고양이처럼 가늘어져 있던 첸첸의 눈동자가 한순간에 날카롭게 변했다. 하지만 그것은 잠시뿐, 첸첸은 곧 풍성하게 펼쳐진 옷자락을 들고 자리에서 일어났다. 그리고 같이 일어나려던 라야를 막았다.

"금방 다녀올게. 라야, 여기서 기다려."

첸첸은 급했는지 서둘러 대기실로 들어갔다.

문이 닫히고 방에는 라야와 돌화족만이 남았다. 주인이 떠났는데도 시선은 허공에 고정, 주인을 기다리는 개처럼 돌화족은 미동도 없었다.

'그일까?'

외길에서 보았던 주술사가 떠오른다.

시간상으로 보면 그 주술사가 틀림없다. 자신보다 한발 먼저 궁에 도착하긴 했지만 낯설고 수상한 자가 일국의 공주를 배알하기 위해선 그만한 준비가 필요하다. 필시 그 준비 때문에 라야보다 늦었을 것이다.

'주술사로 대체 무슨 짓을 하려고?'

무무에게서 약간이나마 주술사에 대해 듣긴 했지만, 그것으로는 어떤 존재인지 짐작이 가지 않았다. 아는 게 없으니 무엇을 하려고 하는지 예상도 할 수 없고, 이래저래 답답하다.

돌아가면 무무를 패 버리던가, 무슨 수를 내서라도 주술사에 대해서 불라고 해야겠다.

라야는 그렇게 생각하며 자신 앞에 놓인 찻잔을 들어 올렸다. 향을 맡아 보니 최고급 차라는 명금命檎차다. 첸첸 덕분에 이 차는 거의 매일 마시게 되어 버렸다.

'이 일이 좋게 끝나면 여행이라도 시작할까?'

따뜻한 차를 머금으며 미래를 상상해 본다. 일은 시작도 하지 않았는데 축배부터 드는 꼴이라 비웃을 수도 있겠지만, 라야는 정말로 그래 보자고 생각했다. 왕들이 세운 각 나라를 돌아보면서 견문을 넓히고, 삶의 지혜를 쌓고, 남들이 보지 못한 것까지 보면서 경험을 통해 많은 걸 배우고 싶다.

'그래, 여행이 좋겠지.'

혼란기가 끝난 지 겨우 오백 년이 지났다.

그 후에 나타난 첫 번째 왕이자, 처음으로 진왕이 된 '악몽'이 나타난 것도 겨우 사백 년 전. 두 번째 진왕이자 아직까지도 현존해 있는 고대 왕 '소생'이 나타난 것은 삼백 년 전이다.

오랫동안 지속되어 왔던 혼란기가 끝나자 세상은 많은 것을 잃어버렸다.

―그중에서도 가장 중요한 것은 '지식'

어째서 '왕' 이란 존재가 있는지, '군위' 가 있는지.

무엇으로 왕이 정해지는 것인지, 군석이란 어떻게 생겨나는 것인지.

여러 가지 지식들이 혼란기를 기점으로 사라져 버렸다. 사람은 혼란에 빠졌고, 중요한 '지식' 들이 사라진 곳에는 새하얀 백지만이 남았다.

모든 의문에 대한 해답이 적혀 있던 책이나, 공책, 심지어 사람 머릿속에 들어 있던 지식까지도 깨끗하게 **증발**해 버렸다. 세계는 해답을 찾기 위해 노력하는 학자들로 가득 찼다.

하지만 혼란기가 왜 왔는지조차 알 수 없었기 때문에 그에 대한 답을 구한다는 행위 자체가 거북이가 기어가는 것처럼 느리고 지지부진했다.

라야는 그런 지식들을 눈으로 직접 보고 쌓으며, 몰라서 당하는 일을 피하고 싶었다.

북쪽 일이 그랬다.

북쪽이 그런 용도로 쓰인다는 것을 알았다면 궁녀가 죽는 것을 막을 수 있지 않았을까 그런 생각이 계속 들었다.

'그런 건 더 이상 사절이야.'

라야는 쓰게 웃으며 찻잔을 내려놨다.

대기실에서 공주가 나올 기미가 보이지 않는다. 단단하게 닫힌 문을 보다가 라야는 과일로 손을 뻗었다. 아니, 뻗으려다 멈췄다. 돌처럼 가만히 허공만 응시하고 있다고 생각했던 돌화족의 눈동자가 라야에게로 향해 있었다.

새하얀 눈은 공허했다. 라야는 그 눈을 바라보았다.

움직이면 돌가루가 떨어질 것 같은 새하얀 입술이 달싹이며 목소리가 흘러나왔다.

"……물빛 머리를 하고 있던, 옆에 계시던 분은 어디에?"

느릿느릿한 말투는 돌화족의 특징이라 들었다.

의아해진 라야가 되물었다.

"무무 말인가?"

"……네."

회색처럼 딱딱하던 피부가 처음으로 활기를 찾은 것처럼 윤기를 흘렸다. 살아 있다는 것을 알려 주는 생기가 그녀의 뺨에 타오르는 것처럼 피어오른다.

돌화족은 뻣뻣할 것만 같은 하얀 입술을 끌어 올리며, 바람에 흔들리는 풀잎처럼 조용히 웃었다. 공주가 봤다면 매우 놀라워했을 것이다. 돌화족은 노비 시장에서 샀을 때부터 줄곧 바위처럼 가만히 있었으니까.

"무무와 너는 아는 사이인가?"

돌화족, 자투라는 미미하게 고개를 끄떡였다.

무무와 안다는 돌화족의 답변에 라야는 작게 인상을 썼다. 무무와 처음 만났을 때, 그는 분명 '돌화족'을 처음 본다고 했었다.

'…뭐, 상관없겠지.'

녀석이 숨기는 것이 한두 가지도 아니고. 여기서 하나 더 늘어나도 상관은 없었다.

공주의 노비인 돌화족은 느리고, 힘없는 목소리로 고했다.

"……추격자가 바로 뒤에 있을 텐데, 저 하나 때문에 여기까지 쫓아오신 것을 보니 가슴이 미어집니다. 무모하시고, 무모하시고, 무모

한……. 그럼에도 이렇게 보고 싶은 것은 그분이 너무나도 사랑스럽기 때문이겠지요."

자투라는 마치 혼잣말을 하듯이 그러나 더없이 사랑스럽다는 표정으로 그렇게 말했다.

그러나 라야는 다른 것에 놀랐다.

"추격자?"

4.

섬뜩한 단어가 들린다.

그게 뭐냐고 묻기도 전에 돌화족은 돌연 입을 다물었다. 때마침 대기실로 통하는 하얀 문이 열리고 보고 싶지 않은 얼굴이 들어왔다.

"많이 기다렸지?"

'안 기다렸습니다.'

라야는 속으로만 이렇게 대답했다.

자줏빛 머리카락에 꽂혀 있는 나비 비녀가 낮게 운다. 라야는 고개를 저었다. 돌화족은 처음과 똑같은 태도로 돌아가 있었다. 공주는 아무런 의심 없이 다가와 라야 앞에 놓인 의자에 앉았다.

"드디어 준비했던 게 왔어. 그것이 너무 기뻐 시간이 가는 줄도 몰랐어."

'준비해 왔던 것?'

첸첸은 손에 들고 있던 것을 내려놨다.

새하얀 손이 옷자락을 걷고 자랑스럽다는 듯 탁자 위에 내려놓은 것은 가죽으로 만든 책 한 권. 갈색 표지에 테두리는 금박을 입힌 책이었다. 가운데엔 금실로 수를 놓은 뜻글자가 새겨져 있었다.

국명부國名簿

머리에서부터 발끝까지 핏기가 사라졌다.

라야는 책에서, 아니 장부에서 시선을 떼지 못하고 확인하듯 물었다.

"……이것은?"

"국명부야. 방금 도착했어. 제시간에 도착해서 매우 기뻐."

진곡의 국명부는 아니다.

'당연하겠지.'

진곡의 국명부는 왕의 것. 왕의 손에 있어야 할 것. 아무리 아비라고 할지라도 국명부를 딸에게 줄 리는 없다. 국명부야말로 나라의 재산이니까.

공주는 조심스럽게 표지를 넘겼다.

새하얀 백지가 차례대로 넘어간다. 단 하나의 이름도 적히지 않은 국명부. 무엇을 뜻하는지 알 수 있었다. 무릎 위에 가볍게 올려놓았던 손에 저절로 힘이 들어갔다.

"내 국명부야."

아니길 바랐던 바람이 산산조각 나 버렸다.

"군석이 열리는 날이 멀지 않으니까. 한 달 전부터 만들라고 말했는데 말이야. 이제 겨우 완성된 거야."

"……."

라야는 아무 말도 하지 못했다. 이유 없이 사람을 죽이라 명한 저 입으로, 나라를 세울 거라 말하고 있었다.

라야는 간신히 물었다.

"한 달 전부터 말입니까?"

"응. 아, 라야는 모르지? 국명부는 주술사들에게 부탁해서 만드는 거야. 나도 아버지에게 듣고 나서야 알았지만, 듣자마자 너무나 가지고 싶어서 참을 수가 없었어. 봐봐, 아름답지? 여기에 내 백성의 이름이 차례대로 적히는 거야."

새하얀 손으로 꿈을 꾸는 것처럼 한 장, 한 장 국명부를 넘긴다.

새하얀 백지 위에 적혀 가는 검은 글자들.

검은 글자들만큼 쌓이는 시체들.

나라 안에 가득 퍼지는 비명과 울음소리.

미래가 보이는 것 같다.

라야는 손바닥에 손톱이 박히는 것도 눈치 채지 못하고, 국명부를 주시했다. 그사이에 공주는 궁녀에게 먹물과 붓을 가져오라 시키고, 그것을 라야에게 쥐어 주었다.

"적어."

수줍어하며 국명부 맨 앞장을 내민다.

붓을 들고 멍하니 그것을 봤다. 공주는 기뻐서 어쩔 줄 모르는 얼굴로 설명했다.

"적는 거야. 맨 윗줄, 가장 처음에 라야의 이름을. 라야는 내 첫 번째 군위이자, 첫 번째 국민이 되는 거야. 어때, 기쁘지? 그렇지? 자, 얼른 적어."

"······."

"응? 뭐해?"

첸첸의 눈초리가 금세 사나워졌다.

허공에 떠 있는 붓이 떨렸다. 라야는 간신히 꽉 막힌 목구멍에서 목소리를 쥐어짜서 물었다.

의심을 사선 안 된다.

지금 여기서 의심을 사선 절대로 안 된다―.

"지금― 적어도 되는 겁니까?"

딱딱하게 굳은 목소리에도 첸첸은 의심을 품지 않았다. 국명부를 받은 그녀의 기분을 하늘을 날듯 좋았다.

"응, 괜찮아. 군석이 열리자마자 내 피 한 방울만 떨어뜨리면 완전히 내 국명부가 되니까. 지금 적어도 상관없어."

"그럼 나중에 첸첸 님이 완전한 왕이 되셨을 때······."

"싫어, 그건! 좀 더 기다려야 하잖아. 난 지금 보고 싶어. 내 국명부에 이름이 적히는걸. 가장 첫 번째는 당연히 라야여야 하고, 내 군위여야 해. 새삼스럽게 왜 물어? 얼른 적어."

라야가 계속 머뭇거리자 눈초리가 가늘어진다. 머금고 있던 미소도 자취를 감춘다. 라야는 어쩔 수 없이 먹물에 붓을 담그고, 국명부를 가까이 끌어당겼다.

'적어선 안 돼.'

머릿속에서 그런 말이 들려온다.

적었다간 꼼짝없이 잡히고 만다. 허락 없이 나라를 떠날 수도, 다른 나라에 들어갈 수도 없게 된다.

그것이 세계의 법칙.

그 나라의 국민이 되겠다는 맹세는, 하늘과 땅에 새겨진다.

"첫 번째 줄이야."

붓을 드는 손에 힘이 없었다. 가느다랗게 떨리는 것을 첸첸이 눈치 채지 못하기만을 바랄 뿐이다.

'적고 싶지 않아. 하지만 그렇게 되면……'

의심을 사고, 매섭게 추궁받겠지.

라야에겐 그것에서 벗어날 힘이 없다. 군위가 되고 싶었던 전과 달리, 지금은 첸첸의 군위가 되는 것이 끔찍이도 싫었다. 북쪽에서 그 것을 본 후, 죄책감과 그런 짓을 저지른 사람에 대한 혐오감에 몸서리가 쳐졌다.

"라야?"

'적을 수 없어.'

북쪽의 광경이 떠오르자, 더욱더 손이 움직이지 않았다. 첸첸의 눈초리가 올라가고 있는 것이 빤히 보이는데도 적을 수가 없다. 라야는 붓을 들지 않은 왼손을 바지에 닦았다. 흘러나온 비지땀을 닦기 위해서였다.

말해야 한다. 지금 말할 수밖에 없다.

군위가 될 수 없다고 지금 말해야만 했다. 저 국명부에 이름을 적을 순 없는 노릇이다.

'하지만……'

그랬다간 무무는, 그는 어떻게 되는 거지?

첸첸이 무무를 가만히 놔둘 리가 없다. 분에 못 이겨 모조리 찢고, 던지고, 죽이고. 군위가 되는 것을 거부한 라야조차 용서하지 않고 비틀고 죽이겠지.

자신은 자업자득이라고 쳐도, 무무는?

'녀석은 아직 도망치지 못했어.'

마구간에 말을 집어넣고, 주인이 없는 방에서 자신을 기다릴 무무를 떠올리며, 라야는 눈을 감았다.

'처음 맞은 친우다.'

그 신분이 천하디천한 노비지만—.

녀석은 어떻게 생각하고 있을지는 모르지만.

윽박지르고, 때리고, 화냈지만.

라야에게 무무는 처음으로 사귄 '친우' 였다. 그렇게 생각하기 시작했다.

'무무를 저버릴 순 없어.'

노비를 친우로 여기고 있다는 것을 누군가가 알면 한심하단 눈길로 쳐다볼 테지. 하지만 고민을 나누고, 함께해 주고, 같이 걸어 주었던 것은 다른 이가 아닌 무무였다.

처음으로 생긴 친우인 그는 침대에 누워 있는 어미보다 훨씬 더 많이 자신을 걱정해 주었고, 위로란 것을 해 주었다. 경멸 어린 눈으로 쳐다보는 군위들 속에 있을 때도 옆에 있어 주었고, 보통 사내애들처럼 포장마차에 들어가 같이 군것질을 하고, 장난을 쳤다.

그것을 배신할 수 없다.

'무무를 휘말리게 할 순 없어.'

라야는 손을 움직였다.

"영광입니다, 공주님."

파르르 떨리던 첸첸의 눈초리가 환하게 펴진다. 라야는 먹물이 스며든 붓을 움직여 국명부 위에 올려놨다.

그리고 적었다. 유려하고, 미려한 글씨체로 자신의 이름을.

이름이 쓰인 국명부를 들고 공주는 뛸 듯이 기뻐했다. 모든 것을 가지며 자라 왔지만 나라만큼은 가져 보지 못했다. 자신이 살고 있는 곳은 아버지의 나라. 자신에게 고개 숙여 인사하는 것도 아버지의 국민. 내 것이 아니었다.

"내 거야."

드디어 온전한 자신의 것이 생겼다. 국민도 생겼다.

이제 군석이 열리기만 하면 된다. 그렇게 되면 군위를 맞이하고, 백도 가문으로 찾아가 땅을 찾고, 나라를 세울 것이다. 그러면 모든 것이 자기 것이다.

"라야는 내 첫 번째 국민이자, 군위야."

한없이 이기적인, 자기밖에 모르는 잔인함을 담고 쳰쳰은 라야를 바라보았다. 눈을 가늘게 뜨고, 손을 뻗어 라야의 뺨을 매만졌다. 라야의 표정이 어두워 보이지만 무뚝뚝한 성격 탓에 감격스러운 기분을 제대로 표현하지 못하는 것이라고 해석했다.

쳰쳰은 하늘을 날아오르는 기분으로 국명부를 품에 안고 빙그르르 돌았다.

라야는 붓을 내려놓을 생각도 하지 못한 채 입술을 깨물었다. 지나치게 푹신한 의자에 몸이 아래로 푹 꺼지는 것처럼 기분이 자꾸만 밑으로 가라앉는다.

'안 돼. 표정이 무너지겠어.'

라야는 힘겹게 말문을 열었다.

"쳰쳰, 나들이를 다녀왔더니 조금 피곤한 것 같습니다. 이만 쉬고 싶습니다만."

"아, 맞아! 그랬지, 참. 응응, 어서 가 봐. 내가 너무 오래 붙잡고 있었지? 가서, 푹 쉬어."

첸첸은 그 어떤 때보다도 순순히 라야를 보내 주었다. 라야는 공주 몰래 작게 한숨을 쉬며 문 쪽으로 걸어갔다. 돌화족의 눈동자가 조용히 라야를 따라 움직였다.

"아, 라야."

막 방을 나서려던 라야를 공주가 이제야 기억이 났다는 표정으로 잡았다. 티끌만 한 근심도, 모래 알갱이만큼의 욕심도 없는 목소리에 어깨가 굳는다. 저런 어린아이의 목소리가 이 세상의 그 무엇보다 훨씬 더 잔인하고, 잔혹하다.

"내일 아침 아홉 시까지 내 방으로 와."

"내일은 사곡四穀입니다만……."

자신의 일곡一穀 담당. 사곡의 담당자는 다른 자였다.

말꼬리를 끌자 첸첸이 밝게 웃으면서 왼손을 저었다. 오른손은 국명부를 목숨 줄이라도 되는 양 붙잡고 있다.

"아니야, 아니야. 그런 것 말고 다른 볼일이 있어서 전 군위를 불렀어. 내일 아침이면 다 모일 거야."

"볼일이라시면?"

"오늘 내로 소원을 생각해 두도록 해. 내일 들을 테니까."

첸첸의 머리에 꽂힌 나비 비녀가 라야 대신 잘게 몸을 떤다.

"대가를 미리 준비해 놓을 생각이거든. 그럼 군위가 되는 것도 빠르겠지? 후훗, 기쁘지. 라야? 부정을 저질러 잉태된 네가 드디어 구원받는 거야."

"……네."

이젠 자신이 어떤 표정을 짓고 있는지도 모르겠다.

라야는 얼른 인사하고, 도망치듯 밖으로 나왔다. 자신의 태도에 의심받을 만한 구석이 있는지 살펴보지도 않았다.

문 앞에 대기하고 있던 시종이 따라오려 했지만 고개를 저어 뿌리쳤다. 속이 울렁거리고, 머리가 어지럽다. 라야는 수많은 방들 중 비어 있는 곳을 골라 들어갔다.

곧장 화장실로 향했다.

"우에엑."

화장실 바닥에 옷이 젖는 것에도 아랑곳없이 무릎을 꿇고, 얼굴을 숙였다. 위액이 올라온다. 위액이 토해지는 괴로움에 눈가에 눈물이 맺혔다. 눈썹이 파르르 떨렸다.

'괜찮아.'

애써 자신을 위로했다.

라야는 몇 번이나 토하고 나서 화장실 바닥에 주저앉았다.

깊은 죄악감에 눈앞이 아찔해졌다. 그는 두 손을 강하게 움켜쥐며 중얼거렸다. 유일하게 다행인 것이 있었다.

"괜찮아. 무무는…… 살렸어."

깊은 혐오감을 느끼는 와중에도 유일하게 안도한 까닭은 무무 때문이었다.

그 녀석만큼은 살렸다.

눈초리에 맺혀 있던 눈물이 꼬리를 그리며 흘러내렸다. 라야는 그 눈물을 훔치고 굳건한 표정으로 자리에서 일어났다.

무너지지 않는다. 이대로 무너지는 것은 용납하지 않는다.

그것만이 라야의 자존심이었다.

어깨를 펴고, 등도 폈다. 이를 악물고 자신만만하게 발을 내딛었다. 나약함 따위는 누구도 보지 못할 곳에 감춰 놓고, 무표정한 가면을 썼다.

그는 방을 나서 걸었다.

5.

"어디 간 거야?"

무무가 마구간에 말을 돌려놓고 돌아와 보니 방은 텅 비어 있었다. 욕실에도 아무도 없다. 궁녀에게 물어보려고 하니 '하찮은 노비가 어딜!'이란 눈빛으로 노려보았다. 깨갱 꼬리를 말고 방으로 돌아왔다.

"정말 사람 속 타게 한다니까."

무무는 그렇게 투덜거리며 팔짱을 끼고, 오른발로 바닥을 찼다.

딱딱딱.

일정하게 바닥을 차는 소리가 조바심을 부추겼다.

걱정으로 속이 문드러질 것 같다. 불안한 심정은 나쁜 상상을 하게 만든다.

"설마 공주에게? 아니야. 그럼 나도 잡혀갔겠지. 아, 정말 대체 어디 간 거야?"

라야와 함께 있을 땐 장난기로 가득했던 눈빛에 짜증이 서린다. 눈앞을 가리는 물빛 머리도 귀찮았고, 얼굴도 오늘따라 더 답답해 팔짝 뛰기 일보 직전이었다.

당장이라도 일을 마무리 짓고, 여기와는 인연이 없던 과거의 그때로 돌아가 앞일을 대비하고 싶은 마음이 굴뚝같다 못해 태산 같다.

무무는 머리만 벅벅 긁었다.

이 라야라는 놈은 그가 어떤 심정으로 도와주고 있는지 알지도 못한 채 쪽지 하나 없이 사라져 버렸다.

"지금 입장을 알기나 하는 거야? 의심을 받으면 어쩌려고, 어디를 이렇게 뿔뿔 돌아다니는 거야. 오기만 해 봐라. 바닥에 엎어 놓고 흠씬 밟아 주마."

무무는 발로 땅을 차다 못해 쿵쿵 발을 구르고 있었다. 팔짱을 끼고 있던 손도 발 박자에 맞춰 까딱이기 시작했다. 그것이 더욱 조바심을 부추기고 있다는 것을 알지만 멈추지 않았다.

발바닥으로 바닥을 차는 소리가 빨라지고, 마찬가지로 손짓 또한 빨라졌다.

무무가 초조감과 조바심, 짜증스러움에 지쳐 갈 무렵, 문이 열렸다. 무무는 문이 열리는 소리가 들리자마자 까딱이던 손발을 멈추었다. 그리고 활짝, 그야말로 활짝 웃으며 외쳤다.

"주인님!"

"아."

방 안으로 들어온 라야는 무뚝뚝한 표정으로 답했다.

무무는 방금 전까지 빠져 있던 짜증스러움과 조바심과 초조감과……. 하여튼 기타 등등 모든 감정들을 바닥에 쓰레기 버리듯 버리고 노비 연기에 빠져들었다.

"걱정했잖아요. 어디 다녀오셨어요?"

"이것을 가지러."

라야는 오른손에 든 초록색 유리병을 들어 올렸다.

그가 들고 있는 것은 천룡주라는 이름의 술이다. 왕들만 마신다고 하는 극상의 맛을 가진 술. 여기 진곡에도 몇 병 있었다. 라야는 식료품 저장고에 들어가 그것을 몰래 빼내 왔다.

"우웃, 궁녀를 시키시지 그랬어요?"

"바쁜 것 같아서 직접 다녀왔다. 사과주를 가지고 오려고 했는데 다 떨어지고 없다기에 비싼 걸로 몰래 집어 왔지."

"히야!"

"술 좋아하지?"

"네!"

"그럴 줄 알았다……."

라야는 탁자로 걸어가 술을 내려놨다. 탁자 위에는 무무가 먹다 남긴 과일 바구니도 있었다.

"안주도 있군."

"히야히야히야! 우와, 주인님!"

"오늘 고생했으니까, 상이다."

"주인님, 최고! 최고! 최고!"

언제나처럼 말끔한 모습으로 라야는 환호성을 지르는 무무를 보고 웃었다.

무무는 술병을 쥐자마자 엄지손가락 하나로 나무 마개를 뽑아 버렸다. 그 모습에 라야가 눈썹을 꿈틀했지만 무무는 술꾼들처럼 콧노래를 부르면서 술 향기를 맡느라 정신이 없었다.

"근데 잔이 없네요. 가져올까요?"

"아니, 너 혼자 마셔라. 잔이 없어도 마실 수 있지?"

"네, 그거야 물론이죠! 병나발은 제 일상……. 아니, 이게 아니지. 흠흠, 그럼 주인님은요?"

라야는 눈을 내리깔고 툭 내뱉었다.

"도수가 센 건 안 먹어."

무무는 단숨에 그 의미를 파악했다.

"헤에에, 못 드시는구나!"

"안 먹는 거다."

"아항, 못 먹는구나!"

"안 먹는—! ……거라고."

이러다 또 싸움으로 번질 것 같아 라야는 간신히 목소리를 낮췄다.

무무는 무척 행복하고 신이 난단 얼굴로 병을 들어 술을 마시기 시작했다. 꿀꺽꿀꺽 물을 마시는 것처럼 잘도 들어간다.

"캬아, 술맛 좋다! 오늘은 내 인생 최고의 날!"

"그래."

"앗, 귤이 잘 안 까지네. 주인님, 이것 좀 까 봐."

말투가 미묘하게 변했다.

벌써 취한 거냐? 라야는 실소했다.

"네가 까먹어."

무무가 말을 놓자, 라야의 말투도 달라졌다.

독한 술향이 라야에게까지 번져 온다. 무무는 얼굴이 시뻘겋게 물들어서는 과일과 싸움을 벌이고 있었다. 사과를 보고 수박이라 부르고, 딸기를 보고 복숭아라 그러더니, 복숭아를 보고는 원숭이 엉덩이란다.

보다 못한 라야가 옆에서 술시중을 자처했다.

"내 신세가……."

"으하하핫! 사과! 딸기! 사과! 딸기!"

"……깎아 줄 테니까 알아서 집어먹어."

'접시로 머리를 찍어 버릴 놈 같으니.'

라야는 구시렁대며 과일과 같이 바구니에 들어 있던 과도로 사과를 깎았다.

그런데 호기롭게 과도를 들었던 것과 다르게 무언가 이상했다.

사과의 살이 한 움큼 잘려 나갔다. 미미하게 주름을 미간에 생성한 라야가 다시 재도전을 한다. 사과의 살이 또다시 한 움큼 살이 잘려 나갔다.

무무는 라야가 깎아 놓은 사과를 감상했다.

"사과가 날씬해에."

"닥치고 그냥 먹어."

한번 으르렁거린 라야는 과도를 집어넣고, 껍질이 그대로 있는 사과를 무무 앞에 밀어다 놨다. 술에 단단히 취했는지 무무는 '껍질은 맛없어'라고 애들처럼 도리질 친다.

라야는 진심으로 접시로 무무의 머리를 내려찍을까 고민했다.

"오늘 주인님 왠지 자상해."

"평소에도 자상하다며."

"입에 발린 말이었지. 매일 폭력만 휘두르는 사람이 무슨."

—콰직.

손안에 든 귤이 즙이 되어 버렸다.

그러거나 말거나 무무는 술병을 껴안고 계속 싱글벙글했다.

"정말 오늘 왜 이렇게 자상해?"

"네가 고생이 많았으니까."

라야는 무뚝뚝하게 말하며 사과를 들었다. 다시 사과에 재도전이다. 그는 과도를 쥐고 사과의 새빨간 껍질을 벗겨 냈다.

"으응, 고생이라니. 괜찮아. 나, 굉장히 즐거웠는걸."

첫 번째 벗기기가 성공했다. 이어서 두 번째 칼질에도 성공했다. 사과는 처음과 비슷한 부피를 유지하고 있었다. 이 정도면 잘 깎은 사과라 말해도 손색이 없다. 라야는 과도를 내려놓고 자랑스러운 표정을 지었다.

"내 십육 년 인생에서 최고의 날이었어. 그렇게 즐거웠던 것은 처음이었어. 내 또래랑 논 것이 처음이라서 그런가? 나 있지, 포장마차에서 꼬치랑 어묵 먹어 본 것도 처음이었어."

"그래."

라야도 마찬가지였다.

무무는 몽롱한 얼굴로 씩 웃더니, 다시금 술을 마셨다. 마지막 술한 방울까지 싹싹 핥아 먹는 모습을 보고 라야가 조용히 웃었다.

"그런데 방에 돌아왔더니 없는 거야. 걱정 많이 했다고."

"그래."

"어디 가면 어디 간다고 쪽지 좀 남겨 놔. 혼자 행동할 때처럼 하지 말고. 내가 저번에 말했지? 난 곧 죽어도 함께하는 게 좋아. 무엇을 해도, 풍비박산이 나도, 인생이 무너져도 혼자보단 둘이서 함께하는 것이 좋아. 알았지이이이이이이이이?"

"그래."

"으응. 나 눈이 감겨어어. 안 되는데. 내일 일찍 나가 봐야 되는데. 술을 너무 많이 마셨나아아아아아?"

"괜찮아. 자. 패서라도 깨워 줄게."

"아니, 그건 좀……. 으음"

라야의 말에 안심(?)하고 술병을 꼭 껴안은 채로 잠이 든다.

잠든 모습이 꼭 호빵 같다. 라야는 피식 웃으며 무무의 품 안에 있는 술병을 빼내어 탁자 위에 올려놨다. 무무가 곤한 숨소리를 낼 때마다 술 냄새가 진동했다.

라야는 잠든 무무를 내버려 두고 쪽방으로 들어갔다.

무무가 쓰던 방이다.

라야는 무무의 옷장을 열고 큰 가방 하나를 들어 옷이란 옷을 모조리 챙겨 넣었다. 쪽방 안에 있던 무무의 물건은 하나도 남기지 않고 넣었다.

그 후 라야는 가방을 들고 쪽방을 나왔다. 탁자에서는 무무가 여전히 곤한 숨소리를 내고 잠들어 있었다.

라야는 가방을 내려놓고는 무무를 부축해 자신의 침대 위에 눕혔다. 무무는 금세 이불을 뒤집어쓰고 깊은 잠 속으로 빠져들었다.

"잠도 많으니 안 깨겠지."

무무를 보고 픽 웃은 라야는 옷장 안에 굴러다니는 옷 중 하나를 찢어 긴 천으로 만들었다. 그리고 그 천의 끝과 가방을 연결한 채, 창문을 열어 소리가 나지 않도록 가방을 떨어뜨렸다. 보는 사람이 없다는 것은 느낌으로 알 수 있었다.

라야는 가방을 조심스럽게 정원에 숨겨 두고 창을 닫았다.

"갔다 오마."

깊은 숨소리만 들려왔다.

라야는 방을 나섰다. 궁녀에겐 오늘 저녁은 목욕물이 필요 없으니

오늘은 이만 쉬라고 전해 뒀고, 만일에 대비해 문을 잠그는 것도 잊지 않았다.

널따란 복도를 뛰어 밖으로 향했다. 궁녀가 있을 땐 점잖게 걸었지만 없을 때는 눈썹이 휘날리도록 뛰면서 가방이 있는 곳으로 향했다.

큰 가방은 눈에 쉽게 띄기 때문에 복도를 통해 들고 나올 수가 없었다. 창문을 통해 정원에 내려놓기는 했지만 경비를 서는 무관들에게 언제 발견될지 모르는 상황이라 애가 탔다.

라야는 마른침을 삼키며 사람들의 눈을 피해 정원으로 걸어 들어갔다. 다행히 크고 검은 가방은 안전하게 덤불 속에 있었다.

"후우……."

긴장을 풀며 가방을 집어 들었다.

그리고 또다시 덤불 속을 뒤졌다. 이번에 나온 것은 새하얀 도자기에 담긴 사과주였다. 식료품 창고에서 라야는 천룡주와 사과주, 이렇게 두 개의 술을 훔쳤다.

"—이게 진짜 상이야."

사과주를 보고, 고개를 들어 불이 꺼진 자신의 방을 올려다보았다.

"……."

라야는 가방 안에 사과주를 넣고 다시 달렸다.

일 년 동안이나 궁 안에서 생활했다. 세세히는 아니지만 자신의 방 앞을 지나가는 경비들의 수, 교대 시간 정도는 알고 있었다.

가벼운 동작으로 덤불을 넘고 바닥에 엎드렸다. 숨을 죽인 채로 사람이 지나가기를 기다리고, 재빠르게 어둠 속을 노닐었다. 몸에 찰싹 붙은 검은 가죽옷이 밤의 어둠에 동화되어 잘 보이지 않았다. 안성맞춤으로 머리카락도 검정색이라 눈에 띌 염려가 없다.

라야는 이윽고 궁 담을 훌쩍 뛰어넘었다.

가볍게 땅을 박찬 것뿐인데, 머리 위로 한참이나 솟아 있던 담을 쉽게 뛰어넘어 버렸다.

탁―.

신발이 바닥에 닿는 소리가 나기가 무섭게 라야의 몸이 앞으로 쏟아져 나갔다.

가문에서 훈련 받았던 것이 이럴 때 도움이 될지는 몰랐다. 웃어야 될지, 울어야 될지 복잡한 심정이었지만 매일 아침 연무장에 출근한 것이 헛수고가 아니었던 것만은 분명했다.

라야는 달을 동무 삼아 달렸다. 나는 듯이 뛰는 발걸음이 아침에 들렀던 인력 시장으로 향했다.

해가 지고, 저녁이 되었는데도 인력 시장은 사람들로 붐볐다. 낮보다 더 쌀쌀해졌는데도 사람들은 움직일 기미를 보이지 않았다.

'젊은 사람으로 골라야 해.'

라야는 재빨리 사람들을 훑었다.

'저 사람들이 좋겠어.'

그는 곧 젊은 사람 세 명을 골라내어 사람이 없는 쪽으로 데리고 갔다. 긴 이야기가 필요했다.

"내일 아침 궁 동쪽 외길로 사내아이가 하나 나올 겁니다."

달을 등지고 서서 일거리를 얻기 위해 따라온 농부들에게 지시했다. 낮의 무무와 함께했던 장난이 효과가 있는지 익숙지 않은 말투가 라야의 입에서 줄줄 흘러나왔다.

"물빛 머리에 갈색 눈동자를 가진 사내아이입니다. 나이는 올해 열여섯. 그를 납치해서 이 주일 동안 감금하는 게 이번 일입니다."

그 말에 세 명의 농부가 눈을 크게 부릅떴다.

"가, 감금이라고 하셨소?"

라야는 그들을 달랬다.

"걱정할 거 없습니다. 사내아이의 신분은 겨우 노비. 당신들에게 해가 가진 않을 겁니다."

노비란 소리에 그들은 눈에 띄게 안도했다. 그래도 궁에서 일하고 있는 노비를 감금해야 한다는 소리에 꺼림칙했는지 망설이는 기색을 숨기지 않는다.

라야는 차분히 말했다.

"안심하세요. 나쁜 일은 없을 겁니다. 그 노비는 제 노빈데, 사정이 있어서 밖으로 내보내려고 하는 겁니다. 노비 주제에 고집이 세서 제 말을 안 들을 것 같아서 말입니다. 강경 수단이지요. 그래도 불안한 분은 가십시오. 다른 분을 쓰겠습니다."

"……."

세 명은 서로의 기색을 살피며 잠시 상황을 계산했다. 결국 돈이 궁했는지, 라야의 말을 신용했는지는 모르겠지만 세 명 다 가지 않았다.

라야는 고개를 끄떡이고는 옷자락에서 주머니를 꺼냈다. 그 주머니를 그들에게 내밀었다.

"금곡 열 냥입니다."

큰 금액에 농부들이 턱을 떨어뜨렸다.

그 돈이면 세 명이서 나눠도 다섯 달은 풍족하게 쓸 수 있는 돈이었다. 저 돈이면 이번 겨울은 쉽게 날 수 있어. 농부 중 하나가 조심스럽게 그 주머니를 받아 들였다. 손이 떨렸다.

"조건을 잘 들어주세요. 내일부터 이 주간입니다. 이 주간 절대로 밖으로 나오지 못하게 해 주세요. 아무리 발버둥 쳐도, 발악을 하건 다른 무슨 짓을 하건 절대 밖으로 나오게 하지 마세요. 감금할 장소는 여러분이 고르십시오."

세 농부들은 힘차게 고개를 끄떡였다. 집에서 배를 곯는 처자식이 기다리고 있다.

"다칠 걱정도 하지 마세요. 그는 시중을 드는 노비지 전투 노비가 아닙니다. 싸울 줄 전혀 모르니 셋이면 충분히 납치할 수 있을 겁니다."

무무의 손은 무기라고는 한 번도 쥐어 본 적이 없는 손이었다. 고생을 많이 했는지 손끝이 부르트고, 손톱이 갈라져 있었지만 굳은살은 찾아볼 수 없었다.

"그리고 이 가방도 그와 같이 놔주세요."

검은색 큰 가방을 건넸다.

"이 주가 지나면 풀어 주면 됩니다. 갈 곳은 언질을 해 두었으니, 풀어 주기만 하면 됩니다. 여러분은 그냥 이 주간 그를 감금하고 있다가 시간이 지나면 풀어 주기만 하면 됩니다."

그 정도는 할 수 있다는 듯 세 농부는 라야의 일을 받아들였다.

계약을 끝낸 라야는 여러 가지 사항을 확인하고서야 농부들을 보내 주었다. 농부들은 여전히 조금 떨떠름해 보였지만 그래도 금곡 열냥을 포기할 수는 없었는지 고개를 끄떡이곤 그 자리를 벗어났다.

농부들을 떠나보내고 나서 라야는 그 자리에서 홀로 서 있었다. 새벽같이 푸른 밤하늘이, 밤의 차가운 공기가 라야의 축 처진 어깨 위로 내려앉았다.

제 10 장

무
무
___

제 10 장
무무

1.

아침 해가 밝자마자 라야는 무무의 어깨를 흔들었다.

베개를 다리 사이에 끼고 기분 좋게 자던 무무의 입에서 짜증스런 웅얼거림이 흘러나왔다. 물빛 머리는 위쪽으로 곤두섰고, 베개 대신 베고 자던 이불은 침으로 홍건했다.

"술 좀 따라 봐, 음냐."

라야는 한숨을 쉬고는 그를 깨웠다.

"일어나."

"으으으웅."

"일어나란 말 안 들려?"

"으으으으웅."

대답은 꼬박꼬박 하면서 눈을 뜨지는 않는다. 도리어 이불 속으로 자꾸 파고들었다. 라야는 이불을 벗겨 내면서 무무의 어깨를 또 한 번 흔들었다.

"일어나. 아침이다."

"으응."

"씻고 준비해야 된다. 일어나."

"주인…… 놈, 답답해."

"……뭐?"

"사과도 못 깎고……, 고지식한 애늙은이."

잠꼬대가 사람을 이렇게 열 받게 한다는 건 처음 알았다. 라야는 주먹을 쥐고, 무무의 옆구리를 있는 힘껏 가격했다.

"커억!"

갈비뼈가 앙상하게 드러난 몸이 부들부들 떨렸다.

라야는 거기서 그치지 않고 발을 들어 무무의 엉덩이를 걷어찼다. 신음 소리가 입에서 나오기도 전에 무무의 몸은 침대 밑으로 굴러떨어졌다.

"악!"

꿈틀거리는 지렁이처럼 무무는 몸을 비틀었다. 너무 아파서 신음 소리도 나오지 않았다. 라야는 한기가 서린 목소리로 무무에게 지시했다.

"일어났으면 씻고 준비해라."

"으윽, 가, 갈비뼈가 세 대나 나갔……."

"더 밟아 주랴?"

갈비뼈가 으스러지게 밟아 주겠다는 주인의 말에 노비는 발딱 일어났다. 자고로 주인의 말을 잘 들어야 착한 노비, 훌륭한 노비, 장한 노비란 소리를 듣는다.

무무는 하늘 위로 치솟은 머리를 정리할 생각도 않고, 두 손을 싹 싹 비비며 간사한 관리처럼 말했다.

"식사하십쇼."

"……잠 덜 깼군. 가서 씻기나 해."

뜬금없이 식사 이야기는 왜 나오는 거야. 라야는 무무를 욕실로 밀 어 넣고 팔짱을 꼈다. 비몽사몽인 무무는 주인이 쓰는 욕실에서 씻는 다는 것도 자각하지 못하고 배와 머리를 북북 긁으며 걸어갔다.

라야는 무무가 들어간 뒤에 궁녀를 시켜 탁자 위로 식사를 날랐다. 닭을 통째로 구워 낸 요리와 입맛을 돋울 쌀죽, 갓 구워 낸 빵과 과일 을 갈아서 짜낸 음료가 보기에도 먹음직스러웠다.

"수고하셨습니다."

의례적인 인사에 궁녀들도 꾸벅 인사를 하고 밖으로 나간다.

오늘의 아침은 이 인분이다. 하나는 라야의 것, 또 하나는 무무의 것. 라야는 탁자 밑에 넣어져 있던 의자를 끌어당겨 그 위에 앉았다.

탁자의 위치는 창가와 매우 가까워서, 탁자와 한 벌인 의자에 앉았 더니 방 안의 구조가 한눈에 들어왔다. 어지럽게 구겨져 있는 요와 침으로 흥건하게 젖은 이불, 반으로 접혀 버린 베개가 있는 침대.

침대 밑엔 무무가 떨어뜨린 사과가 노랗게 변색되어 굴러다니고 있었다.

탁자에 기대어 앉아 노비를 기다리고 있던 주인은 작게 웃었다. 혼 자서 생활할 때는 상상도 못할 풍경이었다.

옷장 한쪽에는 마을에서 사 왔던 지도가 구겨진 채로 들어 있고,

맛있게 먹은 기념이라고 떠들며 들고 왔던 꼬치 꽂이가 보물처럼 모셔져 있었으며, 화치부에서 가지고 왔던 고급스런 주머니는 먼지와 함께 뒹굴고 있다.

"무무가 더 있다간 이 방이 쓰레기장이 되겠군."

바보 같은 노비의 성격이라면 지나가는 돌멩이가 조금만 희한하게 생겼어도 잽싸게 챙겨 들고 와 창문틀에 늘어놓을지도 모른다. 자신은 그런 것을 용납하지 않으니 당장 갖다 버리라고 윽박지를 테고, 무무도 맞서 소리치며 돌멩이를 감싸 안고 보물처럼 숨겨 두겠지.

한심하면서도 평안한 미래를 상상하며, 라야는 욕실 문을 쳐다봤다. 머리에서 물이 뚝뚝 떨어지는 채로 무무가 나온다. 흰 수건을 머리에 뒤집어쓴 그는 어리벙벙한 멍청한 얼굴로 라야에게 물었다.

"내가 왜 주인님 욕실에서 씻고 있어요?"

"……방금 전에 일어났던 일도 기억 못하는 거냐?"

노비 주제에 아침에 약하다니까.

라야는 됐다고 손사래 치며 자신의 앞에 앉으라고 명령했다. 무무는 꺼릴 것 없이 냉큼 앉았다. 자고로 주인의 말을 잘 들어야 착한 노비, 훌륭한 노비, 장한 노비란 소리를 듣는…….

"응? 왠지 한 것 같은데?"

"혼자서 중얼거리지 말고 밥이나 먹어."

무무가 오자마자 라야는 숟가락을 들어 죽을 떠먹었다.

"에에, 주인님과 같이 먹는 거예요?"

"그래."

"저야 좋은 음식을 먹으니까 좋기는 하지만……. 주인님, 갑자기 왜 이러세요? 어디 아프세요? 왜 이렇게 친절하시지? 역시 어디가 아픈 거구나."

일부러 애교스럽게 빼는 목소리가 참 가관이다. 죽일 듯 노려보는
눈빛을 모르는 척 무무는 젓가락을 들고 음식을 하나하나 맛보기 시
작했다. 빵을 죽에 찍어먹을 때는 괴상한 감탄사까지 나왔다.

"살살 녹아요, 주인님!"

"좋겠구나."

"이 닭다리 좀 먹어 봐도 돼요?"

"어."

"날개도?"

"그래."

"목도?"

"……."

"이 닭 나머지 한 짝 다리도……."

"다 먹어도 좋으니 제발 조용히 좀 먹어라."

음식이 게 눈 감추듯이 사라진다. 탁자 다리가 휘어질 정도로 차려
진 음식이었는데, 못 먹다 죽은 귀신이 붙었는지 쉼 없이 꾸역꾸역
들어간다.

저러다 목 메이지.

라야는 옆에 있던 음료를 잔에 따라 무무에게로 넘겼다. 시원하게
음료를 마시더니, 다시 꾸역꾸역이다. 보는 쪽이 질려 버렸다.

"천천히 먹어. 안 뺏어 먹을 테니까."

"움움, 음, 음엄웅, 앙웅, 암암, 으음앙웅?"

"……됐으니 먹어라."

"음웅앙웅!"

"흘리지도 말고."

"아웅웡!"

"그렇다고 주워 먹지 마. 손으로 집었던 것 내려놔!"

버럭 소리를 질렀다.

"주워 먹지 마! 천천히 먹어! 한 번에 하나씩 씹어! 그냥 삼키지 마! 씹어 먹어! 흘리지 마! 야, 주워 먹지 말랬지! 그리고 무엇보다…… 입에 넣고 말하지 마!"

게걸스럽게 집어삼킨 무무가 울상을 지었다.

"밥상 앞에서 도 닦는 것 같아."

"깔끔하게 먹으란 말이다! 깔끔하게!"

으르렁거리며 일일이 지적했더니 불만을 품고 반항한다.

예의를 가르쳐도 반항하는 배은망덕한 놈. 한참이나 투닥거리다가 시간이 시간인지라, 주워 먹지는 않겠다는 타협을 끝으로 다시 평화를 찾았다.

무무는 마지막 남은 빵 조각을 감추고 손을 털었다.

"근데 어제, 오늘 왜 이렇게 잘해 주세요? 주인님 욕실도 쓰게 해 주시고, 아침 식사에, 어제 잘 때도 저 주인님 침대에서 잔거죠? 뭐, 죄지은 것 있으세요?"

"이젠 범죄자 취급이냐? 오늘도 고생할 것 같으니 특별이다. 특. 별. 히."

"캬! 역시 자상하셔."

"입에 발린 말은 됐다."

'에엑? 누가 입에 발린 말이래요? 아니에요! 제 솔직한 느낌! 있는 그대로의 감정! 햇살과 같은 주인님의 은혜를 그대로 표현한 거라고요! 라고 발악하는 무무를 가볍게 비웃어 주었다.

어제 술 먹으면서 자기가 내뱉어 놓고는 저러는 걸 보니 웃기는 걸 넘어 혈압이 오른다.

라야는 시간이 없다는 핑계로 옷을 갈아입으려 쪽방으로 향하는 무무를 끌고 연무장으로 향했다. 옷장을 깡그리 비워 놨으니 쪽방에 들어가게 했다간 모든 것이 물거품이 되기에 내린 처방이었다.

옷을 갈아입지 못한 무무가 연무장으로 가는 동안 춥다고 칭얼거린다. 참다못한 라야가 지나가는 궁녀에게 부탁해 다른 노비의 옷을 입혀 줬다. 공짜 옷을 구한 무무는 타들어 가는 주인 속도 모르고 쾌재를 불렀다.

연무장에 도착한 라야는 가볍게 뛰고 난 후, 활을 집어 들었다.

"오늘도 검은 안 쓰세요?"

"안 쓴다."

활시위를 당기고 과녁을 맞힌다. 숨기고 있는 것만 없다면 어제와 다를 바가 없는데 화살은 계속해서 과녁 귀퉁이를 맞추고 떨어졌다.

무무는 박수를 치며 주인의 활 실력을 극찬했다.

"언제 봐도 훌륭한 솜씨네요!"

라야는 무무의 엉덩이를 걷어차 주고 몇 발을 더 쏴 봤다. 화살은 여전히 귀퉁이만을 향했고, 심할 때는 과녁 뒤쪽으로 넘어가 버렸다.

마음이 흔들리면 화살이 삐뚤어진다더니, 딱 그 짝이지 않은가. 심란한 마음에 작게 한숨을 쉰 라야는 활을 집어넣고 다시 연무장을 돌았다. 무무가 고개를 갸웃거렸다.

"정말 이상하시네. 그렇게 잘 맞추셨으면서. 정말 죄지은 것 아니세요?"

"누가 죄를 지었다는 거냐, 누가!"

"거울을 보시면 저절로 알게 되실…… 으악, 주인님! 그만 차세요!"

땅바닥에 엎어 놓고 밟아 버리고 싶은 걸 꾹 참고 방으로 돌아왔다.

아침 일곱 시 오십 분.

아침 운동이 평소보다 일찍 끝났다.

"절 배려하셔서 운동을 일찍 끝내 주신 거죠? 역시 자상하신 우리 주인님이라니까. 그렇지만 너무 걱정하진 마세요. 전 끄떡없어요."

"그래."

옷을 갈아입는다는 이유로 등을 돌린 채 대답했다. 거울을 보지 않아도 자신의 얼굴이 일그러져 있다는 것쯤은 알 수 있었다.

등 뒤에 선 무무는 아무것도 모른 채 천진하게 말했다.

"주인님, 혹시나 해서 물어보는 건데, 저와 같이 가문으로 가실 생각은 여전히 없으세요?"

"없다."

"……그럴 줄 알았어요. 그냥 한 번 물어본 거예요."

무무는 라야의 옷장을 열어 보물이라도 되는 양 숨겨 놨던 지도와 비단 주머니를 꺼냈다. 옷도 갈아입을까 했지만, 지금 입고 있는 옷만으로도 충분하단 생각이 들었다.

무무는 씩씩하게 방을 나섰다. 열었던 문이 닫히는 틈으로 마지막 작별 인사가 날아온다.

"다녀올게요."

타다닥 복도를 뛰어가는 발소리가 멀어졌다.

라야는 창밖으로 시선을 돌렸다.

몇 분 후에 정원을 가로지르는 물빛 머리가 보였다. 라야는 들릴 리 없는 인사말을 입에 담았다.

"잘 가라."

2.

인행부에는 주인님 허락 하에 고향으로 간다고 둘러댔다.

미심쩍은 눈초리가 -하긴 팔려 온 지 얼마 안 되는 노비가 벌써부터 고향을 간다는데- 무무의 위아래를 훑어 내렸지만, 방귀 뀐 놈이 성낸다고 되레 바락바락 대들며 항의했다. 못 믿겠으면 주인님께 여쭈어 보라는 말과 함께.

라야의 이름을 들은 인행부는 당장 통행 허가를 내렸다.

그렇게 룰루랄라 통행증을 거머쥔 무무는 잠시 볼일을 본 후에 동쪽 문으로 빠져나갔다.

마을로 통하는 외길은 어제와 변함없이 한가했다. 그 길을 따라 걸어 내려가며 독서실에 기어 들어가 우울하게 책이나 파고 있을 라야와 또 한 명을 떠올렸다.

'……자투라.'

속으로 삭이는 것밖에 할 줄 모르는 그녀.

그녀를 위해 멀디 먼 이국의 땅까지 찾아왔다. 모든 것을 원래대로 돌려놓고 싶다는 소망 하나만 가지고.

"얼른 해결하고 갈 테니까, 조금만 더 기다리라고."

혼잣말을 해서 자신감을 불어넣는다.

그래, 자신이 못할 리가 없다. 라야의 거점을 마련해 주고 녀석을 꽁꽁 숨긴 다음에 자투라를 데리고 유유히 사라지면 그만이다. 예비 왕이라는 공주는 아비의 휘광만 믿고 날뛰는 꼬마 계집애에 불과하니까.

"내가 이긴다고."

무무는 오만하고 자만심이 가득한 미소를 지으며 키득키득 웃었다.

그의 뒤에 세 명의 사내가 조용히 뒤를 밟고 있었다.

3.

시간이 되었다.

라야는 흘긋 시계를 쳐다봤다.

아홉 시가 되기 오 분 전.

인력 시장에서 계약을 맺은 사내들이 잘 해내고 있는지 걱정이 되었다. 그들은 모르겠지만 무무의 목숨이 달린 문제였다.

"라야 님."

밖에서 대기하고 있던 시종이 조바심이 나는지 재촉한다.

라야는 다시 한 번 시계를 쳐다봤다.

아홉 시가 되기 사 분 전. 화가 잔뜩 난 표정으로 달려와야 할 사

람이 달려오지 않는다는 것은, 일이 그만큼 잘 풀리고 있다는 소리
겠지.

"……가지."

말끔한 모습으로 의자에서 일어나 방을 나섰다.

라야만이 아니다. 공주의 군위 후보란 후보는 전부 자신의 방을 나
서 첸첸의 방으로 향했다. 욕지기를 내뱉는 사람, 한숨을 쉬는 사람,
그래도 '소원'을 들어준다는 것에 희망을 걸고 처연한 표정으로 걸
어오는 사람.

라야는 그 속에 섞여 화내고 있을 친우에게 말을 걸었다.

'약속은 어기지 않아.'

국명부에 이름을 적어 버렸지만, 군위만큼은 되지 않는다. 이것은
북쪽에서 쓸쓸히 죽어 버린 궁녀에 대한 사죄이기도 했다.

'절대로 어기지 않겠어.'

다짐에, 또 다짐을 한 라야는 문이 활짝 열린 첸첸의 방으로 들어
섰다. 다른 군위 후보는 이미 착석을 마쳤다. 첸첸이 앉을 새빨간 의
자를 중심으로 왼쪽으로는 이곡, 삼곡, 사곡, 오곡의 군위들이 앉고,
오른쪽으로는 육곡, 칠곡, 팔곡의 군위들이 앉는다.

라야는 첸첸과 마주 보는 자리에 착석했다.

시계의 시침이 '9'란 숫자를 가리키자마자 새하얀 문이 열리고, 안
쪽 방으로부터 첸첸이 걸어 나왔다.

"좋은 아침이야, 모두들."

새빨간 연지를 찍어 바른 입술이 치켜 올라갔다.

나비 비녀가 짜르르릉 울었다.

4.

"으······."

무무는 머리를 부여잡고 자리에서 일어났다.

"뭐야, 이게?"

욱신욱신 거리는 머리를 문질러 보니, 새빨간 피가 묻어나온다.

"피 나잖아! 젠장, 이게 얼마짜린데!"

작게 투덜거린 무무는 주위를 둘러봤다.

시커멓고 퀴퀴한 냄새가 나는 이곳은 무무의 기억에 없는 낯선 곳이다. 천장 구석에는 거미줄이 진을 치고 있고, 벽에는 녹이 쓴 농기구들이 기대어 서 있다. 하나쯤 있을 법한 작은 창도 보이지 않는다.

"어디야, 대체?"

욱신거리는 머리를 달래며 기억을 헤집었다.

인행부에서 통행 허가를 받고, 동쪽 문을 빠져나와 외길을 걸었다. 그리고? 그리고 어떻게 됐지?

"거기서 납치된 건가?"

덤으로 머리까지 얻어맞은 채로 말이지.

무무는 혀를 차며 자리에서 일어섰다. 누가 뭣 때문에 납치한 걸까. 여기서 자신은 한낱 노비일뿐인데.

"깨어났냐?"

무무가 서 있는 뒤쪽에서 목소리가 들렸다. 무무는 재빨리 몸을 틀어 방어 자세를 취했다. 너무 어두워서 그쪽에 문이 있는 것도 몰

238

랐다.

"그렇게 긴장하지 않아도 돼. 더 이상 다치게 하지 않을 테니. 배고 프면 말을 해. 먹을 것을 챙겨 주마."

가까이 다가온 사내는 건장해 보였다. 나이는 사십 대 초반으로 젊 었고, 햇볕에 그을린 피부는 건강한 구릿빛이었다.

무무는 팔짱을 끼고 삐딱하게 쳐다봤다.

"내 머리를 패서 여기로 끌고 온 저질스런 놈이 당신이야?"

"어린 노비가 말하는 꼬락서니하고는. 우리를 원망하는 거라면 관 둬라. 우리는 단순히 계약 내용에 따른 것뿐이니까. 머리를 내려친 것도 네가 소리를 지를까 싶어서 내린 특단의 조치였지, 해치려고 때 린 게 아니야."

머리를 내려친 것 따위는 아무래도 좋았다.

거슬리는 단어가 있다.

"계약이라고?"

"그래."

사내는 잠시 주저했다.

"뭐, 말해 줘도 되겠지. 만날 곳도 언질 했다니까."

"……?"

"어제 검은 머리를 가진 아이가 인력 시장에 왔었거든. 그 꼬마가 너를 이 주간 데리고 있어 달라고 했지."

"검…… 은 머리?"

"그래. 검은 머리였어. 달을 등지고 서 있어서 얼굴은 보이지 않았 지만 머리는 확실히 검정색이었어. 입고 있는 옷도 검정이었지. 그 아이는 널 오늘부터 이 주간 감금해 달라고 했고, 우린 받아들였다.

범죄라곤 해도 금곡 열 냥이라고. 너도 노비면 알겠지? 그게 얼마나 큰돈인지. 특히 일거리가 없는 겨울에는 돈이 궁해. 그 돈을 위해선 어쩔 수 없었어. 처자식이 굶고 있었다고. 이해하지?'

이해고 뭐고, 그딴 건 상관없었다. 범죄 합리화는 혼자서 하라지. 무무는 다른 것을 물었다.

"검은 머리?'

검은 머리라고 했어?

검은 머리? 검은 머리란 말이지?

무무는 그런 색의 머리카락을 가진 사람을 딱 하나 알고 있다. 그렇지만 어째서? 어째서 자신을 감금하라고 시킨 거지?

"이유는?'

"몰라. 사정이 있어서 밖으로 빼낸단 소리만 들었어. 뭐야, 아무것도 모르는 거야? 그 꼬마는 너에게 만날 곳을 말해 놨다고 했는데……."

'그런 것 몰라!

모른다는 표정이 역력한 무무를 보며 사내는 난감한 표정으로 턱을 긁었다. 그는 라야가 맡겨 둔 검고 큰 가방을 무무에게 내밀었다.

"하여튼 여기에 이 주간만 있어 줘야겠어. 먹을 것은 부족하지 않게 지급할 테니 걱정 마. 나에겐 너만 한 자식이 있어. 절대 나쁘게 대하진 않을 테니까. 머리 쪽은 조금 미안하지만……. 아, 이건 그 꼬마가 너와 같이 두라고 한 가방이야. 열어 보지 않았어. 네 거라고."

'라야가?

무무는 검은 가방을 낚아채서 그 안을 열어 보았다. 자신의 옷들이 차곡차곡 개어져 가지런히 놓여 있었다.

"이건……."

입술이 파르르 떨린다.

무무는 옷을 모조리 끄집어내어 주위에 내던져 버렸다. 사내가 진땀을 흘리며 '뭐하냐?'라고 물어 왔지만 무무는 신경 쓰지 않고 가방 안을 파헤쳤다.

옷을 다 끄집어내자, 흰 병이 모습을 드러냈다.

자신이 줄곧 노래를 부르던 사과주였다.

무무는 할 말을 잃었다.

이게 왜 여기에 있어?

"뭐, 뭐야 그건? 사과주? 진짜냐?"

귀한 사과주를 보고 사내가 놀라 말을 더듬었다. 서민들에겐 과일 자체가 귀했다.

무무의 표정은 조금씩 일그러졌다.

"사과주는 다 떨어지고 없다기에."

사과주를 쥔 손이 부들부들 떨렸다.

"응? 주인님, 오늘 왜 이렇게 잘해 주세요?"
"네가 고생했으니까."

그러면서 천룡주를 내밀었었다.

"상이야."

"그렇게……."

"응?"

무무는 머리를 감싸 쥐고 고개를 숙였다. 사내가 당황했다.

"머, 머리가 아픈 거냐?"

"나를 속이고."

손에서 사과주가 바닥으로 떨어졌다.

사내가 비명을 질렀다. 꿈에서도 볼 수 없는 귀한 술이 바닥에 떨어져 벽 쪽으로 데굴데굴 굴러간다. 사내는 술병을 얼른 들어 올렸다.

무무는 사내는 거들떠보지도 않고 다시 가방 안을 헤집었다.

두 개의 편지가 안쪽에 있었다. 하나는 '가문'으로 가는 추천장, 또 하나는…….

무무의 눈이 크게 떠졌다.

그는 편지를 감싸고 있는 봉투를 찢어발기고 편지지를 꺼내 들었다.

무무에게.

반듯하고, 미려한 글씨체가 편지지 위에서 말하고 있었다.

계획이 변경됐어. 우리 계획은 이뤄질 수 없게 되었다.

이유는 적혀 있지 않았다. 라야답다고 해야 할지, 미련하다고 해야 할지, 나쁜 새끼라고 해야 할지 감이 잡히지 않아 무무는 이를 갈

왔다.

넌 가라고 해서 갈 녀석이 아니지. 그래서 좀 거친 방법을 택했어.

그래서 술을 먹이고, 재운 다음에 인력 시장으로 가 사람을 사고, 납치 계획을 세웠다?

화낼 거라고 생각해. 말리지 않는다. 마음껏 화내도록.

화내라고 또박또박 적혀 있는 글을 보니 울분이 터졌다. 요 근래 입에 담지 않은 욕설이 저절로 튀어나왔다.

단지, 그곳에서 이 주간만 조용히 있어 줘.

단호함이 엿보이는 필체가 이어진다.

그러면 모든 것이 끝나 있을 거야.

불길함이 등줄기를 내달렸다.
편지는 거기서 끝이 났다.
'무슨 일이 있었어!'
무무는 사과주를 살펴보고 있는 사내에게 외쳤다.
"이봐! 지금 몇 시지?"
"아? 아, 아홉 시 반쯤 되었을걸."

아홉 시 반.

자신이 궁에서 나온 지 한 시간 반이 흐른 시각이었다.

무무는 손에 쥐고 있던 편지만을 주머니에 쑤셔 넣고 문 쪽으로 뛰어갔다. 사내가 거대한 체구로 입구를 가로막는다. 무무가 낮게 으르렁거렸다.

"비켜."

"안 돼. 우린 이미 계약했다고. 포기해. 나 말고 두 명의 사람이 더 지키고 있으니까 너같이 덜 자란 몸으론 무리야. 게다가 넌 혼자잖아. 셋을 어떻게 상대할래? 그 꼬마 말론 너 전투 노비도 아니라며?"

"비켜."

"안 된다니까. 이 주간만 얌전히 있어. 맛있는 거라도 사 올 테니까."

"비키라고 했어."

피가 묻은 손바닥이 벽에 닿는다.

"그것참, 말 안 듣는 꼬마네. 어른 말을……."

"이 내가!'

무무의 오른쪽 눈이 번쩍 빛났다.

눈을 마주한 사내가 기겁을 하며 뒷걸음친다.

"비키라고 말하잖아!'

―콰앙!

그들이 있는 세계가, 한순간에 뒤흔들렸다.

어떻게 된 것인지도 모른 채 사내의 몸이 뒤로 나동그라졌다. 외부를 차단하고 있던 벽이 무너지면서 바깥세상이 드러났다. 무너지는 벽에 미처 피하지 못한 두 명의 사내가 깔려 신음을 흘렸다.

무무는 밖으로 나와 왼쪽과 오른쪽을 살폈다. 멀리 궁으로 보이는 커다란 건물이 서쪽 방향에서 보인다.

"라야!"

그는 불길함을 곱씹으며 다리를 움직였다.

제 11 장

대
항

제 11 장
대항

1.

첸첸은 나긋한 걸음걸이로 걸어와 의자에 앉았다.

평소 머리카락 안에 숨겨 놓고 다니던 군석을 오늘만큼은 밖으로 내보이고 있었다. 완벽하게 여물지 않아 '색'을 가지지 못한 군석은 투명하고 영롱한 빛을 뿌렸다.

"오늘 내가 왜 모이라고 한 건지 알지?"

첸첸의 옆에는 예의 그 돌화족이 무릎을 꿇고 앉았다.

"고대하고 고대하던 날이 코앞이야."

공주의 손짓에 많은 궁녀들이 다소곳한 움직임으로 차를 들고 들어와 군위 후보들 앞에 내려놓는다.

그 짧은 사이에 첸첸은 마주 보고 앉아 있는 라야에게 눈길을 던졌다. 부드럽게 휘어지는 눈빛엔 기쁨이 충만했다.

"소원을 정리해 들어 두고 싶어. 오늘 이 자리에서 말하면 군석이 열리는 당일 날, 모두의 소원이 이뤄질 거야."

작은 독재자는 차를 나른 궁녀들이 사라지자마자 다른 사람을 불렀다. 현호란 자로, 첸첸의 곁에 머무는 학자였다. 많은 학자들이 그렇듯 그도 혼란기 때 사라진 지식을 갈구했다. 또한 첸첸에게 군석이 열릴 시기를 알려 준 사람이기도 했다.

"소원은 현호가 받아 적을 거야."

공주는 제일 먼저 왼쪽에 앉은 이곡 군위 후보에게 물었다. 자신에게 가장 먼저 물어 올 것이라 긴장했던 라야는 눈살을 찌푸렸다.

가장 먼저 지명당한 이곡 군위 후보가 불퉁하게 소원을 말했다.

"다른 건 필요 없습니다. 이곳 진곡 왕실에 있다는 최고의 의사에게 제집에 누워 계시는 아버지를 돌보게 해 주십시오."

현호가 붓을 들고 장부에 적는다.

첸첸은 고개를 끄떡이고, 오른쪽 자리에 앉아 있는 육곡 군위 후보에게 물었다.

'이렇게 가면 난 가장 마지막인가.'

라야는 시간을 확인했다. 시계는 아홉 시 십 분을 가리켰다.

"진곡을 나가서 말을 타고 서쪽으로 삼 일쯤 가면 작고 진달래가 많이 피어 있는 푸른 산이 있습니다. 그 산을 저에게 주십시오."

육곡 군위 후보가 평생 가져왔던 소망을 말했다. 현호가 장부에 적었다.

다음 차례는 다시 왼쪽에 앉은 삼곡. 삼곡 다음엔 오른쪽에 앉은 칠곡. 첸첸은 일일이 지명하며 그들의 소원을 들었다.

"생영화라는 약초를 구해 주십시오. 그것이면 됩니다."

라야 바로 옆에 앉아 있던 팔곡 담당 훈고가 입을 열었다. 현호가 바쁘게 손을 움직이고, 이제 라야의 차례가 되었다.

라야는 반달처럼 휘어지는 첸첸의 눈을 피하지 않았다.

"라야의 소원은 뭐야?"

라야는 다시 한 번 시계를 봤다.

아홉 시 삼십 분.

'무무는 무사할까?'

천천히 자리에서 일어났다. 드르륵 의자가 뒤로 밀리고 시선이 높아졌다.

어제도 왔던 새빨간 방. 첸첸의 머리에 꽂혀 있는 나비 비녀가 기분 나쁘게 울었다. 방 안에 있는 모든 사람의 시선이 라야에게로 몰렸다.

'괜찮아.'

요 일 년간 그녀의 눈치만 보고 살았다.

'할 수 있어.'

짧게 심호흡을 하고 콧등으로 흘러내린 안경을 끌어 올렸다. 몇 번이나 되새긴 각오를 다시 한 번 되새기고 라야는 입을 열었다.

"나는 군위가 되지 않습니다."

다행히 흔들림 없는 목소리가 나왔다. 떨지도 않았다.

눈을 빛내며 기다리고 있던 첸첸의 눈동자가 점점 커졌다.

"……뭐?"

"군위가 되지 않을 거라고 말씀드렸습니다."

두 번째는 더 쉬웠다. 라야는 무심한 눈으로 마주 보는 첸첸을 응시했다.

"……!"

짤막하게 던진 말의 파장은 컸다. 쳰쳰은 자신도 모르게 자리를 박차고 일어나 라야와 시선을 맞췄다. 군위들의 술렁거림도, 훈고의 눈이 놀람으로 치켜떠지는 것도, 궁녀들이 입을 막고 어깨를 떠는 것도 신경 쓰지 않은 채 라야와 쳰쳰은 오직 정중앙에서 서로만을 주시했다.

"무슨 소리야!"

난처럼 곧게 뻗은 눈썹이 더할 수 없이 일그러졌다. 자신이 모시는 사람의 성정을 파악하고 있던 궁녀들은 숨을 죽이고 구석으로 숨었다. 현호 또한 장부를 접고 뒤로 물러섰다.

"무슨 소리를 하는 거야!"

"말 그대롭니다."

라야는 떨지 않았다.

기쁨으로 충만했던 눈에 서슬 퍼런 사나움이 깃든다. 새빨간 연지를 찍어 바른 작은 입술이 비틀리고, 새빨갛게 물들인 손톱으로 탁자위를 긁었다.

라야는 그것을 보며 조용히 웃었다. 예상했던 모습을 그대로 보여주니 할 말이 없다. 공주는 자신의 앞에서 고고하고 천진한 모습만 보이려고 노력하던 것을 완전히 잊은 모양이었다.

쳰쳰은 분노하며 자신의 일곡 군위 후보를 다그쳤다.

"자세히 말해! 그게 무슨 소리야! 왜! 왜 갑자기 그런 소리를 하는 거야!"

한 나라의 공주에게 라야는 속에 있는 말을 그대로 털어놨다. 마지막의 마지막까지 비위를 맞추는 바보가 되고 싶지는 않았다. 라야는 속에 들어 있던 앙금과 울분을 담아 거침없이 말하기 시작했다.

"공주님이 무서워졌으니까요."

"뭐? 그건 뭐야. 무서워? 뭐가? 내가 어디가 무섭단 거야?"

"하나도 빠짐없이 전부 다."

돌변한 라야의 태도에 첸첸은 당황했다. '첸첸'이라고 다정하게 부르던 모습은 온데간데없고, '공주님'이라고 호칭한다.

라야는 낮은 목소리로 열세 살 공주를 추궁했다.

"궁녀는 왜 죽이셨습니까?"

공주의 눈이 크게 벌어졌다.

"북쪽에 갔습니다. 무엇을 봤는지 아십니까? 눈이 뽑힌 채로 죽어 있는 궁녀가 있었습니다. 놀라서 자세히 보니 단지 절 봤다는 이유로 당신에게 심한 처사를 당할 뻔 한 궁녀였습니다."

"무, 무슨 소리를 하는 거야? 그런 거 난 몰라!"

"……모른다고 하셨습니까?"

하, 라야는 코웃음 쳤다.

"그럼 거기에 있는 시체는 어떻게 된 겁니까? 지금 가 봐도 여전히 그 자리에 있을, 그 궁녀의 눈은 왜 뽑혀 있는 겁니까?"

라야의 시선이 차갑게 가늘어졌다.

"거짓말은 그만두십시오."

"뭐야, 싫어."

첸첸은 손바닥으로 책상을 내려쳤다.

—타앙!

"그런 소리 그만해! 싫다고! 뭐야, 누가 말했어? 라야에게 누가 말

한 거야! 대체 누가!'

"지금 물어보고 싶은 것이 고작 그겁니까? 그건 왜 물어보십니까? 아시면 또 죽여 없애려고 하시는 겁니까? 참, 못나셨습니다. 그런 이 유로 사람을 죽이려고 하다니! 당신이 한 짓을 알고나 있습니까!'

"내가 뭘? 난 잘못 없어! 그 궁녀도 마땅히 죽을 만해서 죽었어! 나에게 거슬렸으니까! 내 허락도 없이 내 것을 봤어! 내가 없었다면 음탕하고 요망한 몸놀림으로 다가가려 했겠지. 용서할 수 없었어! 그런 년은 죽어야 된다고! 이 세상에서 없어져야 한단 말이야!'

첸첸은 사납게 눈을 치켜뜨고 외쳤다.

라야는 안경 너머로 첸첸을 노려봤다. 그 눈빛에 첸첸의 어깨가 움츠러들었다. 그는 한 번도 첸첸을 노려본 적이 없었다.

"세상 참, 쉽게 사시는 분이신 걸 이제야 알았습니다. 자신을 화나게 하고 거슬린다 생각하면 바로바로 없애는 그 방식, 참으로 대범하십니다. 그것도 모르고 전 당신을 감싸느라 바빴다니, 부끄럽기도 하지. 참, 멍청한 짓을 했습니다."

군위들 사이에서 웅성거림이 퍼져 나갔다.

첸첸의 얼굴이 빨갛게 물들었다.

"닥쳐! 그 입 다물어! 더 이상 말하지 마!'

"막고 싶으시면 제 입을 꿰매어 죽이십시오."

태연하게 죽여 보라 내뱉었다.

"……!'

화를 참다 못 이긴 첸첸이 결국 앞에 놓인 찻잔을 라야에게 집어던졌다.

뜨거운 찻물이 허공에 뿌려지며 라야에게 향한다. 라야는 눈썹을 꿈틀거리며 한 발자국 물러서서 간단히 피했다. 바닥에 떨어진 찻잔이 산산조각 난다.

"손버릇도 이렇게나 독살 맞으셨다니, 훌륭하십니다."

라야는 깨져 버린 찻잔을 보며 중얼거렸다. 첸첸의 입이 떡 벌어졌다. 군위들 입도 떡 벌어졌다. 머리가 복잡했는지, 첸첸이 말을 더듬으며 소리쳤다.

"그, 그만해. 뭐야, 뭐? 이러지 않았잖아. 내가 아는 라야는 이러지 않았어!"

"네. 저도 그만 말하고 싶습니다만, 이런 기회가 아니면 당신에게 쌓인 감정들을 풀지 못할 것 같아서요. 평소엔 군위 자리에 욕심이나 내숭 좀 떤 겁니다. 당신의 비위 맞추느라 입가에 경련이 난 적도 있었지요. 엎어 놓고 엉덩이를 차 버릴까 충동이 든 적도 있습니다. 실행은 못 했지만."

"어떻게 그런 생각을!"

"속으로 뭔 생각을 못 하겠습니까."

물빛 머리 친우를 떠올리며 조용히 웃었다.

첸첸이 부들부들 떨며 접시도 깨질 것 같은 고음으로 소리쳤다.

"하지 마! 더 이상 하지 마! 그만둬! 지금이라도 무릎 꿇고 용서를 빌어! 그럼 용서해 줄 거야! 나를 거부하지 마! 군위가 되려는 순간이 막상 닥친 거니까, 불안해진 거지? 난 알 수 있어. 난 알아! 라야는 그런 걸, 무뚝뚝하지만 자상해. 자상하고 여려. 그렇지?"

첸첸은 자신의 속마음을 털어놨다. 라야는 털털하게 바보 같은 소리라고 일축했다.

"자기 마음대로 타인의 행동을 판단하지 마십시오. 불쾌합니다.

제가 불안하다고 해서 주위 사람들에게 반항하며 폐를 끼칠 철없는 애로 보이십니까?"

"······!"

"나는 당신이 아닙니다, 공주."

일 년간 눌러 왔던 마음을 담아 라야는 공주의 가슴에 대못을 박았다. 첸첸의 눈초리가 파르르 떨렸다. 그것을 보고 있으니 왠지 즐거운 마음이 들었다.

'아아.'

일 년간 쌓인 게 너무 많았다. 첸첸의 변덕에, 감정 기복에, 비위를 맞춰 주지 않으면 바로 돌변해 버리고. 공주가 즐거워하면 자신도 즐거워한다는 것을 보여 줘야 하고, 마음으로나 몸으로나 너무나 고단한 나날이었다.

"······무무지? 그 노비지?"

고되고 힘들었던 옛날 일을 주마등처럼 떠올리던 라야에게 첸첸이 물었다. 첸첸의 눈에는 물증도 없이도 확신의 빛이 서렸다. 불길하기 짝이 없는 나비 비녀가 짜르릉 울었다.

"그 건방진 노비가 라야를, 너를 이렇게 만든 거지? 그렇지? 조잘조잘 떠들 때부터 알아봤어! 어딨어? 당장 그 노비를 잡아 와! 잡아서 죽여 버리겠어! 죽여 버릴 거야! 나의 군위에게 무슨 바람을 집어넣었기에!"

"없습니다."

"없다니?"

라야는 무표정하지만 홀가분하게 말했다.

"제 고향으로 보냈습니다. 물론 저의 추천서와 함께입니다. 동생

같은 아이를 이곳 궁에 그대로 둘 리가 없잖습니까? 제 고향이 어딘
지는 굳이 언급 드리지 않아도 아시겠지요? 네, 거깁니다. 당신이 절
대 손을 못 댈 곳."

"……도착하기 전에 따라잡을 수 있어!"

"그럴 겁니다. 왕궁에서 가장 뛰어난 말을 타고, 쉬지 않고 달리면
충분히 따라잡고도 남을 겁니다. 무무는 어젯밤에 출발했으니까요.
어디 한번 쫓아 보시죠. 전 못 잡을 거라 생각합니다만."

거짓말과 진실을 적절히 섞어서 답해 주었다. 무무는 안전한 곳에
숨어서 이 주간 몸을 드러내질 않을 것이다. 따라가도 따라잡을 수
없겠지. 가문으로 향하는 사람은 없으니까.

라야는 첸첸에게 권했다.

"마음껏 해 보시길."

"무관!"

간신히 참고 있던 첸첸이 그 말에 폭발했다.

"무관! 무관!"

희디흰 문이 벌컥 열리고 문 앞을 지키고 있던 두 명의 무관들이
들어왔다. 그들은 검을 뽑아 들고서 첸첸의 뒤에 섰다. 몇 초가 더 흐
르자 스무 명쯤 될 법한 무관들이 더 들이닥쳤다.

'빠르군.'

무관들은 긴장한 표정으로 검을 빼 들었다.

목표는 라야를 비롯한 타 군위 후보들과 궁녀들, 즉 첸첸을 제외한
이 방의 모든 사람들이었다. 새빨간 천으로 뒤덮인 공주의 방이 무관
들에 의해 짓밟힌다.

첸첸은 분노 어린 표정으로 라야를 가리켰다.

"라야를!"

스무 개가 넘는 칼날이 동시에 라야를 향했다. 라야는 떨지 않았다. 언덕 위에 서서 바람을 맞는 것처럼 평화로운 모습으로 날카롭게 자신에게 겨누어진 칼끝을 응시했다.

'마음의 준비는 됐어.'

솔직히 무섭지 않다고 하면, 두렵지 않다고 한다면 그건 거짓말이다. 탁자에 의해 가려진 다리는 주인의 의사를 무시하고 덜덜 떨렸다. 손끝으론 핏기가 사라져 가고 있다.

어쩔 수 없는 열다섯 살인 것이다. 라야는 그래도 의연한 표정을 지었다.

'이것으로 만족해.'

목숨을 버릴 각오는 무무를 내보낼 때부터 했다. 국명부에 이름을 적은 이상 첸첸에게 달아나는 것도 무리였고, 약속을 어기고 군위가 될 마음도 없었다. 첸첸의 국민이 되어서 경멸하게 된 사람의 나라에서 살아가는 것도 싫다.

'속 시원하게 하고 싶은 말도 다했어.'

첸첸은 예상대로 격렬하게 반응해 주었다. 그걸로 됐다.

'끝이다.'

수많은 칼끝 안에서 라야는 방 안을 둘러봤다. 떨고 있는 궁녀와 멍청한 표정으로 자신을 보고 있는 훈고, 어리둥절한 다른 군위들의 모습이 들어왔다. 그리고 정중앙 첸첸이 이를 드러내고 자신을 보고 있다. 그 옆에 돌화족은 언제나처럼 공허한 눈으로 라야를 보고 있다.

'미련 없어.'

두려운 기색도 없이 덤덤한 라야의 태도에 첸첸은 이성을 잃었다.

"잡아! 라야를 잡아! 잡아서 감옥에 넣어! 가둬 놓고 용서를 빌 때까지 물 한 모금 주지 말고 굶겨! 굶기고 굶겨서 반드시 나에게 사과하게 만들어! 용서 안 해! 용서 안 할 거야! 죽여 버리겠어!"

"철없는 열세 살 소녀의 용서 따위 바라지도 않습니다."

치욕스러운 말. 첸첸은 한 번도 들어 본 적이 없다.

"닥쳐!"

"공주님의 손에 죽지도 않을 겁니다."

"하, 그럼 어쩌겠다는 거야? 이 많은 무관들을 이기고 빠져나갈 수 있을 거라고 장담하는 거야?"

"아닙니다. 그런 재주까지는 없습니다."

반 정도는 어떻게 할 수 있겠지만.

라야는 허리를 굽힌 다음 바지자락을 올려 발목 위로 올라오는 가죽신 안으로 넣었다. 차가운 감촉이 손끝에 걸린다.

첸첸의 눈이 흔들렸다. 이성이 조금씩 돌아오기 시작했다.

"뭐…… 하려는 거야?"

"군위 후보란 건 참 대단합니다. 몸 검사도 쉽사리 통과하니까요. 앞으로는 주의하시는 게 좋을 겁니다. 당신의 어린 나이를 생각해서 해 드리는 제 마지막 충곱니다."

작고 날카로운 단도가 라야의 손에 들렸다.

"뭐 하는 거냐고 묻잖아!"

단도 끝이 목을 파고 들어간다.

라야는 조용히 웃었다. 무무를 떠나보낼 때, 각오했다.

국명부에 이름을 적고, 군위가 되지 않을 최상의 방법. 감옥에 감금되어 구차하게 생을 이어 가는 것보다 라야는 이쪽을 택했다.

"……그만둬!"

첸첸이 고개를 흔들며 소리쳤다.

"싫어! 그만둬! 그만두란 말이야!"

"그런 연기, 해 봐야 소용없습니다."

"아냐, 연기가……. 싫어! 라야아!"

목에서 피가 흘러나왔다. 첸첸은 새파랗게 질린 얼굴로 울부짖었다. 왜 저런 얼굴로 울부짖을까 생각하며, 라야는 천천히 눈을 감았다.

마지막으로 친구의 얼굴이 떠올랐다.

한순간 유폐되어 있는 그 여자 얼굴도 떠올랐지만 어디까지나 한순간이었다.

'잘 있어라.'

라야는 덜덜 떨리는 손으로 칼끝을 밀어붙였다. 첸첸이 비명을 질렀다.

그리고 그 순간.

—콰앙!

귀를 울릴 정도의 큰소리가 났다.

2.

소리와 함께 나가떨어진 것은 첸첸의 방을 외부로 격리시키던 문이었다. 어떤 충격을 받았는지, 허공에 뜰 때부터 반으로 부서져 버린 문은 방에 모여 있던 군위들과 무관들의 머리 위를 지나 처참한 모습으로 반대편 벽에 처박혔다.

─콰앙!

벽이 부서지면서 자욱한 먼지가 피어올랐다. 궁녀들이 입가를 옷소매로 가리고 콜록거렸다.

"이게?"

라야는 반으로 부서진 채 벽과 조우하고 있는 문을 보며 아연하게 중얼거렸다.

만일을 사태에 대비해 검과 화살이 뚫을 수 없을 정도로 견고하게 만들어진 문이었다. 두께는 성인 남자가 손을 쩍 벌려야 겨우 잡을 수 있을 정도였고, 높이 또한 백종궁의 높은 천장에 맞게 특별히 제작된 문이었다.

"콜록, 무슨 일이야?"

날카로운 첸첸의 목소리가 들린다.

부서진 문의 파편과 금이 간 벽에서 흘러나온 흙먼지가 자욱하게 허공으로 떠올랐다.

'아.'

따끔한 느낌이 들어 목을 노렸던 단도를 저도 모르게 빼냈다. 목 안을 뚫고 들어갔어야 할 단도가 살갗만을 헤집어 놓고 멈췄다. 단도의 끝이 파고들어 갔던 부분에서 붉은 액체가 한 줄기 흘러내렸다.

'더 깊숙이 찔러야 했는데……'

라야는 피를 훔쳤다. 고막을 울리는 커다란 소리에 찔러 들어가던 손이 멈추고 말았다.

긴장한 무관의 목소리가 방 안을 울렸다.

"무슨 일이냐! 일진一陣, 공주님을 보호해라! 이진二陣도 마찬가지다! 삼진三陣, 상황을 파악해!"

일사불란한 명령에 무관들이 자리를 찾아 움직였다. 상황을 살피던 삼진 중 한 사람이 소리쳤다.

"누군가 옵니다!"

저벅저벅. 나무 파편 밟는 소리가 들렸다.

무관들의 보호를 받던 첸첸의 시선이 소리가 난 쪽으로 향했다. 군위들과 궁녀들의 시선 또한 그쪽으로 향했다. 어떤 상황에서도 바위처럼 앉아 있을 거라 생각했던 돌화족이 자리에서 일어났다.

'어떻게……'

라야는 들고 있던 단도를 떨어뜨렸다.

―물빛 머리가 보였다.

근심이 담긴 갈색빛 눈동자는 찡그러져 있었고, 옷 여기저기엔 흙먼지가 묻어 더러워져 있었다. 그가 거친 숨을 내뱉을 때마다 어깨는 지칠 줄 모르고 들썩였다.

라야는 뛰었다. 발이 저절로 움직였다. 검을 겨누고 협박하는 무관들 따위는 눈에 들어오지도 않았다.

'어떻게 여기에 있는 거지?'

그 남자들은 어떻게 됐지? 편지는 못 봤나? 라야의 입에서 침입자의 이름이 터져 나왔다.

"무무!"

무관들은 공주가 보는 앞이라 검을 휘두르지는 못하고 라야의 옷자락만 잡아당겼다.

라야는 신경질적으로 그들을 밀치며 무무 쪽으로 다가갔다. 근심이 어려 있던 갈색 눈동자가 라야를 담자마자 안도감으로 바뀌었다.

무무는 힘이 쭉 빠져 그대로 주저앉았다.

"뭐야, 무사하잖아."

"너!"

"소리 지르지 마. 이번엔 내가 화낼 차례라고."

무무는 주저앉은 채로 가까이 온 라야에게 눈을 치켜떴다. 어차피 사고 친 거 노비 연기는 그만뒀다. 본성을 드러낸 무무는 나직이 중얼거렸다.

"우선 나에게 좀 맞아야겠……."

말이 끝나기도 전에 무무는 얼굴을 바닥에 박고 쓰러졌다. 라야는 무무의 명치를 차고 들어갔던 발을 원래 자리로 되돌렸다.

"이 멍청한 녀석이 여기가 어디라고 돌아와!"

"……."

"대답 안 해! 정신이 있는 거야?"

"수, 숨 좀 쉬게……. 쿨럭, 정확히 박혔어. 만나자마자 폭력이라니, 성격 나오네. 아니, 그것보다 내가 왜 맞은 거지. 여기서 화를 내야 될 건 나잖아!"

무무는 벌떡 일어나 라야에게 항전했다.

라야와 무무는 방 안에 있는 사람들은 깡그리 잊어버리고 익숙한 태도로 말싸움을 벌였다.

"날 그런데 처박아 두고 다 끝날 줄 알았으면 오산이야! 뭐야, 그 행동은? 기분 좋게 대해 주고는 뒤통수를 때리고. 내가 얼마나 화가 났는지 알아? 사과주를 그렇게 받은 내 심정이 어땠는지 아냐고!"

"다 네놈을 위한 거였어!"

"웃기지 마! 그런 소리 가장 싫어! 말했잖아! 혼자 무너지는 것보다 둘이 죽는 게 좋다고! 혼자서 부자가 될 바엔 둘이서 거지가 되는 게 좋다고! 내 말은 귓등으로 쳐들었어?"

무무는 옛 기억이 떠오르자 새삼 더 화가 나는 듯 라야의 멱살을 잡아당겼다.

"너도 정신 좀 차려야 해."

이를 간 무무는 주먹을 들어 올렸다. 라야는 눈썹을 씰룩이며 가죽신을 신은 발을 들어 올려 무무의 복부에 박아 넣었다.

"컥!"

"어디다가 주먹질이야!"

"나쁜 새끼……. 아, 또 중앙에 박혔어."

"하, 욕까지?"

"그냥 한 대 맞아 주면 덧나냐!"

라야는 무무의 머리통을 후려갈겼다. 뇌 속까지 침투한 충격에 무무는 악 소리 내며 고래고래 소리를 질렀다.

"왜 또 때려!"

라야는 대답하지 않고 무무를 등 뒤로 보냈다. 머리를 문지르던 무무가 눈을 동그랗게 떴다.

첸첸이 무관들을 대동한 채로 라야와 무무를 포위하고 있었다. 분노로 잠식당한 첸첸은 악귀 같은 얼굴로 쏘아보고 있었다.

"아, 재회의 기쁨이 너무 커서 깜빡하고 있었네. 여긴 악녀의 소굴이었지."

천연덕스러운 노비의 말에 무관 하나가 핏대를 세웠다.

"닥쳐라. 네놈의 출신이 노비이거늘, 어느 안전에서 막말이냐? 신

분의 차이를 알지 못할까!'

두 눈을 끔뻑거린 노비는 '아차!' 하더니 손바닥으로 자신의 이마를 쳤다.

"맞다, 맞아. 나 지금은 노비였지. 깜빡해 버렸네. 모두 죄송합니다. 미안합니다. 실례합니다. 감사합니다. 조심히 가세용."

전혀 죄송스런 태도가 아닌 무무는 부서져서 굴러다니는 돌덩이를 하나 집어 들고 던졌다.

―빠악!

이마로 받아 낸 무관이 뒤로 쓰러진다.

무무가 좋다고 낄낄거렸다. 짐 덩어리의 심상치 않은 행동에 라야가 입을 따악 벌렸다. 궁녀도, 군위 후보들도 입을 떠억 벌렸다. 무관들도 마찬가지였다.

한낱 노비가 저럴 줄은 아무도 예상하지 못했다.

무관들은 곧 경계심을 적의로 바꾸며 라야 쪽을 노려봤다. 무무는 그래도 낄낄거렸다.

라야는 문득 울고 싶어졌다.

사태를 나쁜 쪽으로 몰고 가는 놈이 자신의 하나뿐인 친구란 걸 인정하고 싶지 않았다.

"돌아왔네, 저 노비."

옥구슬 굴러가는 목소리로 모든 상황을 지켜보고 있던 첸첸이 무표정한 얼굴로 말했다. 그녀의 얼굴엔 방금 전까지 울부짖고 했었던 모습은 티끌만큼도 보이지 않았다.

라야는 등 뒤에서 삐져나오려고 하는 무무를 가볍게 걷어차 주며 어깨를 긴장시켰다.

"도망갔다고 했으면서. 이제 어쩔 생각이야? 아까 그렇게는 안 돼. 저 노비를 두고 혼자 마무리할 생각은 없지?"

"……."

"다시 무뚝뚝한 라야로 돌아왔네. 응, 난 그쪽이 더 좋아."

"……."

"목에 상처가 남았어. 아직도 피가 흐르네. 다신 그러지 마. 그 몸은 누구의 것도 아닌 바로 내 거야."

"당신 것이……."

"상처, 상처라고 했어? 어디 다쳤어?"

등 뒤에서 팔딱팔딱 뛰던 무무가 손을 들어 라야의 목을 꺾었다.

"야!"

"이거 웬 상처야? 베인 거네, 어쩌다가?"

걱정스런 낯빛으로 '아프겠다'라고 울먹거리던 무무는 돌연 눈빛을 바꾸더니 손날을 세워 라야의 목을 쳤다.

"……!"

라야는 목을 잡고 무릎을 꿇었다.

"좋아. 드디어 한 대 팼네."

의기양양하게 어깨를 으쓱인 무무는 허리에 손을 턱 올리고 라야의 앞으로 걸어 나왔다. 첸첸의 기가 막힌다는 눈빛을 가볍게 무시하고 턱까지 치켜든 무무는 호기롭게 외쳤다.

"라야에게 무슨 짓을 했는지 알고 싶은데?"

"……노비 주제에 건방지구나. 촐싹대는 모습을 귀엽게 봐줬더니."

"열세 살짜리에게 귀여움 받는 거 내 쪽에서 사절. 뭐야, 그게? 가습도 없는 일자 통나무 같은 몸매에 성숙미도 없고, 얼굴은 잔뜩 분칠을 해서 그런지 십 년은 더 늙어 보이고. 그런 열세 살짜리에게 귀여움 받는 건 누구라도 사절. 노비라도 사절. 지렁이도 사절."

"닥쳐!"

라야는 속으로 박수를 쳤다.

일국의 공주를 노비가 가볍게 요리하고 있다.

"응. 닥칠게. 대신 닥치기 전에 하나만 가르쳐 주라."

무무는 뻔뻔한 태도를 고치지 않았다. 갈색 눈동자가 날카로워졌다.

"너 라야에게 무슨 짓을 했지?"

"무슨 짓이라니? 난 라야에게 아무 짓도 하지 않아! 그러는 너야말로 라야에게 무슨 짓을 한 거야? 무슨 짓을 했기에 라야가 저러는 거야?"

피가 날 정도로 입술을 꽉 깨문 첸첸은 무관들에게 손짓했다. 무관들은 동시에 검을 치켜세워 무무를 노렸다.

라야는 앞에서 촐싹거리는 무무의 뒷덜미를 잡아 등 뒤로 보냈다. 무관들의 검은 자연스럽게 라야에게 겨눠졌다.

"괜찮은데……."

"닥치고 가만히 있어."

'이 상황에서 성질을 돋우면 어쩌겠다는 거야?'

미래의 짐 덩어리가 괜히 짐 덩어리가 아니다. 라야는 눈썹을 찡그리곤 무관들을 경계했다. 스무 명 정도 되는 무관들이 포위하고 있는 이 상황에서 탈출구는 보이지 않았다.

'젠장.'

답지 않게 욕설이 나왔다.

"괜히 쫓아 들어와 가지고 사람을 피곤하게 만들어."

"괜히라니! 얼마나 걱정했는데."

"네놈이 걱정하지 않아도 난 멀쩡해."

무무의 눈이 가늘어졌다.

"거짓말."

건방진 노비는 손을 들어 라야의 목에 난 상처를 콕 찔렀다.

"이거 네가 그랬지?"

"……."

"저 첸첸이 너에게 상처 입힐 행동을 할 리가 없지. 너지? 죽으려고
한 거지?"

"……."

"자존심이 센 너를 가정하고, 오는 내내 여러 가질 생각해 봤어. 가
장 가능성 있는 게 자결. 목에 상처가 있는 걸 보고 확신했고. 자기
목에 검을 들이대다니, 열다섯 살이 진짜 독하다니까."

"……."

"그렇게 입 꽉 다무는 그 버릇 좀 때려치우고 말 좀 해 줘. 왜 그런
거야? 왜 약속을 어겼어?"

"……지금 중요한 건 그게 아니야."

"중요해. 매우매우매우매우 중요하다고. 중요하니까 말해."

라야는 못마땅한 눈으로 무무를 쏘아봤다. 무무도 똑바로 갈색 눈
으로 마주해 왔다.

이럴 때면 왠지 모르게 항상 진다.

라야는 이를 갈더니, 주저 없이 발뒤꿈치로 무무의 발등을 찍어 내

렸다.

"끄악!"

"시종이 왔었어."

괴성을 지르며 주저앉는 무무를 씹어 먹을 듯 내려다보며 편지에
는 쓰지 않은 말을 꺼냈다.

"네가 마구간에 말을 넣으러 갔을 때, 공주의 시종이 방 안에 있었
어."

무무의 눈이 화등잔처럼 커졌다.

"공주가 볼일이 있다기에 따라오라더군. 갔더니 국명부를 가지고
있더라. 외길에서 봤던 주술사가 만들어 왔다고."

라야는 고개를 들어 그들을 독살스럽게 노려보고 있는 첸첸과 마
주했다.

"국명부에 이름을 적었어. 난 이제 공주에게서 벗어나지 못해."

라야와 무무의 대화를 듣고 있던 첸첸이 뱀처럼 웃었다. 붉은 입술
이 요사스럽게 꼬리를 말고 올라간다.

"맞아. 라야는 이제 내 거야."

영역 표시를 하는 암캐처럼 첸첸이 선언했다.

무무가 한쪽 눈썹을 구기고는 '저 소리 정말 듣기 싫다' 고 중얼거
렸다.

"라야는 내 국명부에 이름을 새겼어. 꽤 아끼는 노비도 돌아온 것
같고. 모든 게 잘 풀렸어. 라야는 책임감이 강하거든. 아끼는 노비를
두고 혼자 죽진 않을 거야. 다행이야."

말이 쇠사슬이 되어 라야의 몸을 묶었다. 첸첸은 최고의 사냥감을
잡은 사냥꾼과도 같은 황홀한 심정을 느꼈다.

"어디에도 가지 못해. 국명부가 어떤 것인지는 들어 봤지? 왕의 허락이 있어야만 나라를 벗어날 수 있어. 난 절대 허락을 해 주지 않을 거고, 내 군석이 완전해지면 라야는 영원히 나와 함께야!"

라야에게 들었던 치욕스런 말들은 모두 잊어버렸다.

국명부란 든든한 아군이 뒤를 지키고 있다. 첸첸은 꿈을 꾸듯 지저귀었다.

"보내 주지 않아! 방 안에 가두고 내가 키울 거야. 그래도 혹시 모르니까, 창문에는 쇠창살을 달아 둬야지. 호위 무사는 스무 명쯤 뽑아 감시하게 만들 거야. 답답할 때는 내가 곁에 있다는 조건을 달아 정원을 산책할 거고, 광대를 불러 눈을 즐겁게 해 줘야지. 먹고 싶은 것이 있으면 뭐든지 말하게 할 거야. 가지고 싶은 것도 모조리. 필요한 것은 전부 다 줄 수 있어! 좋지? 응, 라야?"

"……."

"건방진 저 노비는 감옥에 집어넣고, 계속 나랑 있자. 알았지?"

등줄기에 소름이 내달렸다.

무무가 질린 표정을 지었다. 무관들도, 다른 군위 후보들과 궁녀들도 입을 막고 고개를 돌렸다.

당사자인 라야는 불쾌감을 억지로 억눌렀다. 지금 첸첸을 자극해서 최악의 상황을 만들 필요는 없다. 간신히 그 생각 하나만으로 모든 것을 참고 인내했다. 아니었으면 여자애고 뭐고 한 대 걷어차 버렸을 거다.

"저것도 병이야."

등 뒤에 있는 무무가 귀에다 대고 속삭였다.

"너 저 악녀에게 어떤 모습을 보여 줬기에 애가 저래?"

"……별로."

"별로로 끝날 말이 아니잖아. 키울 거래. 같이 사는 것도 아니고 키울 거래. 열세 살짜리가 열다섯 살짜리 남자를 키우겠다는 데 별로라고? 하루 내내 감시하다가 강아지 산책시켜 주듯 정원에 끌고 나가는 것 빼고는 감금하겠다는데?"

"……."

"그나저나 귀찮아지게 국명부에 이름은 왜 적었어? 그 자존심에 용케 적었네. 너라면 어떻게든 싫다고 하고, 국명부보단 의심을 사는 쪽을 택할 거라 생각했는데. 어디로 보나 그게 더 낫……. 응, 잠깐?"

무무는 '혹시?'라는 얼굴로 말했다.

"그거 설마 나 때문에 적은 거야? 내가 걱정돼서?"

"……."

"진짜? 정말? 거짓말이지? 그 말 안 하는 버릇 때려치우고 말 좀 해 봐!"

라야는 끝까지 대답하지 않았다. 무무는 두 손을 뺨에 붙이고 절규했다.

"미쳤어?"

"말조심해. 누가 미쳤다는 거야."

"대체 누가 노비 따위를 위해 그러냐. 너 돌았지!"

"말조심해! 누가 돌아!"

라야와 무무가 투닥거릴 때, 첸첸은 현호에게서 국명부를 건네받았다. 무관과 군위와 궁녀들의 시선이 새로 만들어진 국명부로 향했다. 첸첸은 그 시선을 즐기며 국명부를 펼쳐 라야의 이름을 자랑하듯 내보였다.

라야에게 '미쳤지, 돌았지, 맛 갔지?' 연속 세 번의 충격을 주려다 머리에 혹이 생겨 버린 무무는 라야의 어깨 너머로 그것을 보며 입술을 삐쭉였다.

싫어하는 사람 앞에서 자랑하듯 꺼내는 심보라니, 정말 마음에 안 든다.

"태워 버릴까, 저거?"

무무가 라야의 어깨에 턱을 올린 채로 중얼거렸다. 덕분에 말할 때마다 어깨가 아파 라야가 눈을 부라렸다.

"국명부는 주술사가 만드는 거야. 주술사가 네 말대로 그런 사람들이면 불에 태워질 것 같지 않아. 왕의 폭정에 못 이겨 반란을 일으킨 나라에서도 국명부가 불타 없어졌단 소리는 들어 본 적 없으니까."

"……주술사가 국명부를? 이상하네. 난 그런 소리는 한 번도 들어 본 적 없는데."

"나도 그때 처음 들어 봤어."

"아니, 난 당연히 알고 있어야 했……. 뭐, 좋아. 지금은 그게 문제가 아니니까. 걱정 마, 라야. 이 문젠 내가 해결할게."

무무는 라야를 밀치고 앞으로 나섰다.

라야는 첸첸을 대할 때보다 더한 불길함에 휩싸이며, 겁도 없이 나서려는 무무의 목을 졸랐다. 무무는 지상에 튀어 올라온 붕어처럼 숨을 헐떡였다.

"해결하다니? 또 무슨 사고를 치려고! 상황 악화시키지 말고 가만히 있어!"

"켁! 거, 걱정 말라니까. 소, 손 좀……."

"가만히 있어! 가만히!"

"아, 알겠으니까……. 쿨럭, 손 좀."

"좋아."

확실히 대답도 들었겠다, 라야는 걱정 없이 목을 조르던 손을 풀었다. 무무는 산소를 되찾기 위해 숨을 몰아쉬다가 빈틈이 생긴 라야의 정강이에 발차기를 먹였다.

"큭!"

"해결하고 올게!"

'너 이 자식!'

라야가 핏발이 선 눈으로 노려보든 말든 무무는 룰루랄라 첸첸의 앞으로 걸어갔다. 경계심으로 가득한 무관들이 빳빳하게 검을 치켜들었다.

"이제라도 사과할 마음이 들었나 보지?"

여유가 생긴 첸첸이 빙긋이 웃으며 검을 겨누는 무관들을 말렸다. 위험하다는 무관들의 말에 고개를 젓고, 왕의 면모를 보여 주고 싶은 것처럼 대범하게 어깨를 폈다.

"이제라도 내 발을 핥고 용서를 구하면 목숨만은 살려 주겠어."

"사절이라니까. 누구라도 사절, 노비라도 사절, 지렁이도 사절."

"닥쳐!"

즉각 나오는 거절의 대답에 첸첸이 버럭 소리를 질렀다.

라야는 뒤에서 소리 없이 좌절했다. 주인을 좌절하게 만든 노비는 호기심이 가득한 표정으로 국명부를 가리켰다.

"그걸로 라야를 잡을 수 있을 거라 생각해?"

"당연하지 않아? 아까까지 뭘 들은 거야. 이것은 국. 명. 부. 야."

"글쎄, 그게 그렇게 대단해? 나라면 기회를 엿보다가 그 국명부란 걸 태워 버릴 건데."

"……!"

첸첸의 표정이 딱딱하게 굳었다. 무무는 미소를 잃지 않았다.

"뭐라고?"

"태운다고, 그거."

당황한 라야가 쩔뚝거리며 무무의 뒤에 섰다. 뭐 하는 짓이냐고 말을 걸어 보지만 무무는 첸첸을 노려보고 있을 뿐, 라야의 말에 대답하지 않았다.

첸첸은 당돌한 노비의 말에 국명부를 내려다봤다.

"……태워 버린다고?"

이 국명부를?

내 보물을?

"쿡."

국명부를 든 소녀는 세상에서 가장 어이없는 소리를 들은 사람처럼 허리를 숙여 웃었다. 그 웃음에 깔린 것은 무지한 자를 향한 명백한 비웃음이었다.

"태워? 태운다고?"

너무 웃어서 그런지 눈초리에 눈물마저 맺혔다. 첸첸은 가늘고 긴 손가락으로 눈물을 훔쳐 내며 자조했다.

"태운단 말이지."

"재밌는 것을 알았으면 같이 웃고 싶은데……."

"세상에서 가장 바보 같은 소리를 들어 버렸으니, 나도 모르게 웃어 버렸어. 태운다고? 이 국명부를? 이래서 노비는 어쩔 수 없네. 잘 들어. 국명부는 주술로 만들어지는 것. 불에 타지도, 물에 젖지도 않아. 검과 활로도 뚫을 수 없지. 잃어버릴 수도 없어. 누군가가 훔쳐 달아난다 해도 돌고 돌아 왕의 손에 돌아오게 되어 있어. 그것이 국명부."

첸첸을 오랫동안 모셔 온 늙은 궁녀는 난로에서 타고 있는 장작 하나를 꺼내 첸첸에게 다가왔다.

"똑똑히 보여 주지."

첸첸은 타들어 가고 있는 장작불에 국명부의 끄트머리 부분을 가져다 대었다. 모든 것을 삼키는 것이 당연한 화마는 넘실대는 불꽃을 강렬하게 일으켜 국명부를 감쌌다. 무무의 오른쪽 눈이 슬며시 빛났지만 눈치 챈 사람은 없었다.

"보여?"

수십 초간 국명부를 감싸던 불꽃이 점차 가라앉는다. 국명부는 그을음조차 없는 멀쩡한 모습으로 화마를 이겨 냈다. 왕을 모시는 것을 생업으로 하고 있던 궁녀와 무관들의 눈에 공포감과 경애감이 서렸다

"이것이 국명부야. 왕만이 가질 수 있는 거지."

국명부는 타지 않는다. 첸첸은 왕만이 가질 수 있는 우월감을 가지고 무무를 응시했다.

"흐응."

무무는 부드럽게 웃으며 턱을 쓰다듬었다. 국명부를 없애 버릴 수 없다는 것을 두 눈으로 확인하고도 태연스러운 모습은 정말로 노비의 것이 아니었다.

"그래, 확실히 주술사가 만들었다, 이거지?"

무무는 손으로 턱을 만지작거렸다. 얼굴에 있는 미소가 사라지지 않고 연신 히죽히죽이다. 놀람과 좌절감으로 자신에게 복종하리라 생각했던 첸첸은 미간을 찌푸렸다.

"왜 웃지?"

"가장 멍청한 소리를 들어서 말이야. 불에 타지도 않고, 물에 젖지도 않는다고 완전무결할 거라고 말하는 점이. 이래서 곱게 자란 공주님 따위 안 된다니까."

무무가 첸첸의 말투를 그대로 흉내 내며 말했다. 라야가 제발 자극 좀 하지 말라고 뒤에서 중얼거렸다.

"잘 보라고, 공주."

"뭐?"

무무는 손을 뻗었다. 손은 첸첸, 아니 첸첸의 뒤쪽에 있는 돌화족을 향하고 있었다.

돌화족의 생기 있는 눈동자가 무무의 눈과 마주하자마자 곱게 접혔다.

"자투라?"

그녀의 주인인 첸첸이 의아한 목소리로 돌화족의 이름을 불렀다. 그녀는 돌에서 태어나는 종족으로 언제나 말도 없이 바위처럼 앉아 있기만 했다. 자신이 불러도 대답만 할 뿐, 팔린 후에는 단 한 번도 눈을 마주친 적이 없었다.

무무는 신뢰가 가득한 목소리로 첸첸처럼 돌화족을 불렀다.

"자투라."

돌화족이 고개를 든다. 첸첸의 우월감이 사라진 것은 그때였다. 바위처럼 미동도 하지 않던 돌화족이 무무의 말에 따라 움직이기 시작했던 것이다.

"국명부를 가지고, 내 쪽으로 와."

당연한 듯 명령하는 목소리에 당연한 듯 움직인다.

무무의 목소리를 들은 돌화족은 평소에 느린 행동거지는 다 어디로 갔는지, 매우 빠른 속도로 첸첸에게 다가가 국명부를 빼앗았다. 무관도 대응하지 못할 찰나의 순간이었다.

첸첸이 놀라 기함을 했다.

"멈춰, 자투라!"

"열세 살 꼬맹이 말은 안 들어."

무무가 싱긋 웃으며 대신 대답했다.

첸첸을 지키던 무관이 그제야 기합을 내지르며 검을 휘둘렀다. 자투라는 표정 변화 없이 손만을 내밀어 얼굴을 보호했다. 휘둘러진 검과 손이 만나자마자 검은 반으로 똑 부러졌다.

"돌화족의 몸은 온몸이 돌이거든."

이번에도 역시 무무가 대신 설명했다. 자투라는 국명부를 품 안에 끼고 두 발을 굴려 허공으로 뛰어올랐다. 빙글빙글 돌며 허공을 누비는 그녀는 안정된 자세로 무무 앞에 착지했다. 돌로 된 자투라가 착지하자 무게를 이기지 못한 바닥이 깨졌다.

"여기에 있습니다."

"응."

자투라는 무릎을 꿇고 공손한 자세로 국명부를 내밀었다. 무무는 국명부를 받아 들고 돌화족의 머리를 쓰다듬었다.

"기다렸지?"

자투라는 울 것 같은 얼굴로 작게 고개를 저었다. 서로 면식이 있는 사이란 것을 알고 있었던 라야도 그 모습에 넋을 잃었다. 돌화족과 국명부를 잃은 첸첸이 날뛰기 시작했다.

"뭐야, 어떻게 된 거야? 자투라, 자투라!"

"자투라는 네 말보다는 내 말을 우선시해."

"뭐?"

무무는 자투라의 머리를 몇 번 더 쓰다듬어 주고는 등 뒤쪽으로 가라 일렀다. 자투라는 거부 없이 고개를 끄떡이고 무무의 뒤쪽에 섰다. 첸첸과 있을 때가 바위 같았다면 지금은 정말 살아 있는 '사람'이었다.

"자, 이제 내가 원한 건 다 내 쪽으로 돌아왔네."

무무는 자투라를 가리키고, 라야를 가리키고, 국명부를 흔들어 보였다.

"내놔!"

"싫어요오."

무무는 국명부를 펼쳐 라야의 이름을 확인했다.

"찢어지지도 않나?"

라야의 이름이 적힌 부분에 힘을 주고 당겨 봤다. 찢어지긴커녕 구겨지지도 않는다.

첸첸이 떨리는 심장을 진정시키고 비웃었다.

"포기해! 불에 타지도 않고, 검으로도 상하게 할 수 없는 장부야! 내 말을 뭐로 들은 거지? 설마 들고 도망갈 생각은 아니겠지? 도망갈 수 있으리라 생각해? 포위하고 있는 무관들이 몇 명인데! 너희들은 절대 못 빠져나가! 당장 국명부를 돌려주고 무릎을 꿇고 빌어! 빌란 말이야!"

"열세 살 여자아이란 시끄럽네. 알고 있으니까 가만히 좀 있어 봐. 확인한 것뿐이란 말이야. 들고 도망갈 생각은 더더욱 없고."

무무는 검지를 깨물었다. 으득 소리가 나고 검지에 피가 맺혔다.

첸첸의 나비 비녀가 짜르르릉 울었다.

"뭐 하려는 거야?"

"······뭐할 것 같아?"

무무는 피가 나는 검지를 국명부 표지에 대고 뭔가를 그렸다.

"무무?"

라야가 뜻 모를 행동을 하는 무무를 작게 불렀다. 그가 표지에 그린 것은 동그라미에 별 모양이 들어간 문양이었다. 돌화족은 곁눈질을 하고, 익숙한 듯 작게 웃었다.

"이 정도 '피' 면 되겠지."

작품을 완성한 무무는 문양이 그려진 표지를 첸첸에게 보여 줬다. 첸첸은 무무가 무슨 행동을 하는지 알 수 없었다. 대신 여태껏 조용했던 학자, 현호의 표정이 급변했다.

"공주님, 국명부를 빼앗으세요!"

"뭐?"

"얼른 빼앗아야 합니다, 그는······!!"

무무가 상큼하게 웃었다.

"무리. 이미 주술진을 다 그렸는걸."

'주술진?'

라야가 놀라 무무를 쳐다봤다. 라야와 눈을 마주친 무무가 한쪽 눈을 찡끗거렸다. 라야가 얼떨떨한 목소리로 입을 열었다.

"주술진이라니? 너 설마?"

"웅. 그 설마가 맞아."

정말로 해맑게 웃은 무무는 피로 문양을 그린 국명부 표지에다가 오른손을 올렸다. 오른쪽 눈이 번쩍였다.

"난 주술사야."

첸첸이 눈을 크게 떴다. 주술진에서 빛이 새어 나와 국명부를 감쌌다.

"게다가……."

국명부에 걸려 있는 타인의 주술을 하나씩 끊으면서 무무는 전에 없던 오만한 미소를 첸첸에게 지어 보였다.

"이것을 만든 주술사의 주술도 나보다 약하고 말이지."

파앗 하는 소리와 함께 국명부의 표지가 너덜거리는 걸레 조각으로 변했다. 너무 놀라 아무 말도 하지 않는 첸첸에게 무무는 국명부였던 장부를 흔들어 보였다.

표지에 새겨진 국명부란 글자는 주술에 의해 감쪽같이 사라져 있었다.

무무는 첸첸을 조롱하면서 활활 타오르는 난로에 국명부를 던져 넣었다. 그을음조차 생기지 않던 국명부는 곧장 화마에 삼켜져서 그 자취를 감췄다.

제 12 장

각
성
—

제 12 장
각성

1.

무무는 국명부를 들고 있었던 손을 탈탈 털었다.

"말했잖아, 태워 버린다고."

"아."

첸첸의 시선이 난로에 못 박혔다.

눈앞에서 벌어진 일을 믿을 수가 없었다. 왕의 물건이다. 국명부는 오로지 왕을 위해서 있는 것으로 그 누구도 손댈 수 없는 고귀한 물건이어야 했다.

"그럴 리가, 그냥 노비인데……."

"공주님?"

"노비인데, 노비인데…… 노비가, 노비가…… 노비가 어떻게?"

공황 상태에 빠진 공주가 난로로 뛰어갔다. 막지 않으면 당장에라도 불에 뛰어들 기세라, 크게 놀란 늙은 궁녀가 그녀를 막아섰다.

"안 됩니다!"

군위 후보들과 다른 궁녀들은 몸을 사렸지만 배샌은 밀치는 첸첸을 끝까지 막아섰다.

"공주님, 그만두세요, 공주님!"

첸첸은 시퍼렇게 뜬 눈으로 눈물만 흘렸다. 오랫동안 자신의 곁을 지켜 온 배샌이 무슨 말을 해도 불길 속에 사라져 버린 국명부만이 머릿속에 각인됐다.

"내 국명부⋯⋯. 배샌, 내 국명부가, 내 국명부가!"

"공주님!"

"싫어! 내 거야! 저게 있어야 된다고!"

처음으로 손에 쥐어 본 국명부는 그 무엇보다 값졌다. 나만이 쓸 수 있는 물건이라 생각하니 더 귀하게 여겨졌다.

그리고 무엇보다 라야의 이름이 적혀 있었다.

자결까지 시도하며, 그녀에게서 벗어나려고 했던 그의 이름이.

'다시는 적어 주지 않을 거야.'

심한 말을 했다. 차가운 목소리로 경멸을 숨기지 않았다.

다시는 날 보지 않을 생각으로 그런 말을 내뱉었겠지. 내가 무섭다고 했으니까. 벗어날 생각으로 말한 것이 틀림없다.

"⋯⋯안 돼."

첸첸은 타오르는 불길에서 시선을 떼지 않았다. 라야가 떠나 버린다고 생각하니 너무 괴로웠다. 슬펐다. 첸첸은 홀린 듯이 중얼거렸다.

저 국명부가 있어야 했다. 라야의 이름이 적힌 저 국명부가.

"가져와."

"공주님?"

"가져와, 배샌. 국명부를 가져와."

"고, 공주님."

"가져와. 명령이야."

첸첸은 자신을 말리고 있던 배샌의 어깨를 떠밀었다. 중심을 잃은 배샌이 휘청하며, 활활 타오르는 난로에 처박혔다. 방 안을 데워 주던 난롯불이 늙은 궁녀의 머리카락에 옮겨 붙었다.

"꺄아아아아아아아아악!"

"가져와, 가져와! 내 국명부!"

"무, 물을, 물을 가져와라!"

공포에 질린 무관이 소리쳤지만 끔찍한 장면에 혼을 빼앗긴 사람들 중 움직이는 사람은 아무도 없었다.

난로에서 기어 나오려는 배샌에게 공주가 다가갔다. 비어 있는 배샌의 손을 보고 그녀는 악귀 같은 표정을 지었다.

"내 국명부 가져와! 가져오란 말이야!"

나비 비녀가 짜르릉 울었다. 첸첸은 기어 나오는 배샌의 얼굴을 걸어차 다시 한 번 난로에 처박았다.

배샌의 비명이 방 안에 울렸다. 딸처럼 여겨졌던 공주가 자신의 목숨을 짓밟고 있었다.

"가져와! 가져오라고!"

"세상에……."

누가 중얼거린 말인지는 알 수 없었다. 살이 타들어 가는 고약한 냄새가 퍼졌다. 비명 소리가 멎고, 살과 머리카락이 타는 냄새에 헛구역질이 나왔다.

검게 변해 버린 배샌이 불길 속에서 힘없이 춤췄다. 궁녀들 몇몇이 실신하며 쓰러지고, 검에 능한 무관들도 참지 못해 토악질을 했다.

"으아, 최악."

무무가 코를 막고 중얼거렸다.

라야도 첸첸을 향한 경멸을 숨기지 않았다.

'또.'

말리려고 했지만 공주가 늙은 궁녀를 난롯불 속으로 밀어 넣은 후였다. 오랜 세월 동안 곁에 두었던 그녀를 죽이는 데 눈 하나 깜빡이지 않았다.

—공주님은 변하지 않아요.

라야는 무무의 말을 떠올리며 주먹을 그러쥐었다.

열세 살짜리 소녀는 통곡을 하며 국명부를 찾았다. 불에 타 죽은 배샌보단 사라진 국명부가 더 아쉬웠다.

'왜 이렇게 되어 버렸을까.'

자신을 위로하듯 나비 비녀가 짜르릉 울었다. 눈물이 뺨을 타고 흘러내렸다.

'어째서? 이유가 뭐야? 내가 뭘 잘못했다고?'

자문을 해도 답이 나오지 않는다. 공주는 천천히 뒤에 선 노비를 돌아봤다. 히죽 웃고 있던 무무는 첸첸과 눈이 마주치자 더욱 환하게 웃었다.

"내가 미워?"

자줏빛 머리카락을 가진 소녀는 말없이 이를 갈았다. 나비 비녀가 다시 짜르르릉 운다. 무무의 입꼬리가 간신배처럼 야비하게 틀어졌다.

"말해 봐, 공주. 내가 밉잖아? 그치?"

"......"

역시 대답하지 않았다. 반면, 무무는 좋아 미칠 것 같다는 얼굴로 조잘거렸다.

"그런데 어쩌지? 난 즐거워 죽겠는데?"

"......!"

바로 첸첸의 손바닥이 날아들었다. 한 뼘 차이로 여유롭게 벗어난 무무는 다시 비웃었다.

첸첸의 얼굴이 지독하게 일그러졌다.

"죽여 버리겠어!"

"당연히 그리하시겠지요."

무무는 픽 웃으며 오른쪽 소매를 걷었다. 새빨갛게 젖은 붕대가 손목을 감고 있었다. 피는 붕대를 물들인 것으로도 모자라 바닥으로 뚝뚝 떨어져 내렸다. 심하게 아플 텐데도 무무는 눈 하나 깜빡이지 않았다. 놀란 것은 보고 있던 라야였다.

"내가 이걸로 뭐했을 것 같아?"

무무는 피에 젖은 팔을 쭉 내밀었다. 아프지도 않은지 표정에는 아무런 흐트러짐도 없었다.

라야는 인상을 찌푸리고 무무의 팔을 살폈다. 한눈에 봐도 심한 상처다.

검상. 그것도 단 한 번에 깊숙하게 베인.

라야는 재빨리 안쪽 옷을 찢어 지혈했다. 찌이익, 찢긴 보드라운 천을 붕대 위에 또 한 번 감았다.

"이것으로 백종궁 벽에 주술진을 그렸어."

어차피 숨기려고 하지는 않았다. 무무는 지혈을 받으며 자신의 계획을 숨김없이 말했다.

"무슨 소린지 알겠지? 아까의 국명부처럼 내가 신호만 주면 이 궁도 너덜너덜해질 거라는 소리야. 상처가 꽤 깊은 것도 그런 이유야. 백종궁이 좀 커서 피가 많이 필요했거든."

하얗게 질린 첸첸이 입을 뻥긋거렸다. 무무는 그 표정이 웃겼다. 피를 처바른 보람이 있다. 그는 웃음을 참으며 자연스럽게 협박을 입에 담았다.

"죽이겠다고 말했지? 그래, 죽여 줘. 단, 같이 죽는 거야."

궁인들과 무관들의 얼굴에 핏기가 사라졌다. 라야는 저도 모르게 침을 삼켰다.

"너를 포함해서 말이지."

첸첸을 주시하며 무무는 씨익 웃었다. 일국의 공주는 새하얀 얼굴로 바들바들 떨며 간신히 외쳤다.

"우, 웃기지 마!"

그녀는 경련을 일으키는 입꼬리를 억지로 끌어당겼다. 그녀도 나름 배운 것이 있었다. 일국의 공주로서 품위를 잃지 않도록, 미래의 왕으로서 현명히 대처할 수 있도록 많은 학자들을 초빙해서 배우고, 또 배웠다. 이런 터무니없는 일이 벌어질 수 있다고 들은 적은 없다.

"불가능해! 이 궁이 얼마나 큰데 고작 너 하나 놈의 피로……."

"그래?"

무무는 시큰둥하게 내뱉었다.

"그럼 한번 해 볼까?"

"뭐?"

경련을 일으키며 웃던 모습 그대로 첸첸의 몸이 굳었다.

무무는 망설이지 않고 오른쪽 발을 두 번 굴렸다. 신호였다.

—쿠쿵.

커다란 소리가 궁 전체를 울렸다.

소름끼치는 진동이 발밑을 치고 빠진다. 정원에서 노닐던 새들이 일제히 날아올라 하늘을 메웠다. 유리를 끼워 만든 창문이 드르르 흔들렸다. 짧은 비명들이 멀리서 들려왔다.

"뭐야, 진짜, 진짜야? 정말이야, 이거?"

칠곡 군위 후보 파하가 불안에 떨며 말했다. 그 외 무관들과 궁녀들도 놀라 소리를 질렀다. 탁자와 의자들이 진동이 올 때마다 부르르 떨렸다.

라야 또한 이 어처구니없는 상황에 넋을 놓았다. 겁 없는 녀석이란 건 알고 있었지만 이건 정말로 심했다. 겁이 없어도 너무 없다.

사색이 된 라야의 마음을 읽었는지, 무무가 입을 뻐끔거리며 뭔가 전해 왔다.

'뭐?'

뭐라고 하는지 알 수가 없다.

라야가 답답한 마음에 미간을 찌푸리자, 내내 조용했던 자투라가 옆으로 걸어왔다. 그녀는 무무가 했던 말을 그대로 전해 줬다.

"멈추는 건 무리라고 하십니다."

"……."

라야가 석고상처럼 딱딱하게 굳어 갈 때쯤 무무는 싱글벙글 웃으며 자신만의 세계를 만끽했다.

"삼십 분 후면 여기도 폭삭 내려앉을 거야."

일을 친 당사자치고는 너무 즐거워 보인다. 라야가 한 줌의 모래가
되어 가든 말든 좋아라 박수를 치며, 콧노래를 흥얼거린다.

첸첸은 사색이 되어 소리쳤다.

"이게 무슨 짓이야!"

손가락과 눈썹이 바르르 떨렸다. 믿을 수가 없어서 숨조차 제대로
쉬어지지 않는다.

백종궁은 진곡 왕이 하나뿐인 딸을 위해 지은 궁이었다. 첸첸이 어
릴 적부터 자라 온 곳이었다. 그 어떤 곳보다 아름다운 이곳은 자신
만의 놀이터였고, 쉼터였다.

"네가 못 믿겠다며? 그래서 보여 준 거야."

―쿠쿠쿵.

강해진 진동이 방 안을 뒤흔들었다. 치맛자락을 바닥까지 늘어뜨
린 궁녀들이 놀라 주저앉았다. 천장에서 떨어진 돌가루가 머리 위로
떨어졌다.

"……그, 그만둬."

탁자 위에 있던 화병 하나가 쓰러져 바닥으로 떨어졌다.

첸첸은 비명을 질렀다. 어린 시절부터 자라 온 자신의 궁이 눈앞에
서 무너지고 있었다. 궁녀들과 숨바꼭질했던 일 층 연회장도, 라야와
함께 놀았던 독서실도 예외는 없다.

"멈춰!"

첸첸은 울먹이며 소리쳤다. 무무는 손을 휘저으며 속으로 대답했
다.

'무리'라고.

주술진이 멀쩡하면 명령을 다시 내릴 수도 있겠지만, 주술진을 그린 벽에도 금이 가 버렸다. 다시는 명령을 내릴 수 없겠지. 물론 다시 명령을 내릴 생각도 없지만.

"멈추란 말이야앗!"

첸첸의 비명과 동시에 돌가루가 다시 떨어져 내렸다. 발밑을 울리는 진동은 더욱 강해져서 벽에 쩌적 금이 갔다. 궁녀들은 비명을 지르며 머리를 감쌌다.

첸첸은 그 소란스러움 속에서 앙칼지게 소리쳤다.

"아바마마께서!"

나비 비녀가 짜르릉 울었다. 첸첸은 마지막 구명줄로 진곡의 왕을 내세웠다.

"아바마마께서 가만히 있을 것 같아?"

공주는 앞섶을 움켜쥐었다. 콧노래를 흥얼거리던 무무가 콧노래를 멈추고 첸첸을 돌아봤다.

첸첸은 애써 태연한 척 입꼬리를 올리고 웃었다.

"잊었어? 나에겐 아바마마가 있어. 아바마마만 미숙한 나와 달라. 진짜 왕이야. 이대로 당할 것 같아?"

무무의 얼굴에서 점차 웃음이 사라졌다. 그 반응에 첸첸은 망설이지 않고 구명줄을 꼭 잡았다.

"왕가를 모독한 죗값으로 너와 관계된 모든 자들이 죽을지 몰라. 사소한 말 한마디 나눈 자들, 너와 눈이 마주친 자들, 지나가는 널 본 자들, 하나도 빠짐없이 아바마마의 분노한 칼에 희생당하겠지. 그래도 좋아? 개의치 않을 자신 있어? 그러고 싶지 않으면 당장 멈춰!"

"무슨 소리를 하나 했더니……."

노골적으로 한숨을 내뱉은 무무는 측은하다는 시선으로 첸첸을 바라봤다.

첸첸은 소리 없이 굳었다. 당장이라도 어리석은 노비가 무릎을 꿇고 빌 줄 알았지, 이런 행동은 예상 밖이다. 구명줄이라고 믿었던 것이 썩은 동아줄처럼 뚝 끊겼다.

"일국의 공주로서 한다는 소리가 정말 그것뿐? 너 공주 맞아?"

궁이 우르르르 진동했다. 궁녀들이 짧게 비명을 질렀다. 천장에서 다시금 돌가루들이 떨어져 내렸다.

붕괴가 진행되고 있다는 소리다.

그러나 무무는 첸첸에게 집중하고 있었다. 그는 과장스럽게 쯧쯧거리며 첸첸의 화를 유도했다.

"허수아비에 불과한 왕을 들먹이는 정도로 날 막겠다고?"

"……뭐?"

뒤에서 학자인 현호가 신음을 삼키며 한 발자국 물러섰다. 무무는 그를 곁눈질했다가 다시 팔짱을 끼고 첸첸을 노려보며 말했다.

"허수아비라고, 허수아비. 지푸라기 같은 권력만을 손안에 쥔 채로 언제 무너질지 모르는 옥좌에 앉아 있는 네 아버지 말이야. 소위 사람들은 그런 왕을 쓰레기라고도 하지."

첸첸의 움직임이 멈췄다. 겁을 상실한 노비가 싱긋 웃는다. 라야도, 군위 후보들도 입을 딱 벌렸다.

공주는 두 눈을 치켜떴다.

"……쓰레기?"

"응, 쓰레기. 다른 말로는 구제할 길 없는 구제불능."

말릴 틈도 없이 무무의 입에선 다시 한 번 왕을 모욕하는 언사가 튀어 나갔다.

소녀의 얼굴이 분노로 일그러졌다.

"닥쳐! 아바마마를 욕하지 마! 왕을 욕하고도 그냥 넘어갈 줄 알아?"

"그냥 넘어갈 것 같은걸."

무무는 자신이 알고 있는 모든 것을 능청스럽게 꺼내 보였다.

"네 아버지는 원래 욕 듣는 게 취미잖아. 면전에서 욕하는 데도 가만히 있는 것이 진곡 왕 아냐? 벌을 내려? 코앞에서 무능하다, 한심하다 쪼아 대는 관리들도 처리 못하는 허수아비 왕이 무슨 수로 벌을 내려? 이번에도 그냥 허허 웃고 말겠지. 네 아버지는 그런 자신의 모습을 관대하다고 스스로를 대견히 여길지도 모르지만, 내가 보기엔 진짜 한심해 보이더라."

"……무슨 소리야? 너 대체 지금 무슨 소리를 하는 거야!"

혼란스러운 목소리로 첸첸이 반문했다.

"어라, 몰라? 네 아버지가 관리들의 허수아비로 전락한 지가 그렇게 오래됐는데?"

물빛 머리 소년은 방 안을 쫘악 훑었다. 그리고 연극에 오른 주인공처럼 관객의 시선이 자신에게 몰렸는지 확인했다.

"진곡 왕은 관리들이 하라는 대로 움직이는 허수아비야. 관리들의 말을 거절할 힘도 없지. 진곡 왕이 아끼던 부하들은 모조리 다른 나라로 쫓겨나거나 사형당해서 믿을 만한 사람도 없어. 그야말로 팔다리가 다 잘린 거나 다름없지. 이대론 안 되겠다 싶어서 왕비의 힘을 빌리려고 한 것 같지만 그것도 무산됐더군. 백도 가문의 사람들은 타국에 권력을 행사하지 않는다는 신념으로 움직이고 있거든. 왕은 그걸 몰랐지."

무무는 숨을 골랐다.

"거짓말 같지? '진곡은 훌륭한 나라다. 굶어 죽지 않아도 되는 좋은 나라다'라고 많은 사람들이 말하니까. 하지만 사실이야. 진곡 왕은 관리의 말에 얼굴조차 못 들어. 고개를 끄떡이는 것으로 하루를 보내다가 왕의 허락도 없이 일어서는 관리들에게 '수고했네'라는 말이나 내뱉는 게 고작이지. 거기에 더 웃긴 건 관리들이 '왜 이리 멍청하십니까! 윽박지르면 왕은 미안하다고 사과까지 한다는 거야."

첸첸의 얼굴이 처참하게 무너졌다.

무무는 첸첸의 그 반응이 즐기며 계속해서 떠벌렸다. 사냥을 하는 기분이었다.

"그렇게 회의를 마친 왕은 뭐하는지 알아? 도망치듯 자신의 방으로 들어가서 검을 들고 궁녀를 불러. 관리들에게 벌을 내리지 못하니, 궁녀라도 대신 죽여 쌓인 분을 푸는 거지."

북쪽에 쌓이는 시체는 대부분 그렇게 죽은 궁녀들이었다. 허수아비 왕은 힘없고 나약한 궁녀들을 죽여서 자신의 권력을 확인하고 싶어 했다.

"처음엔 검을 미친 듯이 휘두르다가 실수로 궁녀를 벤 것 같은데……. 그게 취미 생활로 변한 거야. 미안한 마음도 있었던 것 같지만, 요즘은 이골이 났는지 숫자가 늘고 있더군."

한 명으론 부족해서 두 명으로.

두 명으론 부족해져서 세 명으로.

점차 늘어가는 숫자에 불안함을 느끼면서도 진곡 왕은 그 버릇을 고치지 못했다. 관리들에게 무시당하는 괴로움도 괴로움이었지만, 궁녀들이 살려 달라 애원하는 것을 보고 모종의 쾌감을 얻었다.

흑종궁에서 왕이 미쳤다는 소문이 아주 조용히 퍼지고 있는 것을 두 귀로 똑똑히 들었다.

"그만!"

첸첸은 귀를 틀어막았다. 쿠쿠궁 울리는 진동 소리보다 첸첸의 심장 박동 소리가 더 컸다.

무무는 말을 멈추고 첸첸을 봤다. 첸첸이 거칠게 소리쳤다.

"듣고 싶지 않아! 그만해! 믿을 것 같아? 아바마마는 대단한 분이야. 어마마마의 원조를 받긴 했지만 나라를 여기까지 끌어 올리신 분이라고. 훌륭하고, 존경스러운 분이야!"

"못 믿겠어?"

무무의 말에 첸첸은 퍼뜩 고개를 들었다. 노비의 갈색 눈동자에 잔인함이 스쳐 지나갔다. 첸첸은 진심으로 노비의 입을 틀어막고 싶었다.

"그럼 하나만 물어보는데……. 네 아버지가 관리를 위해 연회를 연 적은 있어? 관리와 담소를 나눈 적은? 관리가 왕에게 귀한 상품을 진상한 적은?"

"……!"

무무는 목덜미를 쓸어내렸다. 빙긋 웃고 있는 눈동자가 기괴하리만큼 서늘했다.

"보통 많으면 한 달에 한 번씩, 적으면 세 달에 한 번씩 왕은 관리를 모아 연회를 베풀어. 술을 내리고 그동안의 노고를 치하하지. 왕만으론 나라가 움직이지 않아. 그래서 연회를 열어 관리를 보듬는 거야. 하지만 네 아버지는 어떻지? 연회를 연 적이 있긴 해?"

공주는 아버지를 비호하기 위해 얕은 지식으로 항변했다.

"그, 그거야 아바마마께서 연회를 싫어하시니까! 책을 읽으시고 음악을 즐기셔. 목소리가 아름다운 무희를 데려와 정원에서 듣는 것을 좋아한단 말이야. 나완 달리 점잖고, 근엄하고……. 네가 생각하는 그런 분이 아니야!"

"아아, 그러니까 네 말은 연회를 싫어하는 분이라 관리를 보듬는 중요한 연회는 결코 열지 않고, 방과 정원만을 왔다 갔다 하다가 책을 읽고 음악을 듣는단 말이네?"

첸첸은 안색을 굳혔다. 심장이 떨려 왔다. 산같이 근엄한 아버지의 치부는 그만한 충격을 가져다줬다.

공주의 귀에 악마가 속삭였다.

"그딴 왕이 가만히 있지 않을 거라고?"

"……!"

"무능한 허수아비 따위가 이 나를?"

하늘을 찌를 듯한 오만함.

안쪽 깊은 곳에 똬리를 틀고 숨어 있던 본성이 완전히 드러났다. 첸첸은 충격을 이기지 못해 두어 걸음 물러섰다. 뒤에 있던 훈고의 몸이 닿았다.

훈고는 창백한 첸첸을 내려다보고는 무무에게 물었다.

"그것은 진실인가?"

멍하니 앞만 보고 있던 첸첸이 고개를 들어 훈고를 올려다봤다. 무무는 친절하게 대답했다.

"응. 사실이야."

"어떻게 그 사실을 알았지?"

훈고는 침착히 다시 물었다.

쳰쳰의 권력과 부는 왕인 아버지에게서 나오는 것이다.

왕이 허수아비라면……. 우리들의 소원은? 침대에 누워 있는 내 딸은? 훈고는 신중을 기하며 차근히 짚고 넘어갔다. 딸의 목숨이 달린 일이었다.

"그런 소문 난 들어 본 적 없다."

"그럴 거야. 진곡 관리들이 나쁜 소문은 절대로 새어 나가지 않도록 직접 관리하고 있었으니까. 나도 직접 들어가서 확인하지 않았으면 절대 몰랐겠지."

무무는 훈고를 상대로도 천연덕스러웠다.

모든 이의 시선이 이번엔 훈고에게 집중되었다. 쳰쳰조차도 훈고에게 시선을 떼지 못했다.

'대단해.'

라야는 침을 삼키며 한 발자국 물러섰다. 진곡 왕이 어떤 존재인지는 아무래도 좋았다. 쳰쳰에게 미련이 없는 이상 어차피 관심도 없었다.

하지만 이건 달랐다.

대단한 정도가 아니다. 전신에 소름이 끼쳤다.

궁이 무너지는 와중에도 이곳에 있는 모두가 무무의 말에 집중하고 있었다. 라야와 자투라를 제외한 모두가 전의도, 적의도 없이 무무의 말에 귀를 기울이고 있는 것이다. 무관도, 궁녀도, 군위 후보들도, 쳰쳰도. 단 하나도 빠짐없이 무무의 말에 화를 내고, 당황하고, 불안해했다.

라야가 감탄하는 사이 훈고는 의아한 목소리로 물었다.

"직접 들어갔다고?"

"응. 궁인으로 어여쁘게 변장해서 들어가 봤지."

"……!"

감탄이 순식간에 경악으로 뒤바뀌었다.

라야는 소리 없는 비명을 지르며 무무를 쳐다봤다. 무무는 슬쩍 얼굴을 붉히더니 쑥스럽다는 듯 에헤헤헷 웃었다.

지금 그걸 칭찬한 거라고 생각하는 거냐! 라야는 머리를 움켜쥐고 신음을 삼켰다.

대단하다고? 아니다. 저건 그냥 머저리다.

목숨 아까운 줄 모르는 머저리다. 머저리에 불과하다.

연륜이 많은 훈고도 제법 놀랐는지 말을 더듬었다.

"궁인으로 변장했…… 다고?"

"왕이 사는 궁은 넓으니까, 궁인들의 얼굴을 일일이 기억하는 사람은 드물거든. 조심할 사람은 궁인장 밖에 없는데, 궁인장도 솔직히 궁인들 얼굴 다 기억하긴 무리지. 대부분 소속과 담당을 물어보곤 보내 줘. 하지만 꼬리가 길면 잡히니까, 이틀이나 삼 일 안에 끝내야 되는 것이 핵심이지."

큰일을 친 주제에 너무 당당했다.

훈고는 마음을 진정시키고 차근히 물었다.

"하지만 왕이 있는 곳은 그 경비가 삼엄할 텐데……. 궁인들도 엄선된 궁인들로만 뽑힐 테고. 여러 가지 복잡한 절차가 있다고 들었다."

"평온한 나날이 계속되면 그 어떤 인간이라도 나태해지거든. 얼굴만 슬쩍 보고, 간단한 정보만 몇 개 물어보면 끝나. 뭔가 이상한 구석이 있어도 아무것도 아니겠지 하고 넘어가는 사람이 태반이지. 나도 조금은 긴장했는데 말이야, 너무 쉽게 넘어가서 오히려 맥이 빠졌어."

거짓은 아니다.

훈고는 그간의 연륜으로 그렇게 판단했다. 그는 다시금 확인했다.

"그럼 정말 관리들이 진곡의 실세란 말인가? 왕은 허수아비고?"

"그렇다니까. 당신들 왕이 연회를 연 걸 본 적 있어?"

무무는 딱 잘라 말했다. 훈고는 고개를 저었다.

라야도 마찬가지였다. 그는 진곡 왕이 연회를 여는 것을 일 년간 본 적이 없었다. 왜 열지 않는 걸까, 궁금해 하면 진곡 왕이 연회를 싫어한다는 답변만 정해진 것처럼 들려왔다.

"왕이 무능하다는 소문이 돌면 불안해지는 건 국민들이야. 그러면 나라 분위기가 어두워지고 활기가 가라앉아. 나라가 죽어 가게 되는 거지. 그것을 원치 않은 진곡의 관리들은 소문이 나지 않도록 단속한 거고. 게다가 그런 소문이 타국에까지 들어간다면 습격당할 수도 있잖아? 약한 나라를 습격해, 자신의 나라를 부강하게 만드는 왕도 적지 않으니까. 관리라면 당연히 소문이 돌지 않도록 노력하겠지."

허수아비로 전락한 왕은 많다.

대표적으로 가난한 부모를 둔 왕들에게는 이런 형상이 두드러지게 나타났다.

운이 좋아 나라를 건국해도 배우지 못해 사람 부리는 법을 몰랐고, 물밑에서 벌어지는 정치적 암투에서 살아남을 힘이 부족했다. 관리들은 그런 왕을 비웃으며 사리사욕을 채우고, 나라가 버티지 못한다고 판단되는 즉시 왕을 협박해 국명부에 이름을 지우고 떠났다.

"그런 쪽으로 봤을 때, 진곡 관리들은 훌륭해."

어떻게 모았는지는 모르겠지만 관리만큼은 잘 뽑아 났다. 궁인으로 변장해서 그들을 지켜봤을 때도 나라를 위한 열망은 진짜였다. 무능한 왕이 옥좌에 앉아 있다는 것에 불만을 가진 것처럼은 보였지만, 나라의 피를 빨아먹고 사는 흉관凶官들은 아니었다.

무무가 말을 끝내자, 방 안에 있던 군위 후보들은 혼란에 휩싸였다. 애당초 첸첸의 성질머리를 참고 견딘 것은 이루고 싶은 소원 때문이었다.

하지만 지금 왕이 허수아비란 소리를 들었다.

훈고는 두 눈을 감고 체념했다.

"네 말이 사실이라면 공주는 우리 소원을 이뤄 줄 수 없겠군."

소원 하나에 국고가 비어 휘청하는 나라도 있다. 과한 소원을 비는 군위 후보 따위는 쳐 내면 그만이겠지만, 군위들이 일생을 바치는 대신 바라는 소원이다. 절대로 과한 것이 아니란 평가도 있다.

무무는 고개를 끄떡였다.

"여덟. 아니, 일곱이나 되니까 무리겠지. 주제도 모르고 많이도 끌어모았어. 거기에 더해서 진곡은 '겨울'이라는 고질적인 문제를 안고 있잖아? 내 눈에 진곡의 국고는 그 고질적인 문제를 해결하는 데도 벅차 보였어."

"……공주의 사치는 봐주면서?"

차갑게 공주라고 말한다. 첸첸의 손이 벌벌 떨렸다.

훈고는 벌레 보듯 그녀를 봤다. 그동안의 시간이 아까웠다. 차라리 침대에 누워 있는 딸의 곁에 있어 줄 것을.

"진곡 왕이 허수아비라지만 공주만큼은 죽을 각오로 아꼈거든. 관리에게 그 어떤 욕을 들어도 참았지. 굴욕적이어도, 수치스러워도 딸만큼은 지켜야 된다고 말이야. 무릎 꿇고 빌기까지 했다지, 아마?"

가슴이 시려 왔다. 첸첸은 양 손가락을 움켜쥐었다. 끔찍한 현실이 눈앞에 들이닥쳤다.

무무는 냉소적인 웃음을 달고 그녀를 짓밟았다.

"무능한 왕의 마지막 보루였지."

첸첸의 사치가 심하면 심할수록 진곡 왕의 어깨는 좁아졌다. 그래도 딸년만이라도 공주답게, 왕답게 키우고 싶었기에 물러서지 않았다.

딸은 그것도 모르고 망나니처럼 굴었다. 사치도 점점 심해졌고, 행동도 방자해졌다. 관리들은 더욱 왕을 몰아세웠다.

"그렇군."

훈고는 강직한 얼굴을 찌푸렸다. 무무의 말에는 하나도 거짓이 없었다.

실제로 진곡 왕은 연회를 베풀지 않는 것으로 유명했으니, 증거나 마찬가지다. 연회를 베풀지 않는 왕은 없다. 관리를 멀리하는 왕이 정상일 리 없다. 이상하다고는 여겼지만 깊이 생각해 보지 않은 자신의 실수였다.

"후, 훈고?"

첸첸이 불렀다.

훈고는 강직한 눈길로 첸첸을 내려다보더니 천천히 발걸음을 옮겼다. 힘없고 무능한 공주는 필요 없다.

"어, 어딜 가는 거야!"

훈고가 걸음을 옮기자, 나머지 군위 후보들도 걸음을 옮겼다. 문이 있었던 곳으로 걸음을 옮겨 하나둘 궁을 빠져나갔다. 무관과 궁녀들이 당황했다. 첸첸이 울어도 돌아보지 않았다.

칠곡 군위 파하가 떠나면서 침을 뱉었다.

궁이 진동으로 뒤흔들렸다.

2.

궁은 빠른 속도로 무너졌다.

칸막이로 만들어진 벽이 무너지고, 지축이 균형을 잃었다. 천장에서 떨어지는 돌가루는 바닥에 모래 산을 이뤘다. 첸첸이 좋아하던 옷들과 고급 노리개들이 바닥을 굴러다녔다.

"얼른 나가지 않으면 깔려 죽을 거야."

무무의 말이 끝나자마자 지금 상황이 눈에 들어왔다.

궁녀 하나가 재빨리 상황 파악을 하고 궁녀복을 벗어 던졌다. 먼저 대피시켜야 할 공주는 주저앉은 채로 넋을 놓았다. 군위들이 떠난 것이 충격이었는지, 달래 보아도 멍하게만 있었다. 강제로 일으켜 세우려던 궁녀를 손톱으로 할퀴기까지 했다. 발작 같은 증세에 궁녀들이 혀를 내둘렀다. 정말 징글맞았다.

"난 이런 곳에서 죽고 싶지 않아."

무무가 밝힌 왕의 진실에 정이 떨어진 것은 군위 후보들만이 아니었다. 궁녀와 무관들도 배신감에 몸을 떨었다.

궁녀복을 벗어 던진 궁녀는 하얀 소복 차림 그대로 방 안을 뛰쳐나갔다. 무능한 왕 밑에 있다는 것도 서러운데, 죽을 때까지 공주의 뒤를 봐주다가 비명에 가긴 싫었다.

그 뒤를 이어 다른 궁녀도 말했다.

"저도 나가겠어요."

그녀는 무능한 왕과 자기밖에 모르는 이기적인 공주를 모셔 왔다는 것에 강한 수치심을 느꼈다.

"전 이 나라에 살게 해 주신 은혜에 보답하고자 궁에 들어온 거예요. 훌륭한 왕이라 믿고 들어온 거란 말이에요. 관리들 말에 떠밀리는 왕 따위 빨리 죽어 버리는 쪽이 더 나아요. 천천히 무너지는 나라가 어떻게 되는지 다들 소문으로 들어서 알잖아요? 그건 지옥이에요."

그런 나라의 백성은 굶어 죽는다.

왕의 손에서 벗어나지 못해 괴로움에 발버둥 치고, 사람이 사람을 잡아먹고, 사회적 약자인 아이들이 가장 먼저 죽어 간다. 입을 줄이기 위해 가족이 가족을 버리는 끔찍한 현실에 익숙해져 간다.

궁인들은 그 사실이 몹시 두려웠다. 이 세계에서 가장 두려운 것은 무능한 왕을 만나 살아가는 것이라고 누군가 말했고, 그들도 공감했다.

"나도 가겠다."

이번엔 무관이었다. 그는 지친 표정으로 검을 땅에 내던졌다.

"나는 한심한 왕을 위해 검을 든 게 아니다. 이때 동안 살인자의 밑에서 일했다는 사실이 끔찍해."

그 말이 모두의 마음을 움직였다.

방 안에 있던 모든 이들이 불에 타 죽은 배샌을 돌아봤다. 첸첸을 십 년 넘게 모셔 온 결과가 저것이다. 곱고 어여쁘던 얼굴에 주름이

지고, 비단 같은 머릿결이 억새풀처럼 변해도 돌아오는 것이라고는 없다. 헌신적인 봉사를 알아주는 것도 아니다.

궁은 다시 한 번 뒤흔들렸다.

궁인들은 각오를 다졌다. 공주를 버리고 아랫것들만 빠져나온 죄로 목이 달아나겠지만, 그래도 이리 허망하게 갈 순 없다. 죄를 물어 죽더라도 무능한 왕의 옆에 있다가 피눈물을 흘리며 죽는 것보다는 낫다.

"기……다려!"

넋 놓고 자신의 처지를 비관하던 첸첸이 그제야 소리쳤다. 싸늘한 궁인들의 눈이 공주의 간담을 서늘하게 만들었다. 무무와 라야는 방관했다.

"날 두고 어딜 간다는 거야!"

"듣지 않았나."

검을 버린 무관이 회한이 서린 얼굴로 내뱉었다. 궁인들 모두가 그와 똑같은 얼굴을 했다.

"우린 너 같은 '왕'을 위해 일생을 바치고 싶지 않아."

훌륭한 왕께 존경을 표하며, 이곳에 몸을 의탁했다. 부디 평화롭게 오래오래 살 수 있기만을 바라며 국명부에 이름을 적었고, 왕은 그 부탁을 들어주고 모두의 기대를 짊어졌다.

그것이 왕이다. 군석을 가진 자의 의무다.

그것이 고맙고 감사해서 궁인이 되어 왕족들의 수발을 들었다. 은혜를 갚고 싶었다.

"무능한 왕 따위는 필요 없다."

차갑게 뒤돌아서서 걸어간다. 그들을 잡기 위해 뻗은 손이 허공을 갈랐다.

"가지 마! 명령이야!"

혼자 남겨지는 두려움을 알았다.

"가지 마앗!"

군위들과 똑같이 궁인들도 멀어져 간다. 철저히 버려지고, 홀로 남겨졌다. 천장에서 계속 석회 가루와 흙먼지가 떨어져 내렸다. 진동의 주기가 차츰 빨라졌다.

무무는 주저앉은 첸첸 곁에 다가가 쪼그려 앉았다. 그러고는 두 눈을 맞추며 다정하게 속삭였다.

"아무도 없어서 서글퍼? 외로워?"

오싹.

첸첸은 등과 어깨를 움츠렸다. 무무는 달콤하게 말했다.

"가엾은 첸첸, 불쌍한 첸첸."

"닥쳐!"

첸첸은 잡아먹을 듯 으르렁거렸다. 무무는 더욱더 달콤하게 속삭였다.

"조금 후회스럽지 않아? 배샌이란 궁녀를 죽인 걸."

무무는 배샌을 가리켰다.

불에 타 죽은 배샌의 끔찍한 냄새가 떨어지는 석회 가루와 흙먼지에 점점 엷어지고 있었다. 발치가 흔들리고, 시시각각 시간이 흐를 때마다 석회 가루와 모래 먼지가 더 자욱해졌다.

"아쉽지 않아? 그 궁녀만은 무슨 일이 있어도 네 곁을 지켰을 텐데."

멀리서 봐도 알 수 있었다. 배샌은 첸첸이 예뻐 어쩔 줄 몰라 하는 팔불출이었다. 첸첸이 패악을 부릴 때도 곤란하다는 듯, 미래가 걱정된다는 듯 한숨을 쉬었지만 절대 첸첸을 탓하거나 미워하지 않았다.

첸첸은 이를 갈며 얼굴을 들었다. 머릿속으로 이 건방진 노비를 몇 번이나 찢어 죽이는 상상을 하며, 독기 어린 말투로 내뱉었다.

"그래서 뭐? 내 손으로 내 유일한 아군을 없앴으니 멍청하다는 거야? 다시없을 바보가 여기에 있으니 비웃으려는 거야? 닥쳐. 그만해. 네가 무슨 말 하려는지 알겠으니까 그만해!"

"비슷했지만 아니야."

"……!"

첸첸의 얼굴이 딱딱하게 굳었다. 도자기로 빚은 인형은 금방이라도 깨질 것 같이 달아올랐다.

무무는 손가락을 빙글빙글 돌리며 설명했다.

"내게 왜 네 아비의 이야기를 밝혔는지 알아? 너를 괴롭히려고? 아니야. 궁인들과 무관들이 스스로 떠나도록 하기 위해서였어. 버려진 쪽의 기분은 정말로 엿 같으니까. 그걸 너에게 맛보여 주고 싶었지."

네가 무너질 수 있도록.

첸첸과 말싸움을 하는 내내 무무는 그걸 생각했다.

백종궁을 무너뜨리는 것에 주저가 없었던 것은, 도망칠 빈틈을 노린다는 이유도 있었지만 첸첸을 버리도록 사람들을 부추기고 싶었던 탓이다.

발밑이 불안해지면 정신이 불안해진다. 거기에 진곡 왕의 이야기로 몰아붙이고 마무리를 한다. 첸첸을 혼자로 만든다. 그리고 끝낼 작정이었다. 아주 깔끔하게.

무무는 계속 손가락을 빙글빙글 돌리며 설명했다. 속이 문드러지고 있는 첸첸과 달리 그는 여유와 희열을 만끽했다. 여기까지는 계획 대로 아주 순조로웠다.

"그런 내 계획에 있어서 배샌은 방해였어. 그 늙은 궁녀는 결혼을 못한 대신에 널 딸처럼 여기고 있었으니까. 절대로 제 발로 걸어 나갈 여자가 아니었지. 난감했어. 제 발로 걸어 나가야 네가 완전히 버려지게 될 텐데, 어쩌나 싶었지. 그런데 웬걸?"

무무는 활짝 웃으며 박수를 짝 쳤다.

"네가 죽여 줄 줄이야."

첸첸의 입에서 비명이 터졌다. 무무는 여전히 상냥한 척 첸첸의 옷 매무새를 고쳐 줬다.

"고마워."

무무가 말했다.

첸첸의 몸이 펄쩍 뛰었다. 그에게서 가장 듣기 싫은 소리였다.

"정말 고마워. 넌 내 최고의 편이야. 네가 직접 죽여 줄 줄은 정말 몰랐어."

배샌은 난로에서 기어 나왔다. 살려 달라고 기어 나왔다.

그것을 첸첸이 차 넣어 다시 밀어 넣었다. 무무가 뒤에서 박수 치고 좋아하고 있는 것을 모르고, 첸첸은 무무가 원하는 대로 움직였다.

바라는 대로 움직이고 꼭두각시 춤을 췄다. 배샌을 죽였다.

첸첸은 삐걱거리는 목을 돌려 난로를 봤다. 활활 타들어 가던 불이 조금씩 잦아들고, 그 속에 있는 배샌의 검은 시체가 얼핏 보였다. 무무가 원하는 대로 바싹 타 죽은 채였다.

무무는 시체를 보고 감격에 겨워 말했다.

"감동 먹었어."

"……그만해"

나비 비녀가 짜르르릉 울었다.

첸첸은 가까이에 있는 무무를 힘껏 밀었다. 무무는 가볍게 뒤로 물러서 착지했다.

"그만해! 그만해! 그만해에엣!"

궁이 거칠게 흔들렸다. 첸첸은 비참한 심정으로 바닥을 짚고 일어섰다.

"네 혀를 도려낼 거야."

눈물이 한 방울 흘러내렸다. 나비 비녀에서 흘러나온 자줏빛 머리카락이 지저분하게 밑으로 흘러내렸다.

"편히 죽게 하지 않겠어."

무무는 웃으며 어깨를 으쓱였다.

저 웃음이 첸첸의 화를 더욱 부채질했다. 협박을 해도 웃고, 자신이 울어도 웃고, 애원해도 웃는 저 웃음이 끔찍했다. 팔과 다리에 벌레가 기어가는 것과 같이 징그러웠다.

웃지 마. 웃지 마. 웃지 마. 웃지 마!

"절대……."

이마가 아릿하게 아파 왔다.

어떻게 시작된 고통인지 알 수 없는 채로 첸첸은 외쳤다.

"용서하지 않아!"

번쩍—!

새하얀 빛이 그녀의 이마에서부터 터져 나왔다.

빛은 삽시간에 첸첸을 집어삼키고, 그녀의 주위에 있던 모든 걸 감

싸 안았다. 차가운 냉기가 빛으로부터 흘러나온다.

'이건!'

태연자약했던 무무의 얼굴이 굳었다. 시야에 닿는 모든 곳이 새하얀 색으로 뒤덮이고, 빛으로부터 흘러나온 냉기가 다리를 타고 휘감아 온다.

─팔 년 전 그때와 마찬가지로.

무무는 욕설을 참으며 첸첸을 노려봤다. 그 직후 빛은 바로 무무를 감쌌다. 라야와 자투라 또한 새하얀 빛에 삼켜져 그 존재가 사라졌다.

차가움이 스며든 광휘.

빛은 멈추지 않고 모든 것을 삼켰다. 범위에 닿는 것이라면 무엇이든 빠뜨리지 않고 잠식했다. 그것은 백종궁만이 아닌, 진곡 전체로 퍼져 나가 나라 하나를 완전히 뒤덮었다.

새파란 하늘 또한 새하얀 빛에 가려졌고, 땅도, 사람도, 공기도 모두 새하얀 빛에 가려졌다. 짐승들은 숨을 죽였고, 빛에 삼켜진 사람들은 하던 일을 멈추고 하늘을 봤다.

새하얀 빛밖에 없는 하늘에서 장엄한 목소리가 내려와 머리를 울렸다.

일출日出, 사곡四穀

동東, 진곡珍穀

왕王

각성覺醒!

─그리고 빛은 순식간에 사라졌다.

전율이 일었다.

제 13 장

왕
과
왕

제 13 장
왕과 왕

1.

하늘의 떠 있는 해가 구름에 가려졌다.

크릉, 크르릉 소리를 내며 번개와 천둥을 동반한 먹구름이 순식간에 진곡을 뒤덮었다. 주위의 온도가 내려가고, 금세 비가 쏟아지기 시작했다.

시원하게 바닥을 때리는 빗소리가 진곡을 울렸다.

"하."

무무는 작게 웃으며 손을 뻗었다. 갈라진 벽 틈으로 비가 흘러 들어왔다. 차가운 물방울이 손바닥으로 튀어 올랐다.

물, 빗물이다.

무무는 웃음을 지우고, 손바닥을 털어 물기를 없앴다. 웃음을 지운

차가운 얼굴에 짜증이 나타났다.

"……한 방 먹었군."

쿠르릉, 쾅!

천둥과 함께 번개가 쳤다. 사위가 밤처럼 어두워진다.

라야는 넋을 잃고 섰다. 손가락이 가늘게 떨려 왔다. 후드득 떨어진 석회 가루가 검은 머리카락을 더럽혔다.

"어떻게……."

또다시 번개가 쳤다.

번쩍거리며 음영이 확실하게 두 개로 나뉜다.

갓 태어난 왕王이 숙이고 있던 고개를 들었다. 어릴 적부터 고이 길러 온 자주색 머리카락이 길게 흘러내린다. 끔찍하게 아끼는 나비 비녀가 그에 맞춰 짜르르릉 울었다.

—쏴아아아아아.

비 내리는 소리가 점점 격해졌다. 시원하게 바닥을 때리는 그 소리를 들으며, 첸첸은 손바닥으로 바닥을 짚고 몸을 일으켰다. 그러다 앞 머리카락에 가려졌던 군석이 스리슬쩍 드러났다.

투명함이 없는 완벽한 적자색에 '비'와 '물'을 상징하는 물방울 형태를 가진 흠 잡을 곳 없는 군석. 선택받지 못한 자들은 흉내 내지 못할 완벽한 왕의 징표였다.

라야는 안색이 더욱 차갑게 굳었다.

—쾅!

다시 천둥이 쳤다. 번쩍거리는 번개가 백종궁 바로 옆에 떨어진 것처럼 환하게 빛나다 사라졌다.

첸첸은 자리에서 비틀비틀 네 발로 바닥을 기며, 빗물이 흐르는 곳을 응시했다. 그러다 떨리는 손으로 그것을 퍼 담았다.

"아!"

차가운 느낌이 바로 전해져 왔다.

첸첸은 감격에 차 빗물을 담은 손바닥을 가슴팍으로 끌어당겨 안았다.

비다. 비였다!

자신으로 인해 드디어 비가 내렸다!

갓 태어난 소녀왕은 어깨를 떨고 웃었다.

군석이 말해 온다. 이것은 확실히 자신이 내린 '비'라고.

"아하하!"

드디어, 드디어 왕이 되었다!

첸첸은 발작처럼 웃음을 터트렸다. 십삼 년 동안 기다려 온 결실이 이제야 맺힌 것이다. 그것도 바로 이 순간! 이 장소! 저놈 앞에서!

"봐!"

첸첸은 무표정하게 서 있는 무무를 쏘아봤다. 무무는 어두운 표정으로 첸첸을 노려봤다. 첸첸은 독살스런 표정으로 밖을 가리켰다.

"비다! 내가 내린 비야!"

번쩍, 번개가 창밖을 지나갔다. 금이 간 틈으로 빗물이 줄줄 흘러 들어온다. 하늘을 뒤덮은 구름이 무서울 정도로 짙은 어둠을 만들어 냈다.

라야는 그 압도적인 광경에 숨이 막혔다. 비가 없는 이 세계에 왕인 그녀가 비를 불러냈다.

―신神과도 같은 존재.

가늘게 떠는 손가락을 힘겹게 움켜쥐었다. 가문에 살면서 많은 왕

을 보아 온 라야였지만 이렇듯 두 눈으로 직접 비를 내리는 장면을
목격한 것은 처음이었다.

쳰쳰은 희열에 가득 찬 채로 발을 내딛었다. 자신감으로 가득 찬
얼굴은 옆에서 보기에도 위험해 보였다. 군석이 쉴 새 없이 존재감을
드러낸다. 얼굴 위에서 빛나는 보석은 인간을 넘어선 아름다움을 뿌
렸다.

왕은 똑바로 무무에게로 걸어가며 말했다.

"왜 갑자기 아무 말도 없어? 아깐 그리 잘도 떠들더니."

"……."

무무는 대답하지 않았다. 무슨 생각을 그리하는지 무표정한 얼굴
에 묵묵부답이었다. 물을 머금은 머리카락에서 빗물이 뚝뚝 흘러내
렸다.

"할 말이 없나 보지?"

쳰쳰은 기쁨을 숨기지 않고 입꼬리를 끌어 올렸다.

통쾌했다. 저 빌어먹을 웃음이 드디어 멈췄다!

내가 이겼다!

"찢어 죽이겠다고 했지?"

왕의 눈동자가 광기로 번들거린다. 나비 비녀가 힘차게 울었다.

무무의 얼굴은 더욱 냉막해졌다. 웃음기가 사라진 무무의 얼굴은
마치 처음 보는 사람처럼 낯설고 차가웠다.

"그냥은 죽이지 않을 거야. 최대한 고통스럽게, 아주 천천히 죽여
주겠어. 기대해도 좋아. 네가 상상한 것 이상으로 해 줄 테니까!"

가슴에 불길이 활활 타올랐다. 공주는 노비에게 받은 조롱과 수모
를 천천히 음미하며 되씹었다. 특히 아바마마의 치욕을 대중 앞에 드

러낸 일만큼은 절대로 그냥 넘길 수 없다.

쾅!

번개가 또다시 내려쳤다. 그사이 비는 더욱 심하게 내렸다. 벽 이곳저곳에서 물이 줄줄 흘러내렸다. 움푹 팬 공간에는 빗물이 모여 웅덩이가 생겼다.

왕이 되어 득의만만해진 첸첸은 무무에게로 다가가 천천히 손을 뻗었다. 뾰족할 정도로 길게 기른 손톱에 힘이 들어가는 것이 넋을 놓고 있던 라야의 눈에 보였다.

그 손톱 앞에서 무무는 피하지 않은 채 가만히 서 있었다. 라야의 몸이 생각할 겨를 없이 움직였다.

─턱.

뻗어 가던 첸첸의 손목이 라야의 손에 잡힌다. 첸첸은 눈을 부릅뜬 채로 라야를 노려봤다.

"놔."

라야는 입을 꾹 다물었다. 북쪽에서 죽어 있는 궁녀가 떠올랐다가 머릿속 한구석으로 사라졌다.

뒤쪽에 있는 벽이 무너지면서 먼지 가루가 허공으로 흩날렸다.

"죄송합니다."

황급히 손을 놓을 거라고 예상했던 첸첸과는 달리 라야는 사죄의 말을 꺼냈다. 기쁨에 웃고 있던 첸첸의 얼굴이 순간 굳었다. 등 뒤에 서 있던 무무도 놀라 고개를 들었다.

"죄송합니다, 공주님."

라야는 다시 한 번 사죄를 표했다.

언제나 왕이 최우선이었다. 그렇게 배워 왔고, 그렇게 살아왔다.

─하지만 이번만은 그럴 수 없어.

라야는 첸첸의 손을 놓고 무무를 숨기듯 등 뒤로 감췄다. 첸첸은 두 주먹을 바스라질 것처럼 움켜쥐었다. 무무는 믿을 수 없다는 듯 자신을 지켜 주는 라야의 등을 응시했다.

"……비켜."

첸첸이 다시 말했다. 라야는 왕을 향한 반기를 꺾지 않았다.

"비키지 못합니다."

"비켜."

"죄송합니다."

"비키라고 말하잖아!"

첸첸의 얼굴이 참혹하게 구겨졌다.

그러나 라야의 대답은 똑같았다. 목소리 높낮이도, 담담한 표정도, 말투도 모두 똑같았다.

"죄송합니다."

"왜!"

왕의 외침에 라야가 숙였던 고개를 들었다.

첸첸이 악착같이 다그쳤다. 왕이 된 기쁨이 삽시간에 사라지고, 속에서 천불이 올라왔다. 라야는 이럴 수 없었다. 그가 어떻게 자라 왔는데! 그가 어떤 성격인데!

"왜야! 왜! 말해 봐! 왜야!"

"……왕의 말씀을 거역하는 것이 얼마나 큰 죄인지는 압니다."

모를 리가 없다. 가문에서 배운 것이 전부 왕에 관한 것이었다. 가문의 명예에 누를 끼치면 안 된다고, 몇 십 번, 그것도 모자라 몇 백 번을 외우고 읊고 적고 행했다.

라야는 단 한 번도 그것을 허투루 행한 적이 없었다. 시키는 것보다 몇 배는 더 철저하게 몸에 익히고, 몸가짐에 새겨 넣었다.

그러나 이번만큼은 달랐다.

"처음 사귄 제 친구입니다."

아무도 없었다. 손에 잡히는 것도, 말을 나누는 이도 없었다.

"단 한 명도 제 편이 없었던 곳에서 사귄 제 친구입니다."

어머니란 여자는 유폐되어 허공만 보고 누워 있었고, 유모는 그 옆에 앉아 매일같이 울었다. 형식적인 아버지는 언제나 외면으로 일관했고, 가문의 사람들은 조롱과 비웃음으로 응시했다.

무엇을 해도 달라지지 않았다. 변하는 것은 없었다.

궁에 들어와도 마찬가지였다. 지나가는 시간이 가문에서의 생활과 똑같았다.

"……그래서?"

첸첸이 외쳤다. 그녀는 날카롭게 무무를 노려봤다.

속에서 신물이 올라올 정도로 저놈이 싫었다. 밉고 증오스러웠다!

"저 하찮은 노비가 네 편이라는 거야? 겨우 저런 놈을 지키기 위해 목숨을 걸 만큼?"

"어차피 죽으려고 했었습니다."

라야는 상처가 난 목을 내보였다. 스스로 검을 찔러 넣다가 실패한 상처다.

"저 멍청한 놈이 때맞춰 들어오지 않았다면 저는 죽어 없어졌겠지요."

"그래서?"

더 듣고 싶지 않지만 첸첸은 오기를 부렸다.

라야는 굽히지 않았다. 왕을 존경하고 복종하라 배워 오긴 했지만, 단 한 번도 왕을 두려워하라고 배운 적은 없었다.

"그렇다면 이 목숨."

검은 눈동자가 단단하게 빛났다.

"저놈을 위해 쓰겠다고 말씀드리는 겁니다."

무무가 숨소리를 죽였다.

"……그래서 죽겠다고?"

첸첸의 얼굴이 참혹하게 일그러진다. 천장이 갈라지고 석회 가루와 빗물이 동시에 바닥으로 곤두박질친다.

"왕이 된 내 앞을 가로막으면서까지, 저놈을 지키면서 죽겠다고?"

광기로 번뜩이는 첸첸의 눈에 바닥에 떨어진 검이 보인다. 무관이 도망치면서 버린 검 중 하나다. 이성을 잃은 첸첸은 곧장 그것을 집어 들고, 바로 휘둘렀다.

"그럼 죽어 버려!"

짧은 비명과 함께 검이 사선을 그렸다.

그것은 아무도 예상치 못한 갑작스런 사태였다.

라야는 무의식적으로 무무를 먼저 밀쳤다. 라야의 등에 가려져 첸첸의 행동을 미처 파악하지 못했던 무무가 라야에게 밀쳐서 세 발자국 정도 물러섰다.

곧 무무의 눈동자가 비명을 지르는 것처럼 커졌다. 라야의 머리 위로 검이 솟아 있다.

"라야!"

밀쳐진 무무가 라야의 이름을 입에 담았다. 라야는 가슴을 부여잡고 바닥으로 주저앉았다. 붉은 핏방울이 바닥으로 뚝뚝 떨어졌다.

"으……."

라야의 입에서 신음이 터져 나왔다. 이성을 잃었던 첸첸이 그제야 정신을 차렸다.

붉은 피와 주저앉은 라야.

검을 쥐었던 손이 발발 떨리기 시작한다. 챙, 쥐고 있던 검이 바닥으로 떨어졌다.

"라야!"

무무는 정신없이 친구 쪽으로 달려가 라야의 상체를 부축했다. 상체를 부축한 손에 끈적끈적한 피가 묻어나온다.

"너 괜찮아?"

고개를 숙인 채로 라야는 고개를 끄떡였다. 하지만 아픔을 이기지 못한 신음 소리가 조금씩 새어 나오는 걸 막을 수 없었다. 무무의 얼굴이 점점 굳어졌다. 그는 상처를 막고 있는 라야의 손을 강제로 떼어 내고 상처를 살폈다.

무무의 눈이 뻣뻣하게 굳었다.

깊은 상처는 아니었다.

하지만 지독하게 길었다. 오른쪽 허리에서부터 왼쪽 어깨까지 베인 상처에서 피가 방울방울 맺혔다. 무무를 먼저 밀치고 한 박자 늦게 피한 탓에 난 상처였다.

무무의 안색이 나빠지자 라야는 식은땀을 흘리면서도 그를 안심시키기 위해 말했다.

"괜찮아."

무무는 대답하지 않았다. 얕아서 다행이지, 조금만 더 깊었더라면 죽었을 상처였다.

죽음을 느낀 머릿속이 얼음장처럼 차가워진다.

무무는 첸첸을 노려봤다. 처음으로 다른 사람을 제 손으로 상처 입힌 첸첸이 검을 떨어뜨린 채로 서 있었다. 검을 휘두른 당사자도 충격을 받은 모양이지만, 무무는 그런 걸로 넘어갈 만큼 호락호락하지 않았다.

갈색 눈이 번쩍였다.

"저 계집, 가만두지 않겠어."

"……!"

얕게 신음하며 아픔을 참아 내던 라야가 고개를 번쩍 들었다. 무무가 매서운 얼굴로 자리에서 일어서고 있었다.

"무무?"

"자투라!"

라야의 부름을 무시한 무무가 단호히 돌화족을 불렀다. 자투라는 기다렸다는 듯이 냉큼 다가와서 무무와 한 발자국 떨어진 뒤쪽에 섰다. 그림자같이 부드럽고 민첩했다.

무무가 다시 명령했다.

"라야를."

무슨 뜻인지 알아챈 돌화족이 기쁘게 고개를 끄떡였다.

무무는 그대로 등을 돌렸다. 라야의 불안감은 더욱 커졌다. 뭔가 자신은 이해 못할 말들이 오간 것 같은 분위기도 그랬고, 무무와의 시선이 묘하게 엇갈린 탓도 컸다.

참다못한 라야가 상처를 손으로 짚고, 무릎을 일으켜 세웠다.

"무무, 너……."

"자투라!"

돌화족의 강한 힘이 어깨를 짓눌렀다. 일어서려던 라야는 강제로 앉혀졌다. 꿇린 무릎이 닿은 물웅덩이에서 빗물이 튀어 사방으로 튀었다.

갑작스런 상황에 라야가 잠시 말을 잃었다. 하지만 곧 눈살을 찌푸리고 물빛 머리를 한 친구를 노려봤다.

"너!"

"가만히 있어, 라야. 상처가 그 이상 벌어지면 꿰매야 해."

"그건 상관없어! 이거 놔!"

"안 돼."

무무가 등을 돌린 모습으로 대답했다. 표정은 보이지 않았지만 목소리는 발랄했다. 아니, 발랄해 보이려고 노력하는 것 같은 목소리였다.

"네가 끼어들면 곤란하니까, 한동안 그렇게 있어 줘야겠어."

"끼어들어?"

물빛 머리 소년은 상처가 난 오른손을 움직여 봤다. 부자연스럽기는 하지만 못 움직일 정도는 아니다. 지혈 덕분에 피도 멈췄고, 심하게 움직이지만 않는다면 딱 괜찮을 정도다.

"지금부터 사고를 칠 작정이거든."

몸 상태를 점검하며 무무가 말했다.

라야는 눈을 크게 떴다. 불길한 느낌이 얼추 맞아떨어지고 있었다.

"나도 살려 주려고 생각했지만 말이야, 검까지 휘두르는 계집을 더 이상 참고 보긴 힘들잖아? 나름 살려 주려고 머리 아프게 이런저런 계획을 세워 준 것만으로도 감지덕지지. 그렇지?"

"……너 지금 무슨 소리를 하는 거야?"

목소리가 저절로 떨렸다. 라야는 거칠게 어깨를 비틀었다. 그러나 돌화족 특유의 억센 힘은 좀처럼 떨쳐 낼 수가 없었다.

라야는 버럭 외쳤다.

"말해! 무슨 소리를 하는 거야!"

"죽이겠다고 말하는 거야, 라야."

무무가 등을 돌린 채로 말했다. 표정이 보이지 않는다. 발랄함을 가장했던 목소리가 차갑고 음습하게 변했다.

등을 돌린 무무의 옆으로 빗물이 뚝뚝 떨어졌다.

"저 갓 태어난 임금님을."

경악에 휩싸인 라야가 그대로 멈춘다.

그 말을 씹어 먹을 듯 내뱉은 무무는 그대로 발걸음을 옮겨 첸첸에게로 향했다.

그는 끝까지 뒤돌아보지 않았다.

2.

"꼬, 꼴좋다!"

자신에게로 뚜벅뚜벅 걸어오는 무무를 향해 첸첸이 애써 소리 질렀다.

하지만 아까와 같은 독기는 없다. 힘도 없었다. 무무는 눈만을 내리깔아 첸첸의 손을 응시했다. 검을 들었던 손이 바들바들 떨리고 있다.

꼴이 아주 우습다. 베어 놓고 덜덜 떠는 꼬락서니라니.

무무는 습관처럼 입꼬리를 끌어당겨 웃었다. 첸첸은 자기 방어에 급급했다.

"거, 거봐! 나에게 반항하니까 그런 꼴을 당하지! 꼴좋아! 꼴좋다고!"

무무는 바닥에 떨어진 검을 주워들었다. 첸첸이 라야를 베고 떨어뜨린 검이 굴러 온 것이다. 무무는 그 검을 들고 손목을 이용해 휘둘렀다. 검 끝에 살짝 묻어 있던 피가 떨어졌다.

라야의 피다. 무무의 눈이 가라앉았다.

"뭐야?"

노비가 검을 들고 자신 쪽으로 걸어오자, 첸첸은 상황을 이해하지 못하고 물었다. 무무는 피식 웃었다. 자만하고 있는 거다. 비를 내리는 임금님이라고 해서 죽지 않을 거라고.

물론 자신도 살려 주려고 했다.

무무는 히죽히죽 웃으며 중얼거렸다.

"라야 때문에 죽이는 것만은 피하려고 했었는데."

"에?"

첸첸은 답지 않게 얼빠진 얼굴을 했다.

노비는 검을 든 왼손을 축 늘어뜨렸다. 오른팔은 상처 입었기에 왼손으로 부득이 검을 잡았다. 익숙지 않은 팔이지만 치마 입고 가마 타고 쫄랑쫄랑 걸어 다니기만 했던 계집애 따위는 충분히 처리하고도 남을 정도란 건 잘 안다.

"……뭐야, 뭐야, 뭐야, 뭐야, 저리 가! 오지 마!"

무무가 눈을 치켜떴다. 오른쪽 눈이 금빛으로 번쩍였다.

첸첸이 기겁하며 숨을 삼켰다. 절대로 잘못 본 것이 아니다. 오른쪽 눈만이 흉흉하고 기괴하게 빛났다. 나비 비녀가 경보를 울리는 것처럼 요란하게 운다.

"나도 널 살리려고 했어. 괜히 머리 아프게 계획을 세우고, 독한 말만 골라서 한 게 아니라고."

"가, 가까이 오지 마! 명령이야!"

"하지만 이제 됐어."

전혀 듣고 있지 않다. 무무는 저 할 말만 중얼거렸다.

"뭐가 됐다는 거야!"

첸첸을 주춤 뒤로 물러섰다. 묘한 박력에 몸이 눌렸다. 무엇보다 자신에게 검을 들고 걸어오는 사람은 처음이다.

무무는 바닥에 질질 끌리던 검을 들어 올렸다.

검 끝이 첸첸의 코앞에서 정지했다. 믿을 수 없는 광경에 온몸의 힘이 풀릴 뻔했다. 왕에게 당당히 검을 겨누다니, 믿을 수가 없다.

"나, 나를 죽일 작정이야? 미쳤어? 나는 왕이야. 이 세계에 몇 없는 왕이라고!"

무무가 웃었다.

"상관없어."

"바, 바깥을 봐! 바깥에 내리는 비가 누구 때문에 내리는 빈지!"

"상관없다고 말했잖아."

그래, 전부 다 상관없다. 무무는 변화 없이 검을 휘둘렀다. 서걱, 검 끝이 첸첸의 앞 머리카락을 자르고 지나간다.

"악!"

첸첸은 새파란 얼굴로 물이 고인 바닥에 털썩 주저앉았다. 잘려 나간 앞 머리카락이 우수수 떨어져 내린다.

무무가 왕을 내려다보며 조소했다.

"일어나. 베이지도 않았으면서 멍청하게 벌벌 떨지 마."

"미, 미쳤어!"

"미치지 않았어. 제정신이니까 이러는 거야."

무무는 오싹할 정도로 차가운 웃음을 내보였다. 그의 발이 첸첸의 옷자락을 밟아 도망치지 못하도록 움직임을 봉했다.

"친하게 지내는 사람이 다치면 누구든 나처럼 화가 나는 법이야."

첸첸은 사시나무 떨 듯 몸을 떨며 그 자리에서 굳었다. 너무 놀란 나머지 숨소리도 쌕쌕 거칠게 변해 버렸다.

"무무!"

평정을 되찾은 라야가 자투라에게 잡힌 채로 소리쳤다.

멈칫, 무무의 움직임이 잠시 멈춘다. 하지만 정말로 잠시였다. 그는 다시 검을 든 왼손을 들어 올렸다.

"이 바보가! 그만둬!"

상처를 입은 몸으로 움직이자 피가 뚝뚝 떨어졌다.

"비를 내리는 왕을 죽일 셈이냐!"

자투라는 힘을 주어 단호하게 라야의 어깨를 짓눌렀다. 움직이면 움직일수록 상처가 벌어진다. 라야는 자신을 막는 자투라를 노려봤다. 놓으라고 말하지만 듣지 않는다. 결국 할 수 있는 일은 목소리를 높여 소리치는 방법밖에 없었다.

"차라리 그냥 도망쳐! 내가 다 알아서 할 테니까! 넌 이대로……."

"바보 같은 소리 하지 마."

목소리가 낮았다. 무무는 차마 라야가 보는 앞에서는 검을 내려치지 못하고 망설였다.

"너 혼자 두고 가면? 네가 다 뒤집어쓰려고?"

"무무!"

"그냥 죽여 버리면 돼."

참, 쉽고, 간단하게 대답한다.

왕에 대해서 말할 때는 그 누구라 해도 조심스러워지는데, 무무는
그런 것이 없었다. 섬뜩할 정도로 왕에게 담백하고, 미련이 없다.

"갓 태어난 왕이야. 군석이 열린 지 한 시간도 지나지 않았어. 나라
를 세운 것도, 군위를 들인 것도 아니야. 그렇다고 딸린 식솔이 있는
가장도 아니고, 이 계집애의 성격에 왕의 책임감 따위도 있을 리가
없지. 아, 국명부도 없지?"

히죽, 웃음이 가면처럼 얼굴에 드리웠다. 국명부는 자신의 손으로
태워 버렸다.

무무는 덜덜 떠는 첸첸 얼굴에 검을 더욱더 들이댔다.

"죽여 버린다고 해도 달라질 게 없는 왕이야. 비? 그런 건 다른 왕
보고 내리라고 해. 왕 숫자가 적다고 해도 오 년? 십 년? 그사이 한두
명은 더 태어나겠지."

"무무!"

"말리지 마!"

무무는 자꾸만 참견하는 라야에게 소리쳤다.

"너를 죽이려고 검을 휘둘렀던 계집이야! 그런데 가만히 놔두고
도망이나 치라고? 왜? 왕이라서? 비를 내려서? 나라를 세워서? 모든
사람들이 이딴 왕이나 기다려서? 그런 것 따위 전부 개나 주라고 해!"

"너!"

무무는 소리가 날 정도로 어금니를 꽉 물었다.

"게다가 어차피 죽이려고 했어."

"……!"

"살려 두면 쫓아와서 귀찮게 할 게 뻔한데, 살려 둘 이유가 없잖아?"

물빛 머리 소년은 뾰족하게 말하며 바닥에 주저앉은 첸첸을 노려봤다. 검 끝이 금방이라도 목을 꿰뚫어 버릴 것처럼 살벌했다. 첸첸은 검 앞에서 부들부들 떨며 오줌을 지렸다.

"그래서…… 죽이겠다고?"

라야는 숨을 삼키며 말했다. 무무의 말도 안 되는 논법에 화까지 났다.

"쫓아오면 안 되니까 죽이고, 이쪽이 다쳐 화가 났으니 상대방을 죽이자는 거야, 지금? 그게 할 말이야! 그것도 왕을?"

무무는 라야의 말을 들으며 얼굴을 일그러뜨렸다. 라야가 커다란 고함을 터트렸다.

"그래! 죽인다고 쳐! 그럼 왕을 기다리는 사람들은 어쩌고? 북쪽에서는 턱없이 부족한 왕의 숫자에 하루에도 몇 십 명씩 죽어 나간다는데. 그래도 상관없다고 말할 생각이야? 그리고 무엇보다 너는 어떻게 할 거야?"

라야의 검은 눈에 걱정이 솟았다.

"왕을 죽여 버리면 그 후에 남은 너는?"

애 타는 라야의 목소리가 절절히 울렸다.

"대역 죄인이 되어 버리는 너는!"

무무는 첸첸을 노려보는 눈에 힘을 줬다.

"대역 죄인이 되어서 평생토록 사람들의 시선을 피해서 살아야 하는 너는? 짐승처럼 살아야 하는 너는! 떳떳하게 이름을 밝히지도 못하고 살아야 하는 너는! 물을 마시는 것도 용납되지 않는, 대역 죄인이 되는 너는! 또 그것을 보는 나는!"

무무는 요지부동이었다. 그 모습이 답답해 라야는 계속해서 소리쳤다.

"그렇겐 안 돼! 그런 건 못 봐! 당장 그만두고 도망쳐! 내가 알아서 할 테니까 믿고 나가란 말이다!"

"그건 내가 싫다고 했잖아!"

"무무!"

—채앵!

검이 바닥에 내동댕이쳐진다. 속에서 치미는 것을 참치 못하고 검을 내동댕이친 무무가 씹어 먹을 듯 말했다.

"좋은 걸 말해 줄까, 라야?"

"뭐?"

"난 말이지, 이 계집을 천 번? 아니, 만 번을 죽인다고 해도 대역 죄인이 안 돼."

"······!"

첸첸의 머리통이 번쩍 들렸다. '설마?' 하는 작은 소리가 빗소리에 묻혔다.

"내가 대역 죄인이 되는 건 나라를 하나 망쳐서 없애 버렸을 때."

무무는 라야를 응시하던 시선을 옮겨 바닥에 주저앉은 첸첸을 내려다봤다. 군석을 가졌다는 이유만으로 기고만장해 하던 어린 왕은 고개를 절레절레 흔들며 현실을 부인했다.

"그것도 아니면 나라를 세우고서 책임을 지지 않고 도망쳤을 때."

검을 버린 왼손으로 오른쪽 턱 부근을 쓸어내린다. 곧 왼손 검지에 부드럽지만 제 것이 아닌 껍질이 잡혔다.

무무는 그것을 잡아 뜯었다.

—툭.

얼굴을 뒤덮고 있던 가죽들이 바닥으로 떨어진다.

거의 일주일 만에 맨 얼굴이다. 신선한 공기가 바로 와 닿는다. 얼굴을 뒤덮던 모든 거짓 가면들이 바닥으로 떨어지면서 숨겨진 것들이 드러났다.

"……말도 안 돼!"

첸첸이 떨림도 잊고 나직이 비명을 내질렀다. 라야는 굳은 채로 무무의 모습만 좇았다.

"그때여야지만 비로소 대역 죄인이 되지."

소년은 어깨를 폈다.

태어날 때부터 이마에 박혀 있었을 것이 분명한 파란색 보석이 반짝였다. 그것은 '비'와 '물'을 상징하는 물방울 모양을 가진 보석으로, 비를 내릴 수 있는 사람들의 유일한 징표.

왕의 상징이라고 불리는 보석.

—군석君石.

소년의 입매에 비틀어진 웃음이 달린다.

그는 두 팔을 벌리며 말했다.

"자, 이러면 왕을 죽여도 상관없겠지?"

그것은 새로운— 왕王이었다.

3.

뒤이어 물빛 머리 가발도 바닥에 떨어졌다. 숨어 있던 금색의 머리카락이 목덜미와 이마 위로 흘러내린다. 소년은 손을 들어 꽉 억눌려 있던 머리카락들을 흩트렸다.

"어…… 째서?"

첸첸이 나직하게 물었다.

소년은 말없이 비웃으며 오른쪽 눈동자로 손을 옮겼다. 기존의 눈동자색을 가려 주도록 직접 제작해서 만든 갈색 유리알이 바닥으로 떨어진다. 그 안에 숨어 있던 것은 군석과 똑같은 파란색 눈동자였다.

"어째서! 어째서!"

오른쪽 눈동자 다음에는 왼쪽이다. 소년은 왼쪽 눈동자를 가렸던 유리알 또한 빼내 바닥에 버렸다. 이번에는 금을 녹여 만든 것 같은 금색 눈동자다. 신기하게도 왼쪽과 오른쪽 눈 색이 서로 다른 빛을 품고 있다.

첸첸이 비명을 질렀다.

"어째서 너 따위가 군석을 가지고 있는 거야!"

푸른색 군석이 웃는 것처럼 반짝 빛났다.

누구도 흉내 낼 수 없는, 흉내 내어서도 안 되는 그것은 확실히 소년의 이마에서 빛나고 있었다.

"나도 가지고 싶어서 가지고 태어난 게 아니야."

소년은 목소리는 차가웠다.

"이 군석을 가지고 너처럼 거드름을 피운 적도."

소년은 첸첸에게 한 발짝 다가섰다.

"비를 내리는 것에 기쁨을 느낀 적도 없지."

하지만 왕이었다.

소년의 말과 달리 그는 '왕'이라는 사실이 무척 잘 어울렸다. 오만한 미소가 어울리는 입매도, 나른하게 휘어지는 눈매도, 바람에 휘날리는 금발 머리조차도 왕다웠다.

더 이상 노비 **무무**는 존재하지 않았다.

아연해진 라야는 자투라에게 어깨를 잡힌 채로 가만히 있었다. 전에 없는 충격이 머릿속을 강하게 뒤흔들었다. 숨구멍이 탁 막혔다.

금발 머리를 하고, 이마에 군석이 박혀 있는 저 왕은.

어제까지만 해도 같이 웃고 떠들던―.

"거짓말이야! 거짓말!"

첸첸이 울부짖었다. 온몸으로 울었다.

"너 따위가 왕일 리가 없어!"

"하지만 사실이야."

소년은 짧게 대꾸하고 바닥에 내동댕이친 검을 달랑 집어 들었다. 그 깔끔하고 차가운 행동에서는 일말의 동정심도 느껴지지 않았다.

필요하면 죽인다. 그것뿐이다.

"나는 왕이고, 너를 죽여도 대역 죄인이 되지 않지."

비를 내리는 임금님은 귀하니까. 왕 하나가 죽었다고 또 다른 왕을 죽여서 없애는 것만큼은 하지 못하겠지.

"아니야, 아니야! 아니란 말이야!"

첸첸은 거칠게 고개를 저으며 허우적거렸다. 자주색 머리가 빛을 잃었다.

이럴 수는 없다! 절대 이럴 수는 없다!

"이해할 수 없어! 이해가 가지 않아! 왜야? 어째서? 어째서 노비 시장에 있었던 거야? 왜 왕이 노비 흉내를 내고 다녔던 거지? 어째서 정체를 숨기고 이 나라에 있었던 거야? 왜! 어째서!"

"계획이었어."

소년은 검을 들어 끝을 첸첸의 미간에 맞췄다. 첸첸의 눈에서 또다시 투명한 눈물이 넘쳐흘렀다.

모든 것이 뒤죽박죽이었다.

몇 번이나 이럴 리가 없다고 되새겨 보지만, 소년의 군석은 사라지질 않았다.

"자투라를 위해서 세운 계획이었지."

소년은 순순히 말하며 검을 비틀었다.

어차피 죽일 생각으로 정체까지 밝혔다. 왕인 것도 스스로 밝힌 마당에 숨길 것은 없었다.

"그녀는 원래 내 사람이었어."

목소리조차 조금 바뀌었다. 왕처럼 느긋했고 깔끔하며, 품위가 있었다.

"나의 또 다른 어머니이자, 누나이자, 친구이자, ―군위였지."

"……!"

라야는 이를 악물었다.

여전히 라야의 어깨를 짓누르며 자투라가 당당히 고개를 치켜들었다. 군위라는 자부심이 밑바탕에 깔려 있었다.

"군위라고?"

"그래. 내 나이 여덟 살 때 맞이한 내 군위."

소년은 참으로 화사하게 웃었다.

"내 명령이라면 목숨까지 내던지지. 나를 위해서 웃고, 나만을 걱정하고, 나만을 바라보며 사는 내 사람. 내가 없으면 자투라는 살지 못해. 내가 살면 살고, 죽으면 죽지. 그게 내 군위, 자투라다."

콰르르릉! 쾅!

천둥과 번개가 동시에 울렸다. 천장 구석이 무너지며 벽을 타고 빗물이 흘러들어 왔다.

첸첸은 흐르는 눈물을 삼켰다. 혼란스러웠던 머리가 차츰 이성을 찾는다.

"그런 군위가 왜? 어쩌다가 노비 시장에 있었던 거지?"

"다른 곳으로 대피시킨 거야."

소년은 고개를 까닥거렸다. 첸첸을 내려다보는 눈길은 뼛속까지 차갑다.

"죽게 놔둘 수는 없으니까."

"죽…… 어?"

"시도 때도 없이 나를 해코지하려고 하는 놈이 하나 있어서 말이야."

기묘한 긴장감이 소년의 주위를 감쌌다. 벽을 타고 흘러 내려온 빗물에 신발 밑창이 젖었다.

"어떻게든 살려 보려고 머리를 굴렸더니, 노비로 파는 방법밖에 나오지 않더군. 그래서 결국은 노비 시장에 내다 판 거야. 내 군위인 자투라를, 왕인 내가 팔았지."

소년의 머리 위에서도 빗방울이 조금씩 떨어져 내렸다. 붕괴되어 가던 궁이 갑작스럽게 내린 비로 인해 녹아내리는 것처럼 변했다. 구석부터 조금씩 허물어지면서 바닥으로 떨어져 내린다.

소년은 머리 위로 떨어지는 빗물에는 아랑곳없이 말했다.

"그런데 시간이 가면 갈수록 불안해지더군. 살린 건 좋았는데 안심이 되어야 말이지. 노비라는 것이 워낙 천것 취급 받잖아? 좋은 주인을 만나면 다행일 테지만, 너 같은 주인을 만나기라도 하면 살린 보람도 없어지잖아."

나쁜 생각은 꼬리에 꼬리를 물고 이어졌다. 무기력하게 맞고 있으면 어쩌나, 질 나쁜 주인을 만나 희롱을 당하면? 물 한 모금 마시지 못한 채로 갇혀 있다면? 희귀한 종족이라고 해서 동물원의 동물처럼 구경거리가 되고 있는 것은 아닐까?

가만히 있을 수가 없었다.

"정말 거짓말 안 하고 딱 미칠 것 같았지. 걱정이 되어서 제대로 잠도 못 잤어. 결국 자리를 박차고 움직였지. 자투라를 따라 추격꾼까지 달고서 여기까지 왔어."

소년은 다시 위험하게 웃었다. 무무를 연기하고 있을 때와는 달리 서늘하고 차가운 분위기가 물씬 풍겼다. 심장도, 피도 눈물도 없이 살아가는 사람처럼.

"끈질긴 놈들이었어."

소년은 흔들리는 첸첸의 눈동자를 똑바로 노려봤다.

"떨쳐 내도, 떨쳐 내도 계속 달라붙는 게 진드기와 같았지."

전문적으로 훈련받은 무관들답게 추격은 매우 치밀했다. 떨쳐 냈다고 생각하면 바로 옆에서 고개를 들이밀었고, 없애 버렸다고 생각하면 피가 묻은 채로 덤벼들었다.

덕분에 자지도 못하고, 먹지도 못한 소년은 진곡에 도착했을 즈음 거의 폐인이 되어 있었다.

"도착은 했는데 손가락 하나 까딱할 수 없을 정도로 지쳐 있었어. 결국 여관도 잡지 못하고 골목길 옆 쓰레기통에 숨어서 잤지. 왕이 사는 나라이긴 하지만 안심할 수가 없어서 큰 대로변에는 가지도 못했어. 워낙 귀신같은 놈들이라, 쥐도 새도 모르게 납치당할 확률이 높았거든."

주술을 쓰느라 온몸엔 자해 자국이 가득했다. 옷도 피가 묻고 찢어져 넝마처럼 보였다. 우선은 쉬어야 했다. 소년은 빨랫줄에 널린 옷을 훔쳐 입고, 사람이 없는 곳에 숨어서 쥐처럼 웅크리고 지냈다.

왕이라기엔 너무나 처참한 몰골이었다.

"천천히 몸부터 회복했지. 조용히, 아주 조심스럽게. 하지만 머리는 쉬지 않았어. 이번엔 자투라를 구해 낼 가장 안전한 장소를 골라야 했거든. 진곡도 왕이 사는 나라이니 안전하긴 했지만, 그래도 좀 더 구체적이고 더 안전한 장소가 필요했어. 추격꾼이 눈치 채도 절대 손을 못 댈 곳으로."

거기서 말을 끊은 소년은 잠시 첸첸을 내려다봤다. 그 시선이 의미한 바를 깨달은 첸첸의 얼굴이 딱딱하게 굳었다.

첸첸은 비명처럼 내질렀다.

"설마!"

"그래."

소년은 손가락으로 자신의 발밑을 가리켰다.

"여기였지."

첸첸의 심장이 얼어붙었다. 소년은 군석을 빛내며 말했다.

"왕이 있는 궁이라면 추격꾼은 오지 않아. 그놈들은 특히나 올 수가 없지. 꽤 신분이 있는 놈들이거든. 또 하나, 궁에 아주 먹음직스런 먹이가 있더라고. 온실 속에 화초처럼 귀하게 자란데다 사치를 좋아해서 돌화족이라면 냉큼 사 줄 것 같은 철없는 열세 살짜리 공주가."

더 이상 잴 것도 없었다. 소년은 백종궁을 선택하고 바로 움직였다.

"정보를 수집했지. 네가 좋아하는 것, 네가 싫어하는 것, 네가 유난을 떠는 것, 너와 네 부모의 관계, 사이는 좋은가, 나쁜가. 그 와중에 흑종궁에 궁인으로 변장에 잠입하게 되었고, 네 아버지에 대한 비밀을 알아냈어."

—진곡 왕은 허수아비다.

소년은 그 정보를 손에 들고 웃었다.

한 나라의 왕을 상대한다는 부담감이 줄어들었다.

이런 왕이라면 신경 쓰지 않아도 되겠지. 운이 좋았다.

소년은 등에 날개를 단 것처럼 더욱 활발히 움직였다. 자투라를 위해서라면 무서울 것이 없었다.

"혹시 그거 알아, 첸첸?"

소년은 파랗게 질린 첸첸에게 웃음 섞인 목소리로 말을 걸었다.

"노비 시장에서 만났을 때 말이야. 넌 날 처음 만났다고 생각했겠지만, 사실 그건 우리의 두 번째 만남이었어."

"나, 나는 너 같은 것 본 기억 없어!"

"그러지 말고 잘 생각해 봐. 나 때문에 노비 시장에 돌화족이 나온 것까지 알았잖아?"

"무슨……."

"기억 안 나? 우린 바로 이곳에서 만나서 이곳에서 헤어졌잖아."

첸첸이 아, 작게 입을 벌렸다.

뇌리를 스쳐 가는 한 명이 있었다.

―나비 비녀를 들고, 찾아온 상인.

노비 시장에 돌화족이 나왔다는 것을 알려 준, 그 상인.

모자를 깊숙이 눌러쓰고, 탁한 목소리로 말해 오던 상인.

"그러고 보니 공주님, 귀한 것을 좋아하시지요? 소인이 듣기로는 이곳 노비 시장에 돌화족이 나왔다고 들었었는데. 소인의 물건으로 만족을 못하시거든 노비 시장에 가 보시는 것이 어떠십니까? 돌화족만큼 귀한 것이 없으니 공주님께 무척 잘 어울릴 거라 생각합니다."

턱이 부들부들 떨렸다. 손가락 끝에서부터 경련이 일어났다.

"기억났어?"

소년은 가식적인 웃음을 내보였다. 웃는 것이 무기인 것처럼 소년은 이때다― 하고 웃었다. 첸첸의 속이 뒤집어졌다.

"거, 거짓말하지 마! 네가 하는 말 전부 거짓말이야! 목소리도 전혀 달라! 네가 아냐! 너 따위가 아니라고!"

"목소리? 그거 때문에 못 믿는 거야?"

어이가 없네. 소년은 그렇게 중얼거리곤 목을 누르며, '아아' 거렸다. 그 후에 소년의 입에서 전혀 다른 목소리가 흘러나왔다.

"이러면 돼?"

"……!"

"이러면 그 상인과 똑같은 것처럼 들려?"

늙은이들 특유의 가래 끓는 목소리가 소년의 입에서 흘러나왔다. 첸첸의 얼굴이 공포로 질렸다. 이제는 비명 지를 힘도 없었다.

빙그레 웃은 소년은 다시 원래 목소리로 말했다.

"목소리 따위야 언제든지 변조가 가능해. 그건 나였어. 너에게 돌화족이 나왔다고 흘리고, 네가 사 들이도록 돌화족에 대해 찬양했지."

나비 비녀가 짜르릉 울었다.

훌쩍훌쩍 울고 있던 첸첸은 기겁하며 머리에 꽂힌 나비 비녀를 뽑아 바닥에 내동댕이쳤다. 소름끼치도록 무서웠다. 끔찍했다. 첸첸은 처음부터 그의 손아귀에서 놀아나고 있었다.

"너는……. 너란 놈은!"

"그 후, 내 계획은 너도 알고 있을 거야."

소년은 바닥에 버려진 나비 비녀를 주워들어 품에 집어넣었다.

"때를 기다렸지."

스스로가 노비가 되어 시장에서 알짱거렸다.

첸첸에게 노비로 팔리려는 마음은 없었다. 그냥 자투라가 안전하게 첸첸의 손으로 넘어가는 것을 본 다음 노비 시장에서 도망쳐 백종궁으로 숨어 들어갈 작정이었다.

그 와중에 운 좋게도 첸첸이 자신조차 사 들였다.

"난 네가 내 계획을 도와주고 있다고 생각했을 정도야."

라야 곁에 있게 된 '무무'는 그 즉시 행동을 개시했다. 촐싹거리는 행동과 자유분방하고 철없는 성격을 연기하며 백종궁 여기저기를 돌아다니고 정보를 모았다. 수상하다고 걸리기라도 하면 '원래 그런 놈이다'라고 생각하고 넘어갈 정도로, 노비치고는 요란하고 시끄럽게 움직였다.

첸첸의 방이 어딘지, 경비를 서는 무관의 수와 교대 시간은 어떻게 되는지, 특정 행사는 없는지. 꼼꼼하게 따져 가며 자투라를 빼 올 날을 손꼽았다.

그리고 —그때까지만 해도 첸첸을 죽일 작정이었다.

"망설임은 없었어."

첸첸의 두 눈동자가 떨렸다.

"널 죽여야 진곡 왕이 나라를 봉쇄하고, 추격꾼의 발목을 잡을 테니까. 너만은 반드시 죽일 작정으로 궁으로 숨어들었지. 네가 진곡 왕의 하나뿐인 딸이라도, 군석을 가진 예비 왕이라도 상관없었어."

살아남기 위해서라면 무슨 짓이라도 한다.

죽어 버린 딸로 인해 진곡 왕이 분노해 쫓아온다면 진곡 왕까지도 죽이려고 생각하고 있었다. 진곡에 사는 국민들도 애초에 안중에 두지 않았다. 비가 없어서 목말라 죽든, 애써 가꾼 곡식이 말라 죽어 나라가 망하든 아무래도 좋았다.

자투라가, 내가 살 수만 있으면 그만이었다.

하지만 그 생각은 오래가지 못했다.

의외의 복병이 있었다.

"친해질 줄 몰랐어."

소년이 희미하게 웃었다.

궁이 구르르르 흔들린다. 바닥에 고인 빗물에 동심원이 생겼다. 첸첸에게 겨눈 칼끝에 빗방울이 떨어졌다.

"같은 또래라는 것만 얼추 맞아떨어졌지, 성격은 완전 정반대였거든. 절대로 어울릴 수 없는 성격이라고, 재미없는 성격이라 여기고, 멍청한 노비 시늉을 하다가 갑작스럽게 사라질 생각이었는데……."

소년은 쓰게 웃었다.

노비인 자신을 걱정해 주고 챙겨 줬다. 동생처럼 취급하며 머리를 쓰다듬어 주고, 거리에서 같이 웃으며 군것질을 했다. 장난스럽게 거는 장난을 받아 주고, 투닥거리는 재미에 빠져 계속 웃었다.

친구가 된 것이다.

"덕분에 처음에 짠 계획은 모두 흐지부지되어 버렸지. 친구 앞에서, 그것도 군위 가문에서 자란 놈 앞에서 왕의 살해 장면을 보여 줄 수는 없어서 너를 죽이는 계획을 처음부터 뒤집어엎었어."

뭣보다 그런 장면을 보여 준 자신을 라야가 어떤 낯으로 대할지가 가장 걱정이었다.

끙끙거리며 고민하던 소년은 첸첸을 죽이는 것에서 쫓아오지 못할 정도의 강한 정신적 충격을 주는 것으로 계획을 전면 재 수정했다. 허술해 보이고 모험적인 계획이었지만 소년은 첸첸의 성격과 성장 과정에 모든 것을 걸었다.

"실제로 넌 거의 벼랑 끝에 몰렸었지."

첸첸은 독한 성격을 가지고 있긴 했지만 온실 속의 화초처럼 커 온 공주님이었다. 거슬리는 것들은 권력과 돈으로 당연하다는 듯이 치워 버렸고, 바르게 인도해야 할 부모들도 그저 아껴 주고 감싸 주기 바쁘다는 것을 흑종궁에 침입했을 때부터 알고 있었다.

소년은 그 점을 파고들었다.

백종궁을 무너뜨려 심리적으로 불안하게 만들고, 진곡 왕의 비밀을 까발려 군위 후보들과 궁인들에게 버림받도록 만들었다. 감정 기복이 심한 온실 속의 공주님은 갈대처럼 아주 쉽게 휘둘렸다.

그래. ─군석이 각성하기 전까진.

"네 군석이 내 계획을 망쳤지."

소년은 이야기를 마무리하며, 모든 것을 첸첸의 탓으로 돌렸다.

"라야를 봐서 애써 살려 주려고 한 계획을 네가 모두 망쳤어. 정확히 말하자면 네가 왕이 된 탓이지. 거기에 네가 검까지 휘둘러 라야를 저 지경으로 만들었는데, 내가 가만히 있을 거라고 생각했어? 다네 탓이야."

"아니야아앗!"

첸첸은 벌떡 일어섰다. 검이 놓치지 않고 따라붙는다. 소녀는 파리한 안색으로 입술을 꾹 깨물었다.

고통스러운 소녀의 표정에도 소년은 차갑게 웃었다.

"그런 표정 짓지 마. 네 각성 때문에 나도 한 방 먹었어. 열심히 세웠던 계획도 망쳤고, 나는 너를 죽이려고 밝히지 않아도 괜찮았을 정체까지 밝히게 됐으니까. 봐, 덕분에 나는 라야와 예전처럼 지내지도 못할 거야."

라야에게 끝까지 정체를 숨기려고 작정했었던 소년은 속이 쓰렸다.

감추고, 감추고, 감춰서 계속 시시덕거리며 지내고 싶었다.

"이제 그만 끝내자."

한층 기분이 더러워진 소년이 음습하게 웃었다.

천장에서 돌가루가 후드득 떨어졌다. 금발이 어둠 속에서도 환히 빛났다.

"이제 다 알았으니 됐지? 물론 나야 더 주절거리고 싶지만 네가 비를 내린 덕택에 붕괴 속도가 예상보다 빨라져 버려서 어쩔 수가 없어. 언제 무너질지는 이제 나도 몰라. 큰 진동 하나 오면 끝일지도 모르지."

이미 입구는 막혔다.

통로도 무너졌을 거다.

주술을 발동하기 전에 '一내가 있는 곳을 가장 늦게' 라는 조건을 걸지 않았다면 여기도 진작 무너졌을지도 모른다. 첸첸과 라야는 진동이 약해진 탓에 안심하고 있는 모양이지만 소년은 달랐다. 이건 폭풍 전의 고요란 걸 눈치 챘다.

소년은 약간의 초조감을 숨기고, 아리따운 새 신부를 배려해 주는 것처럼 부드럽게 말했다.

"마지막으로 할 말은?"

"……!"

첸첸의 얼굴이 멋지게 굳는다. 소년은 자신의 계획을 망친 첸첸을 끝까지 괴롭혔다.

"없어? 너의 그 멋지고 훌륭하신 아바마마에게도? 이런 거 좋지 않아? 一아바마마, 소문을 들어서 알게 되었는데 허수아비라면서요? 관리들이 시키는 대로 한다면서요? 부끄러워라. 나라면 혀를 깨물고 죽어 버렸을 텐데. 아버지는 어쩜 그리 뻔뻔한지. 참으로 수치스러워 살 수가 없네요."

"닥쳐!"

첸첸은 발작처럼 소리쳤다.

억울했다. 억울했다.

너무 억울해서 참을 수가 없다! 그녀는 무서움도 잊고 원망스러움을 토로했다.

"다 너 때문이잖아! 너와 네 군위가 살기 위해서 날 이용한 거잖아! 그런데 왜! 그런데 왜 내가 이렇게 되어야 해! 내 국명부! 내 군위! 내 궁! 전부 네 탓인데! 왜 내가 이렇게 되어야 해! 전부 네 탓이면서! 네가 이렇게 만들었으면서! 그게 왜 내 탓이야! 죽여 버릴 거야! 반드시, 반드시 너만은 죽여 버릴……!"

"마음대로 해."

소년은 가면을 뒤집어쓴 것처럼 웃었다. 적의에 찬 타인의 말은 질리도록 들어 봤다. 그걸 여기서 몇 번 더 듣는다고 해서 상처 같은 건 받지 않는다.

"남길 말은 그것으로 끝이지?"

소년은 무정한 모습으로 검을 들어 올렸다. 첸첸은 부들부들 떨면서 소년을 노려봤다.

"잘 가."

첸첸은 비명도 지르지 못하고 질끈 눈을 감았다. 기세 좋게 죽여 버리겠다고 소리친 입과 손이 덜덜 떨린다.

그러나 조용했다.

아무런 변화도 없었다.

한참을 기다려도 잠잠한 침묵만 이어진다. 의아함을 느낀 첸첸이 슬며시 실눈을 뜨고 앞을 응시했다. 검은색 머리카락을 가진 소년이 첸첸의 눈앞에 있었다.

익숙한 등이다. 첸첸은 감격에 차 그를 올려다봤다. 눈에서 눈물이 차올랐다.

"……라야."

소년이 짧게 불렀다.

빗물에 젖은 검은 머리카락이 흔들렸다. 안경 너머의 검은 눈동자가 서릿발처럼 차갑게 소년을 노려봤다.

"너!"

자신을 부르는 소년의 외침을 무시하고, 라야는 검날을 쥔 손에 힘을 주었다.

붉은 피가 검날을 타고 뚝뚝 흐른다.

화끈거리는 고통이 느껴졌지만 지금은 아무래도 좋았다. 오른손에서 흘러내리는 피를 남의 것처럼 느끼며, 라야는 그대로 검을 빼앗아 들었다.

피가 사방으로 튀었다.

제 14 장

무너지는 곳에서

제 14 장
무너지는 곳에서

1.

실감은 느렸다.

라야는 첸첸에게 당한 상처조차 잊은 채로 파랗게 빛나는 군석을 응시했다. '비'와 '물'을 상징하는 물방울 모양의 군석은 한 치의 흐트러짐도 없이 오롯하게 빛났다.

"거짓말이야!"

공주가 울부짖었다. 라야도 소리치고 싶었다.

이게 어떻게 된 일이냐고.

다른 건 아무래도 좋지만 왕을 흉내 내는 것만은 그만두라고. 엄하게 혼낼 생각까지 하고 있었다.

그러나 그는 웃었다.

당당하게 웃으면서 자신의 군석을 뽐냈다. 입매가 오만하게 비틀리고, 휘어진 청색, 금색의 눈동자가 차가운 빛을 내뿜고, 손끝과 발끝의 몸짓이 달라지고, 말투와 목소리가 변하며, 그는 웃었다.

"어째서! 어째서!"

첸첸이 계속 소리친다.

소년은 비릿한 미소를 얼굴에 담고 검을 집어 들었다. 시퍼런 칼날이 첸첸의 코앞에서 멈춘다.

첸첸이 부들부들 떨며 절규했다. 소년이 뭐라 말을 했지만, 이제 상관없다. 라야는 듣지 않고 고개를 숙였다. 검은 머리카락이 밑으로 흘러내렸다. 안경 너머에 있는 검은색 눈동자가 충격으로 빛을 잃었다.

"……어떻게?"

목소리는 닿지 않았다. 비릿하게 웃은 소년이 첸첸을 계속 몰아붙인다. 천장에서 떨어지는 빗물이 손등 위로 떨어졌다.

전부 거짓이었다.

웃는 얼굴도, 물빛 머리카락과 갈색 눈동자도.

심지어 아버지에게 괴롭힘을 당했다던 그 고백도 거짓이었다.

라야는 아무것도 하지 않았다.

온몸에 힘이 빠졌다.

살의를 품고 검을 치켜 올리는 소년을 봐도.

일 년간 극진히 모셔 온 공주님이 덜덜 떠는 것을 봐도.

끈 떨어진 인형처럼 가만히 있었다.

그래.

그랬었다.

—챙.

검이 바닥에 튕겨 먼 곳으로 굴러간다. 검을 빼앗아 집어 던진 라야의 손에서는 붉은 피가 뚝뚝 흘러내렸다.

"······이게 무슨 짓이야."

당황했는지 소년이 주춤거렸다. 라야는 피투성이가 된 오른손을 한 번 내려다보고 소년을 응시했다. 안경 너머의 검은 눈동자가 고요하면서도 매서웠다.

"뭐 하는 짓이냐고, 이 바보야!"

소년이 달려들었다. 피가 철철 나는 오른손은 심각했다. 검날이 반쯤 박혔는지 흰 뼈가 조금씩 보였다.

냉큼 상의를 찢은 소년은 라야의 상처를 지혈하기 위해 온 신경을 집중했다.

"돌았어? 미쳤냐고!"

상처를 꽉 묶는 재빠른 손길에 라야의 눈썹이 꿈틀거렸다. 바로 앞에서 푸른색 군석과 익숙지 않은 금발이 어른거린다. 멀리서 보는 것과 가까이 보는 것은 또 달랐다. 속에서 무언가 울컥하는 걸 라야는 애써 진정시켰다.

"손가락 잘리고 싶어서 환장했어? 무슨 배짱으로 맨손으로 검날을 잡아!"

잡고 싶어서 잡은 것이 아니다.

라야도 급했다. 검이 당장이라도 첸첸의 머리통을 쪼갤 듯이 위로 올라가 있었으니까. 이것저것 잴 것 없이 손을 뻗었더니, 결과가 이것이었다.

"너 대체 무슨 정신머리가······."

윽박지르던 소년의 목소리가 멈췄다. 소년의 눈동자가 또 한 번 크게 벌어졌다. 그의 시선이 라야의 어깨 뒤로 향했다.

"······자투라?"

더듬더듬 소년의 말이 새어 나왔다.

있어야 할 대답은 들려오지 않았다. 라야도 고개를 돌려 뒤를 응시했다. 방금 전까지 자신이 있던 자리다. 자투라에게 잡혀서 짓눌린 채로 무릎을 꿇고 있었다.

하지만 지금은 자투라가 바닥에 쓰러진 채로 그곳에 누워 있었다.

소년의 모든 기능이 순간적으로 정지했다.

"기절한 겁니다."

소년의 변화를 알아챈 라야가 냉큼 말했다.

뻣뻣하게 굳은 소년의 시선이 라야 쪽으로 천천히 돌아왔다. 차가운 존댓말이 이어졌다.

"놔 달라고 해도 놔주지 않아서 어쩔 수가 없었습니다. 다친 곳은 없으니 안심하셔도 됩니다."

잘 보면 가슴이 오르락내리락 움직이고 있다.

소년은 흔들리는 눈동자를 진정시켰다. 산전수전 다 겪었지만 아끼는 사람이 다치는 것만큼은 감당하지 못하겠다.

"기절시켰다고?"

청색과 금색 눈이 가늘어지며 상한 속마음이 드러난다. 놀란 탓인지 목소리가 올라가고, 말투가 험해졌다.

"고작 저딴 년을 살리겠다고 자투라를 기절시켰다고 말한 거야, 지금?"

라야의 미간이 덩달아 찌푸려졌다.

소년이 버럭 소리를 지른다.

"대체 저 계집이 뭐라고! 왕? 왕이라서 그래? 각성하고 나니까, 그런 왕의 군위 자리라도 아까워졌어? 그래서 그래?"

"그런 식으로 매도하지 마십시오."

터질 듯한 화를 참으면서 라야는 씹어 먹을 듯이 내뱉었다.

"그런 이유가 아닌 건 잘 알지 않습니까."

"그럼 뭐야!"

소년의 목소리가 쩌렁쩌렁하게 울려 퍼졌다. 격한 반응에 푸른색 군석도 요동쳤다.

"네가 그렇게까지 하면서 날 막아서는 이유가 뭐야! 내가 얼마나 힘들게 여기까지 왔는데! 내가 어떤 심정으로 네 앞에서 왕인 걸 밝혔는데! 그런데 네가 어떻게……."

"그걸 정말 몰라서 묻습니까?"

왕의 말을 자르고, 라야가 낮으면서도 침착하게 말했다.

"지금 몰라서 저에게 물으시는 겁니까? 제가 왜 이러고 있는 건지?"

검은 눈동자에 순간적으로 한심하다는 기색이 스쳐 지나갔다. 화를 내던 소년의 몸이 반사적으로 움찔했다. 하지만 이내 어깨를 떳떳이 펴고 다시 소리쳤다.

"그래, 몰라! 내가 어떻게 알아!"

"다른 건 다 알더니, 그건 왜 모릅니까?"

"뭐?"

"상식적으로 생각해 보십시오!"

첸첸이 불안한 눈으로 라야의 옷자락을 꼭 잡는다. 살며시 잡아당기는 느낌이 뒤에서 느껴졌지만 라야는 뒤도 돌아보지 않고 소리쳤다.

"아무리 왕이라고 해도……."

천장에서 많은 양의 돌가루들이 떨어졌다. 작은 진동이 멈추지 않고 계속되었다.

"친구라고 여겼던 놈이 사람을 죽인다는데……."

라야가 버럭 소리를 질렀다.

"말리지 않을 사람이 이 세상 어디에 있습니까!"

―쿵!

순간, 커다란 진동이 라야와 소년을 휩쓸었다.

발치가 흔들리고, 벽이 무너졌다.

중심을 잃고 쓰러진 세 사람은 약속이라도 한 듯 동시에 고개를 들어 천장을 올려다봤다.

커다란 기둥들이 그들의 머리 위로 기울어진다. 딸을 위해 지은 진곡왕의 애정만큼이나 두꺼운 궁벽들이 떨어지고, 지붕 꼭대기에 사치스럽게 세워져 있던 유리창이 산산조각으로 부서졌다.

"어떻게 벌써!"

경악하며 소리를 지르는 소년을 라야가 황급히 잡아당겼다. 소년이 속수무책으로 끌려간다. 라야는 끌어당긴 그대로 그를 발밑에 엎드리게 만들었다.

"라야!"

대답하지 않았다.

피하기엔 너무 늦었다. 라야는 두 왕을 지키기 위해 자신의 몸으로 감싸 안았다. 혼자의 몸이니 제대로 보호할 수는 없을 거다. 두부처럼 뭉개지고, 바닥에 잔해만 남겠지.

　그래도 라야는 두 사람 위에서 비키지 않았다. 눈을 질끈 감고 곧
이어 닥칠 충격에 대비했다.

　"이 바보가!"

　소년이 절규를 담아 소리쳤다. 라야는 더욱 빈틈없이 꽉 눌렀다.

　첸첸은 부들부들 떨었다.

　라야의 등 위로 돌덩이들이 떨어졌다.

2.

　불현듯 음식점에서 나눈 대화가 기억났다.

　간단한 대화였고, 지나가듯 한 말이라 기억에 남지 않았었다.

　이 상황에서 갑작스레 떠오른 것이 이상할 정도였다.

　―너 나에게 감추는 것이나, 속이고 있는 것 있어?

　―응.

　거센 주먹이 무무의 정수리를 직격했다.

　무무가 아픈 듯 울상을 짓는다.

　왕인지도 모르고, 노비의 머리통에 주먹을 박아 넣은 검은 머리 소
년은 희미하게 웃으면서 말했다.

―그걸로 용서해 주지.

3.

무너지는 기둥들은 다행히 중간에 멈췄다.

커다랗고 긴 탓에 허공에서 서로 얽히고설킨 탓이다. 하지만 언제까지고 버티지는 않을 거다.

새파란 군석을 가진 소년은 천장을 살피며 머리 위로 곧장 떨어지는 빗물을 털어 냈다. 지혈을 한 팔에는 물이 스며들까 봐 새로운 천으로 감아 놨다.

"라야는 괜찮을까?"

첸첸의 목소리가 뒤쪽에서 들렸다. 소년은 짜증을 참으며 첸첸 쪽으로 고개를 돌렸다. 자주색 머리카락의 소녀가 걱정스러운 표정으로 눈을 감고 누워 있는 라야를 응시했다.

"괜찮을 겁니다."

대답한 쪽은 자투라다.

자투라는 무표정한 얼굴로 양손을 들어 누워 있는 라야의 얼굴 위를 가렸다. 비가 라야의 얼굴 위로 떨어지는 대신 자투라의 손 위에 떨어졌다 옆으로 튀었다.

라야는 위에서 떨어지는 돌덩이를 정통으로 맞았다. 그 충격을 받고 옆으로 쓰러져 바닥에 머리를 처박고 의식을 잃었다. 돌덩이를 맞은 등뼈가 부러지지 않았으니 다행이라면 다행이겠지만, 소년의 화는 쉽사리 가라앉지 않았다.

"깨어날 것 같아?"

짜증을 꾹꾹 눌러 담은 채 소년은 자투라에게 물었다. 자투라가 고개를 절레절레 흔들었다.

"등보다는 머리를 부딪친 충격이 큰 것 같습니다."

"아아, 무방비로 쓰러졌으니까."

기둥들은 중간에 멈췄지만 천장이 무너진 잔해들은 곧장 떨어져 내렸다. 가장 처음에 떨어진 큰 돌덩이를 라야가 몸으로 막아 냈고, 그 뒤에 떨어지는 돌덩이는 기적처럼 등장한 자투라가 쳐 냈다. 온몸이 돌로 된 그녀로선 아주 쉽게 돌덩이들을 요리했다.

"비라도 멈췄으면 좋겠는데……. 각성 비는 삼 일 밤낮을 가리지 않고 내리니까 무리겠지."

소년의 험악한 시선이 첸첸을 향했다. 첸첸은 그저 죄인처럼 덜덜 떨면서 고개를 숙였다. 말을 내뱉었다간 이번에야말로 죽을지도 모른다는 공포감이 엄습했다.

소년은 혀를 차고는 남은 상의를 벗어 라야의 위에 다 덮었다. 상체에 난 상처도 그렇고, 오른손의 상처도 그렇고 걱정이 늘었다. 물기가 스며든 옷을 그대로 입혀 놓는 건 좋지 않겠지만, 그래도 다쳐서 쓰러져 있는 놈을 비가 오는 곳에서 벗겨 놓을 수도 없는 노릇이었다.

소년은 더욱 겹겹이 라야의 위에다 옷을 얹었다. 되도록 비가 스며들지 않도록.

"움직이시게요?"

"응."

"머리를 부딪쳤으니 되도록 움직이지 않는 것이 좋습니다, 왕."

자투라가 공손히, 그러면서도 충직하게 자신의 의견을 내뱉었다. 그러나 소년이 고개를 저었다.

"아니야. 그래도 움직여야 해. 언제 무너질지도 모르는 곳에 이렇게 놔둘 수는 없어. 공중에 멈춰져 있는 저 기둥들마저도 무너지면 끝이야. 저 기둥은 너라도 못 쳐 내겠지."

"네, 저렇게 큰 건 무립니다. 제 쪽이 부서지겠지요."

"게다가 이 바닥도 곧 가라앉을 거야. 시간이 없어. 자투라, 내가 준비하라고 한 걸 내놓도록 해. 그걸 써서 여기서 나간다."

"네."

소년과 자투라의 손발이 척척 맞는다. 덕분에 첸첸은 꿔다 놓은 보릿자루인 양 라야 옆에 앉아 있었다. 열세 살의 어린 왕은 울음을 참고 속으로 라야를 불렀다.

'라야.'

눈을 감고 가만히 있는 라야를 보니 속이 타들어 간다. 눈물이 나올 정도다.

검을 휘둘러 깊디깊은 상처를 냈는데도, 천장이 무너질 때 보호해 준 사실이 잊히지 않는다. 라야가 했던 모든 독한 말도 잊었다. 깨어나 주기만 한다면, 바랄 것이 없다.

첸첸이 훌쩍훌쩍거리고 있자, 소년이 또 짜증을 부렸다.

"아픈 사람 옆에서 훌쩍거리지 마. 머리 울리게 하지 말라고, 이 멍청한 공주님아. 대가리 비었어? 내가 한 말 못 들었냐고. 지금부터 강제로 움직여야 하는데, 강제로 깨우기까지 해?"

"……."

히끅, 첸첸이 울음을 삼켰다.

소년이 무시무시한 얼굴로 으름장을 놨다.

"내가 지금 널 왜 살려 두고 있는지 아냐? 다 라야 때문이야. 라야가 너 때문에 손을 저 지경으로 만들고, 너 때문에 왕인 나한테 소리를 버럭버럭 지르며 기를 쓰고 막아서! 네년 살리려고 저런 꼴이 되어서 널 살려 두는 거란 말이야. 알아? 알았으면 좀 생각을 해라. 라야한테 어떻게 해야 네 행동이 도움이 되는지! 그 정도는 갓 태어난 어린애들도 해!"

첸첸은 꿀 먹은 벙어리처럼 고개만 끄떡였다. 그 모습에 소년의 속은 더 터져 나갔으나, 간신히 눌러 참았다.

'죽였어야 했는데⋯⋯.'

죽이고 싶었고, 죽여야 될 필요성을 느꼈다. 지금은 저렇게 순한 양처럼 벌벌 떨고 있지만 며칠이 지나면 벌떡 일어나서 쫓아오지 말란 법 없다. 감정 기복이 심한 계집이니까.

게다가 소년은 본 얼굴까지 보였다. 무무의 얼굴이었다면 쫓아오든 말든 상관없을 텐데, 본 얼굴까지 보인 마당에 살려 두자니 가시방석에 앉은 것처럼 불편하고 불안했다.

하지만 죽이려니, 라야가 걸린다.

자신과 첸첸을 보호하려다가 저런 꼴까지 되어 버렸다. 기절한 틈에 첸첸을 죽이고 '모든 것이 끝났어! 이젠 우린 자유야!'라고 해 봤자 기뻐할 리가 없다. 오히려 매섭게 화를 내겠지.

'그래도 막아선 건 의외야.'

자신이 왕이라는 사실에 짓눌려 아무것도 못할 줄 알았다.

원래 고지식한 성격의 사람들이 사실과 다른 진실을 눈앞에 두면 쉽게 무너지는 법이었다.

소년은 라야도 그럴 거라고 여겼다.

어리긴 했지만 고지식한 성격은 어디를 가도 빠지지 않으니까. 그래서 더욱더 왕이라는 사실을 밝히지 말자고 결심했었는데…….

소년은 한숨을 쉬며 품 안을 뒤져 나비 비녀를 꺼냈다. 첸첸이 소름끼친다며 내팽개친 그 비녀다. 소년은 그 비녀를 첸첸 옆에다 던졌다.

챙, 나비 비녀가 튀어 올랐다.

소년은 첸첸을 쳐다보지도 않고, 팔짱을 낀 채로 말했다.

"그걸 앞으로도 들고 다녀."

"뭐? 하, 하지만 이건 네가……."

소년의 눈동자가 첸첸을 향해 돌아갔다.

"대꾸하지 마. 지금 네가 말대꾸할 입장이 아닐 텐데? 잘 들어. 앞으로 그 비녀를 머리에 꽂고 다니지 않는다면 네가 앞으로 우리를 쫓아온다는 것으로 여기고 마무리를 하러 올 거야. 그땐 라야고 뭐고 없어. 반드시 죽인다. 내가 죽인다면 죽여. 다시 말하지만 난 내 안위가 가장 중요한 사람이라서 네년 따위가 죽어 봤자 눈썹 하나 까딱하지 않아."

꿀꺽, 첸첸이 침을 삼킨다.

소년은 단단히 벼르고 별렀다.

"그리고 그때는 너뿐만이 아니야. 네 아버지, 네 어머니, 가리지 않고 죽일 거야. 기대해도 좋아. 그때쯤이면 네년에게도 군위가 있겠지. 걔들도 죽인다."

"그런!"

첸첸이 항의했다. 소년은 비웃으며 가볍게 묵살했다.

"왜? 쫓아오게? 군사를 일으켜서 날 잡으러 오게? 자객이라도 보낼 참이야? 네 부모를 죽이고 싶으면 어디 한번 해봐."

그녀는 작은 입술을 앙다물었다.

소년은 팔짱을 끼고 첸첸을 손쉽게 요리했다.

"허튼 수작도 부리지 마. 만에 하나 말해 두는데, 난 주술사야. 내 피만 있으면 어디든, 어떤 방법으로든 내 역으로 만들어서 마음대로 부릴 수 있어. 가령 그 나비 비녀, 그 안에는 내가 만들기 전에 작은 폭약과 동시에 주술진을 그려 놨지. 내가 명령만 내리면 지금도 터질 거야. 네 머리통쯤은 순식간에 날려 버릴 수도 있어."

첸첸의 안색이 새파랗게 질렸다.

"그런 걸 머리에 꽂고 다니라고?"

"그런 거니까 꽂고 다니란 거야. 네가 쫓아오지만 않으면 안 터뜨릴 테니까. 덤으로 하나 더 말해 주자면, 혹시나 싶어 흑종궁에도 이것저것 남겨 놨어. 계획이 어그러졌을 때를 대비해서 말이지."

"……!"

"또 하나 말해 줘? 어쩌면 네가 사랑하는 아바마마에게 가는 물건에도 내 주술진이 그려져 있을지 몰라. 주술사를 얕보지 마. 아니, 다른 놈들은 얕봐도 돼. 하지만 난 얕보지 않는 게 좋아. 네 목숨이 아니라, 네 부모의 목숨을 살리고 싶으면 가만히 있어. 다시 말하는데, 쫓아오면 넌 죽어. 반드시 죽일 거다."

뭐라고 토를 달수가 없다.

첸첸은 겁에 질려 고개만 끄떡거렸다. 이럴 때는 영락없는 열셋밖에 안 된 어린 소녀였다.

소년은 또 한번 혀를 차고는 자투라에게로 시선을 돌렸다. 자투라
는 품에서 긴 천을 꺼내 들고 있었다. 가볍고, 부드러운 비단천은 네
사람이 올라타기에 충분할 정도로 넓어 보였다.

자투라가 비를 보고 물었다.

"비 때문에 괜찮을까요?"

"조금은 버틸 거야. 혹시 모르니까 밑 부분에다 주술진을 그려 놓
을게. 네가 그 위에 앉도록 해. 주술진이 지워지지 않도록 몸으로 비
를 막아."

"네."

자투라가 왕의 명령을 되새기며 고개를 주억거렸다. 소년은 피식
웃으며 자투라의 머리를 쓰다듬었다.

소년의 작전은 간단했다. 커다란 비단에 주술진을 그려 놓고 명령
을 내리는 거다.

―빳빳하게 펴진 채로, 가만히 있을 것.

그렇게 되면 천은 넓게 펴진 채로 바람을 맞아 서서히 밑으로 내려
가게 된다. 모르는 사람이 듣는다면 허황된 소리라고 하겠지만, 주술
사인 소년에겐 충분히 가능한 이야기였다.

소년은 그 위에 올라타 여기서 빠져나갈 생각이었다.

"막는다고 해도 바람 때문에 버티는 시간은 아마도 오 분 내외일
거야. 이렇게나 퍼붓고 있으니까. 그사이에 내려가야 해. 자투라는
세 번째에 타. 첫 번째는 라야고, 두 번째는 무섭다고 짱알거릴 것 같
은 저 계집이야. 싫다고 해도 강제로 태워 버려. 그리고 그다음에 너,
나, 이런 순이야. 부탁할게, 자투라."

자투라가 고개를 끄떡였다.

졸지에 비를 내린 첸첸은 죄인이 되었다. 내리고 싶어서 내린 것도 아니고, 감정에 못 이겨 각성한 건데 계속해서 구박이다. 각성의 비를 내리면 보통 축복의 인사를 받아야 하는데, 첸첸은 줄곧 욕만 먹었다.

소년은 첸첸을 쳐다보지 않고, 자투라에게 천을 받아 주술진을 그렸다. 지혈이 된 오른손의 상처를 쥐어짜 다시 피를 내는 작업은 꽤 고통스러웠다.

"됐어."

꽤 크고, 많은 양으로 그렸다.

피의 양과 주술진의 크기가 크면 클수록 주술의 힘은 강해진다. 천에 그려진 주술진은 빛을 뿜으며 비단에 스며들었다.

소년은 냉큼 천을 접어 품에 집어넣었다. 빗물이 닿지 않도록 온몸으로 막았다.

"그럼 지금 나가자. 오래 끌수록 안 좋아. 자투라, 라야를 부탁해."

"네."

자투라는 돌화족 특유의 힘으로 라야를 들어 올렸다. 옷을 덮어씌운 라야가 공주님 안기로 돌화족 여인에게 안긴 모습에 소년이 쓴웃음을 지었다. 정신을 차린 상태라면 뭐라고 한마디 했을 텐데, 정신을 잃은 이상 아무 소리도 없다.

자투라의 뒤에는 첸첸이 조심스럽게 따라왔다. 그런 첸첸의 손에는 나비 비녀가 들려 있다.

그것을 확인한 소년이 코웃음을 치고 따랐다.

무너지지 않은 바닥을 조심스럽게 밟고 밟아 그들은 창이 있었던 곳에 도착했다. 지금은 대부분이 무너져서 유리도, 빛 가리개도 보이지 않았지만 창틀은 확실하게 남아 있었다. 망가져 버린 창틀 너머로 가지만 앙상하게 남은 나무들이 매우 작고 흐릿하게 보였다.

"여기로 해."

퍼붓는 비 때문에 머리카락이 계속 밑으로 쳐졌다. 소년은 그것을 몇 번이나 쓸어 올렸다.

"저기 사람이 있습니다."

자투라가 손가락으로 밑을 가리켰다. 비가 억수처럼 오는 와중에도 사람이 오밀조밀 모여서 위쪽을 응시하고 있었다.

소년은 눈을 가늘게 떴다. 높이도 높이지만 비바람 덕에 잘 보이지 않았다.

"자투라, 뭐가 보이지?"

"무관들입니다. 궁인들도 있습니다. 그리고…… 진곡 왕도 있습니다. 걱정이 되어서 나왔나 봅니다. 신발도 신고 있지 않은 채로 울고 있습니다."

"……!"

첸첸이 황급히 고개를 내밀었다. 그러나 역시 아무것도 보이지 않았다. 첸첸의 시선이 흐려졌다. 비가 턱을 타고 밑으로 뚝뚝 흘러내렸다.

소년은 라야의 머리 위에 걸쳐진 옷을 다시 제대로 고정시켜 주며 말했다.

"보통 사람의 시선으론 안 보이겠지?"

"네. 저도 간신히 볼 수 있을 정도니까요. 천을 타고 나가면 천의 형태만 간신히 보이겠지만 우리의 모습은 확인할 수 없을 겁니다."

"그나마 다행이네. 진곡 왕에게까지 내 얼굴을 들키면 살리고 뭐고 없었을 텐데."

다 죽이는 거지.

그렇게 말한 소년은 곧장 첸첸을 쏘아봤다.

"다시 말하지만 너, 내 정체에 대해선 함구해야 해. 일이 이렇게 된 건 네가 알아서 지어내. 그 정돈 하겠지? 머리가 비어 있어도 그 정돈 해야지."

"……."

끄덕, 첸첸은 그저 살기 위해 순종했다. 왕인 걸 밝힌 후에 그는 첸첸을 완전 아랫사람 취급했다.

"그럼 천을 펼게. 자투라, 라야를."

소년은 짧게 말하고는 품에 집어넣었던 천을 다시 꺼냈다. 창밖으로 천을 던지면서 끝만 잡고 주술진에 명령을 내렸다.

"펴. 져. 라."

청색인 오른쪽 눈이 번쩍거린다.

명령을 받은 '역'이 활짝 펴진다. 역이 된 천은 군위와 마찬가지로 소년의 명령만을 절대적으로 듣는다. 천은 비가 퍼붓고 바람이 부는데도 철심을 박아 놓은 것처럼 뻣뻣했다.

천이 펴지자마자 라야를 안은 자투라가 천 위로 올라갔다. 무게감이 더해지자 주술진이 무거워졌다.

소년은 이를 악물고 버텼다. 오른쪽 눈이 계속해서 빛났다.

그다음은 첸첸이다. 소년의 예상대로 허공에 떠 있는 천에 올라가기가 무서운지 망설이는 첸첸을 자투라가 잡아 강제로 끌어 올렸다.

자투라도 냉큼 그 위로 올라가 주술진을 가렸다. 되도록 비를 덜 맞게 해야 했다.

'역'에 더해진 무게 덕택에 힘이 더 들었다. 소년은 어금니까지 꽉 깨물고 버텼다. 비단 천이 휘청휘청하더니 조금씩 안정되었다.

소년은 그 틈을 타서 천 끝부분을 놓는 것과 동시에 올라탔다. 손에는 경우의 수를 대비해서 검 하나까지 들려 있었다. 어디를 봐도 빈틈이 없다.

"출발한다!"

천이 바람을 타고 내려간다.

뒤집어지려고 하면 소년이 주술력으로 천의 방향을 유도했다. 비와 바람이 거세게 부딪혀 와 살갗이 아파 왔다. 천이 흔들릴 때마다 첸첸은 꺅꺅 비명을 질렀다.

소년은 공중에서 비바람을 헤쳐 나가며 천을 조종했다. 파도를 타는 것처럼 균형을 잡고, 휘청거릴 때마다 정신력을 쏟아부었다. 강한 비바람 때문에 시야가 흐렸지만 고작 그것 때문에 눈을 감을 만큼 바보는 아니었다.

라야를 덮은 옷자락이 하나둘 비바람에 날려갔다. 소년과 자투라는 주술진 때문에 신경 쓰지 못했고, 첸첸은 허공에 둥실 떠 있는 천 쪼가리에 몸을 싣고 있는 것이 너무 무서워서 신경 쓰지 못했다. 나무가 한참이나 작게 보일 정도로 높은데, 떨어지면 어쩌나 싶었다.

덜덜 떨며 천을 붙잡고 있던 첸첸의 시야가 순간 어두워졌다. 먹구름이 해를 가려서 어둡긴 했지만, 이렇게 짙은 어둠은 아니었다.

마치 해가 사라진 것처럼 깜깜하다. 덩달아 비도 멈췄다. 소년과 자투라도 불길함을 느끼고 고개를 들었다.

"아!"

자투라의 입에서 짧은 신음이 나왔다.

궁이 무너지면서 생긴 커다란 잔해물 하나가 고스란히 그들 위로
떨어져 내리고 있었다.

4.

그 압도적인 광경에 소년은 천을 갈무리하는 것도 잊고 위만을 쳐
다봤다. 궁이 무너지면서 떨어져 내린 잔해물인 만큼 서민들의 집 한
채 정도는 가뿐히 짓뭉갤 수 있을 만큼 거대했다.

"도련님!"

자투라가 무심결에 어린 시절 소년을 부르던 호칭으로 그를 부른
다.

소년이 퍼뜩 정신을 차렸다. 커다란 잔해물에 압도당한 정신이 재
빨리 돌아왔다.

"큭!"

자투라로는 무리다. 전에 라야의 등 뒤로 떨어져 내리던 것은 자투
라가 막아 낼 수 있었지만, 그건 자투라가 충분히 쳐 낼 수 있는 크기
의 잔해물이었기 때문이다.

하지만 저 정도 크기라면…….

벽을 막아 내기에 앞서 자투라가 먼저 부서진다.

"꺄악!"

첸첸의 비명 소리에 소년의 머리 회전이 더욱 빨라졌다. 그는 우선
재빨리 주술진에 명령을 내려 바람을 탔다.

돌아가도 좋으니, 벽에서는 벗어나야 했다.

깔리면 그대로 끝장이다.

'첸첸을 버릴까?'

지금이라도 밀어서 죽여 버린다면 주술진에 가해지는 부담이 조금은 줄어든다. 그럼 좀 더 빨리 움직일 테고, 살아날 확률이 높아지겠지.

버릴까? 라야를 봐서 살려 두긴 했지만, 지금이라도 죽여서 천을 가볍게 하면…….

'아니야.'

틀렸다. 경고가 울려 퍼졌다.

늦었다.

지금 첸첸을 죽여도 바로 머리 위까지 온 잔해물은 피하지 못한다. 되레 시간만 잡아먹겠지. 소년의 머리는 재빨리 계산을 내놓았고, 곧 절망이 그의 마음을 가득 채웠다.

역시 너무 늦었던 거다. 탈출하는 시간이.

소년이 절망감에 입술을 깨물며 주술진을 조종했다. 상황이 한없이 나빴지만 포기하지 않았다. 그는 끈질기게 바람을 타고, 천의 방향을 유도했다.

벽이 바로 위에까지 왔다.

그 압도적인 크기에 첸첸은 숨을 쉬는 것도 잊고 입만 뻥끗거렸다.

자투라 또한 끔찍한 비명을 지르며 왕과 자신의 자리를 보며 갈팡질팡했다. 왕을 지키러 가고 싶다는 마음과 왕의 명령을 받았으니 이 주술진 위를 벗어나면 안 된다는 마음이 서로 대립했다. 군위의 머릿속에 커다란 혼란이 도래했다.

어둡게 가라앉은 소년의 얼굴을 바람이 때리고 지나간다.

무슨 힘이라도 있으면 좋겠지만, 대부분의 왕들은 비를 내리는 힘밖에 없다.

소년은 그나마 주술이라는 힘을 손에 넣었지, 그것이 없는 왕들의 태반이 군위에게 보호를 받으며 살아간다. 왕의 인생이라는 것이 거의 그랬다.

'여기서 죽는다고?'

싫다.

소년은 도전적으로 벽을 노려봤다.

살기 위해서 자신이 무슨 짓을 해 왔는데!

자신을 위해 어머니께서 어떤 희생을 치렀는데!

여기서 죽고 싶지 않았다.

"이런 데서 죽을 수 없어!"

소년의 오른쪽 눈동자 안에 새겨진 주술진이 눈부시게 빛났다.

천이 움직이고 바람을 탄다. 주술진에 새로운 명령이 조달되었다.

도망쳐. 도망쳐. 도망쳐. 도망쳐!

그러나 반응하지 않는다. '역'이 불가능한 명령이라고 판단했기 때문이다. 도망칠 수 없다는 소리다.

소년의 얼굴이 무섭게 일그러졌다. 초조함이 머리끝까지 차올랐다.

산까지 뒤덮을 정도로 커다란 잔해물이 머리 바로 위에서 그들을 내리누르기 위해 다가왔다. 엄청난 위압감에 첸첸이 그 자리에서 굳었다. 자투라는 왕을 부르며 울부짖었다.

다들 잊고 있었던 검은 머리 소년이 일어난 것은 그때였다.

"……이건 또 뭐야?"

목소리는 낮았다.

군석을 가진 소년왕이 흔들리는 시선으로 아래를 내려다보았다. 라야가 어지럽다는 듯 고개를 휘휘 젓는 모습이 눈에 들어왔다.

깨어났다.

"라야……."

소년은 힘겹게 그를 불렀다.

라야는 여전히 인상을 찌푸린 채로 그를 봤다. 그리고 새하얗게 질린 첸첸을 보고, 또 소년을 보고, 주위를 보고, 마지막으로 하늘을 쳐다봤다. 커다란 벽이 눈앞에서 짓누른다. 해가 가려진 탓에 내린 컴컴한 어둠이 라야를 집어삼켰다.

안색을 굳힌 라야가 자리에서 일어섰다.

이를 악문 그는 소년이 만일의 일에 대비해 가져온 검을 손에 쥐고 짧고 빠르게 말했다.

"천이 흔들리지 않도록 해 주십시오."

소년에게 하는 말이었다.

"자투라는 내 왼발을 있는 힘껏 잡아 주십시오. 고정시켜 준다는 생각으로. 절대 움직이게 해선 안 됩니다."

"라야?"

"빨리!"

커다랗게 고함치는 소리에 자투라가 주술진에 몸을 붙인 채로 손만 뻗어 라야의 왼발을 단단히 붙잡았다. 소년도 본능적으로 그의 말에 따랐다.

명령을 내리자 천이 빳빳하게 펼쳐진 채로 조금도 흔들리지 않도록 고정되었다. 덜덜 떨며 웅크렸던 첸첸도 고개를 들었다.

모두의 시선이 라야를 향했다.

. 그의 손이 손잡이를 잡는다.

익숙한 감각, 익숙한 재질, 익숙한 느낌이 손을 타고 올라온다.

오랜만에 검을 드는 것이지만 하나도 잊지 않았다. 검은 어떻게 쥐어야 하는지, 어떻게 휘둘러야 하는지, 라야의 몸이 그대로 기억하고 있었다.

검을 잡는 순간 주위는 멀어진다. 사람도, 사물도 멀어진다. 오직 라야와 하늘 위에 있는 거대한 잔해물만이 존재한다.

잔해물이 사정거리에 들어왔다.

찌를 듯한 기세가 라야에게서 터져 나왔다.

왼쪽 허리에 검을 차듯 왼손으로 검을 쥔 라야는, 다친 오른손으로 검의 손잡이를 잡고 허리를 숙였다. 뼈가 보일 정도로 다쳤다는 것 따위는 까맣게 잊었다.

어릴 때도 그렇고, 지금도 그렇고 검만 잡으면 주위의 모든 것이 사라져 버린다. 검을 뽑아내기까지 눈 한 번 깜빡이지 않았다. 모든 것이 라야의 의식에서 멀어지고, 오롯이 잔해물만 응시했다.

첸첸과 소년이 숨을 삼켰다. 자투라도 라야를 응시했다.

검이 움직였다.

오른발을 내딛는 것과 동시에 검을 휘두른다.

쿵!

오른발을 내딛는 순간 믿을 수 없는 소리가 났다. 동시에 주술진이 그려진 소년의 눈에 깨질 듯한 충격이 가해졌다.

단순한 발 디딤 하나로 주술진이 충격을 받아 깨질 뻔했다. 천이 휘청 흔들린다. 첸첸이 비명을 지르는 소리를 들으며, 소년은 아픈 눈을 치켜뜨고 간신히 중심을 잡았다.

─쩌억.

머리 위에서 떨어져 내리던 거대한 잔해물이 반으로 쪼개진 것은 그 후였다.

천이 흔들리고, 발 디딤의 여파가 가시기도 전에 잔해물은 두 개로 나뉘어졌다. 너무 커서 실감도 나지 않던 저 거대한 잔해물이 반으로 쪼개진 것이다.

첸첸도, 소년도, 자투라도 입을 쩌억 벌렸다.

차갑게 눈을 뜬 라야가 또다시 검을 휘둘렀다. 천 위로 떨어질 것 같은 잔해물을 산산조각 내어 먼지처럼 만든다. 검은 라야의 손에 잡힌 채로 너무나 자유롭게, 마치 살아 있는 것처럼 움직였다.

그것도 자투라의 눈으로도 따라잡지 못할 빠르기로.

5.

"그래서요?"

숲길에 안전하게 착지한 소년은 주위를 정리하면서 라야에게 설명했다.

"자투라가 일어나서 나머지 돌덩이들을 쳐 냈어."

"기절한…… 것 아니었습니까?"

"맞아. 그렇긴 한데 군위잖아. 내 목숨이 위험해지는 순간에 눈이 번쩍 뜨였다는군."

"아."

군위의 그런 일화는 종종 들어 봤다.

왕이 위기에 처한 순간 본능이라는 것이 움직인다고.

라야는 나무에 몸을 기댄 채로 멍하니 있었다. 진곡에서 벗어나서 그런지, 여기는 비가 오지 않았다. 해가 떠오른 채 쨍쨍 빛났다. 으슬으슬 부는 바람이 춥긴 하지만, 비를 맞은 곳을 옷으로 대충 닦아 내자 못 버틸 것도 없었다.

한편, 오른손에는 여전히 검을 든 채였다. 오랜만에 긴장하고 검을 잡았더니, 손에 힘이 풀리지 않았다. 여운이 남아 검을 휘두르던 긴장감도 여전히 가슴 안에 머물렀다.

"그런데 넌 뭐야?"

소년이 샐쭉하니 조심스럽게 물었다. 어색한 공기가 흐르는데도 친한 척 구는 그 용기가 참 가상했다.

"그 검술. 어쩐지 운동할 때마다 검 쪽은 쳐다도 안 본다고 했더니……."

"가문에서 좀 배운 겁니다."

"좀? 그게 좀이야? 웬만한 무관들……. 아니, 최고위 무관들도 그건 못해. 무슨 용이라도 잡아먹은 거야? 엄청 대단했다고."

"그게 대단한 겁니까?"

"하?"

소년은 기가 찼다. 그 커다란 잔해물을 싹둑 한 번에 잘라 놓은 주제에.

"그럼 그게 대단하지, 그게 대단하지 않으면 이 세상에 대단할 것

이 하나도 없어!'

그런가, 하고 라야는 속으로만 대답했다.

군위 가문에서 태어난 덕택에 호신술 하나 정도는 배워 놔야 했다.

그래서 정한 것이 검이었다. 창과 활, 채찍, 단검, 여러 가지 무기가 있었지만 아버지인 가주 또한 검을 다룬다는 소리에 라야도 검을 골랐다. 그만큼 인정받고 싶었다.

하지만 역시나 봐주지 않았다. 가르쳐 주는 사람도 의욕 없는 선생처럼 말로만 설명을 늘어놓을 뿐. 결국 검도 싫어지고, 검을 휘두르는 이유도 알 수 없어서 가문에서 나오던 일 년 전에 검을 놓았다.

그런 자신의 검이 대단한 것이라니, 라야는 꿈에도 몰랐다.

"정말 몰랐던 거야?"

"검을 싫어하는 쪽이라 관심을 두지 않았습니다."

"싫어? 싫어하는 게 그 정도야? 미치겠네. 완전 원석이잖아! 가문 놈들 눈도 썩었지, 이런 걸 몰라보나. 라야, 계속 검 휘둘러! 그러면 넌 아마도……."

"아마도?"

"굉장히 대단해질 거야."

소년이 엄지를 치켜세워 보였다. 라야가 혀를 찼다.

"밑도 끝도 없이 뭐가 대단해진다는 겁니까."

"으음, 이것저것?"

"하?"

라야가 숨소리로 묻는다. 소년이 피식 웃었다.

"됐어. 아무것도 아니야."

라야도 힘없이 웃었다.

그땐 워낙 긴박한 상황이라 잊고 있었지만 돌덩이를 맞은 몸이다. 괜찮을 리 없다. 오른손도 마찬가지다. 검날이 박힌 상처가 벌어져 피가 철철 나고 있다. 그런데도 검을 놓지 못해서 지혈을 못하는 중이었다. 온몸이 욱신욱신 아팠다.

"그리고 저 계집애…… 안 죽이기로 했어."

소년이 라야 앞에 털썩 주저앉으며, 멀찍이 떨어진 채로 이쪽 눈치를 보고 있는 첸첸을 두고 말했다.

라야가 힘들게 고개를 들어 올렸다. 온몸이 비명을 지르는 것을 간단히 억눌렀다.

"네가 그렇게까지 하니, 죽일 수가 있어야지."

어쩔 수 없다는 티가 역력하게 드러났다. 라야는 쓰게 웃었다.

"감사합니다. 후회하지 않으실 겁니다."

"후회할 거야. 후회할 거라고 봐. 라야, 후환이 남는다는 게 어떤 건지 알아? 뒤에 가서 발목이 잡힐 수도 있다는 거야. 네게 가장 중요한 순간에 불쑥 나타나서 초를 칠 수 있다는 소리라고. 불안하지도 않아? 보기엔 저렇게 멍청해 보여도 일단은 '왕' 이야. 비를 내린다는 이유만으로 광신도가 될 인간은 널리고 널렸다고."

소년의 눈동자가 찌릿 첸첸을 노려봤다. 라야는 한숨을 쉬었다. 극명한 성격차가 대조를 이뤘다.

"후에 어떻게 될지 모른다고 해서 사람을 죽일 수는 없습니다."

"……"

소년은 턱을 괴고 뾰루퉁하게 볼을 부풀렸다.

어디를 봐도 수긍하는 기색이 없다. 라야가 말렸으니까, 어쩔 수 없이 살려 주는 거다— 라고 얼굴 전체로 말한다.

라야는 미간을 찌푸리고, 잠시 생각에 잠겼다가 말했다.

"그럼 이렇게 생각해 보십시오."

"뭐?"

"제가 첸첸을 죽인다고 검을 집어 들었다면 어떠시겠습니까?"

"에?"

얼빠진 대답이 들려왔다. 소년이 눈을 동그랗게 뜨고 라야를 쳐다본다. 라야가 똑바로 말했다.

"보고만 계실 겁니까?"

합, 소년이 입을 다물었다. 그러다 몇 분 뒤 궁색하게 말을 이었다.

"너와 나는 입장이 다르다고. 너는 단 한 번도……."

"뭐가 다릅니까? 제가 보기엔 똑같습니다. 어제까지만 해도 실실 웃기만 하던 친구가 검을 빼 들고 사람을 죽이겠다는데, 우선은 말리고 봐야 하지 않겠습니까. 이 세상에 죄를 짓는 것을 가만히 보고만 있는 친구는 없습니다."

그래, 말려야 했다.

대역 죄인이 되지 않는 신분이라고 해도 사람을 죽이겠다는 친구를 두고 볼 수는 없었다. 설사 그놈이 정체를 감추고, 다른 속셈으로 곁에 있었던 것이라고 해도 마찬가지였다.

"그러니 이제 그만 털어 버리십시오. 저랑 엮인 순간부터 공주님을 죽인다는 것은 무리였습니다. 그래도 안 되겠다면 첸첸을 죽이지 못한 것에 불안해하지 마시고, 저랑 엮인 것을 원망하셔야 할 겁니다. 그러실 겁니까?"

소년은 붕어처럼 입만 뻐끔거렸다.

라야는 피식 웃고는 쏘아붙였다.

"그러진 못하시겠죠. 지은 죄가 있으신데."

"……."

많다. 지은 죄가.

소년은 두 손을 척 붙이곤 고개를 숙였다.

"죽을죄를 지었습니다, 형님!"

"장난은 그만 치십시오. 뭐, 아시면 되었습니다."

라야는 차갑게 대꾸하고는 정면을 바라봤다.

소년이 장난기 가득한 얼굴로 히죽 웃었다. 평소와 다름없이 해맑
다. 저 성격에 왕인 걸 밝혔음에도 이렇게 대화해 주는 것이 꿈만 같
다.

히죽히죽 웃으며 소년이 말했다.

"고마워, 라야."

"뭐가 말입니까."

"모른 척하지 않아 줘서."

소년의 금발 머리가 햇살에 반짝였다. 궁 안에서 있을 때는 어두워
서 몰라봤지만 바깥에서는 말 그대로 금빛 머리카락이었다. 라야는
무뚝뚝한 얼굴로 소년을 응시했다.

소년이 즐겁다는 듯 헤실헤실 웃었다.

"다시는 나한테 말도 안 걸 거라고 생각했거든. 라야 말대로 지은
죄가 크니까."

"저도 그러려고 했습니다."

"응?"

"아무리 생각해도 화가 나서 가만히 있을 수가 없었습니다. 주인
처럼 행세했던 제가 우습기도 하고, 노비로 정체를 감추고서 제 옆에

서 알짱거리던 것을 생각하면 피가 거꾸로 솟는 기분이었습니다. 이
용당했던 건가, 하고."

몇 번을 봐도 파란색 군석은 거짓이 아니었다.

정말로 '왕'이었다.

화가 나고, 또 화가 나서 입술을 깨물고 고개를 숙였다.

"그런데 음식점에서 나눈 대화가 생각나더군요."

평온한 목소리로 라야가 피식 웃었다.

"대화?"

"기억나지 않으십니까? 제가 정수리에 주먹을 꽂아 넣고는 '용서
해 주지'라고 하지 않았습니까."

"……고작 그거?"

황당한 듯 소년의 목소리가 높아졌다.

"네. 그걸 떠올리니 화가 조금 식더군요. 그 후에는 그걸 숨기느라
얼마나 끙끙거렸을까, 얼마나 고민했을까. 여러 가지 생각이 떠올라
서 조금 가여워 보이기도 했습니다. 그래서 그냥 약속한 것 있으니
약간만 봐주자, 하다 보니 움직이고 있었습니다만……."

소년이 냉큼 끼어들었다.

"봐주는 김에 말투도 봐주지. 난 반말해도 상관없는데."

라야의 검은 눈동자가 정말로 무섭게 소년을 노려봤다. 소년은 곧
장 꼬리를 말았다.

"잘못했습니다."

라야는 혀를 찼다. 온몸이 나른해져서 화낼 기운도 없다.

"그래서 이름은 뭡니까?"

"응?"

"머리색도 거짓, 눈동자색도 거짓, 신분도 거짓, 과거도 거짓, 모조리 거짓이면서 이름만은 본명일 리가 없지 않습니까?"

"듣고 싶어?"

눈을 반짝반짝 빛내며 소년이 물었다. 분명 꿍꿍이속이 있는 얼굴이라 라야는 냉큼 미련을 버렸다.

"됐습니다."

"왜, 들어! 대신 말해 주면 말 낮추는 거다?"

"됐다고 말했습니다."

"해 줄게! 해 준다니까!"

라야는 고개를 돌리고 외면했다.

정말 좀생이. 소년은 투덜투덜거리다가 시선이 얼굴에 박히는 것을 느끼고 뒤쪽을 봤다. 첸첸이 안절부절못하며 이쪽을 쳐다보고 있었다.

소년의 얼굴이 곧장 구겨졌다. 싫어하는 사람과 친한 사람을 대하는 태도가 정말 천지 차이였다.

"뭐야?"

첸첸이 온몸을 배배 꼬며 말했다.

"나, 나 라야한테 할 말 있는데……"

"그럼 해. 누가 말려?"

"너, 너, 너 비켜."

"하아?"

천에 매달려서 비명만 꺅꺅 지르던 게 다시 살아나기 시작했다 이거지? 소년은 으르렁거리며 첸첸을 경계했다.

"무슨 헛짓을 하려고?"

"아무 짓도 안 해! 그, 그냥 할 말이 좀 있어서……."

"그냥 해라."

첸첸이 입술을 삐죽였다. 그녀는 작은 발로 라야 곁으로 도도도도 뛰어가서 옆에 찰싹 붙었다. 힘이 빠진 라야의 눈초리가 첸첸을 향했다.

첸첸은 안쓰럽게 중얼거렸다.

"많이 아파?"

"너라면 안 아프겠냐? 그게 질문이야? 제발 생각을 하고 말해라."

소년이 옆에서 딴죽을 걸었지만 첸첸은 지지 않았다. 그녀는 어깨를 펴고 말했다.

"라, 라야, 나 왕 됐어."

"보면 알아, 보면. 라야는 눈이 없냐?"

"내 군위 안 될래?"

"……!"

장난스럽게 딴죽을 걸던 소년이 인상을 쓰며 자리에서 일어섰다. 첸첸이 꺅 비명을 지르면서도 마저 말했다. 소년이 노려보는 것만으로도 오금이 저리는데도.

"마, 마지막으로 물어보는 거야. 정말 마지막이야. 나 정말 라야 좋아했어. 정말로 좋아했다고. 웃는 것만 봐도 좋고, 선물을 줘도 아깝지도 않고, 어떻게든 옆에 두고 싶어서. 나는, 나로서는 최선을 다했다고 생각했는데, 나름대로 열심히 한 건데, 그게 라야 마음에 안 들었나 봐. 싫으면 앞으로 고칠게. 그게 아니라고 말하면 반드시 고칠게. 응? 응? 다시 생각해 봐, 라야. 군위가 되고 싶다며? 나 변할 테니까!"

"죄송합니다."

무덤덤한 목소리로 라야가 나직이 말했다. 첸첸의 얼굴이 울듯 일그러졌다.

"군위로 받아들여 주신다는 그 말씀은 매우 감사합니다. 하지만 전 이미 군위 자격을 잃었습니다. 왕이 되실 분을 제대로 모시지 못했습니다. 비위를 맞추기에 바빴지요. 저는 그런 놈입니다."

"난 그런 거 상관없어!"

"있으셔야 합니다. 앞으로 나라를 세우실 거잖습니까?"

날카로운 지적에 첸첸이 합, 입을 다물었다. 소년이 구겼던 인상을 펴고 제자리에 앉았다. 참아 준다는 듯 팔짱을 끼고 손가락을 까딱였다.

라야의 나른하고 나직한 목소리가 계속되었다.

"나라를 세우시고, 훌륭한 왕이 되어 주십시오. 함부로 사람을 죽이시지도 마시고, 여러 군데의 의견에 귀를 기울여 주십시오. 지금은 아직 어린 듯하니, 여러 곳을 돌아다니며 경험을 쌓고 나라를 세우시는 것도 좋을 것 같습니다."

첸첸은 못마땅한 듯 볼을 부풀리고, 손가락을 꼬면서 다시 물었다.

"……정말 싫어?"

"한 번만 하랬지! 싫다잖아!"

"꺄악!"

첸첸이 후다다닥 뒤로 물러섰다. 라야가 작게 한숨을 쉬고 피곤한 듯 눈을 감았다.

소년의 손가락이 라야를 가리켰다.

"보면 몰라? 아픈 애를 가지고 계속 했던 질문 계속할래?"

"그래도 혹시 모르잖아!"

"혹시 모르긴 개뿔. 네가 했던 말과 행적을 떠올려 봐. 십 년 묵은 정도 뚝 떨어지지. 라야가 저만큼 공손하게 대해 주는 것도 나는 무서워 보여. 얼마나 인내심이 깊으면 저러나 싶어서!"

첸첸이 불만스러운 표정을 지어 보였다. 소년이 기가 막혀서 입술을 삐쭉였다.

"어쭈? 뭐야, 그 표정은? 할 말 끝났으면 빨리 가. 후딱 가 버려! 이 길 따라가면 진곡이 금방 나올 테니까, 후딱 가라고! 널 찾으며 울고 있는 네 아버지는 관심에도 없냐? 계속 울게 놔둘래? 연세도 많으신데 그러다 심장마비로 가면 어쩌려고? 그건 내 책임이 아니다?"

그제야 첸첸의 안색이 변하면서 허둥지둥 길로 뛰어간다. 소년이 혀를 차고 다시 불렀다.

"야!"

멈칫. 첸첸이 뛰어가다가 다시 뒤를 돌아본다.

소년은 씹어 먹을 듯 말했다.

"나비 비녀 잊지 마. 안 하면 죽는다. 그리고 네 아버지 말인데……."

"……?"

소년은 할까 말까 망설이다가 내뱉었다.

"아직 안 늦었어. 그런 취급을 당하는 데도 굴하지 않고, 조회 시간 때마다 옥좌에 나가는 것도 그렇고, 관리들에게 말을 걸려고 노력하는 것도 그렇고, 아직 늦지는 않았어. 네가 도와라."

첸첸이 눈을 크게 뜬다. 가슴속에서 뭉클한 뭔가가 올라왔다. 소년은 해 주기 싫다는 표정이었지만 그래도 계속 말했다.

"너도 왕이니까, 해 봐."

열세 살의 어린 왕은, 크게 고개를 끄떡였다.

작은 소녀의 눈앞에 진곡이 크게 펼쳐졌다. 뺨을 타고 눈물이 흘렀다.

'안녕, 라야.'

마지막 작별 인사였다.

종장

마지막까지

종장
마지막까지

1.

라야는 잠들었다.

그 잠든 틈을 이용해 자투라가 오른손에 쥔 검을 빼 들었고, 소년
은 지혈을 했다. 손발이 아주 척척 잘 맞아떨어졌다.

"잘 자네."

"피곤하고 몸도 상했으니까요."

"쪽지는 보냈어?"

"네."

소년이 라야와 대화하며 라야의 관심을 끄는 사이, 자투라는 소년
의 명령을 수행하고 있었다.

"주술진이 그려진 종이비행기는 곧장 가문으로 달려갈 겁니다."

"피를 듬뿍 발라 놨으니, 빨리 도착할 거야."

"하지만 라야 님은 가문으로 가기 싫어하실 텐데요."

"몸 상처 때문에 안 돼. 등도 다쳤고 머리도 다쳤어. 저건 제대로된 의원한테 진료를 받아야 해. 우리는 상황이 여의치 않아서 무리고, 가문으로 보내는 수밖에 없잖아. 제대로 된 의원이 있을 테니까."

"······괜찮으시겠습니까?"

"응? 뭐, 두 번 다시 볼 수 없을지도 모르니까. 화를 낸다고 해도, 뭐."

자투라는 슬프게 자신의 왕을 바라봤다. 아무렇지도 않은 척하고 있지만 소년이 침울해 있다는 것 정도는 느껴졌다.

그녀는 조심스럽게 그를 위로했다.

"다시 보실 수 있을 겁니다."

"아서라. 그 인간이 가만히 놔둘 것 같아? 너까지 죽이려고 했는데, 라야라고 못 죽이란 법 있어. 그냥 이렇게 멀리하는 게 나아."

"······네."

군위는 왕의 말에 군말 없이 따랐다.

소년은 쓰게 웃고는 걸음을 돌렸다. 라야가 깨기 전에 가야 했다. 자투라는 비에 젖은 자신의 겉옷 대신 멀쩡한 안쪽 옷을 벗어 라야에게 덮어씌워 주고 황급히 자신의 왕을 쫓아갔다.

소년이 기운을 내려는 듯 조잘거렸다. 자투라의 눈앞에서 사랑스런 금발이 연방 흔들렸다.

"어서 가자. 이대로 있다간 추격꾼이 도착할지도 몰라. 뭐, 지금쯤 혼비백산해서 우왕좌왕하고 있겠지만. 그놈들, 꼴좋다!"

"네."

"이런 꼴로 돌아가면 그놈도 기겁하겠지?"

"네."

"그 전에 자투라, 네 고향에도……."

잠시 말을 끊은 왕이 발걸음을 멈췄다.

괜찮은 척 조잘거리긴 했지만 역시 신경이 쓰였다.

햇볕이 드는 나무 밑에서 잠들어 있는 친구가.

마지막까지 거짓말만 하고 보내는 것도 미안하고, 자신 때문에 몸이 상한 것도 또 미안해져서 소년은 그저 웃었다.

쓰리고, 힘없이…….

왕은 그렇게 웃었다.

그러나 끝까지 돌아보진 않았다.

"가자."

"네, 아기에 님."

그렇게 왕은 어둠 속으로 몸을 감췄다.

자투라가 왕을 따르며 마지막으로 다시 한 번 더 돌아봤다. 옷자락에 남겨 놓은 편지를 그가 꼭 보기를 바라면서.

2.

—진곡력 500년.

—적자색 군석 각성.

—성별은 여女.

—아명을 따 첸첸 왕이라 부른다.

　—첸첸 왕은 아버지인 진곡 왕의 옆에서 나랏일을 배우며 부흥을 꿈꾼다.

　—진곡은 그 후로 더할 나위 없는 발전을 이룩한다.

　진곡력 530년이 되던 해, 진곡 왕 별세. 첸첸 왕이 그 뒤를 이어 진곡 왕 등극. 수많은 우여곡절을 겪으면서도 두 번째 진곡 왕은 옥좌를 비우지 않고, 나라를 외면하지 않으며, 죽을 때까지 나라의 기둥이 될 것을 선언한다.

　—그런 진곡 왕의 군위는 단 한 명도 없었다.

외전 0

세계가 시작될 때

─

외전 0
세계가 시작될 때

1.

대지가 초록색으로 변했다.

처음 보는 광경에 사내는 눈을 크게 뜨고 멍청히 서 있었다. 맨발을 간질이는 풀잎 끝이 솜털처럼 보드랍고, 살갗에 닿는 바람에 눈물이 흘렀다.

"……원래 이런 모습이었어?"

무릎을 꿇고 앉아 흙을 거머쥐었다.

흙내음이 풍긴다. 처음이다. 흙냄새를 맡은 건.

사내는 흙에 코를 박고 킁킁거렸다. 눈물이 멈추지 않고 흘러내렸다.

그는 신발 없이 맨발로 걷고 걸어 물이 흐르는 곳에 도착했다. 깨끗한 물은 오염된 냄새 하나 없이 청량하다. 얼마나 깨끗한지 그 밑이 투영되어 바닥이 그대로 보인다.

남자는 그곳에 자신의 얼굴을 비춰 봤다.

맑은 물에 감격하여 눈이 반짝였다. 그는 조심스럽게 손을 뻗었다. 물에 닿고 싶다. 사내는 주저하다가 손을 물에 담갔다. 시린 듯한 차가움이 손끝에서 밀려온다. 인공적으로 만들어 내는 물과는 다른 촉감과 내음이다.

또다시 감격으로 인해 눈물이 고였다.

"여기에 이제…… 물고기가 사는 거구나."

물속에 산다는 물고기는 사내가 태어났을 때부터 멸종했었다. 물은 오염되었고, 대지는 죽어서 풀과 나무가 자라지 않았다. 동물조차 없었다. 벌레도 없었다.

사내는 희미하게 웃으며 다른 곳으로 발걸음을 옮겼다.

드넓게 펼쳐진 대지에는 초록색 풀밖에 없다. 하지만 그것만으로도 신나서 저절로 춤이 춰졌다. 바람이 부는 것이 좋았고, 자연의 햇살을 아무런 장비 없이 쬘 수 있다는 것이 즐거워 어떻게 해야 할지 알 수가 없었다.

초원을 거닐며 사내는 울면서 웃었다.

눈물이 멈추지 않았다. 이 넓은 초원에 홀로 서 있는 자신이 기쁘면서도 슬펐다.

'어떻게 된 걸까.'

자신이 잠든 사이에, '그 녀석'들은 어떻게 되었을까.

분명 목숨을 걸고 움직였을 텐데. 무사히 살아남았을까?

"괜찮을 거야."

사내는 울고 싶은 것을 참으며 스스로를 위안했다.

대지가 살아나고, 바람이 불기 시작했다.

이것들은 모두 '그 녀석들'의 힘. 그 녀석들이 괜찮다는 증거다. 그러니 걱정할 필요 없다.

사내는 우뚝 걸음을 멈추고 하늘을 올려다봤다.

새파란 하늘. 하얀 구름.

사내의 눈이 하늘의 별처럼 커졌다. 다른 것을 구경하느라 위쪽을 잊었다. 사내는 냉큼 풀밭에 누워 하늘을 구경했다.

새파란 하늘과 잔잔히 흘러가는 하얀 구름은 두말할 것 없이 절경이었다.

멋지다.

사내는 웃었다. 그는 상상력으로 시야에 보이는 풍경에 많은 것을 그려 넣었다.

ㅡ하늘을 나는 새.

ㅡ꽃을 찾아다니는 나비와 벌.

ㅡ물속에서 헤엄쳐 다니는 물고기.

ㅡ풀을 뜯는 사슴과 토끼들.

예전엔 절대로 볼 수 없었던 것들.

사람들의 과오로 잃어버렸던 것을 사내는 꿈처럼 그려 나갔다.

2.

조금 기다리자 밤이 되었다.

이번에는 달과 별을 구경했다. 검은 하늘에 펼쳐져 있는 별의 바다
와 그 중심에 우뚝 달려 있는 달은, 낮의 하늘보다 더 많은 것을 느끼
게 해 줬다.

사내는 숨을 죽이고 그 모든 광경을 시야에 담았다.

어떻게 이런 것을 모르고 살았을까.

이렇게나 아름답고 풍요로운데.

이렇게나 좋은데.

살갗에 느껴지는 서늘한 밤바람도 좋아서 견딜 수가 없다. 사내는
얄팍한 옷 하나만을 입고 서늘함을 즐겼다. 땅에 누워, 팔베개를 하
고, 하늘을 천장 삼아 콧노래를 흥얼거렸다.

바람이 다시 불었다. 풀이 한쪽으로 누우며 바람을 견딘다.

사내는 바람을 맞으며 시간을 보냈다. 오백 년의 시간 동안 길어
버린 머리카락은 이불처럼 바닥에 늘어져 있다.

몸이 점점 차가워진다. 밤의 기온이 많이 떨어져 하얀 입김이 올라
왔다. 살갗이 으슬으슬 추워 쪼그라든다.

하지만 그것마저도 좋았다.

추위도, 더위도- 예전에는 느낄 수 없었다.

사내는 그대로 눈을 감았다. 이대로 눈을 감고 잠들어서 얼어 죽는
다고 해도 여한이 없었다.

여기는 자신과 그 녀석들이 꿈꿔 왔던 세계였다.

—ㅇㅇㄴ, ㅁㅊㅇ!

(일어나, 멍청아!)

벌떡!

사내가 눈을 크게 뜨고 자리에서 일어났다. 그는 주위를 두리번거
리며 살폈다.

아무것도 없다.

드넓게 펼쳐진 초원 위에서 사내는 혼자였다. 인류의 마지막이라
고 해도 좋았다.

남아 있는 것은 자신밖에 없었다. 그럴 수밖에 없다.

손을 들어 머리를 긁적였다. 검은 머리가 흔들렸다.

"오백년 만에 깨어나서 귀에 이상이 생긴 건가?"

—ㅇㅅㅇ ㅁㅅ ㅇㅅ! ㄱㄱ ㄱㄹㄹㄱ ㅈㅈ ㅎㅇ? ㅇㄹㄴㅈ ㅁ ㅎ?

(이상은 무슨 이상! 감기 걸리려고 작정했어? 일어나지 못 해?)

사내의 어깨가 움찔했다. 그는 깜짝 놀라 눈을 크게 떴다.

"뭐, 뭐야? 어떻게 된 거야?"

—ㅇㄸㄱ ㄷㄱ. ㅍㄹㄱㄹㅁㅇ ㅇㄹㄷㅇㅇㄴㄲ. ㅇㅈㄷㄴ ㅎㅅ ㅇㅇ.

(어떻게 되긴. 프로그래밍이 완료되었으니까. 이 정도는 할 수 있어.)

목소리가 다시 들린다. 희미하지만 알아들을 수 있었다.

사내가 눈을 크게 떴다. 기계음이 살짝 섞이긴 했지만 익숙한 목소
리다. 말투도 똑같다.

—ㄱㅂ ㅇㄸ?

(기분 어때?)

걱정스런 목소리가 들린다. 사내는 잠시 말없이 서 있었다.

바람이 한차례 훑고 지나갔다. 떨림으로 인해 목이 멘다. 다시는 듣지 못할 목소리라고 여겼다. 두 번 다시, 대화를 나누거나 보지 못할 줄 알았다.

한심해 하는 말투가 허공을 울렸다.

―ㅇㄴ?

(우냐?)

"안 울어!"

빽 소리를 지른다. 사내는 허공에다 손가락질을 하며 바락바락 대들었다. 눈이 빨갛게 충혈 된 채로 지르는 소리엔 기뻐하는 감정이 스며 있었다.

"사람 놀라게 하지 마! 갑자기 말 걸어서 놀랐잖아!"

―ㄱㄹ. ㄱㄹㄷㄱ ㅊㅈ ㅁ.

(그래. 그렇다고 쳐주마.)

피식. 허공에서 비웃는 소리가 들렸다.

사내는 발끈했다. 오백 년 만인데도 저놈의 비웃음은 참을 수가 없다. 그리고 그만큼 기뻤다. 사내는 천천히 울음을 삼켰다. 갑작스러운 재회는 사내를 기쁘게 만들었다.

"……어떻게 된 거야? 휘율이는?"

―ㅈㄷㅇㅇ. ㅈㄱㄹ ㅈㅅㅎㄷㄱ ㅎㅇ ㄷ ㅆㅂㄹㅇㄴㄲ.

(잠들었어. 지구를 재생한다고 힘을 다 써 버렸으니까.)

그 말에 사내는 다시 목이 메였다. 자신이 잠든 오백 년 동안 많은 일이 있었다. 초라하고 보잘 것 없는 자신은 잠에 드는 것 밖에 할 수 없었는데, 그들은 목숨을 바쳤다.

"깨어나긴 해?"

—ㄲㅇㄴ ㄱㅇ. ㅁ ㅂ ㄴㅇ ㅎㄹㅈㄴ ㅁㄹㅈㅁ. ㅂㄷㅅ ㄲㅇㄴ ㄱㅇ.

(깨어날 거야. 몇 백 년이 흐를지는 모르지만. 반드시 깨어날 거야.)

확신이 깃든 어조였다. 사내는 드넓은 초원에 웅크리고 앉았다. 밤바람이 사내의 검은 머리카락을 흔들고 지나갔다. 본의 아니게 길어진 머리카락은, 사내의 발끝까지 내려왔다.

"그럼 너는?"

—⋯⋯.

허공이 침묵했다.

사내가 목소리를 높였다.

"어떻게 된 거야? 넌 지금 어딨어?"

—ㅈㄱㅇ ㅈㅇ. ㅇㅁㄷ ㅊㅇㅅㄷ ㅇㄱ, ㅇㅈㄷ ㅁㅎㄴ ㄱㅇ ㅇㅇ.

(지구의 중앙. 아무도 찾을 수도 없고, 오지도 못하는 곳에 있어.)

기계음이 섞인 목소리가 허공에서 흘러나왔다.

참지 못한 사내가 악을 썼다.

"육체를 버리고 컴퓨터로 뇌를 집어넣었다며! 잠들기 전에 휘율이한테 듣고 널 찾아가서 죽여 버리고 싶었어!"

—ㄱㄹㄱ ㅇㅎㅇㅁ, ㅈㄱㅇ ㅈㅅㅇ ㅂㄱㄴㅎ.

(그렇게 안 했으면, 지구의 재생이 불가능했어.)

단호한 어조였다. 사내는 우뚝 멈췄다.

—ㅈㄱㄱ ㅅㄹ ㄷㄹㄱ ㅂㅁㅇ ㅈㄹㅇ. ㄴ ㄷㄹㅈ ㅇㅇㄱㅈㅁ, ㅁㅊ ㅊㅈ ㅎ ㅁㅅㄹㄹ ㅂㅁㅇ ㅈㄹㅈ. ㄴㅂㄹ ㄷ ㅅㄱ ㅇㅇㅈ. ㅈㄱㅇ ㅈㅊㄹ ㅍㄹㄱ ㄹㅁㅎㄱ ㅇㅎㅅ ㅅㄹㅇ ㅅㄱ ㄴㅇㄹㄴ ㅇㄹㄷ ㅇㅇㄴㄲ. ㄷㅇㅎ ㄱㄱㅇ.

(지구가 살려 달라고 비명을 질렀지. 넌 들리지 않았겠지만, 무척 처절한 목소리로 비명을 질렀어. 내버려 둘 수가 없었지. 지구의 전

체를 프로그래밍하기 위해선 사람의 손과 눈으로는 어림도 없으니까. 당연한 결과야.)

사내의 얼굴이 일그러졌다. 그는 입술을 깨물고 하늘을 올려다봤다.

"⋯⋯다른 방법은 없었어?"

ㅡㄴ ㄷㅅㅇ ㅁㅅㅇ ㄱㅇㅇ. ㄱㄹㄴ ㄴㄷ ㅇ ㅈㄷㄴ ㅎㅇㅈ.

(내 동생은 목숨을 걸었어. 그러니 나도 이 정도는 해야지.)

무덤덤한 목소리는 육체를 잃은 사람의 것으로 보이지 않았다.

슬픈 것은 사내였다. 육신을 잃은 친우의 목소리만이 허공에 떠돌았다. 그는 애써 밝게 물었다.

"그래서 지구는 이제 괜찮데?"

ㅡㄱㄹ. ㅇㅈ ㅂㅁ ㅅㄹㄱ ㄱㅊㅇ. ㅇㄷ ㅈㅊ ㅇㄱㅊㄹ ㅊㅇㄱㄹㅁ ㅈ
ㅇㄷ ㅅㅈㅇㅇ. ㅇㅈㄷㅁ ㄷㅇ ㅁ ㅎ. ㅇㅈㅇㄴ ㅇㅇ ㄱㄱ ㅉㅈ ㅃㅎㄴ
ㄷ. ㄷㅎㅇㄹㅁ ㄷㅎㅇㅈ.

(그래. 이젠 비명 소리가 그쳤어. 울다 지친 아기처럼 칭얼거리며 잠이 든 수준이야. 이 정도면 들을 만해. 예전에는 아예 귀가 찢어질 뻔했는데. 다행이라면 다행이지.)

오백 년이 지났으니까.

사내가 중얼거렸다.

자신이 잠들고, 저 녀석, 그리고 저 녀석의 동생이 무슨 짓을 했을지는 충분히 상상이 간다.

죽어 가는 지구를 위해 그들은 동족인 인류를 몰살하고, 그 자신을 컴퓨터화시켰다. 그의 쌍둥이 여동생 휘율은 태어날 때부터 가지고 태어났던 능력을 지구를 재생하는 데 모두 써 버렸다.

이 지구를 위해 모든 것을 바친 남매다.

사내는 그들이 인류에게 전쟁을 선포하는 것을 보고 잠에 빠져들었다.

"……내가 전생에 무슨 죄를 지어서 너희 남매들과 엮였을까."

―영광으로 알아. 제대로 살아남은 것은 너밖에 없어.

다시 비웃는 소리가 들린다. 목소리가 또렷해졌다. 사내가 놀라 물었다.

"목소리가 이젠 또렷하게 들리네?"

―프로그래밍을 다시 했어. ADW 프로그래밍 두 번째 부분이 덜 맞물렸던 모양이야. 고치니까, 좀 낫군.

또렷이 들리는 목소리는 정말로 예전의 그것이었다.

몸을 잃고, 목소리도 잃었을 텐데. 컴퓨터로 변환하여 예전과 똑같은 목소리로 말해 준다.

기쁘다.

사내는 흐릿하게 웃었다.

―아, 혹시 착각하고 있을지 몰라서 말하는데, 너 말고도 살아남은 사람들이 있어.

"뭐?"

감상에 젖었던 사내가 다시 벌떡 일어났다. 그는 더듬거리며 허공을 향해 말했다.

"어, 어떻게? 난 네가 다 죽여 버릴 줄 알았는데! 너 사람이라면 질색하잖아! 난 내가 마지막 인류인지 알았어!"

―그러려고 했지.

허공이 대답했다.

태어날 때부터 지구와 소통하는 힘을 가지고 태어난 그는, 인류를

멸시하고 끔찍하게 여겼다. 자신이 그들과 같은 인류라는 것이 싫어 자해하며 죽으려고 했던 적도 몇 번 있었다.

―휘율이가 울면서 말려서 어쩔 수가 없었어. 못돼 처먹은 오빠라고 해도 목숨까지 바쳐 가며 지구를 재생한 동생의 부탁 한 가지는 들어줘야지.

어쩔 수 없었다는 느낌의 한숨이 들어 있었다. 사내는 멍하니 있다가 배시시 웃었다.

사내는 그렇게 한참을 있었다.

3.

―문제는 너야. 우리가 아니라.

"응?"

배실배실 웃는 사내를 향해 허공이 일침을 놓았다.

―거긴 아직 살아갈 곳이 못 돼. 아무리 네 몸을 개조해서 먹지도 싸지도 않는 몸이 되었다지만 혼자서 오래 버틸 수 없어. 너의 그 멍청하고 눈물만 가득한 뇌는 개조를 당하지 않았으니까. 외로움에 당연히 미쳐 버리겠지. 나도 언제까지고 너랑 대화할 여력이 없어. 앞으로는 더 바빠질 거야. 대화할 시간도 줄어들 거고.

……먹지도 싸지도 않는 몸.

참 신랄하기도 하지. 사내는 얼굴이 화끈거리는 걸 숨기고 퉁명스럽게 대답했다.

"사람이 살아 있다며?"

—재워 놨어, 오백 년 전의 너처럼. 지구를 해할 모든 기억과 지식도 깡그리 뺏어 버렸지. 말했잖아, 제대로 살아남은 건 너밖에 없다고. 그들에게 더 이상 '과학'은 없어. 기억도, 지식도 없지. 옛 사람들처럼 활이나 검을 들고 싸워야 할 거야. 버러지처럼 살라지. 자연의 힘에 못 이기고 몰살당한다면 오히려 환영이야.

인류에 대한 조롱이 섞인 목소리가 허공에서 흘러나왔다.

사내는 말없이 듣고만 있었다.

제대로 살아남은 것은 자신밖에 없다. 이 말은 즉, 모든 것을 기억하는 것은 자신밖에 없다는 소리다.

—하지만 그들이 깨어나는 것도 한참 있어야 해. 지구는 아직 준비가 안 됐어. 네가 너무 일찍 깨어난 거야. 다시 자도록 해. 자도록 해 줄 수 있어. 네가 있던 캡슐로 돌아가. 나머진 내가 알아서 할게.

"이번엔 몇 년인데?"

사내가 물었다. 밤하늘의 허공에 대고 묻는 기분은 묘했다.

별과 달과 하늘과 대하는 느낌이었다.

"오백 년? 육백 년?"

—······그 정도 걸릴 거야. 하지만 자다가 일어나는 거니까, 금세 끝날 거야. 싫다는 소리 하지 마. 혼자서 몇 백 년을 버티다간 미치고 말아. 나는 이미 나갈 수가 없는 몸이고, 컴퓨터 프로그래밍 작업에 빠져들면 시간 감각이 애매해져서 몇 년이 지나가는지도 몰라. 휘율이도 언제 깨어날지 모르고.

사내는 대답 없이 하늘을 올려다봤다.

드넓게 펼쳐진 초원. 그 무엇도 없이, 초원만 끝없이 펼쳐져 있다.

잠들기 전의 고약한 냄새를 풍기는 토지와 바람과 물은 온데간데 없이 사라졌다.

그는 툭 내뱉었다.

"나무 심고 싶다, 휘혁아."

—*웬 개소리야?*

"까칠하게 굴지 말고 들어 봐. 나무를 심고, 물고기가 헤엄치는 것을 보고, 산이 생기는 걸 보고, 나무에 과일이 열리는 걸 보고 싶어. 너도 본 적 없지? 나도 본 적 없어. 그 광경이 얼마나 멋질지 상상해 본 적 있어?"

휘혁이라 불린 상대는 대답이 없었다.

"갈대밭도 만들자. 바람이 불 때마다 갈대가 휘어질 거야. 낙엽이 바닥을 데구루루 구르고, 가을이 되면 산이 알록달록하게 물들겠지. 비가 오면 바닥을 때리는 빗소리를 듣고, 겨울이 되면 소복하게 쌓인 눈과 고드름을 보면서 따뜻한 물을 마시는 거야."

눈, 비, 태양, 맨발로 걸을 수 있는 땅.

나무, 풀, 동물.

물.

자신이 살던 시대엔 없었던 것들.

인간의 과오로 모두 말라 죽고, 사라져 버렸다.

하지만 이제 그것을 다시 두 손으로 만지고 볼 기회가 생겼다.

"사는 게 지겨워질 것 같지 않아. 외로워서 미칠 것 같지도 않고. 이런 곳이라면 혼자 살아도 괜찮아."

하늘을 본다. 까만 밤하늘이다.

도시에서 본 인공적인 밤하늘과는 달랐다.

밤바람의 숨소리. 초롱초롱 빛나는 별과 달들은 몇 번을 보고 또
봐도 질리지 않았다.

—이 머저리야. 지금이야 그렇겠지. 하지만 조금 더 지나면 ······.

"그럼 그때 잠들게. 그래도 괜찮지?"

사내가 씩 웃으면서 말을 잘랐다. 허공에서 한숨 소리가 들렸다.

—마음대로 해, 멍청아.

4.

시간은 자유롭게 흘렀다.

계절이 생겨났다.

봄, 여름, 가을, 겨울.

나무가 생겨났다. 산이 생겨났다. 과일이 열리고, 꽃이 열렸다.

사내는 그 모든 것을 지켜봤다. 휘율이 자신의 생명력을 모두 쏟아
붓고 만들어 낸 재생이었다.

모든 것이 감격이었고, 격정이었다.

회색빛만 가득하던 세상에 다채로운 색이 생겨났다.

또다시 시간이 흘렀다.

이번에는 벌레가 생겨났다. 작은 동물들도 생겨났다. 동물들은 사
내가 지나가도 풀을 씹고 놀았다. 경계심이 없이 자유롭게 뛰어 놀
았다.

조금 더 지나자 큰 짐승이 나왔다. 그들은 육식을 했고, 같은 동물

들을 잡아먹었다.

하지만 사내가 지나가도 덤벼들지 않았다.

그렇게 프로그래밍되었다.

사내가 사는 곳은 항상 기후가 알맞게 변했다. 따뜻하고, 시원하게 변해 사내가 편하게 살 수 있었다.

사내는 그동안 두 번 잠을 자고 깨어나고를 반복했다.

몇 백 년 동안이나 잠드는 긴 잠이 아니라, 짧게 자고 깨어나기를 반복했다. 깨어나면 새로운 것들이 많아서 사내는 혼자서도 즐겁게 지낼 수 있었다.

"이상한 기분이야."

—뭐가?

휘혁이 대답한다. 산과 나무, 벌레와 동물을 만드는 프로그래밍을 마치고, 간신히 시간을 냈다.

"이런 게 없었을 땐 어떻게 살았을까?"

사내는 손을 뻗어 꽃을 꺾었다. 꽃냄새가 올라왔다.

"도저히 즐겁지도, 행복하지도 않았을 것 같은데."

회색빛 콘크리트에 휩싸여서 살아온 기억이 점차 흐릿해진다.

사내는 꽃 속에서 몸을 뉘였다.

5.

"사람들을 깨운다고?"

—그래.

다시 허공에서 대답한다.

사내는 뒤쪽에 있는 토끼를 끌어와 품에 안고 말했다. 토끼는 가만
히 안겨만 있었다. 처음 만들어질 때부터 동물들은 이 사내를 절대
해칠 수 없도록 만들어졌다. 휘혁의 배려였다.

"살아갈 환경이…… 되는 거야?"

—알게 뭐야. 동물 잡아먹고 살라고 해. 동물 풀어 놨잖아. 살기
위해 동물을 잡는 것쯤은 봐줄 수…….

"이런 귀여운 동물을!"

사내가 버럭 소리를 지른다. 컴퓨터랑 동화된 휘혁은 잠시 말을 잃
었다.

—……닥치고 그냥 들어. 하여튼 간에, 이제 곧 사람들이 깨어날
건데, 네가 알아 둬야 할 게 있어.

"뭘?"

사내는 귓등으로 들으면서 품에 안은 토끼를 껴안고 뺨을 비볐다.
귀여워서 어쩔 수가 없다.

얼마 전에는 사자 새끼들 틈에서 뒹굴고 놀았고, 저번에는 말 등에
타서 초원을 달렸었다. 동물들의 눈은 검고 동그래서 보고만 있어도
행복했다.

—우선 지금 인간들이 깨어나는 건 게임의 오픈 베타 격이야. 깨
운 후에 실행한 다음, 되었다 싶으면 다시 재우고 완벽하게 보충한
다음에 다시 깨울 거야. 그러니 그사이에 사람들을 만나도 정을 주
지 마. 다시 기억을 잃고 잠들 인간들이야. 아, 그리고 또 하나. 인간
들 사이에 '비'를 없앨 거야. 정확히 '물'을 없애 버릴 작정이지.

토끼를 쓰다듬는 손이 멈춘다. 사내가 경악한 얼굴로 고개를 들었다.

"……그럼 죽으라는 거잖아?"

—그건 그들이 하기에 달렸지. 유전자 정보를 조작해서 몇몇 인간들에게 '비'를 내리는 능력을 줄 거야. 수많은 사람들 사이에서 고작 몇 명에게만 주는 능력이지. 누가 될지는 나도 몰라. 랜덤으로 만들어 놨으니까.

휘혁의 말이 계속될수록 사내의 낯빛이 굳어졌다.

—아직 더 보충할 프로그래밍이지만, 이대로 밀고 나갈 거야. 비와 물을 빼앗겨 봐야 물이 얼마나 소중한지 알게 되겠지. 지구를 망치는 일은 두 번 다시없게 만들어 주겠어.

사내는 품에 안고 있던 토끼를 풀어 주었다.

—너도 주의해. 네가 다니는 곳마다 내가 살기 좋게 변화시키고 있지만, 사람들이 있는 곳에선 그럴 수가 없어.

6.

사내는 계속 여러 곳을 떠돌았다.

사람이 나타나고, 사람이 살기 시작했지만 그 속에 섞이진 않았다. 그는 사람이 나타나는 모습과 살아가는 모습을 모두 지켜보며 휘혁과 사람들 사이에서 다리 역할을 했다.

—왕?

"응. 왕이라고 부르던데? 이마에 박힌 그것을 '군석君石'이라고 이름 붙인 모양이야. 그 왕을 필두로 나라를 짓고, 그 안에서 살기 시작하더라. 아마도 남아 있는 지식 중에 '비를 내리는 사람'을 표현할 그럴싸한 단어가 '왕' 밖에 없었겠지."

사내의 정보에 휘혁이 침묵했다.

"그리고 기억하지 못하는 자신들의 과거를 '혼란기'라고 부르기 시작했어. 난리도 아니야. 이름도 나이도 가족도 생각이 나는데, 자신이 어떻게 살아왔는지를 기억하지 못하니까. 혼란스러운가 봐. 지금 사람들은 조금만 건드려도 터질 것 같아."

─당분간은 가까이 가지 마. 무슨 짓을 저지를지 어떻게 알아. 백 년만 있으면 정착하고 살게 되어 있어. 하지만 그것보다 왕이라. 그거 마음에 드는군.

"응?"

사내가 허공을 향해 대꾸했다.

─시스템을 바꿔야겠어. 비를 내리는 놈들이 왕으로 불린다면 그럴 만한 시스템으로 바꿔 줘야지. 어떻게 하면 좋을까……. 그래, 군석을 가진 왕이라는 놈이 나라를 세우면 그 지역에만 비가 내리도록 해야겠어. 지금까진 군석을 가진 자와 같이 다니기만 해도 어느 지역에서나 비가 내렸는데, 바꿔야겠군.

휘혁의 말이 끝나는 것과 동시에 대기가 움직이기 시작했다.

지구의 중심에 있는 그가 새로운 프로그래밍을 시작했다.

─사람 손 타는 기간도 줄여야겠어. 그 자리에 한 달 동안 머물면 물이 마르는 조건으로 갔더니 물을 아주 펑펑 써 대더군. 부족해. 좀 더 물이 소중하다는 위기감을 가지지 않으면 안 돼. 이제는 일주일

로 고쳐야겠어. 너도 그렇게 알아 둬.

"잠깐!"

사내가 안달이 나서 다급히 외쳤다.

"그럼 동물들은? 사람이 머무는 곳에는 동물들도 있어! 풀과 나무와 물이 있어! 물이 없으면 사람만 죽는 게 아니야!'

─알아. 하지만 무리는 없어. 사막화가 되고 짐승은 죽어 가겠지만 오염으로 인한 게 아니니, 지구에겐 해가 가지 않아. 짐승들도 언제든지 다시 태어나고 살아갈 거야. 우리 때처럼 두 번 다시 볼 수 없도록 멸족은 하지 않아.

안색이 나빠진 사내를 향해 휘혁이 냉정히 말했다.

─잊지 마. 난 아직 인간들을 용서한 게 아니야. 인간들이 뼈저리도록 물과 나무들이 소중한 것을 알게 될 때까지 난 멈추지 않아.

7.

사내의 여행은 계속되었다.

혼란에서 조금씩 벗어난 사람들은 마을을 이루고 왕에 대해 격렬한 토론을 했다.

그리고 그들 사이에서 종교가 생겨났다.

"너희들 보고 신이래."

─……쿡.

휘혁이 간신히 웃음을 참았다. 사내도 히죽히죽 웃었다.

"천신天神과 지신地神이라던데? 너희 남매들 중 누가 천신이고 지신
인지 알 수는 없지만."

─내가 천신天神이야.

휘혁이 당당하게 말했다.

─지신地神은 땅이잖아. 난 만날 인간들에게 밟히는 땅이 되고 싶
은 마음이 눈곱만큼도 없어. 휘율이가 지신地神하라고 그래. 그 녀석
때문에 인간들을 살려 놨으니, 알아서 밟히는 땅이 되겠지.

시니컬한 목소리는 당당했다. 사내는 큭큭거리며 그럴 줄 알았다
고 고개를 끄덕였다.

"그럼 난 사람들한테 말해야겠군. 자비를 구할 때는 천신이 아니
라, 지신한테 빌라고. 천신은 사디스트라 괴롭힐 줄밖에 모른다고.
무슨 반응이 돌아올지 궁금한걸! 아, 하지만 풍년과 가뭄에 관해선
너한테 빌라고 하면 되겠다. 네가 이 모든 것을 만드는 중이니까."

─그거 마음에 드는군. 나한테 비는 인간들이라. 마음에 들어.

역시 사디스트.

사내가 웃으며 속으로만 중얼거렸다.

8.

사내는 여행을 멈추지 않았다. 그가 들른 곳은 사막이기도 했고,
사람들이 모여 사는 나라이기도 했다. 휘혁이에게 들은 오픈 베타의
세계는, 점점 그럴듯하게 변해 갔다.

그사이 사내도 그럴듯한 칭호를 얻었다. 세계를 재구성하고 있는 남매가 천신과 지신이 되었다면, 자신은 **현자**라 불렸다.

—지식을 떠벌리고 다니지 마. 특히 과학은 안 돼.

"알고 있어."

휘혁의 톡 쏘는 말에 사내가 순순히 대꾸했다.

"학자란 게 생기고 있나 봐. 혼란기 이전에 무슨 일이 있었는지 사라진 지식에 대해서 갈망하고, 세상의 비밀에 대해 밝히려는 자들이야."

—과학에 접근하고 있어? 그렇다면 멸절시켜야겠군.

과도한 과학으로 인해 오염된 대지를 떠올리며 냉정히 말한다.

사내가 고개를 저었다.

"아니. 지구를 위협하려는 짓은 못 해. 단지 사라진 지식이 무엇인지, 어째서 자신들이 가는 곳엔 물이 사라지는 것인지 알고 싶어 할 뿐이야."

사내는 그들에게 길을 열어 주었을 뿐이다.

천신과 지신의 존재를 인정하고, 왕이란 자가 나라를 세우기 위해서 필요한 것들을— 사내는 입에서 입으로 전했다.

국명부, 나라와 바깥을 경계 짓는 울타리.

왕이 비를 내릴 수 있게 하는 기우제.

사람들이 모르는 것을 사내가 전해 줄 때마다 사람들은 그를 '현자'라고 불렀다.

"모르는 것이 없다고, 나를 학자 우두머리로 만들었어."

—현자라. 꽤 그럴듯한 칭호야.

"새로운 세계에 필요한 지식들을 알려 줬을 뿐인데, 너무 과분해."

사내는 투덜거리며 다음 나라로 향했다.

9.

사내가 향한 다음 나라는 들어서자마자 피비린내가 진동했다.

통곡과 울음소리, 말라 가는 물을 보며 절규하는 소리에 몸서리가 쳐진다.

'무슨 일이지?'

이런 경우는 처음이다. 사내는 당황하여 안쪽으로 걸음을 옮겼다.

작은 나라였다. 초가집이 열 몇 개밖에 되지 않는 신생이었다.

광장 쪽으로 가자 사람이 옹기종기 모여 있었다. 그들의 입에서는 계속해서 탄식이 흘러나왔다.

"……무슨 일이십니까?"

모여 있는 사람들이 돌아본다. 그들은 모두 눈물을 흘리며 앞을 가리켰다.

사내의 시선도 앞을 향했다.

광장 중앙에 시신 한 구가 있었다.

보이는 것은 이마의 군석君石.

왕王이 죽어 있었다.

처참하게 난자당한 가슴이 벌어져서 뼈와 내장이 보였다.

사내는 말을 잇지 못했다.

10.

"살해당한 거래."

사내가 침울하게 말했다.

―웃기는군. 물을 내리는 인간의 숫자를 적게 만들었는데, 그걸 죽였단 말이지? 왜?

사내는 입을 콱 다물었다.

인간을 혐오하는 휘혁에게 말해 봤자 좋은 소식이 아니었다. 혐오 감만 더 부추길 이유였다.

―말해.

갑자기 사내의 주위로 돌풍이 분다. 사내는 초원에서 넘어져서 데 굴데굴 굴렀다.

하늘에 먹구름이 끼고 번개가 내려쳤다.

빗속에는 우박도 섞여 있었다. 콩만 한 우박이 떨어져 내리며 사내 를 내리쳤다.

"알았어! 말할 테니까, 그만해! 아프잖아!"

말하자마자 뚝 그친다.

사내는 처참한 몰골로 일어나 불퉁하게 입을 열었다.

"부러웠데."

―뭐가?

"비를 내려서 다른 사람에게 우러름을 받는 모습이."

―…….

휘혁이 침묵했다. 사내의 머릿속으로 휘혁의 비웃는 얼굴이 떠올랐다. 인간의 본성을 볼 때마다 휘혁은 스스로 자해를 했다. 자신이 인간인 것이 싫어서 끔찍할 정도로 몸을 괴롭혔다.

사내가 물었다.

"……혐오스러워?"

—응. 끔찍할 정도야.

휘혁이 대답했다.

11.

"왕에게 호위자를 만들어 줘."

사내는 초원 위에 앉아서 하늘을 향해 물었다. 왕이 죽은 것을 본 후부터 사내가 줄곧 생각하던 것이다.

—호위자?

"앞으로도 그런 일이 자주 있을 거야. 호위자를 만들어서 미연에 방지하도록 하는 게 좋잖아."

—살기 위해 내려 준 인간들을 지들이 알아서 죽인다는데, 내가 왜?

비아냥거림이 흘러나온다. 사내는 한숨처럼 말했다.

"……그래도 기회는 줘."

사람을 혐오하는 휘혁의 성격은 알고 있다. 사내의 입에서 애절한 부탁이 흘러나왔다.

"군석을 원해서 가지고 태어나는 게 아니잖아. 언제 어디서 나타날지 모르는 군석을 가지고, 사람들을 위해서 나라를 세우고 비를 내려야 하는데. 저렇게 처참하게 당하기까지 한다면 너무 괴로운 일이 될 거야."

사내는 괴로움에 미간을 찌푸렸다.

"너도, 휘율이도 가지고 나선 안 될 것을 가지고 태어나서 괴로웠던 적 많았잖아. 그 정도만 해 주면 안 돼?"

─……

"많은 건 바라지 않아. 그저 왕만을 위해서 살아가는 사람을 만들어 줘. 왕을 지키기 위해, 왕을 보호하기 위해서 목숨을 바치는 사람. 우리에게도 그런 사람이 필요했던 것처럼 왕에게도 줘."

휘혁은 대답하지 않았다.

사내가 하늘을 향해 말했다.

"살아갈 기회를 줘."

12.

─군위君衛 라고 칭해.

휘혁이 말했다. 오랜만에 들린 목소리에 사내가 반색했다.

"오랜만이네! 프로그래밍이 끝난 거야?"

─그래. 처음부터 거의 뒤집어엎었어. 왕의 호위자는 앞으로 군위君衛 라고 칭하고, 왕과의 계약으로 성립될 거야. 왕과 계약하면 군위

는 왕이 가장 중요하고 왕을 위해 목숨을 기꺼이 바치는 사람으로 변할 거야. 배신은 절대로 없어.

사내의 얼굴이 밝아졌다.

"군위君衛라. 어감이 멋지다."

—내가 만든 건데 당연하지.

당당한 목소리에 사내가 웃음을 터트렸다.

—것보다 부탁이 하나 있는데. 내가 네 부탁도 들어줬으니, 너도 내 부탁을 하나 들어주겠지.

"뭔데?"

기다렸다는 듯이 허공이 대답했다.

—위치를 불러 줄게. Q. 415, 3258. 125으로 가.

"……?"

사내가 고개를 갸웃거렸다. 허공에서 목소리가 다시금 들린다.

—거기에 다른 사람들과 다른 어떤 남자가 잠든 캡슐이 있어. 그 캡슐의 놈을 깨워서 Q. 555. 2242. 1452으로 데려가. 그곳에 집 한 채 지어 놓았으니까. 거기서 살라고 그래. 거기서 살아가면 필요한 모든 것은 준비되어 있으니, 앞으로도 편히 살 거야.

뜬금없는 소리다. 사내가 눈을 휘둥그레 떴다.

"네가 특별 취급이라니. 대체 누구야?"

—병기야.

휘혁은 한숨을 한번 쉬고 말했다.

—너를 잠들게 하고, 우린 전쟁을 일으켰지. 지구를 구하기 위해 인류를 저지하기로 마음먹고 차근차근히 진행시켰어. 되도록 지구에 손상이 가지 않도록 신경에 신경을 쓰면서 진행했지.

사내는 고개를 끄덕였다. 거기까진 사내도 알고 있는 부분이었다.

—그런데 이 인간놈들이 또, 미친 짓을 저질렀어.

"뭘?"

—점차 밀리는 것을 느꼈는지, 가족이 없는 고아 하나를 데려가서 우리와 대적할 능력을 가진 병기로 만든 거야. 강제로 몸과 뇌를 개조하여 감정을 제거하고, 몸의 능력을 높여서 우리를 죽이라고 보냈어. 우리에게 보내졌을 때는 인간의 형상도 아니었어. 목도 길고 팔도 땅에 끌릴 정도로 길었고. 음식을 먹지 않아도 되도록 내장을 모두 드러내고, 생체 에너지로 살아가는 몸이더군.

사내가 신음을 삼키며 입을 막았다.

—무엇보다 기가 막힌 건……. 그놈들의 감정 제거 시스템이 불완전했는지, 감정이 덜 제거가 되었다는 거야. 이 사내는 괴물의 모습으로 우리한테 울면서 걸어왔지. 도와줘, 살려 줘, 죽여 줘— 를 반복하면서. 자기가 개조당하는 모습을 되새기면서 우리한테 보내졌어.

휘혁은 짜증을 담아 말했다.

—인간놈들은 그런 병기를 보내 놓고 성공하길 손꼽아 기다리고 있었겠지. 머리에 폭탄 칩도 넣어 놓은 걸 보면 성공하고 돌아오면 바로 죽일 작정이었던 거야. 나는 소원대로 죽여 줄 작정이었지만, 재밌게도 이 녀석이 우리 편에 서서 인간들을 학살했거든. 그 점이 마음에 들어서 살려 뒀지. 기특하잖아? 다른 인간들과는 달라. 편애를 해 줘야지.

"……몸은?"

—간신히 원래대로 복구했어. 인간 체형은 유지하고 있지만, 근육

을 극대화하고 강제로 올린 능력치는 원래대로 만들지 못했어. 그것을 강제로 원래대로 하려고 할수록 육체가 무너질 것 같아서 그만둬야 했지. 너무 뛰어난 능력 탓에 다른 사람과 어울리지는 못하겠지만⋯⋯. 괜찮아. 이제 그 능력을 제대로 쓰게 만들 테니까. 내 편에선 인류니까, 당연히 그만한 혜택을 줘야 하지 않겠어?

허공에서 울려 퍼지던 목소리가 이번에는 비릿하게 웃었다.

──인간들이 만든 괴물을 인간 위에 세울 거야.

13.

휘혁이 가르쳐 준 좌표로 가자, 과연 캡슐이 숨어 있었다.

지하로 통하는 입구가 저절로 열리고, 사내는 길이 생기는 대로 따라 들어갔다.

발견한 캡슐에는 흰 머리카락의 남자가 누워 있었다.

인류에게 배신당한 남자다. 같은 인간인데도 인간에게 배신당했다.

휘혁과 휘율이, 그리고 자신이 인간을 배신했다면 이 남자는 인간에게 배신당한 존재였다.

"슬프지."

사내는 중얼거리면서 머리맡에 있는 작은 버튼을 눌렀다. 캡슐이 열리고 흰 냉기가 흘러나왔다.

냉기가 끝까지 흘러나오자, 반듯하게 누워 있던 흰 머리카락의 사내가 눈을 떴다. 빨간 눈동자가 빛 하나 없이 세상을 품에 안았다.

그는 미동도 없이 누워만 있었다. 눈을 떠도 변한 것이 없다.

—그건 이제 진군위眞君衛가 될 거야.

허공에서 휘혁이 기다렸다는 듯이 말했다.

—내가 말해 준 좌표에 진군위만 태어나도록 프로그래밍을 해 놓은 가문과 땅이 있어. 그 녀석은 이제 그곳의 가주야.

"……진군위?"

—군위라는 것은 왕과 왕의 명령이라면 목숨까지 버리는 놈들이야. 하지만 진군위는 아냐. 이지를 가지고 왕을 모시도록 만들어 놨어.

사내는 휘혁의 말을 귀담아 들었다.

—이건 물레야. 시간이 가면 갈수록 왕의 입지는 점점 높아질 거야. 지금은 왕이 제멋대로 살해당하고 비참하게 되는 일도 잦지? 하지만 목숨이 경각에 달린 인간들이 법을 만들고, 왕이 강대한 나라를 구축해서 권력자로 나서게 되면, 정점에 서는 것은 왕이야. 그들 중엔 '비'를 내리는 자신을 특별하게 여기는 놈도 나오겠지. 난 절대 그런 꼴은 못 봐. 내가 '왕'을 만든 것은 물의 소중함을 알라고 만든 것이지, 거만 떨라고 만든 게 아니니까.

사내는 듣고만 있었다. 휘혁은 이어 말했다.

—진군위는 그런 왕을 유일하게 말릴 수 있는 인간이 될 거야. 그들은 왕의 충성스런 신하가 되겠지만, 그렇다고 왕에게 굴복하지도 않아. 신념대로 행동하고, 왕이 잘못된 행동을 하게 되면 막는 유일무이한 존재. 그 증거로, 저걸 봐.

사내의 시선이 흰 머리 남자의 왼손을 향했다.

―신석臣石이다.

휘혁은 기대 어린 목소리로 말했다.

14.

흰 머리카락을 가진 남자의 이름은 라호 한翰이었다.

그는 무표정한 얼굴로 사내를 따라 걸음을 옮겼다. 사내가 애써 밝은 얼굴로 이런저런 말을 걸어 보았지만 무표정한 응대만 돌아왔다.

―말했잖아, 감정을 제거당했다고.

"불완전했다며?"

―불완전해서 '덜' 제거가 된 거지. 제거가 아예 안 된 건 아니야. 저자가 우리한테 왔을 때는 분노와 원한과 복수만이 있었지. 인류를 모두 말살하고 나자 그것마저도 사라졌어. 복수를 이뤘으니까, 여한이 없었던 거겠지.

"원래대로 만들 수는 없어?"

―인간들이 미친 짓했다고 말했잖아. 미친 짓이라는 것은 절대 하지 말아야 하는 짓을 미친 짓이라고 하는 거야. 인간의 감정은 '나'마저도 건드리지 못한 구역이야. 저건 나도 어쩔 수 없어.

사내는 불안한 시선으로 뒤따라오는 라호를 응시했다.

희로애락이 없는 무표정한 얼굴은 뜨거워도, 차가워도, 꽃을 보아도, 동물을 보고도 변하지 않았다.

15.

세월은 계속 흘러갔다.

휘혁이 오픈 베타라고 밝힌 세계는 매일매일 바뀌면서 굴러갔다. 왕이 무분별하게 군위를 받아들이자, 소원이라는 프로그래밍이 즉각 투입된 것이 벌써 삼 년째였다.

—슬슬 오픈 베타를 끝낼 거야.

어느 날 갑자기, 사라졌던 휘혁이 나타나 사내에게 말을 걸었다.

사내는 절벽 위에 서서 나라 하나를 내려다보고 있었다.

—모든 것이 재부팅될 거야. 사람들은 다시 기억을 잃고 재부팅 후 다시 깨어날 거야. 그럼 처음과 같은 상황이겠지.

"혼란기?"

—그래, 혼란기. 그렇게 불렸지. 그리고 자연족도 생길 거야.

"자연족?"

—하늘을 나는 날개족, 바다를 헤엄치는 인어족, 바위에서 사는 동화족. 이들은 인간의 형상을 하고 있지만 인간이 아니야. 이들이 사는 곳은 왕이 없어도 비를 내릴 거고, 살아갈 수 있도록 하겠어. 자연과 더불어 살아가도록 프로그래밍해 놨으니, 문제는 없어.

사내는 고개를 갸웃거렸다.

"만든 이유가 있어?"

—인간들이 알아야 하니까. 자신들의 손만 닿으면 물과 비가 사라지는 이유를. 자연족들이 사는 곳은 비가 내리고 물이 있는데, 왜 자

신들이 있는 곳만 물이 사라지는지 의문을 가지고 조심히 여겨야 할 테니까.

그렇구나.

사내는 희미하게 웃으며 대답했다. 휘혁이다운 이유였다.

—강아.

휘혁이 사내를 불렀다.

사내를 고개를 들었다. 휘혁은 땅 밑 지구의 중심에 있는데, 사내는 항상 하늘을 올려다보았다.

—재부팅이 시작되면 나도 잠에 들 거야.

"……!"

날벼락 같은 소리였다. 강이라 불린 사내가 질린 안색으로 주먹을 움켜쥐었다.

—더 이상의 프로그래밍은 없어. 내가 깨어나는 것은 빌어먹을 인간들이 다시 지구를 파괴하기 시작했을 때야. 그때가 아니면 깨어나지 않고 잠만 자도록 해 놓을 작정이니까 기다려도 깨지 않을 거야.

"……왜?"

—지구는 살아났고, 난 더 이상 필요가 없으니까. 내가 너처럼 인간들이 살아가는 모습을 보면서 흐뭇하게 여길 것 같았어?

아니, 그럴 리가 없지.

인간을 싫어하는 신은 여기까지만 이었다.

그가 육체를 버리고 컴퓨터와 동화를 택한 것은 지구를 살리기 위해서기도 했지만, 스스로가 인간인 것이 싫었던 이유도 있었다.

—내가 걱정하는 건 너야. 넌 우리 남매에게 있어서 유일하게 '제대로 된 사람'이었어. 친구였고, 가족이었지. 너를 먼저 재우고 전쟁

을 일으킨 이유도 그것 때문이었으니까.

"알아."

편애를 받고 살아왔다. 사내는 이 세계에서 신에게 혐오 받지 않는 유일한 인간이었다.

―어떻게 할래?

사내는 고개를 들었다.

―모든 것을 아는 것은 이제 너 혼자가 될 거야. 대화를 나누더라도 미묘하게 어긋나겠지. 이질적인 느낌은 언제 어디를 가서도 받게 될 거야. 고독을 이길 자신이 있어? 내가 말해 주지. 넌 없어. 못 이겨. 넌 바보같이 멍청하고 눈물로 가득한 뇌를 가져서 다른 사람들보다도 훨씬 빨리 무너질 거야. 충고하는데, 잠들도록 해. 휘율이 일어날 때까지 잠들도록 캡슐을 프로그래밍 해놓을 수 있어.

강이라 불린 사내는 대답 대신 다른 곳에 시선을 두고 있었다.

절벽의 나무 위. 갈색과 흰색 깃털을 가진 작은 새가 보인다.

참새였다.

참새들은 무리를 지어 우르르 몰려 달렸다. 쩍쩍거리는 소리가 강이의 귀에 들어왔다. 그들은 부리를 쪼아 깃털을 정리하고, 무리들 속에서 싸우다가 노래를 불렀다. 물을 마실 때는 부리로 들이켠 후, 목을 들고 마셨다.

사내는 귀를 기울였다.

바람이 부는 소리.

물이 흐르는 소리.

새가 지저귀는 소리.

사람이 살아가는 소리가 들렸다.

"……난 이대로가 좋아, 휘혁아."

—…….

"걱정 마. 계속 깨어 있을 거란 소리는 안 했어. 네 말처럼 못 버틸 것 같으면 캡슐로 들어가 잠을 잘 거야. 십 년, 오십 년……. 자다가 새로 일어나면 또다시 뭔가 변화가 일어나겠지. 그렇게 버틸래, 지금처럼."

휘혁은 반대하지 않았다. 그럴 줄 알았다는 것처럼 다른 대안을 꺼내 놓았다.

—그럼 너만의 땅을 만들어 줄게. 네 허락 없이는 그 누구도 출입 못하는 작은 땅을 만들어 주겠어. 그 땅만큼은 왕이 없어도 비가 내리고, 나무가 자라고 풀이 자랄 거야. 동물들과 자연족은 언제나 너의 편이 될 거야. 돌아갈 곳이 없어서 외롭게 여겨진다면 거기로 가. 이제 그곳이 너의 집이야.

휘혁은 그 말을 끝으로 사라졌다.

강은 희미하게 미소 지었다.

16.

재부팅이 되어 세계는 다시 처음으로 돌아왔다.

사내는 이곳저곳을 다시 떠돌아다니며, 이곳의 지식을 전해 주고 다녔다.

왕의 능력과 기우제와 국명부.

사람이 물과 함께 살아갈 수 있는 최소한의 시간.

천신과 지신의 존재 유무를 전하며, 구석구석을 돌아다녔다.

역사는 반복된다는 말처럼 저변의 오픈베타처럼 학자들이 출몰하였다. 그들은 사라진 지식과 혼란기 이전의 비밀을 풀기 위해 움직였다.

사내는 다시 '현자' 라는 칭호를 받았다.

모든 것을 알고 있는 '현자' 는 학자들의 우상이었다. 그를 만나기 위해 학자들이 뛰어다녔지만, 사내를 만날 수 있는 이는 극히 소수였다.

사내는 계속 정처 없이 걸었다.

걷고, 걷고, 또 걷다가— 가끔 견딜 수 없는 고독이 느껴지면 휘혁이 만들어 준 땅으로 향했다.

땅은 정말로 작았다.

사내가 살아갈 수 있는 집 한 채와 앞의 정원, 나무 몇 그루, 물고기가 사는 작은 호수만이 전부였다.

사내는 작은 호수에 물고기를 길렀다. 정원에는 텃밭을 만들고, 직접 밭을 일구고 여러 가지를 심었다.

옛날 사람들이 했던 대로 개도 길러 보았다.

눈이 오는 날이면 눈사람을 만들었고, 비가 오는 날이면 창문을 열고 앉아 가만히 빗소리를 들었다. 꽃이 피면 꽃을 꺾어 집 안을 장식했다.

처음으로 기른 개는 사내를 무척 따랐다. 그것이 귀여워 머리를 쓰다듬어 주면 검은 눈동자를 반짝이며 사내를 올려다봤다.

텃밭에서 기른 야채로 음식을 해 먹기도 했다. 과일은 씻지 않고 먹었고, 나무에 앉은 새소리를 들으며 시간을 보냈다.

오염된 대지가 아니라, 살아 숨 쉬는 대지를 신발도 신지 않고 맨발로 걸었다. 비가 오는 날이면 개구리가 집 안에 숨어들어서 놀라기도 했다.

밤하늘의 별과 달이 너무 잘 보여서 잠이 오지 않을 때도 있었다.

멋진 세계다.

사내는 잠에 들면서 다음에 깨어나기를 기다렸다.

더할 나위 없이 행복한 나날들이었다.

그리고 시간이 흐르고, 흘러 진곡력 501년이 된다.

외전 1

열
세
살
의
라
야

외전 1
열세 살의 라야

1.

—**진군위**眞君衞.

일반 군위들과 달리 왕과 계약을 해도 의지와 신념을 잃지 않고 자아를 유지한다. 이들에 대한 왕의 충성심은 올곧으며, 왕의 명령에 옳고 그름을 따진다. 그들은 왕이 옳지 못한 길로 빠져드는 것을 지켜만 보지 않으며, 목숨을 다해 왕을 지키고, 왕을 위해 신명을 다한다.

—**군위**眞君衞 **가문**.

정식 명칭은 한翰.

대부분의 사람들은 진군위 가문이라 부르는 이곳은 남쪽 지방에 위치했다.

이 가문은 혼란기 이전부터 있었던 곳으로, 그 어떤 나라보다 오래된 명맥을 유지해 지금껏 존재해 왔다.

이들은 절대 중립적 입장을 고수하며, 왕의 정치사에도 관여하지 않았다. 오히려 정체를 숨기고, 몸을 낮추고, 커다란 부를 가지고 있음에도 드러내지 않으며, '진군위'의 본분을 다하기 위해 모든 것을 바쳤다.

그런 가문에서 '나라'와 관련된 일을 하는 것은 단 한 경우뿐.

그 나라를 다스리는 왕이 '진군위'의 계약자였을 때.

'가문'이 움직이고 그 왕을 보호하기도 했다.

―그리고 현재.

지금 가문에 있는 진군위는 모두 넷.

가문을 다스리는 현 가주와 그의 진짜 자식들 세 명만이 가문에 남아 있었다. 역사상 가장 적은 숫자의 진군위였고, 그중에서도 현 가주만이 현재 진군위직을 수행할 수 있는 유일한 존재였다.

현 가주의 '진짜' 아이들은 남자 아이가 둘, 여자 아이가 한 명으로, 머리는 새하얗고, 진군위를 증명하는 신석神石을 왼손 손등에 박고 태어났다.

고귀한 핏줄이다.

밭을 일구고, 설거지를 하고, 평범하게 살아온 이들은 그들을 소설 속에 나오는 주인공처럼 대했다.

지금은 이렇게 작고 어리지만, 크면 분명히 자신들은 범접하지도 못할 만큼 훌륭한 사람이 될 거라 입을 모아 말했고, 지금 함께하는 이 순간을 꿈처럼 여겼다.

라야는 그 속에서 홀로 검은 머리였다.

남편을 배신하고 부정을 저지른 여인의 증거물이다.

가문의 원로들은 명예를 중시하여 라야를 현 가주의 핏줄로 인정했고, 흰 머리를 타고나지 않는 그를 '돌연변이'라고 둘러댔다.

부정을 저지른 라야의 어미는 가문의 오두막집에 유폐되었지만, 몸이 약해 요양을 간 것으로 치부되었으며, 비밀을 아는 노비들은 혀가 잘리고 먼 곳까지 팔려 갔다.

그렇게 꾸며진 출생이다.

대우는 좋았다. 공식적으로 핏줄로 인정받았으니, 그만한 대우도 따라붙었다. 기회도 똑같이 주어졌다. 배우고 싶은 것이 있으면 원하는 선생이 따라붙었으며, 먹는 것도 입는 것도 어느 하나 부족한 것이 없었다.

그런데도 소년의 표정은 밝지 않았다.

웃지도 않고, 울지도 않고 묵묵했다. 말을 할 때도 적었다. 라야가 입을 열 때는 학자와의 문답 시간이 전부였다.

"라야 님은 다른 아이님들과 같이 놀지 않으십니까?"

학자와의 문답 시간이 끝났다. 붓과 종이를 챙기는 라야를 향해 초빙된 학자가 물었다. 그는 주름진 얼굴로 사람 좋게 웃어 보였다.

"책을 읽는 것이 더 좋더라도 지금은 뛰어노시는 게 어떻습니까? 나이를 먹을수록 생각나는 것은 어린 시절 즐거운 추억들뿐인데, 라야 님은 너무 혼자만 보내시는 건 아닌지 걱정스럽군요. 책을 읽는 것은 좋다지만, 라야 님은 너무 책만 읽으십니다."

작은 손이 붓을 챙기는 것을 멈췄다. 안경 너머의 검은 눈이 학자를 응시했다. '돌연변이'설을 믿는 그가 인심 좋은 표정으로 웃고 있었다.

"……알겠습니다."

라야는 작은 목소리로 대답했다.

손에 든 붓과 종이가 꼭 안는 힘에 품 안에서 구겨졌다. 그것을 꼭 안고 허리를 숙여 인사하자, 스승으로 초빙된 학자도 자세를 바로잡고 마주 인사했다.

교육실을 나오자 긴 복도가 라야를 맞이한다. 이어진 대로 걸어가면 곧 자신의 방이 나온다. 라야는 아무와도 마주치지 않기를 바라며 꼿꼿한 자세로 걸었다.

턱을 잡아당기고, 어깨를 펴고 단정한 자세로 걷는다. 공식적으로는 가문의 '첫째'니까, 표정에도 신경을 썼다. 웃음을 흘리고 다니면 아랫것들이 쉽게 볼 수 있으니까 주의해야 했고, 울상이나 짜증이 난 표정은 주위 사람들에게 불편을 줄 수 있으니까 주의해야 했다.

"똑바로 하셔야 해요."

예절 교육 선생은 라야의 발음까지 지적했다.

"정확하게 또박또박 말해야 해요. 말을 끝낼 때 흐리지도 말고, 의사를 정확히 전달하고, 비속어는 쓰지 말고, 장난스러운 말투도 품위를 떨어뜨리니까 절대로 하지 말고. 아셨죠?"

고개를 끄덕이고, 그대로 이행했다.

라야는 자신의 처지를 잘 알고 있었다.

혼자만 검은색 머리고, 사람들이 수군거리니 모를 수가 없었다. 어머니는 유폐되어 있고, 아버지는 자신에게 시선조차 주지 않는다.

아버지를 떠올린 아이의 얼굴이 흐려졌다.

떠올린 아버지의 얼굴은 냉정한 모습이다. 그 모습밖에 없다. 웃는 얼굴도 자신을 혼내는 모습도, 칭찬해 주는 모습도 본 적이 없다.

그냥 싸늘히 언제나 노려보는 듯한 얼굴과 자신을 외면하는 모습만이 기억에 담겨 있다.

─뭘 해야 인정해 주실까.

아버지께서 검을 쓰시기에 검을 배웠다. 담당 무사가 배치되었지만 그는 라야를 가르치는 것에 관심이 없었다. 되레 '진짜' 아이들을 가르치지 못한 것에 불만을 품고 라야 앞에서 구시렁거렸다.

그는 라야를 향해 앞으로 몇 번씩 휘두르라고 말하고는 그냥 가 버렸다. 자세를 봐 주지 않아, 라야는 어쩔 수 없이 다른 무사들이 하는 것을 보고 따라 해야 했다.

이 자세가 맞는 건지, 이렇게 해도 되는 건지 물어볼 사람이 없다. 손바닥엔 물집이 잡혔다 터지고, 들고 있는 검이 천 근처럼 무거워질 때까지 휘둘러도 뭐 하나 관심 가져 주는 사람이 없는 혼자만의 싸움이었다.

얼마 되지 않아 손바닥에 제법 그럴듯한 굳은살이 박였다. 검을 휘두르는 횟수를 혼자서 늘리고, 다른 무사들이 훈련하는 모습을 보면서 스스로 자세를 고쳐 나가기도 했다.

하지만 이것으로도 아버지의 눈에 들지 못했다.

'얼마나 더해야 봐 주실까.'

라야는 음울한 얼굴로 총총총 걸어 제 방으로 향했다.

방에 도착하자 담당 시녀가 허리를 숙여 인사한다. 라야는 그녀를 내보내고 창틀에 앉았다. 손에는 언제나 그렇듯 책이 들려 있다.

창틀에 걸쳐 앉자 햇살이 쏟아져 내렸다. 방문을 꼭꼭 닫아, 컴컴한 방 안에서 라야가 앉은 창문틀만이 밝았다.

햇살은 받은 라야는 희미하게 웃었다. 손끝이 책 끝을 타고 움직였다. 유일하게 마음이 편할 때가 책을 읽을 때다. 학자는 책은 그만 읽고 바깥에 나가서 놀라고 했지만, 책만이 라야의 마음을 위로해 주는 유일한 벗이었다.

소년은 책을 펼쳤다. 작은 세계가 책 안에 펼쳐져 있다.

출생에 대해 왈가왈부하지 않는 평화로운 세계다. 라야는 무릎을 세워 책을 올리고 읽어 내렸다. 종이 냄새가 향긋하게 올라온다. 손끝으로 넘길 때마다 들리는 종이 소리가 좋다.

라야는 책의 세계에 빠져들었다.

2.

"저녁을 다 함께 드신답니다."

시녀는 무표정한 얼굴로 고했다. 굳어진 것은 라야의 얼굴이다. 라야는 읽고 있던 책을 툭 탁자 위에 올려놨다.

무표정한 시녀가 다시 물었다.

"내려가시겠습니까?"

라야는 입이 잠시 달싹였다.

싸늘한 얼굴 하나가 곧장 떠오른다. 자신이 내려가면 못마땅한 눈으로 응시할 게 분명한 아버지의 얼굴이다.

아버지의 얼굴을 떠올리자 나오려던 대답이 기어들어 갔다.

내려가야 한다. 당연히 내려가야 한다. 가족이 다 모이는 저녁 식사 자리에 자신만 없으면 이상하게 된다. 이것은 어린 자신이라도 알 수 있는 사실이었다.

라야는 굳은 얼굴로 끄덕였다.

"그래."

"알겠습니다. 준비하라 이르겠습니다."

시녀는 꾸벅 인사하고 밖으로 나갔다.

라야는 굳은 얼굴로 침대에 털썩 주저앉았다.

가문의 저녁 식사 시간은 오후 여섯 시였다.

동관 일 층의 작은 홀에서 가족만의 만찬이 열린다.

둥근 식탁에 총 여섯 개의 의자가 놓여지고, 중앙에는 분위기를 살릴 촛대 하나가 놓인다. 노릇노릇하게 구운 거위 구이와 닭 요리가 준비되고, 입맛에 따라 만든 국과 밥이 지정석에 놓여진다.

현 가주가 먼저 자리에 앉았다. 그 옆에 후처인 티폿과 라야가 앉았다. 라야 옆으로 '진짜' 아이들 중 첫째와 둘째, 막내가 앉는다. 둥근 식탁이라 막내가 앉은 자리는 후처인 티폿 옆이기도 했다.

"먹도록 하지."

아버지가 숟가락을 든다.

식사가 시작되었다.

라야도 숟가락을 들고 밥을 먹기 시작했다. 식탁에 달그락거리는 소리만이 들린다. 이 적막감이 누구에게서 나온 것인지 알고 있는 라야는, 굳은 얼굴로 넘어가지 않는 밥을 삼켰다.

"그래. 공부는 어떻게 되어 가고 있지?"

달그락거리는 소리가 멈추고 모두가 고개를 든다.

적막감이 깨진다. 아홉 살 막내가 기다렸다는 듯이 외쳤다.

"아버지, 저 받아쓰기 만 점 받았어요!'

커다란 눈이 반짝인다. 새하얀 머리카락과 빨간 눈동자가 어우러진 작고 어린 소녀는 기대 어린 눈으로 아버지 현 가주를 응시했다.

현 가주가 희미하게 웃었다.

"그래, 아주 잘했다."

라야의 젓가락질이 잠시 멈춘다. 하지만 곧 다시 움직였다.

뒤이어 다른 아이들도 요 근래 일어났던 일을 말하기 시작했다. 나무를 탔던 일과 혼자서 조랑말을 타고 다녔다는 모험담이 주를 이뤘다. 아이들은 자신이 겪은 즐겁고 재밌는 일은 어머니와 아버지에게 들려주기에 여념이 없었다.

가주가 자신의 아이를 향해 웃는다.

라야는 곁눈질로 그를 응시했다. 자신 혼자만이 이 가문에 있을 때는, 결코 보지 못했던 아버지의 얼굴이다. 아버지가 저렇게 웃을 수 있다는 것을 안 것은 '진짜' 아이들이 가문으로 오고 난 후였다.

목이 멘다. 라야는 손을 뻗어 물을 마셨다.

눈앞에 앉아 있는 후처의 안색이 조금 좋지 않다. 그녀는 라야의 입장을 동정하고 안타까워하고 있었다. 하지만 입을 열어 라야에게 말을 건네면 자신의 아이들과 아버지가 함께하는 좋은 시간이 깨질 수도 있어서 쉽사리 말을 건네지도 못했다.

"적륜아, 맛있어?'

라야 옆에 앉은 '첫째' 가 막내에게 묻는다. 적륜이라 불린 막내가 크게 고개를 끄덕였다.

"응! 맛있어!'

"오늘 요리사 아저씨가 솜씨 좀 부렸나 봐."

뒤따라 '둘째'가 말한다. 한창 크기 바쁜 그들은 빠른 속도로 먹어 치웠다. 입가에 뭔가 묻었지만, 누구도 뭐라고 하는 사람은 없다.

가주는 어느새 후처인 티폿과 대화하고 있었다. 아이들은 아이들 끼리 대화하며 내일은 뭐할지 정한다.

말이 없는 것은 라야뿐이다.

라야는 무표정한 얼굴로 눈앞의 음식을 꼭꼭 씹었다.

맛이 없었다.

아니, 그 전에 무슨 맛인지조차 알 수 없었다.

속에 까만 구멍이 자리 잡았다.

3.

"그게 아니죠."

예절 선생은 신경질적인 눈초리로 라야의 손을 지적했다.

"좀 더 단정히 오므리세요. 누가 보면 흉하다 욕합니다. 라야 님은 다른 사람보다 몸가짐을 더 바로 해야 한다고, 제가 몇 번을 말했나 요. 다시 해 보세요."

라야는 다시 찻잔을 잡고, 입술만 축일 정도로 닿았다 놓았다.

"그나마 괜찮군요. 다음부턴 주의하세요. 평소 때도 절대 흐트러 지시면 안 돼요. 주의할 때만 나오는 행동이 아니라, 평소 행동처럼 만들어 놓으셔야 합니다. 그래야 주위 사람들이 욕을 덜할 겁니다."

간간한 어조와 간간한 목소리가 어우러져 더욱 간간하게 느껴졌다.

라야는 단정한 모습으로 알겠다고 대답했다.

예절 교육 선생은 간깐(?)하게 웃고는 라야 앞에 자리를 잡았다.

"그래도 라야 님은 제 교육을 잘 따라오시는군요. 다른 아이님들은 어디서 그런 말썽만 피우는지."

선생이 쯧 혀를 찬다. 그녀는 앞에 놓인 차를 우아한 자세로 마셨다. 얼굴은 주름지고, 나이는 쉰이 넘었지만 몸가짐만은 백조처럼 우아하고 예뻤다.

"얼마 전엔 절 마귀할멈이라고 부르기까지 하더군요."

라야는 입가를 꿈틀거렸다. 선생은 그 모습을 놓치지 않고 눈을 게슴츠레 떴다.

"웃으려면 반듯하게 웃으세요. 그 웃을 듯 말 듯 한 표정은 뭡니까."

"죄송합니다."

"죄송할 건 없어요."

선생은 뭐 그런 것까지 사과하냐는 듯이 눈을 흘겼다.

"마귀할멈이라 부를 만도 하지요. 제가 아이님들을 오죽 달달 볶았습니까. 하지만 볶은 것치고는 전혀 나아지지 않아서 걱정스럽군요. 어제 지적한 것을 오늘도 또 틀리고, 오늘 지적한 것도 분명 내일 틀리겠지요. 하지만 뭐, 그 아이님들은 됐습니다. 그 아이님들은 어떻게 해도 주위의 사랑을 받겠지요. 운이 좋은 아이들입니다."

선생은 찻잔을 내려놓았다. 그녀는 라야를 똑바로 응시했다.

"그렇지만 라야 님은 아니에요. 제가 누누이 말씀드렸습니다만, 제가 가르친 것을 평소 움직임이 되도록 연습하세요. 주의하지 않아도 나올 만큼 해야 해요. 명심하고 또 명심하세요. 아셨지요?"

"네."

"좋습니다. 제 후임이 와도 라야 님은 걱정 없어요."

라야의 눈이 커졌다.

"……그만두십니까?"

"나이가 나이니까요. 그만둘 수밖에 없답니다."

그녀는 부드럽게 웃었다.

"이 나이 되도록 이곳에서 일할 수 있도록 해 주셔서 감사할 따름입니다. 몰락 가문의 딸이 남편 뒷바라지와 아이들을 키우면서 잘살수 있었던 것은 이곳에서 일할 수 있었기 때문이에요. 하지만 이제나이가 너무 들었지요."

라야는 충격에 말을 잇지 못했다. 선생은 애잔하게 웃었다.

"너무 갑작스러웠나요? 미리 말하지 않은 점은 미안하군요. 하지만 라야 군은 오히려 기뻐할 줄 알았습니다. 제가 그 아이님들 말처럼 마귀할멈처럼 굴었으니까요."

"아니오."

라야는 입을 달싹였다.

"……선생님은 좋은 분이십니다."

마귀할멈 같은 것이 아니었다. 오히려 다른 사람보다도 그녀가 좋았다. 깐깐한 말투와 목소리에 그녀만의 정이 있었다.

라야는 말을 잇지 못하고 찻잔을 만지작거렸다.

갑작스런 이별에 당황함이 겉으로 나왔다.

선생은 부드럽게 웃고는 찻잔을 만지작거리는 라야의 손을 감쌌다. 온기가 닿는다.

"이런 행동도 앞으로는 고쳐야 합니다. 절대 다른 사람에겐 내보이지 마세요. 말끝도 절대 흐리지 마시고요. 라야 님은 이제부터 절대 남에게 얕잡아 보이시면 안 됩니다. 명심하세요. 아랫것들은 앞으로도 라야 님을 깎아내리기 바쁠 거예요. '왜 저런 녀석이 우리 위에 있지?' 하고 불만을 품고 손가락질할 겁니다. 라야 님이 나이를 먹으면 먹을수록 그들은 더 질투하고 시기할 겁니다. 그럴 때일수록 몸가짐을 바로 하고, 지금 배웠던 대로 움직이세요. 깎아내리지 못할 만큼 차이를 보이시고 다른 세계의 사람처럼 구셔야 합니다."

선생의 말이 계속될수록 라야의 검은 눈에 물기가 어렸다.

선생이 혀를 찼다.

"이런 이런 이러시면 안 됩니다."

그 목소리에 라야는 간신히 무표정을 유지했다. 검은 눈동자에서 눈물이 뚝 한 방울 흘렀다.

선생은 손을 들어 라야의 눈물을 닦았다. 그녀는 한숨을 쉬었다. 안타까움이 밀려와 그녀의 표정이 흐려졌다. 아이에게 절대로 울지 말라고 가르치는 스스로에게 멍울이 졌다.

"저도 참 제가 밉습니다. 이제 열세 살이 된 라야 님에게 독한 것만 가르치는 것 말고는 할 수 있는 게 없군요."

라야는 울음을 삼키고 고개를 저었다.

그녀는 손으로 라야의 뺨을 쓰다듬었다.

"그거 아시나요? 라야 님이 이 가문의 아이가 아니었다면 제가 입양하고 싶다고 몇 번이나 생각했답니다."

소년의 검은 눈이 커졌다.

"데리고 가서 이것도 해 주고, 저것도 해 주고. 여러 가지를 많이 해 보고 싶었습니다."

언제나 조용히 앉아 있는 아이를 보며, 여인은 속으로 그런 생각을 했다.

"이게 무슨 뜻인지 아시나요? 라야 님은 좋은 아이란 뜻이에요. 착하고, 착하고 또 착하지요. 마귀할멈인 제가 탐을 낼 만큼이나요. 라야 님을 깎아내리는 것들은 그런 라야 님을 몰라서 하는 소리랍니다."

선생은 자리에서 일어섰다. 그녀는 선 채로 라야와 눈을 마주했다.

"그러니 절대 기죽지 마세요. 깎아내리는 남의 말에 흔들리지 말고 올곧게 사세요. 라야 님은 마귀할멈이 인정한 착한 아이예요. 타인들이 손가락질한다고 해서 스스로를 미워하지 말아요."

그녀는 라야의 머리를 쓰다듬었다.

"라야 님은 절대 잘못하지 않았으니."

4.

라야는 창틀에 앉아 가만히 있었다.

정원으로 나가는 그녀의 모습이 비쳤다. 커다란 가방을 이고 다른 하인들과 선생들에게 배웅받고 있었다.

"가문의 첫째가, 가주님을 제외하면 가문에서 가장 강력한 권력을 가지신 분이 문까지 따라와 늙은 선생을 배웅한다는 소리는 들어 본 적이 없지요."

작은 손이 창에 닿았다.

보는 눈이 두려워 배웅조차 못한다. 라야는 창에 가까이 붙어 떠나는 그녀의 모습을 응시했다.

꼿꼿한 허리와 걸음걸이가 누구보다도 눈에 뛰었다.

―안녕히 가세요.

자신에게마저 들리지 않을 정도로 작게 이별을 고한다.

라야는 우울한 얼굴로 떠나는 그녀의 뒷모습을 지켜봤다.

떠나는 선생이 마지막으로 뒤를 돌아본다. 시선은 라야가 있는 쪽. 먼 거리인데도 눈이 마주쳤다.

주름진 얼굴이 살짝 웃는다. 그녀는 다시 돌아 걸어갔다.

라야는 창에 닿은 손을 뗐다. 이젠 보이지 않을 정도로 멀어졌다. 소년은 창틀에 앉은 채로 무릎을 안쪽으로 끌어당겼다.

그렇게 시간이 흘렀다.

바람이 불고, 잔디가 날리고, 몇몇의 하인들이 웃으면서 지나갔다. 흰 머리카락 아이들은 다른 사람의 시선은 아랑곳없이 뛰어놀았다.

그들은 옷이 더러워져도 신경 쓰지 않았다. 발걸음이 휘어도, 얼굴에 흙이 잔뜩 묻어도 남의 시선은 두려워하지 않고 웃고 있었다.

라야는 그들을 지켜보다 자리에서 일어섰다.

오늘은 역사에 대해 배우는 날이다. 소년은 종이와 붓을 들고 총총 걸음을 옮긴다. 문을 열고 나와 복도를 걸어가고, 무표정한 얼굴을 흘트리지 않고 교육실에 도착했다.

교육실을 문을 열고 들어가자 학자가 기다리고 있었다.

학자를 본 라야가 멈칫했다. 학자가 앉아서 기다리고 있었다. 저번까지만 해도 라야가 들어서면 자리에서 일어나서 웃는 낯으로 반기던 학자였다.

"오셨습니까?"

심드렁한 말투다.

라야는 입술을 꾹 깨물고 문을 닫았다. 종이와 붓은 항상 앉던 자리에 올려 두고 의자에 앉는다.

"자, 오늘은 그럼⋯⋯."

학자가 책을 휙휙 넘긴다. 평소처럼 잠은 잘 잤는지, 밥은 잘 먹었는지 물어봐 주지 않는다. 라야는 참고 기다렸다.

학자는 책을 넘기더니 한숨과 함께 덮었다.

그는 아무렇게나 말했다.

"저번에 배운 것을 복습이나 하지요."

무릎 위에 올려 둔 주먹에 힘이 들어간다. 라야는 무표정한 얼굴로 대답했다.

"네."

목소리도 흔들리지 않았다.

학자는 어제 배운 것을 복습하라고 말해 놓고 자신이 가져온 책을 읽었다.

라야는 가만히 앉아 있었다. 성실한 성격 탓에 복습은 어젯밤에 끝마쳤다.

시간이 부질없이 흘러간다.

학자가 라야에게 잘 보일 필요가 없다는 것을 알게 된 날이었다.

수업 시간이 끝날 때까지 둘은 아무 말도 하지 않았다.

부록

진왕 연대표

혼란기		이전의 기록은 사라졌다
진곡력	100년	악몽왕 탄생(각성)
	200년	악몽왕 사망. 소생왕 탄생(각성)
	299년	배덕왕 탄생(각성)
	400년	교활왕 각성
	401년	교활왕 결혼
	430년	진화왕 각성 – 가연과 만남
	484년	아기에 탄생
	485년	리야 탄생
	500년	리야와 아기에 만남

왕은 웃었다 1

1판 1쇄 발행 2011년 9월 15일
1판 7쇄 발행 2017년 8월 21일

지은이 류재빈
삽화 이종철
펴낸이 신현호
편집국장 김은주
편집부장 예숙영
편집 박상희 김수민 조미연 최윤정
편집디자인 한방울
마케팅 · 관리 김민원 이주형 조인회
물류 이순우 최준혁 김명일

펴낸곳 (주)디앤씨미디어
출판등록 2002년 5월 1일 제117-90-51792호
주소 서울시 구로구 디지털로 26길 111 JnK디지털타워 503호
대표전화 (02)333-2513 **팩스** (02)333-2514
전자우편 dncbooks@dncmedia.co.kr
디앤씨북스 블로그 http://blog.naver.com/dncbooks
디앤씨북스 로맨스 카페 http://cafe.naver.com/dnc2007
블랙 라벨 클럽 트위터 @blacklabel_c

ISBN 978-89-267-0994-8 (04810)
ISBN 978-89-267-0993-1 (SET)